OPÉRATION BARRACUDA

SPLINTER CELL®

Tom Clancy
présente

SPLINTER CELL®

OPÉRATION BARRACUDA

Roman de **David Michaels**

Traduction de l'anglais (américain)
par Jean-Noël Chatain

City

Publié aux Etats-Unis sous le titre *Splinter Cell, Operation Barracuda* par Berkley Books, une division de Penguin Group.
Tom Clancy's *Splinter Cell® : Opération Barracuda*
Published by arrangement with Rubicon, Inc. and Ubisoft Entertainment S.A.

ISBN : 978-2-35288-395-1
Code Hachette : 50 7660 9

Couverture : DavidPaire.com
Rayon : Thriller
Collection dirigée par Christian English & Frédéric Thibaud

Catalogue et manuscrits : www.city-editions.com

Dépôt légal : premier semestre 2010
Imprimé en France par CPI France Quercy - Mercuès - N° 00713/

REMERCIEMENTS

L'auteur et l'éditeur tiennent à saluer l'œuvre inestimable de Raymond Benson, dont la contribution à cet ouvrage demeure considérable. Chapeau bas au personnel d'Ubisoft Entertainment : Mathieu Ferland, Alexis Nolent et Olivier Henriot, pour leur soutien et leur coopération, ainsi qu'à Vanessa Lorden pour son aide précieuse. Enfin, un grand merci à James McMahon et au Dr Grace Stewart de nous avoir fait profiter de leurs compétences respectives.

I

L'alarme mécanique de l'OPSAT[1] me réveille à 11 heures pile. Comme je possède la faculté de m'endormir en un clin d'œil, n'importe où, n'importe quand, cette sonde intégrée à mon poignet se révèle très pratique. Elle est silencieuse et ne me fait pas l'effet d'une décharge électrique comme certains réveils.

J'entends le vent souffler à l'extérieur de la petite tente. La météo a prévu une tempête avant minuit, et elle m'a tout l'air de commencer. Génial.

Vu qu'il gèle à pierre fendre, j'aurais déjà dû me transformer en esquimau depuis des heures, si le Troisième Échelon n'avait pas mis au point la combinaison de super-héros que je porte en ce moment et qui protège mon corps des pires intempéries.

Outre le fait qu'elle me sert de bouclier contre la chaleur et le froid extrêmes, les fibres de kevlar incorporées à sa matière en font aussi un tissu à l'épreuve des balles.

À longue portée, c'est drôlement efficace. Et je n'ai aucune envie de le tester à courte portée, merci.

1. *Operational Satellite Uplink* (« Liaison satellite opérationnelle ») : gadget doté de multiples fonctions, dont celles d'outil de communication et d'appareil photo numérique. (toutes les notes sont du traducteur)

Je m'extrais de la tente en rampant, me lève et prends le temps de scruter la sombre forêt qui m'entoure. Hormis le hurlement du vent, il n'y a pas un bruit. Lambert m'a prévenu que je risquais de croiser des loups dans le coin, mais ça doit être mon jour de chance.

Encore que, si j'étais ce genre de bestiole, je resterais dans ma tanière et j'éviterais de sortir avec un temps pareil. Par moins 23 °C, pour eux, les proies se font rares. À l'exception d'un mammifère bipède qui se trouve être armé jusqu'aux dents.

Je replie la tente en deux temps trois mouvements. Son camouflage unique la fait passer pour un rocher enneigé lorsqu'elle est dressée.

Il faut vraiment l'examiner de près pour se rendre compte du subterfuge. Elle fait aussi partie d'un équipement de pointe gracieusement fourni par la National Security Agency.

Le plus drôle, c'est que seule une poignée d'employés de la NSA connaît le service top secret baptisé Troisième Échelon. Comme je fais partie de la fine fleur des agents secrets du gouvernement des États-Unis, rares sont les personnes susceptibles de connaître le terme *Splinter Cell*[1] qui me qualifie.

Elles doivent se compter sur les doigts des deux mains, et je serais moi-même incapable de les nommer. Hormis mon supérieur hiérarchique immédiat, le colonel Irving Lambert, et la minuscule équipe à l'œuvre au sein d'un bâtiment discret, à l'écart du QG de la NSA à Washington, j'ignore quels sénateurs ou membres du cabinet ont déjà entendu parler du Troisième Échelon.

Nul doute que le président nous connaît, mais même *lui* ferait usage du Protocole Six si je me faisais prendre. Cela signifie qu'il me désavouerait… autrement dit, tout

1. Littéralement : « cellule dissidente ».

ce petit monde s'en laverait les mains et ferait comme si je n'avais jamais existé.

Je remballe la tente et abaisse mes lunettes spéciales. Le mode « vision nocturne » fonctionne à merveille dans la tempête de neige ukrainienne. J'ai l'impression de jouer dans *Le Docteur Jivago*, mais au moins je ne vais pas me cogner dans un arbre en marchant.

Obukhiv se situe à huit kilomètres au sud. Je me trouve quelque part entre ce patelin et Kyiv plus au nord, où a débuté ma mission.

On écrit « Kyiv » maintenant, au lieu de « Kiev », parce que c'est la transcription anglaise du nom ukrainien d'origine. Idem pour « Obukhiv », qu'on orthographiait « Obukhov » dans le temps.

Après une concertation générale, on a changé tous les noms de villes russes en ukrainien depuis l'indépendance de la nation en 1991. Je parie que les Russes continuent à les écrire à l'ancienne.

De nos jours, circuler dans l'Ukraine libre ne pose aucun souci. Si bien que j'ai pu récupérer sans problème mon matériel à l'ambassade américaine de Kyiv et un 4 X 4 pour rejoindre Obukhiv. J'ai rigolé en découvrant l'engin : un Ford Explorer XL modèle 1996 avec 192 000 kilomètres au compteur ! Malgré tout, il roule bien. Depuis le village, je suis parti aujourd'hui à pied à travers bois pour installer mon bivouac ici, dans cette forêt glaciale.

Les analystes du Troisième Échelon ont confirmé que le hangar numéro trois de l'Atelier abritant leur avion furtif – détruit voilà quelques mois en Turquie – était localisé par ici, dans une clairière, et toujours en activité. Les images satellite ont révélé qu'hommes et véhicules entraient et sortaient régulièrement du bâtiment.

Je me suis déjà débarrassé d'un des trois entrepôts, situé près de Bakou, en Azerbaïdjan. Une unité spéciale de l'armée a fait sauter celui de Volovo, un tout petit hameau au sud de Moscou.

À présent, mon job consiste à surveiller le hangar restant pour voir ce qu'ils mijotent.

L'Atelier, un réseau notoire de criminels russes spécialisés dans le trafic d'armes, s'est retrouvé plus ou moins démantelé après l'affaire de Chypre, l'an dernier. On a sérieusement ébranlé leur organisation, mais les chefs courent toujours.

La plupart de nos informations indiquent que l'Atelier s'est reconstitué et que son QG a quitté la Russie pour s'implanter en Extrême-Orient, peut-être aux Philippines ou à Hong-Kong. Cela reste à vérifier. Ces derniers mois, l'une des priorités majeures du Troisième Échelon consistait à débusquer les quatre prétendus directeurs de l'Atelier et à les traduire en justice. Ou à les tuer… selon la possibilité qui se présentait en premier.

Un Géorgien du nom d'Andreï Zdrok représente le grand patron. Le numéro un sur la liste des tâches à accomplir. Quant aux autres dirigeants, il y a un général russe appelé Prokofiev… à mon humble avis sans parenté avec le compositeur ; un ancien procureur de l'Allemagne de l'Est, Oskar Herzog ; et encore un Russe, un dénommé Anton Antipov, ex-membre du KGB. Si j'arrive à savoir où se planquent ces types-là, j'aurai accompli ma mission et je pourrai rentrer chez moi.

— Je vois que vous vous êtes mis en route, Sam.

C'est le colonel Lambert, qui me parle grâce aux implants dans mes oreilles. Ils me permettent de communiquer avec l'équipe de Washington quand la réception est bonne. Je réponds en pressant l'autre implant dans ma gorge.

— J'approche du complexe. L'image satellite, ça donne quoi ?

— Aucune activité.

Je traverse tranquillement le bois, la glace et la neige produisant un léger craquement sous mes bottes. Impossible à éviter. Je doute fort qu'il y ait le moindre garde au cœur de cette forêt.

Cependant, je redoublerai de vigilance à l'approche de l'entrepôt qui m'apparaît peu à peu, à mesure que les arbres commencent à se clairsemer.

Je m'accroupis et balaie du regard le terrain qui s'offre à ma vue. Un bâtiment qui servait autrefois de hangar se dresse à l'extrémité d'une piste d'atterrissage. Celui qui pilotait l'avion furtif devait être drôlement doué, compte tenu du peu de marge pour atterrir et décoller si près de la forêt.

Une bâtisse plus petite jouxte le hangar, sans doute des bureaux et des piaules pour les types qui travaillent là. Une clôture et un portail électrifiés entourent les installations, tandis qu'une route en terre battue – à présent enneigée – traverse le bois depuis le complexe pour rejoindre la nationale qui mène à Obukhiv.

Apparemment, les panneaux *Défense d'entrer* ont réussi à tenir les curieux à l'écart.

Trois motoneiges Taiga sont garées devant l'enceinte. À la porte, un vigile solitaire fume une cigarette. Zut, si je neutralise la clôture, les types à l'intérieur vont s'en rendre compte.

Deux secondes… Quelqu'un arrive sur la route. Des phares apparaissent entre les arbres, accompagnés de bruits de moteur.

— Vous avez de la compagnie, Sam, me glisse Lambert. On dirait une moto, ou peut-être un scooter des neiges, et une voiture. Ils débarquent de nulle part.

— Oui, je les vois.

Je sors rapidement du sous-bois pour m'approcher de la grille et m'allonge à plat ventre dans la neige. La plupart du temps, je porte un uniforme noir, mais comme on l'a conçu pour l'hiver russe ou ukrainien, ce modèle est tout blanc et se fond à merveille dans le décor. Tout à l'heure, je l'enlèverai d'un coup de zip et me retrouverai dans ma tenue habituelle plus sombre, grâce à laquelle je disparais dans l'ombre.

Soudain, le grésillement de la clôture électrifiée s'interrompt. Ils ont coupé le courant de l'intérieur, et la grille s'ouvre automatiquement.

Une autre motoneige Taiga chevauchée par un seul homme passe devant moi et franchit le portail. Suivie quelques secondes plus tard par une Mercedes noire. Je m'assure qu'il n'y a pas d'autres véhicules à la traîne, puis traverse la grille d'une roulade avant qu'elle ne se referme. Je reste à plat ventre, immobile, et jette un coup d'œil alentour pour vérifier que personne ne m'a vu. Jusqu'ici rien à signaler. C'est le moment de jouer les caméléons et de me débarrasser de ma combinaison externe blanche.

Après l'avoir fourrée dans mon sac à dos, je me lève et avance à pas de loup dans la pénombre. Planqué derrière un puits condamné, j'observe les nouveaux venus qui s'arrêtent devant le petit bâtiment. Le gardien rejoint le hangar et déverrouille la porte. Il l'ouvre, et le type sur le scooter des neiges entre dans la bâtisse.

Quelques instants plus tard, il ressort, et le gardien referme le hangar... mais sans le verrouiller. Le chauffeur de la Mercedes laisse tourner le moteur, tandis que quatre hommes descendent de la voiture.

L'un d'eux m'a tout l'air d'un général russe. Je change les lentilles de mes lunettes spéciales, et le zoom me permet d'identifier le général Stefan Prokofiev. Le deuxième ressemble à Oskar Herzog, sauf qu'il porte une barbe ridicule. Impossible de reconnaître le troisième. Plus petit que ses compagnons, il arbore de longs cheveux noirs et me fait penser à Raspoutine.

Le quatrième est un autre soldat, sans doute le garde du corps du général. Je prends aussitôt des photos avec mon OPSAT et les transmets à Washington par liaison satellite cryptée.

La porte du bâtiment principal s'ouvre. Deux hommes se tiennent debout dans l'entrée. Ils font signe aux quatre autres qui les rejoignent à l'intérieur. Échange de poignées de main, puis la porte se referme en claquant.

Le chauffeur descend du véhicule et salue le conducteur de la motoneige. Ils parlent en russe… sans doute de la pluie et du beau temps. Le gardien offre une cigarette au motard, puis tous deux font le tour de l'entrepôt.

Dès qu'ils disparaissent de mon champ de vision, je cours vers le hangar – situé à une vingtaine de mètres – et jette un coup d'œil par la porte.

À la place de l'avion, l'endroit abrite désormais des tas de caisses, des motoneiges et deux voitures. Rien d'autre qui soit digne d'intérêt. Je plonge alors la main dans mon sac à dos et j'en ressors une de ces balises émettrices bien pratiques que le Troisième Échelon a créées pour moi.

Cela ressemble en modèle réduit à un palet de hockey. C'est aimanté et on l'active d'une simple torsion sur le dessus. Je ressors en vitesse et me dirige vers la Mercedes, sous laquelle je me glisse pour y coller l'engin.

Un déclic étouffé se produit quand l'aimant entre en contact avec le métal. Je presse un bouton sur mon OPSAT afin de m'assurer qu'il capte le signal.

O.K. Allons dans le bâtiment maintenant. Je teste la poignée. Fermé à clé. Alors, je frappe à la porte et me mets à siffler fort. Je ne parle pas russe comme Dieu le père, mais deux ou trois phrases anodines devraient me suffire en cas de besoin.

J'entends des pas et le bruit du garde qui déverrouille la porte. Elle s'ouvre… Je le chope pour l'attirer dehors et lui flanquer un coup de boule qu'il n'est pas prêt d'oublier. Le bord tranchant de mes lunettes lui érafle un peu le nez, mais il survivra. Je le traîne, inconscient, sur le côté du hangar et dissimule son corps derrière un groupe électrogène rattaché au bâtiment. Puis je me dépêche de revenir à la porte ; je coupe la vision nocturne de mes lunettes avant d'entrer.

Le couloir est vide, mais j'entends des éclats de voix à l'autre bout. Les types ont l'air de s'engueuler. Il y a des toilettes à côté ; je m'y faufile et ferme la porte.

J'ouvre la pochette fixée à ma jambe et en sors un micro à ventouse. Un coup de langue dessus et je la colle au mur, avant de régler mon OPSAT pour capter le signal.

Je perçois maintenant dans mon casque ce qu'ils se disent. J'ai du mal à comprendre le russe, mais je saisis des bribes.

Histoire de faire bonne mesure, je commence à enregistrer au moment où la voix de Carly St. John, directrice technique intérimaire du Troisième Échelon, résonne dans mes implants :

— Je vais tâcher de traduire en simultané, Sam. On reviendra sur les détails après.

Le général et Herzog parlent à tour de rôle. En tout cas, les deux hommes du bâtiment se font passer un savon.

— Apparemment, ils n'ont pas fait « tel ou tel truc », reprend Carly. Et ils évoquent aussi une « violation dans la sécurité ». Ils vont « fermer le complexe ».

L'un des hommes proteste et semble très effrayé. Nul doute que cela risque de lui coûter plus que la simple perte de son boulot.

BAM ! BAM ! Je sursaute en entendant les deux coups de feu. Suivis du bruit de deux corps tombant à terre. J'entends le général ou Herzog marmonner quelque chose, puis les quatre nouveaux venus quittent la pièce. Ils passent dans le couloir, devant les toilettes, puis sortent du bâtiment. Silence de mort.

J'ouvre la porte. Regarde le couloir. Désert. Je file direct dans la salle où la tuerie a eu lieu… Les deux types qui ont accueilli le général et ses acolytes gisent dans une mare de sang. Je prends quelques clichés avant de regagner la porte d'entrée que j'entrebâille pour jeter un regard à l'extérieur. Le général aboie ses ordres dans une radio, tandis que les quatre hommes remontent dans la Mercedes. Le chauffeur est de retour avec son copain le motard des neiges.

— Encore de la compagnie, Sam, me prévient Lambert. Il y a trois véhicules qui rappliquent. Il vaudrait mieux filer maintenant.

Il a raison… J'aperçois d'autres phares à travers la grille de l'autre côté du complexe. Des engins militaires. Deux camions et un tank ! Je sens mon pouls s'accélérer alors que les camions s'arrêtent devant le bâtiment et que la Mercedes démarre. Au moins huit soldats armés – des Russes, pas des Ukrainiens – sautent à terre et se précipitent vers la porte d'entrée… c'est-à-dire à l'endroit exact où je me trouve.

Qu'à cela ne tienne, je tourne les talons et fonce vers l'arrière du bâtiment, en repassant devant les deux types assassinés, pour m'engouffrer dans une salle contenant plusieurs lits de camp : sans doute l'endroit où vivaient ceux qui ne travaillent plus là désormais.

En haut du mur, une grille de ventilation. Tandis que j'entends les soldats pénétrer bruyamment dans le couloir, je grimpe sur l'un des lits, retire la grille et me glisse dans le conduit. Trop tard. L'un des types entre dans la pièce et voit mes pieds disparaître dans la gaine. Il braille en appelant les autres. Un coup de feu assourdissant fait sauter une partie du mur derrière moi.

Je serpente le long de la gaine aussi vite que possible. Par chance, j'atteins un coude au moment où le soldat pointe son arme dans le conduit pour me tirer dessus.

À l'endroit où je suis, la gaine se dirige vers le haut ; je saute par-dessus les balles et commence à monter pour rejoindre le toit. Le militaire ne me suit pas.

Il doit se dire que ses copains et lui vont m'avoir quand j'émergerai en haut.

Sur le toit, la grille ne se détache pas facilement. Je suis obligé de dégainer mon 5-7[1] et de tirer dans les coins de cette foutue plaque. Je rengaine le flingue, avant de donner un bon coup de poing ganté sur la grille qui cède enfin.

Je me hisse sur le toit recouvert de neige. La fusillade démarre aussitôt, et les balles passent en sifflant à quelques centimètres au-dessus de ma tête. Comme les soldats n'ont pas un angle de tir idéal, j'ai l'avantage sur eux tant que je ne me redresse pas.

Je farfouille dans une autre poche et j'en sors une fusée de détresse.

Ce n'est pas grand-chose, mais, avec un peu de chance, elle les éblouira momentanément. Je la dirige vers le ciel et la déclenche. Les coups de feu s'interrompent. Je me lève et traverse la terrasse tant bien que mal jusqu'à l'autre bout, près du hangar.

Ce n'est pas un saut de géant, mais je bondis du toit pour atterrir dans une congère. J'amortis la chute en roulant sur moi-même et me relève sans une égratignure.

Mais juste devant moi se dresse le motard des neiges. Il va sortir son Makarov au moment où je lui assène un coup de pied dans la poitrine façon *krav maga*[2], ce qui le propulse en arrière et lui fait lâcher son pistolet.

J'avance et lui flanque un autre coup de pied dans les parties, ce qui le calme aussi sec. M'agenouillant auprès

1. Ou *Five-seveN* : la graphie du nom évoque le signe « FN » de l'armurier belge Fabrique nationale Herstal.

2. Littéralement « combat rapproché » en hébreu : technique d'autodéfense israélienne basée sur les réflexes naturels du corps humain.

de lui, je lui fais les poches, puis déniche les clés de la motoneige.

— Merci, dis-je en russe. Je vous les rendrai. Un de ces quatre.

Je me relève et cours vers le hangar en prenant juste le temps de regarder ce qui se trame dans mon dos. Certains soldats sont apparemment en train de sortir les dossiers, cartes, documents et autres ordinateurs de la bâtisse. On fait le ménage.

Manifestement, l'Atelier ferme le complexe. Le char russe, un vieux T-72, se met en place pour canarder l'installation. Ils vont démolir le hangar et effacer la moindre trace de son existence. Le reste de la troupe s'est lancé à ma recherche, évidemment.

La Taiga se trouve là où le motard l'a laissé tout à l'heure. Je l'enfourche, mets la clé dans le contact et démarre.

C'est une motoneige légère modèle sport, l'idéal pour filer rapidement. L'engin se redresse sur sa chenille et ses deux skis directionnels, et je surgis du hangar. Naturellement, les soldats me repèrent et poussent un cri de surprise. Je m'accroupis et file comme l'éclair devant le tank, en renversant un bidasse dans la foulée, puis je fonce vers le portail.

Les mitrailleuses criblent la neige autour de moi. Une cartouche perfore le garde-boue à l'arrière de la moto, au-dessus de la chenille… L'espace d'un instant, je crois bien que le scooter va se retrouver hors service. Il toussote et cahote, mais je parviens à le reprendre en main. J'accélère à mort et franchis la grille à 100 km/h !

Derrière moi le canon à âme lisse 125 mm du char d'assaut entre en action et perfore la façade du complexe. La déflagration fait trembler le bois alentour, et je sens même la chaleur du bâtiment en flammes, une centaine de mètres plus loin. Une série de petites explosions vont suivre : à l'évidence, les soldats plastiquent le bâtiment de l'intérieur.

Plusieurs de leurs camarades m'ont bien sûr pris en chasse en sautant sur d'autres motoneiges. Je réactive mes lunettes à vision nocturne et coupe les phares de ma Taiga.

Je quitte aussitôt la route pour m'enfoncer dans l'épaisse forêt, zigzaguant entre les arbres. À cette vitesse, il faut être cinglé pour rouler en essayant d'éviter ces obstacles naturels…

Mais je dois l'être, je suppose. Entre grain de folie et désir suicidaire, la frontière est bien mince.

Je remarque que les phares des scooters s'éloignent de la route pour me pourchasser. Ils ont donc deviné ma direction.

Voyons voir s'ils tiennent la distance. J'augmente encore ma vitesse pour foncer à 120 km/h. Les arbres défilent à un rythme d'enfer. Il faut que je me force à oublier mes poursuivants afin de me concentrer sur la conduite : ce n'est vraiment pas le moment de me payer un tronc d'arbre !

Nouveaux coups de feu. Je sens la chaleur des balles qui fendent l'air tout près de ma tête. Je m'abaisse davantage… Pas facile pour manœuvrer le guidon. VLAN ! La motoneige érafle un arbre et fait la culbute. L'espace d'une seconde ou deux, je me sens projeté en l'air, puis j'atterris violemment. Je remercie ma bonne étoile d'avoir pu éviter un arbre ou un rocher.

Les autres s'approchent. Je me débrouille pour me relever et boitille vers la Taiga renversée. Je la redresse, l'enfourche à nouveau et redémarre. Le ski de droite est tordu, mais je pense malgré tout que ça devrait aller. J'accélère et je teste la direction. Pas trop mal. Si je triche un peu sur la gauche, j'arrive à rouler à peu près droit.

La fusillade reprend. Super.

J'augmente la vitesse et m'engouffre dans l'obscurité quand j'entends un énorme fracas dans mon dos.

L'une des motoneiges ennemies vient d'embrasser un arbre de la manière la plus désagréable qui soit.

Ça m'arrange, mais du coup l'arbre a pris feu… et si l'incendie s'étend, il va éclairer la forêt, et mes poursuivants me verront mieux. Il faut à tout prix que je les sème au plus vite.

J'appuie sur l'implant de ma gorge.

— Ohé ? Y a quelqu'un ?

— On vous entend, Sam, répond Lambert dans mon oreille.

— Vous voyez où je suis ?

— On vous piste par satellite. Je parie que vous avez besoin d'un itinéraire ?

— Oui, ça m'arrangerait !

— J'ai bien peur que vous ne puissiez regagner la route d'Obukhiv. Elle grouille de soldats. Le mieux, c'est de vous diriger vers le Dnipro.

— Le *fleuve* ?

— Allez, quoi… L'eau ne doit pas être si froide. Et votre combinaison vous protégera.

— Vous voulez que je m'enfuie à la *nage* ?

— Larguez le scooter. Mieux encore, bousillez-le. Avec un peu de chance, vos poursuivants vous croiront mort.

Je secoue la tête.

— Lambert, j'ai comme l'impression de devenir un cascadeur sous-payé. Bon, O.K… Je me trouve encore loin du cours d'eau ?

J'entends Lambert consulter quelqu'un hors micro, sans doute Carly ou Mike Chan. Il reprend la ligne et m'annonce :

— Vous êtes à moins de 1 500 mètres. Obliquez à 30 degrés sur la gauche et vous filerez droit dessus.

— Merci. Terminé.

Je tourne comme indiqué, en évitant un arbre, et j'essaye d'accélérer. À présent, je roule à 80 km/h et il m'est impossible d'aller plus vite.

Soudain, une motoneige déboule sans crier gare du sous-bois devant moi. Le phare m'aveugle presque et je dois détourner les yeux une seconde...

Un coup de guidon à droite et je saute par-dessus le tronc d'un arbre couché.

Ma Taiga atterrit comme elle peut et fait volte-face. Le soldat russe ralentit et me met en joue. La balle siffle au-dessus de mon épaule gauche, tandis que je m'abaisse et dérape en formant un demi-cercle pour éblouir le gars en projetant de la neige.

Cette diversion me laisse le temps de dégainer le 5-7, de le pointer sur mon assaillant et de tirer.

Je le rate deux fois, mais la troisième balle le touche à la poitrine, et il tombe de son véhicule. Je rengaine mon flingue, tourne la Taiga de nouveau en direction du fleuve, puis repars de plus belle.

J'entends l'eau couler un peu plus loin. Je repère un arbre bien épais à une quinzaine de mètres et mets les gaz à fond.

En même temps, je m'accroupis sur la selle, prêt à bondir au dernier moment. Encore quelques mètres...

Je saute ! J'atterris dans la neige... puis j'attends.

La Taiga se fracasse sur le tronc d'arbre et se transforme en gerbe de feu. L'engin est totalement détruit.

Je me lève et me dirige vers le fleuve. Trois minutes plus tard, je me retrouve sur la berge du Dnipro, vaste cours d'eau qui serpente depuis la Russie occidentale, traverse la Biélorussie et l'Ukraine, avant de se jeter dans la mer Noire. Impossible d'entrer dans l'eau en descendant la rive tranquillement à pied. Trop à pic.

Il y a 15 mètres de dénivelé, au moins.

Je me mets donc en position, me concentre, respire un grand coup avant de plonger.

Mon corps traverse l'eau froide comme une lame de couteau… Je me décontracte, attendant de remonter naturellement à la surface, poussée d'Archimède oblige. Lambert disait vrai.

Ma combinaison me protège du froid, mais l'eau glacée me brûle la peau du visage. Je me tourne pour faire la planche – afin de garder plus ou moins ma figure au sec et au chaud – et me laisse porter par le courant jusqu'à un endroit plus sûr en aval.

Ma journée de boulot s'achève enfin. Je m'appelle Sam Fisher. Je suis un Splinter Cell.

2

Andreï Zdrok n'était pas du matin. S'il pouvait n'en faire qu'à sa tête, il dormirait jusqu'à midi et irait se coucher après minuit. Malheureusement, de toute sa vie il n'avait pas pu agir ainsi. Issu d'une famille de banquiers de l'ancienne Union soviétique, la règle était : « Coucher tôt, lever tôt »... et il détestait ça. Même s'il possédait une fortune colossale, acquise auprès des banques traitant la plupart des affaires financières du gouvernement de l'URSS, Zdrok avait peine à trouver le bonheur en ce bas monde. Lorsque l'Union soviétique s'écroula et qu'il mit en place l'Atelier, une entreprise spécialisée dans les ventes d'armes au marché noir, il se dit qu'il allait voir la vie en rose. Il en eut l'impression pendant un temps.

Mais la situation avait changé voilà un an, après les transactions désastreuses avec le groupe terroriste qui se faisait appeler les Ombres. Les forces de l'ordre américaines, autrement dit la NSA et la CIA, avaient infiltré les rangs des Ombres et les avaient réduits à néant. L'effet domino s'était répercuté jusqu'à l'Atelier, démantelant l'organisation à un point tel que Zdrok avait dû prendre ses cliques et ses claques et quitter l'Europe. Sa vie en Suisse avait pourtant été plutôt agréable. Il faut dire qu'il n'avait jamais vraiment apprécié ses lieux de résidence antérieurs à l'exode, en l'occurrence la Russie et l'Azerbaïdjan.

Hong-Kong ne lui plaisait guère plus…

L'Atelier avait donc finalement implanté son QG en Extrême-Orient parce que l'organisation y comptait des amis. Une triade bien spécifique commerçait avec l'Atelier depuis des années et l'avait aidé à établir une base d'opérations pour Zdrok. L'Atelier générait autrefois de jolis bénéfices en Extrême-Orient, notamment à Macao, en Indonésie et aux Philippines, jusqu'à ce que la NSA – encore elle – ne vienne sérieusement ébranler le statu quo. Toutefois, cette région du monde comptait encore des agents de l'Atelier prêts à se remettre au travail.

On pouvait reconquérir le territoire. Hong-Kong semblait être un choix idéal pour la nouvelle base, même si l'ancienne colonie britannique était désormais sous la tutelle du gouvernement communiste chinois. Les amis de Zdrok lui avaient assuré que les affaires à Hong-Kong se traitaient « comme d'habitude », c'est-à-dire dans un état d'esprit capitaliste, même depuis la rétrocession de 1997. Cette philosophie économique était *censée* se prolonger pendant 50 ans, tant que Hong-Kong conserverait un statut de « région administrative particulière », comme Macao, que la Chine avait récemment récupéré, après des décennies sous tutelle portugaise.

Zdrok partit à pied vers l'est en empruntant Hollywood Road dans le quartier de Sheung Wan, l'un des plus populaires de l'île de Hong-Kong. Les rues, où s'entassaient boutiques d'antiquités et bimbeloteries, temples bouddhistes et taoïstes, gargotes et, bizarrement, fabricants de cercueils, lui paraissaient toujours sentir mauvais.

En fait, toute l'île empestait. Son surnom de « Port odorant » n'avait rien de galvaudé ! En tout cas, là-haut sur le Peak, où il louait un pavillon modeste mais confortable, l'air était respirable. Son logement ne pouvait rivaliser avec les précédents, en particulier le dernier qu'il avait occupé en Suisse, mais cela faisait l'affaire. Ce que Zdrok détestait le plus, c'était d'aller travailler, et ses pas l'amenèrent donc à Sheung Wan.

Il obliqua vers le nord, puis de nouveau vers l'est pour rejoindre Upper Lascar Row, plus connu sous l'appellation « rue des Chats ». Zdrok ignorait pourquoi.

À ce qu'il pouvait en voir, aucun matou ne traînait dans le coin. Il y avait uniquement d'autres magasins d'antiquités, et l'un d'eux servait de couverture à l'Atelier.

Zdrok déverrouilla la porte de la boutique *Hong-Kong-Russian Curios*, un commerce qui existait à cet endroit depuis des lustres, mais dont l'enseigne venait récemment de changer. Jon Ming, vénérable patron de la triade des Dragons chanceux, avait facilité l'obtention d'un visa et d'une patente pour Zdrok, tout en se chargeant des autres tracasseries administratives. Jusqu'ici, tout marchait comme sur des roulettes. Hormis cette fichue odeur à laquelle il n'arrivait pas à s'habituer...

Il traversa la boutique officielle, laquelle regorgeait d'un invraisemblable bric-à-brac, dont Zdrok s'étonnait toujours qu'il puisse intéresser le moindre client (pourtant, c'était le cas, le commerce dégageait d'ailleurs un petit bénéfice), puis franchit ensuite la porte située derrière le comptoir. Il était encore trop tôt pour que les véritables vendeurs soient présents. L'homme s'arrêta devant un miroir et contempla son reflet.

À 58 ans, Andreï Zdrok ne manquait pas d'allure. Il adorait se pomponner et se vêtir comme s'il possédait la terre entière. À une époque, il comptait du reste parmi les 10 hommes les plus riches de Russie. Il ignorait si c'était toujours le cas. Sans doute pas.

L'arrière-boutique abritait une réserve remplie de cartons, de fournitures, et une bibliothèque truquée qui pivotait sur elle-même lorsqu'on sortait *Les Œuvres complètes* de William Shakespeare d'une tablette, avant de replacer le livre, puis d'ôter l'ouvrage intitulé *Christopher Marlowe : la vie et l'œuvre d'un imposteur*. Cette petite manipulation révélait donc les bureaux internes de l'Atelier, où Andreï Zdrok passait le plus clair de ses journées.

Il referma la bibliothèque derrière lui, descendit l'escalier en colimaçon menant au sous-sol, entra dans son espace de travail personnel, ferma la porte, puis alluma son ordinateur. En patientant pendant les 60 secondes de mise en route, il éprouva une forte envie de café suisse, dont il était devenu accro lorsqu'il vivait à Zurich. Impossible de trouver l'équivalent à Hong-Kong, bien sûr. Les Chinois, et les Britanniques avant eux, ne savaient absolument pas faire un bon café. Le thé était leur spécialité, mais il avait cette boisson en horreur.

Une fois l'ordinateur opérationnel, Zdrok ouvrit sa messagerie et trouva un e-mail crypté en provenance de Jon Ming. Après avoir décodé le message, il découvrit qu'il s'agissait d'une commande. Et pas des moindres : d'une valeur de 800 000 dollars US. Malheureusement, Zdrok devait livrer les armes gratuitement aux Dragons chanceux. Cela faisait partie de l'accord passé avec Ming voilà plus de deux ans. La triade fournissait de précieuses informations à l'Atelier au sujet du département spécial de la NSA connu sous le nom de Troisième Échelon, ainsi que les documents concernant l'Opération Barracuda. En retour, l'Atelier livrait aux Dragons chanceux tout l'arsenal dont ils avaient besoin. De l'avis de Zdrok, il tirait plutôt bien son épingle du jeu.

À eux seuls les renseignements top secret concernant l'Opération Barracuda valaient déjà des millions.

Zdrok attendait cette dernière commande de la triade. Cela signifiait que l'Atelier avait terminé de faire du business avec elle. La dernière « livraison » d'informations sur l'Opération Barracuda avait eu lieu. Bien sûr, il serait prudent de conserver d'agréables relations avec les Dragons chanceux. Après tout, Jon Ming s'était sacrément mouillé pour aider Zdrok à se réinstaller.

Le Russe lui devait une fière chandelle. Pour autant, il n'avait pas envie de lui verser le moindre kopeck.

Zdrok décrocha le téléphone et composa un numéro qu'il connaissait par cœur. À l'autre bout du fil, un homme répondit :

— *Da.*

— C'est moi.

— Salut, Andreï.

— Bonjour, Anton. Comment ça va dans les Nouveaux Territoires ?

Anton Antipov, l'un des directeurs de l'Atelier et surtout le bras droit de Zdrok, répondit :

— Sans doute pareil que sur l'île. Il fait lourd. On dit qu'il pourrait pleuvoir.

Antipov était responsable de l'entrepôt annexe de l'Atelier, situé près de la ville nouvelle de Tai Po.

— En tout cas, l'hiver russe nous manque, pas vrai ?

— Si tu le dis.

Antipov n'aimait guère plus l'Extrême-Orient. Il n'appréciait pas la cuisine chinoise et, dans un endroit comme Hong-Kong, il était difficile d'y couper.

— J'ai reçu la dernière commande des Dragons chanceux, reprit Zdrok. (Il énuméra les articles et les quantités souhaités). Elle doit partir au plus vite, bien sûr.

— Bien sûr.

— Est-ce que je perçois un soupçon d'ironie dans ta voix, Anton ?

— Pas du tout.

— Allez… tu peux me parler.

— Tu sais que ça ne m'a jamais enchanté de laisser

cette triade mettre de l'ordre dans nos affaires. C'est humiliant.

Zdrok soupira.

— On en a déjà discuté une dizaine de fois, Anton. Qu'est-ce qu'on pouvait bien faire d'autre ? Si on était restés en Europe de l'Est ou en Russie, on nous aurait retrouvés et arrêtés. Ici, au moins, on peut se planquer et continuer notre business.

— Pendant combien de temps, Andreï ? Avant que les États-Unis nous mettent la main dessus ?

— Anton... Tu t'inquiètes trop.

— Et toi, tu te plains sans arrêt aussi.

— Ah... c'est dans notre nature, pas vrai ? Concentrons-nous plutôt sur ce qu'on peut contrôler. Notre client chinois nous donnera cinq millions de dollars US dès qu'on lui aura livré la dernière fournée de renseignements sur l'Opération Barracuda.

— Tu l'as ?

— On l'a. Ce sera demain entre les mains du général.

— Très bien. On peut boucler ce dossier.

— Exact, confirma Zdrok. J'ai déjà demandé à Ming de s'en charger. Il va s'en occuper.

— Et qu'est-ce qui va se passer si Ming découvre le vrai destinataire de ce Barracuda business ?

Zdrok se sentit tressaillir.

— Ce serait extrêmement gênant. En aucune circonstance, les Dragons chanceux ne doivent connaître nos plans.

— Je sais. Tu l'as dit cent fois.

— Eh bien, ça sera la cent unième.

— Mais si le général Tun se met à fanfaronner...

— Du calme. D'ici là, ce sera trop tard.

Antipov soupira.

— C'est tout, Andreï ? J'ai une commande à préparer. En fait, la majeure partie de la marchandise devra partir de Russie. Dis à Ming qu'il aura tout ça dans une semaine.

— À vrai dire, ça nous arrange. Oskar peut partir avec la cargaison. Je te laisse t'en charger.

— Entendu.

Zdrok sentait qu'Antipov n'avait pas terminé.

— Il y a autre chose, Anton ?

— Andreï, qu'est-ce que le Bienfaiteur pense de l'Opération Barracuda ? Il est *au courant* pour le général Tun, non ?

— Bien sûr. Ne sois pas idiot. Le Bienfaiteur est dans notre camp et le sera toujours. C'est lui qui, au départ, nous a mis en relation avec la triade et nous a présentés au général. Quinze pour cent, c'est ce que la plupart des auteurs et des acteurs versent à leur agent. Je pense qu'il mérite largement sa commission, tu ne crois pas ?

— Si tu le dis, Andreï. Dans ce genre d'affaires, tu as toujours été plus doué que moi.

— Haut les cœurs, Anton ! Prends-toi une vodka russe en guise de petit-déjeuner. Mais seulement après avoir prévenu Oskar et préparé la commande de Ming.

— Passe une bonne journée, Andreï.

Zdrok raccrocha et reprit la lecture de ses e-mails. Il y en avait un qui émanait du général Prokofiev. L'officier russe était resté au pays en raison de son grade dans l'armée. De tous les dirigeants de l'Atelier, c'était le plus protégé. Sa couverture demeurait solide.

Zdrok ouvrit le message et le lut :

AZ,

Complexe d'Obukhov fermé. Gérants mis en retraite. Tout s'est bien passé hormis la présence d'une concurrence occidentale. J'attends confirmation de la mise en liquidation.

SP

Zdrok se frotta les yeux. C'était une bonne et une mauvaise nouvelle. La bonne : on avait détruit les derniers vestiges du projet d'avion furtif de l'Atelier. Jusqu'ici, le gouvernement et l'armée russes n'avaient pas établi que Prokofiev était responsable du vol de l'appareil.

La mauvaise nouvelle : un espion américain avait assisté à la destruction du hangar d'Obukhov. La dernière phrase de Prokofiev laissait entendre que l'homme était mort, mais qu'on n'avait pas encore retrouvé son corps.

Merde, songea Zdrok. Tout portait à croire que l'agent faisait partie de la liste de noms et de signalements qu'on lui avait fournie l'an dernier. Ce type serait l'un des Splinter Cells du Troisième Échelon ? L'ennemi juré qui était à l'origine de tous les problèmes causés à l'Atelier ?

Pourrait-il s'agir du dénommé Sam Fisher ?

Zdrok frappa le bureau de son poing et jura que l'organisation allait se venger. Puis il décrocha son téléphone pour passer un autre appel.

Il ne tarderait pas à savoir si oui ou non le Splinter Cell était encore en vie.

3

J'ai pisté la Mercedes du général Prokofiev jusqu'à un immeuble résidentiel de la vieille ville de Kyiv, près de la cathédrale Sainte-Sophie. À deux pas d'une grande artère, la *vulitsya Volodymyrska*, et de nombreux sites historiques de cette cité glaciale. Elle serait sans doute un peu plus agréable à visiter à une autre saison.

Tout est gris et blanc… et assez déprimant. J'ai entendu parler d'une vraie douceur de vivre à Kyiv au printemps et en été, mais j'ignore à quoi cela ressemble. Les rares fois où je m'y suis trouvé, c'était toujours l'hiver.

Même si je ne suis pas trop versé dans l'art et l'architecture, je dois admettre que l'histoire me passionne, et à ce titre Kyiv regorge d'antiquités.

On peut la qualifier de plus ancienne ville de tous les peuples slaves de l'est. Après tout, c'est ici que fut fondée l'Église orthodoxe russe.

En dehors de la Ville haute – que les gens du cru surnomment la *vieille ville* –, une métropole moderne et cosmopolite s'offre à nos yeux. Son expansion urbaine demeure inégalée en Ukraine et force l'admiration. Kyiv a survécu aux invasions mongoles, aux incendies dévastateurs, à la domination communiste, à la terrible destruction de la Seconde Guerre mondiale et se débrouille malgré tout pour avancer dans le XXIe siècle.

Après avoir plongé dans le fleuve Dnipro, j'ai nagé vers l'aval, avant de retourner à pied à l'endroit où j'avais laissé le Ford. J'ai mis cinq heures pour rejoindre Obukhiv et je ressemblais à l'abominable homme des neiges en arrivant.

Puis j'ai roulé jusqu'à Kyiv, tout en pistant la Mercedes de Prokofiev sur mon OPSAT. La balise émettrice fonctionne à merveille. Prokofiev et ses comparses sont descendus à l'hôtel Dnipro, un établissement haut de gamme fréquenté par les diplomates.

Pour ma part, j'ai élu domicile trois rues plus bas, à l'hôtel Saint Petersburg, un truc sans chichi, parce que je préfère les hôtels bon marché.

J'ai enclenché mon alarme OPSAT, au cas où la Mercedes quitterait l'hôtel Dnipro, puis essayé de récupérer, car j'en avais vraiment besoin. Le bip de l'OPSAT m'a réveillé un peu plus tôt dans l'après-midi. J'ai dû dormir cinq heures… Un exploit ! J'ai quitté la chambre en civil, sauté dans l'Explorer et suivi le point clignotant sur la carte de l'OPSAT pour arriver à l'endroit où je me trouve actuellement.

L'immeuble résidentiel est vieux, comme tout le reste dans le coin. Difficile de se garer, mais la chance me sourit au bout de quelques minutes, et je trouve une place de l'autre côté de la rue. Je m'arrête, m'installe pour ma planque et j'en profite pour contacter Washington.

— Allô ? Y a quelqu'un au bercail ? dis-je en pressant l'implant sur ma gorge.

— Salut, Sam.

C'est Carly St. John, ma collègue préférée au Troisième Échelon. Vive comme l'éclair et belle à damner un saint. J'ai souvent fantasmé sur une éventuelle liaison avec elle. Je me fais des idées… comme si ça pouvait l'intéresser !

Le problème, c'est que je ne tiens pas à m'engager avec qui que ce soit. C'est du moins ce que je me répète sans cesse devant la glace.

À la mort de Regan, j'ai pris la résolution de ne plus penser aux femmes. Et le célibat me convenait plutôt bien… jusqu'à une période récente.

Depuis mon retour de Méditerranée l'an dernier, disons que… parfois… *ça me démange.* Je me suis surpris à donner des coups d'œil à certaines filles de mon groupe de *krav maga* à Towson, Maryland, où j'habite.

Et puis il y a Katia, notre prof. Absolument superbe, Katia Loenstern est une Israélienne qui m'a fait plus d'une avance, auxquelles j'ai chaque fois résisté comme un abruti.

Ces derniers temps, je me dis que je devrais changer d'attitude… et puis je réalise avec horreur que la façon dont je gagne ma vie va tout foutre en l'air : un Splinter Cell qui s'engage dans une relation sentimentale devient vulnérable. Sans parler du fait que cela met son partenaire en danger. Beaucoup trop risqué.

— Sam ? Tu es toujours là ?

— Oui. Désolé… Je rêvassais. Le colonel est dans les parages ?

— Pas en ce moment. J'allais te contacter de toute manière. Une grosse tempête de neige s'annonce dans ton secteur. Qu'est-ce que tu fais en ce moment ?

— Je devais dîner, mais au lieu de ça, je surveille le général Prokofiev. Du nouveau sur les photos que je vous ai envoyées ? Vous avez pu identifier quelqu'un ?

— Pour ne rien te cacher, je viens de les récupérer. Tu avais raison. Le barbu, c'est Oskar Herzog. Il se donne un mal fou pour changer d'apparence, j'imagine. Pas très réussi, hein ?

— Non, en effet. Et l'autre ? La rock star.

Carly éclate de rire.

— Ta description façon « Raspoutine » m'a fait hurler de rire. En fait, il est aussi sinistre que le célèbre moine. On l'a identifié comme étant Yvan Putnik, tueur à gages pour la Mafiya russe. Ce type a un casier en Russie, mais aussi des amis puissants au gouvernement parce qu'on le relâche toujours.

— Tu parles… Regarde avec qui il fricote.

— Exact. Si t'es pote avec Prokofiev, tu n'as rien à craindre des forces de l'ordre.

— Ça signifie quoi, au juste ? fais-je en me frottant le menton. Qu'est-ce que ce Putnik fabrique avec l'Atelier ?

— Je suppose qu'il bosse pour eux, tu ne crois pas ?

— Je me demande quel genre de boulot il fait pour eux… Attends une seconde…

Le général Prokofiev vient de sortir de l'immeuble en compagnie d'une grande blonde qui doit avoir 25 ans de moins que lui. Peut-être davantage. Je prends deux ou trois clichés avec l'OPSAT. Le garde du corps descend du siège passager et ouvre la portière arrière pour le couple. Une fois tout le monde installé, la Mercedes démarre.

— Faut que j'y aille, dis-je. Je t'envoie quelques photos par satellite. Je viens de voir ce brave général au bras d'une jolie blonde. Je vais tâcher de trouver qui c'est.

— Ce n'est pas sa femme ?

— Non, son épouse a son âge. Cette fille est assez jeune pour être sa fille.

On coupe la communication et je déboîte discrètement pour suivre la Mercedes, qui met le cap au sud et s'engage sur la *naberezhna shose*[1] particulièrement encombrée, le long du Dnipro, jusqu'à ce que le chauffeur oblique à gauche sur le pont du Métro. Le véhicule se dirige vers l'est sur l'avenue Borovansky, puis entre sur le petit parking situé près d'un ancien moulin en bois

1..Voie express sur berge.

dans l'Hidropark. Je reste un instant perplexe jusqu'à ce que je comprenne qu'il s'agit en réalité d'un restaurant appelé « Mlyn ».

L'Hidropark, incontournable à Kyiv, est un parc d'attractions qui s'étend le long du fleuve et englobe quelques îles. Apparemment, l'établissement offre une superbe vue panoramique sur le Dnipro et ses plages.

Je me gare assez loin de la Mercedes, puis me tourne pour observer ma proie. Le garde du corps ouvre la portière arrière, et Prokofiev et la fille descendent. Je me trouve plus près maintenant et constate qu'il s'agit d'un mannequin. Qui est-ce ?

Je prends d'autres photos. Une fois le couple dans le restaurant, la Mercedes s'en va. Je sors de mon 4 X 4 et j'entre dans l'établissement. Le chef de rang me salue et me demande si je souhaite dîner à une table ayant vue sur le fleuve. Je décline en lui précisant que je viens seulement prendre un verre, et le type fronce les sourcils comme si je commettais un péché mortel. Il m'indique le bar d'un mouvement du nez, puis détourne son attention.

Je m'installe sur un tabouret, depuis lequel je peux voir Prokofiev et sa copine, assis à l'autre bout de la salle, près d'une grande baie vitrée.

Le barman me demande ce que je souhaite boire. Je n'ai vraiment pas envie d'alcool puisque je suis en service, mais je me dis : *À Rome, fais comme les Romains*... Je lui demande alors de me conseiller, et il me recommande la spécialité maison : un « KGB ».

— O.K., je vais prendre ça.

Je m'attends à un cocktail avec du Baileys et du Kahlúa, mais il me tend un verre contenant du gin, de la liqueur d'abricot, du kummel et du jus de citron. À vomir !

Tout en sirotant ce breuvage atroce, j'observe le couple en constatant qu'ils ont effectivement une liaison. La façon dont ce brave général tient la main de sa commensale sur la table n'évoque en rien une relation père-fille. Il prononce un truc qui la fait rire et ensuite… bingo ! Elle se penche et lui plante un bisou sur le front.

Clic-clac ! Un cliché, merci l'OPSAT !

Dans les 10 minutes qui suivent, toujours assis au bar, je prends quelques autres photographies en douce. À un moment donné, je chope même la main du général sous la jupe de la fille. Le meilleur, c'est quand il lui tend un petit coffret qu'elle ouvre, tout excitée, avant de se mettre à glapir de plaisir en découvrant le collier en diamants à l'intérieur. Prokofiev se lève alors, passe derrière elle et lui attache la babiole autour du cou.

Puis il se penche, et la fille l'embrasse à pleine bouche.

Au même moment, je reçois un texto sur mon OPSAT :

FILLE SUR LA PHOTO : NATALIA GROMINKO, MANNEQUIN, CÉLIBATAIRE, 24 ANS, VIT À KYIV. AUCUN CASIER CONNU À CE JOUR. CARLY.

Je me force à avaler le reste du cocktail, puis laisse quelques hryvnias sur le comptoir. Alors que je me prépare à sortir, je vois Raspoutine – ou plutôt Yvan Putnik – qui entre dans le restaurant, balaye la salle du regard, repère le général avant de se précipiter sur lui. Toujours sur mon tabouret, je les observe dans le miroir placé derrière le bar.

Putnik chuchote quelque chose à l'oreille de l'officier, et l'inquiétude transparaît alors sur le visage du vieux. Il s'essuie la bouche, se lève et prend le mannequin par la main.

Il lui dit quelque chose – visiblement, il doit s'en aller illico –, et elle tricote des sourcils en faisant la moue. Le général l'embrasse sur la joue avant de quitter l'établissement avec Putnik. Mlle Grominko continue de bouder dans son coin. J'attends deux ou trois minutes avant de suivre les hommes à l'extérieur.

Génial, il neige ! En fait, il souffle même un blizzard d'enfer.

La Mercedes a déjà quitté le parking quand je cours vers mon Explorer. J'enclenche le mode « filature » sur l'OPSAT et je constate que la voiture roule vers l'est, en direction d'Oryal.

C'est aussi la route vers Moscou. Comme ils me distancent déjà de trois kilomètres, je prends l'avenue Brovansky afin de les rattraper.

Tant que la balise m'envoie un signal, je ne risque pas de les perdre, mais j'aime bien visualiser la cible que je suis en train de filer. Manque de chance, la tempête de neige ne me facilite pas le travail, et les routes sont verglacées.

Je dois ralentir quand je vois un policier faire la circulation à un carrefour où deux véhicules se sont percutés. Lorsque la voie est enfin libre, la Mercedes a huit kilomètres d'avance sur moi. Ils quittent la ville, ça ne fait pas l'ombre d'un doute.

Soudain, le voyant lumineux cesse de bouger : le véhicule s'est arrêté quelque part. Je roule dans les faubourgs de Kyiv et ne sais pas trop ce que manigance le général. Il n'entretient quand même pas une autre maîtresse en banlieue ! Je réduis ma vitesse quand je me trouve à 1 500 mètres de l'endroit indiqué par le signal clignotant. Et voilà que, sans prévenir, le signal disparaît !

C'est quoi ce bordel ? Qu'est-ce qui s'est passé ? Ces balises ont une durée de vie d'au moins 72 heures. Est-ce que mes adversaires l'auraient repérée et désactivée ?

Je me gare pour étudier la carte sur l'OPSAT en essayant de me rappeler à quel endroit le point lumineux a disparu. Je localise une intersection qui me paraît la plus plausible et repars dans cette direction.

Environ 400 mètres plus loin, à travers la neige qui m'aveugle, j'aperçois un nuage de fumée noire qui s'élève dans le ciel nocturne. Tandis que j'entends des sirènes s'approcher, je roule lentement dans la rue pour rejoindre un terrain vague, près d'un bâtiment condamné, le dernier endroit où stationnait la Mercedes.

À la place : une épave en flammes. Il semble qu'on y ait volontairement mis le feu.

J'arrête mon 4 X 4 et observe la scène, alors que deux camions de pompiers et un véhicule de police surgissent tous gyrophares allumés. Les soldats du feu se mettent aussitôt à l'œuvre.

Je suppose qu'ils ont dû me repérer. Ces salauds ont largué la bagnole avant de la détruire et de poursuivre leur route dans un autre véhicule.

4

Le professeur Gregory Jeinsen s'épongea le front, tandis qu'il débarquait et se dirigeait vers le hall d'arrivée. Comme toujours, l'aéroport international de Hong-Kong grouillait de monde ; Jeinsen ne craignait donc pas vraiment d'être reconnu. Qui pouvait l'identifier, après tout ? Depuis son départ de Washington, il avait considérablement modifié son apparence. Il avait teint en noir ses cheveux poivre et sel, changé sa manière de les coiffer, rasé sa moustache et portait à présent des lunettes avec des lentilles factices. Ces légères transformations le faisaient paraître 20 ans plus jeune que les 64 qu'il avait réellement. Si le Pentagone le recherchait, un agent devrait s'y prendre à deux fois avant de déceler la moindre ressemblance avec le scientifique disparu deux jours plus tôt. Son contact à Hong-Kong lui avait ouvert la voie et fourni une nouvelle identité en se chargeant de la paperasse nécessaire, aussi Jeinsen détenait-il désormais un passeport allemand et un visa d'entrée au nom de Heinrich Lang. Comme Jeinsen avait un cousin appelé Heinrich et que son réalisateur préféré n'était autre que Fritz Lang, il n'avait pas cherché bien loin. Bref, son nouveau patronyme lui convenait parfaitement.

Il avait programmé son exode depuis des lustres. Jeinsen était entré aux États-Unis par le biais d'une défection encore plus ancienne. Né et élevé en Allemagne, il avait eu la malchance de grandir du côté est du mur de Berlin, à la fin de la Seconde Guerre mondiale.

Devenu adulte, il avait travaillé dans l'armement en qualité de chercheur pour le compte de la RDA, jusqu'à ce fameux jour de 1971 où il avait passé clandestinement Checkpoint Charlie dans une camionnette de blanchisserie. Un job au sein du gouvernement américain l'attendait déjà, tant et si bien qu'il avait vécu les 30 années suivantes à Washington, participant à la conception et au développement de nouvelles armes pour le Pentagone.

Après avoir franchi l'Immigration et la douane sans embûches, Jeinsen récupéra son unique bagage, puis sortit de l'aérogare pour prendre un taxi.

Ses instructions étaient on ne peut plus claires : se rendre directement à l'hôtel, s'inscrire sous son nouveau nom et attendre les autres directives.

Il venait de vivre deux semaines d'angoisse à organiser son départ, s'assurant notamment de ne laisser derrière lui aucun indice susceptible de l'impliquer comme traître envers le gouvernement des États-Unis. Il avait dû ainsi effacer toute trace de ses communications avec M. Wong à Hong-Kong. En clair, il valait mieux que Jeinsen donne l'impression de s'être tout bonnement volatilisé. La police de la capitale fédérale le classerait alors parmi les personnes disparues. En raison de son statut au sein du Pentagone, le FBI se chargerait inévitablement du dossier. Mais, s'il avait tout préparé correctement, les autorités ne trouveraient aucune piste à suivre. Comme il l'avait déjà fait dans le passé en Allemagne de l'Est, Jeinsen était certain d'avoir bien accompli sa tâche à Washington.

Le taxi le déposa devant le splendide Mandarin Oriental Hotel qui se dressait dans Connaught Road, au cœur de l'île. Jeinsen savait qu'il s'agissait sans doute du plus luxueux établissement des environs, exception faite, peut-être, du Peninsula Hotel de Kowloon. Il était ravi que M. Wong ait jugé bon de le traiter en VIP en lui réservant un endroit aussi sélect.

Je sais d'ores et déjà que ma décision de fuir les USA pour la Chine était la bonne ! songea-t-il.

Au Pentagone, les bureaucrates et les huiles de l'armée n'avaient jamais apprécié ses talents à leur juste valeur. Certes, il occupait un poste de haut niveau, avait carte blanche pour concevoir les programmes d'armement, et le respect de ses pairs. Les services financiers, en revanche, l'expédiaient sans ménagement alors que ses collègues bénéficiaient de rémunérations plus élevées.

Il réclamait des augmentations, qu'il obtenait bien sûr à l'occasion, mais les jugeait toujours insuffisantes par rapport à ce qu'il croyait mériter. Pour avoir grandi en RDA, Jeinsen s'imaginait à tort que quiconque passait à l'Ouest pouvait s'enrichir. Ce qui ne lui arriva jamais. Il jouissait de revenus décents, vivait à son aise, mais en aucun cas dans l'opulence. Jeinsen croyait fermement être victime d'un préjugé dû à son ancienne nationalité. Finalement, les 30 années vécues à Washington se soldaient par une énorme déception.

Lorsque M. Wong était entré en relation avec lui par l'entremise d'un contact dans une agence gouvernementale, Jeinsen était donc prêt à examiner toute offre qu'on lui soumettrait. Wong lui avait promis une petite fortune et un passage sécurisé à Pékin via Hong-Kong. En échange, Jeinsen devait lui fournir des renseignements concernant un projet précis sur lequel il travaillait, au moyen d'un système de transmission spécifié par M. Wong.

La procédure prendrait trois ans. Jeinsen ne souhaitait pas attendre aussi longtemps, mais Wong était parvenu à le convaincre.

Au final, le jeu en vaudrait assurément la chandelle. Ainsi, quand le rôle de Jeinsen dans le projet s'était achevé récemment et qu'il avait accompli sa tâche, tout s'était déroulé rapidement. Wong avait tenu ses promesses et organisé le départ du scientifique en le faisant tranquillement sortir des États-Unis.

Jeinsen s'approcha de la réception et s'inscrivit donc sous son nouveau patronyme.

— Soyez le bienvenu au Mandarin Oriental, monsieur Lang, lui dit l'employé de l'accueil en lui tendant une clé et une enveloppe marron. Tenez, quelqu'un a déposé ceci pour vous ce matin.

Jensen s'en empara. Le pli portait son nom à l'adresse de l'établissement.

— Merci.

Le physicien manqua s'étouffer en découvrant la chambre. Suite complète avec terrasse. Jamais auparavant il n'était descendu dans un hôtel aussi somptueux. Même lors de ses déplacements pour le Pentagone, l'administration mégotait sur les notes de frais et logeait ses fonctionnaires dans des hôtels de classe moyenne. Décidément, M. Wong savait vivre !

Avant de déballer ses affaires, Jeinsen ouvrit l'enveloppe et examina son contenu. Une petite clé argentée, sur laquelle était gravé le chiffre 139, un téléphone noté sur un bout de papier, et 50 dollars hongkongais. Il décrocha le combiné et composa le numéro.

M. Wong répondit :

— Bienvenue à Hong-Kong, monsieur… euh… *Lang.*

Jeinsen gloussa.

— Bonjour. Vous avez deviné que c'était moi ?

— Personne d'autre ne peut appeler ce numéro. Comment s'est passé votre vol ?

Wong s'exprimait dans un anglais correct avec un fort accent chinois.

— C'était long. Très long.

— Certes. Vous souhaitez vous reposer un peu ?

— Non, non, j'ai dormi dans l'avion. Je pense que je suis prêt pour... ma foi, ce que vous attendez de moi.

— Parfait. Vous avez la clé ?

— Oui. De quoi s'agit-il au juste ?

— Elle ouvre un coffret de sûreté à la Bank of China. Vous connaissez l'adresse ?

— Je trouverai.

— C'est à deux pas. Vous pouvez y aller à pied, si vous voulez, ajouta Wong en lui indiquant le chemin. Vous trouverez d'autres instructions et le reste de votre paiement dans le coffret. J'ai hâte de vous rencontrer enfin.

— Euh... moi de même, dit Jeinsen. Merci.

Il raccrocha et se frotta joyeusement les mains. En défaisant ses bagages, il se sentit dans la peau d'un jeune homme. Puis il fit un brin de toilette et changea de vêtements. Une demi-heure plus tard, il était prêt pour la nouvelle grande aventure de sa vie.

Jeinsen quitta le Mandarin, suivit l'itinéraire de Wong et s'en alla à pied vers le sud en traversant Chater Road pour rejoindre Statue Square. Il restait pantois devant la ribambelle de fontaines de la place qui fourmillait de travailleurs immigrés asiatiques. De nombreuses ressortissantes des Philippines et de Manille s'y retrouvaient, sans doute dans l'espoir d'être embauchées comme femmes de chambre.

L'immeuble de la banque HSBC dominait l'esplanade dans sa partie méridionale. Jeinsen contourna le monumental gratte-ciel et se dirigea vers le sud-est, le long de Des Vœux Road, en passant devant Chater Garden, pour arriver enfin au pied de la Bank of China, tout aussi imposante. Conçue par l'architecte sino-américain I. M. Pei et comptant pas moins de 70 étages, c'était la troisième construction la plus haute de Hong-Kong.

Jeinsen pénétra dans le hall et présenta sa clé à une guichetière.

— J'aimerais accéder à mon coffre, je vous prie.

— Puis-je avoir une pièce d'identité ? demanda la jeune Chinoise.

Jeinsen avait l'impression de ne croiser que des Chinois. La plupart des Britanniques occupant en minorité le territoire étaient partis après 1997.

Il lui tendit son nouveau passeport. Elle y jeta un rapide coup d'œil et le lui rendit avant de lui remettre un formulaire.

— Veuillez remplir ce document et l'apporter à cet agent, là-bas, précisa-t-elle en lui montrant l'individu.

Jeinsen la remercia et s'approcha d'un comptoir. Il inscrivit son nom et l'adresse de l'hôtel. Lorsqu'il présenta le formulaire, l'employé en uniforme lui demanda sa clé avant de le conduire à la chambre forte.

Jeinsen glissa la clé dans la serrure 139. Le vigile sortit le coffret et le lui donna en indiquant une salle privée. Jeinsen hocha la tête et y entra. Après avoir fermé la porte, il ouvrit le coffret.

Il contenait 100 000 dollars HK, ainsi qu'un récépissé de dépôt stipulant que deux autres millions avaient été versés sur un compte spécial à son nom.

Il avait envie de hurler de joie. Il était si excité que ses mains tremblaient en fourrant les devises dans ses poches.

Au fond du coffret, il y avait une enveloppe blanche qu'il ouvrit et lut ce nouveau message de M. Wong : il devait se rendre sur-le-champ au night-club Purple Queen de Kowloon. Wong lui indiquait comment prendre le ferry pour traverser le port, ainsi que l'adresse à communiquer au chauffeur de taxi une fois sur l'autre rive. Jeinsen ne devait rien laisser dans le coffret et garder la clé et le message dans sa poche.

En quittant la banque, il marchait sur un petit nuage. Il ne se donna pas la peine de héler un taxi pour se rendre à l'embarcadère et préféra y aller à pied, lorgnant au passage les hordes d'Asiatiques qui déambulaient dans les rues. Pour la première fois de sa vie, Jeinsen se sentait supérieur. Parmi ces *travailleurs*, ces *gens ordinaires*, il était désormais un homme riche ! Il pouvait avoir des domestiques et des *bonnes* à son service. Pour changer, ce serait lui le maître ! Bref, la vie était merveilleuse !

Il traversa donc le port Victoria en ferry et débarqua dans le quartier de Tsim Sha Tsui à Kowloon. Son exaltation eut tôt fait de s'évanouir dès qu'il se mit à arpenter le ghetto touristique de Hong-Kong. Tsim Sha Tsui lui parut surpeuplé, trop remuant et trop coloré.

Il faisait encore jour, mais déjà la multitude d'enseignes au néon l'abrutissait. Les rues regorgeaient de restaurants, de pubs, de boutiques de vêtements, de bars louches, de magasins high-tech, d'hôtels... et de gens ! Les voitures avançaient au pas, pare-chocs contre pare-chocs, dans un vacarme assourdissant. Jeinsen sentit soudain tout le poids de ses 64 printemps...

Il héla un taxi et indiqua l'adresse au chauffeur. Le véhicule passa devant le Peninsula Hotel, reconnaissable à ses deux lions de pierre en façade, pour s'engouffrer dans Tsim Sha Tsui Est, la version haut de gamme de son voisin occidental. Les immeubles s'y révélaient plus modernes et moins agglutinés.

Il arriva au Purple Queen en quelques minutes, régla sa course, descendit et se retrouva devant l'entrée de la boîte. À l'évidence, un établissement sélect. L'immeuble ne semblait pas dater de plus de 10 ans et était entouré d'une série de fontaines animées. La silhouette suggestive d'une femme nue se découpait en relief sur la façade, à côté des portes en verre teinté. Le night-club était fermé ; un panneau indiquait ses horaires : 17 heures -

5 heures. Jeinsen regarda sa montre et se rendit compte qu'il ne l'avait pas mise à l'heure locale. Tout en comptant mentalement, il songea qu'il devait être aux alentours de 16 heures. Il testa la poignée, mais c'était verrouillé.

Il tambourina contre la porte et attendit un moment. Intrigué, il allait faire le tour du bâtiment quand il entendit quelqu'un ouvrir. Un intimidant malabar chinois en complet-veston apparut en aboyant :

— Oui ?

— Je... je... suis venu voir monsieur Wong, balbutia Jeinsen, subitement très nerveux.

L'espace d'une poignée de secondes, le portier lui décocha un regard mauvais avant d'acquiescer. Il s'écarta finalement pour le laisser passer.

— Merci, dit le physicien.

— Monsieur Wong se trouve au fond du club. Suivez-moi.

Le portier ouvrit la marche et ils traversèrent l'espace principal de la boîte de nuit. L'endroit était éclairé comme aux heures d'activité normale. Il y régnait une ambiance subtilement tamisée par de minuscules spots encastrés dans le plafond, de même qu'on avait placé à des endroits stratégiques toutes sortes de fleurs et de plantes tropicales en pots. Un grand aquarium tapissait la majeure partie d'un mur, tandis qu'une vaste piste de danse rétro-éclairée occupait le milieu de la salle.

Tout en suivant le gorille, Jeinsen restait bouche bée devant la décoration.

— Très joli établissement, commenta-t-il. Monsieur Wong en est le propriétaire ?

Le portier l'ignora.

Ils franchirent une porte sur laquelle on pouvait lire en anglais et en chinois : *Réservé au personnel.* Elle donnait sur un couloir un peu sombre où s'alignaient quatre autres portes.

— La dernière à gauche, déclara l'homme en pointant l'index.

— Oh !... O.K., merci.

Jeinsen sourit d'un air penaud et pénétra dans le corridor. La porte se referma derrière lui.

Il s'avança, anxieux, et frappa à celle qu'on lui avait indiquée.

— Entrez !

M. Wong ? Sans doute... Il ouvrit et entra dans la pièce. De toute évidence, c'était une sorte de bureau, mais le sol était recouvert de ce plastique utilisé par les peintres afin de protéger meubles et tapis.

Sans prévenir, quelqu'un debout derrière la porte poussa violemment Jeinsen. Le scientifique vieillissant qui avait trahi le gouvernement américain dégringola et se retrouva à quatre pattes. Son avant-dernière sensation fut celle de l'extrémité froide du canon d'un pistolet contre sa nuque.

Le dernier bruit que son cerveau enregistra fut celui de la détonation.

5

— Les gens ne lisent plus, bordel ! C'est ça, le problème !

Harry Dagger laisse tomber une pile de livres par terre et balaie du regard les étagères croulant sous les ouvrages de sa minuscule librairie en langue anglaise. Il me regarde ensuite d'un air impuissant.

— Ne me demande pas ce qu'il faut faire, dis-je.

— J'entrepose plus de bouquins que je n'en vends. Si je n'en enlève pas certains, je te jure que je vais mettre la clé sous la porte. Tu ne voudrais pas m'acheter deux ou trois cartons de livres, Sam, que je me ferais un plaisir de t'expédier aux États-Unis ?

— Non, merci, Harry. J'ai tout ce qu'il me faut, j'en ai peur, dis-je en sirotant le verre de vodka russe qu'il m'a servi.

Je sais qu'on est censé avaler ce truc-là d'un trait, mais ce n'est pas mon style. Et comme Harry est américain, je ne me sens pas obligé de boire à la russe.

Située à quelques rues du parc Gorki à Moscou, sa librairie est en réalité une planque pour les agents de renseignements de l'Oncle Sam. Harry Dagger a opéré à Moscou pendant près de 40 ans.

Il a travaillé pour la CIA dans les années 1960, 70, et une grande partie des années 80, puis a pris sa retraite juste avant l'effondrement de l'Union soviétique. Il a ouvert son commerce en 1991 et n'a jamais exprimé le désir de quitter la Russie.

Fort de ses nombreux amis au gouvernement, Harry s'est débrouillé pour se tenir à carreau et exercer une profession respectable.

Peut-être que les autorités savent (ou pas) qu'il accueille des espions en déplacement et leur fournit des informations sur Moscou, mais jusqu'ici il n'a jamais eu d'ennuis.

Frisant les 70 ans, c'est tout à fait le genre d'homme que l'on pourrait trouver à la tête d'une boutique de livres anciens dans n'importe quelle grande ville américaine.

Il est irascible, un poil négligé, et ultracompétent dans le domaine de l'édition et la littérature en général.

En outre, il en connaît un rayon sur les réseaux d'espionnage russes et la Mafiya, la corruption gouvernementale, et tout ce qui peut intéresser un modeste Splinter Cell comme moi.

Il ressemble aussi à Albert Einstein, ce qui fait de lui un personnage hors du commun.

— Mais là n'est pas la question, reprend-il en s'asseyant derrière la table de travail, en face de moi.

Il attrape sa vodka, sans glace bien sûr, et la descend cul sec. Il me regarde en train de siroter la mienne et explose :

— Ben alors, Fisher ! C'est pas comme ça qu'on boit de la vodka russe !

— Fiche-moi la paix, Harry. Je ne l'apprécie vraiment pas sans eau.

— Tu préférerais un cognac ?

— Et du jus d'orange ? Tu en aurais pas quelque part ?

— Du jus d'orange ? Tu te crois où ? À Miami ?

Il se lève et va dans l'arrière-boutique, où il a installé

un frigo, une petite cuisinière et un garde-manger. Harry vit au-dessus du magasin et dispose d'une vraie cuisine dans son appartement, mais il « reçoit » souvent au rez-de-chaussée. Il revient avec un verre de jus d'orange qu'il pose devant moi.

— Tiens, le gros dur ! dit-il. Vas-y mollo avec ce truc. C'est traître.

J'éclate de rire en le remerciant. Il se rassoit, non sans s'être resservi une rasade de vodka, puis déclare :

— Bref, comme je te disais… cet Yvan Putnik est une crapule. Tu l'as vraiment vu en compagnie du général Prokofiev ?

— Washington l'a identifié sur les photos que j'ai transmises.

— Très intéressant, répliqua Dagger en tripotant ses longues mèches de cheveux blancs en pétard. On a toujours soupçonné Prokofiev de faire du pied à la Mafiya, mais j'imagine que tu viens de me le confirmer. Quand on m'a certifié qu'il travaillait pour l'Atelier, je n'avais pas de preuves tangibles. Et je n'en ai toujours pas. Mais toutes mes sources m'indiquent qu'il en est l'un des quatre dirigeants. J'ai transmis tout cela à Lambert l'an dernier, tu sais.

— Je sais.

— Si Putnik travaille maintenant pour l'Atelier, ça risque de mettre en danger ta vie et celle de chaque autre Splinter Cell.

— Ce n'est pas nouveau. L'année dernière, l'Atelier possédait toutes les informations nécessaires pour nous liquider l'un après l'autre. Ils ont failli y arriver, d'ailleurs… Carly cherche encore à comprendre comment l'organisation a pu obtenir nos noms.

— Eh bien, tout simplement parce que l'Atelier a quitté la Russie, et les satellites de Carly ne vont pas empêcher l'Atelier d'essayer de te pister. Je dirais même qu'avec un type comme Putnik dans leur camp, leurs chances de réussite sont sérieusement accrues. Il est très bon dans son domaine. Il est responsable de certains des assassinats politiques les plus difficiles qu'on ait jamais tentés dans ce pays. C'est un tireur d'élite hors pair et sans doute très doué à l'arme blanche aussi. Il est réputé pour utiliser un fusil à lunettes russe SV-98 avec des munitions 7,62 mm de l'ONU. Si tu te retrouves face à lui, prends tout de suite tes jambes à ton cou.

— Je ne ferais jamais ça, Harry. Tu le sais.

— Je sais. C'est juste une façon de parler...

Il avale sa vodka, tandis que je bois une gorgée de jus d'orange, avant de lui demander :

— Alors, tu n'as aucune idée de l'endroit où se trouve Zdrok en ce moment ?

Il secoue la tête.

— En Extrême-Orient. Ça, j'en suis sûr. Ça pourrait être la Thaïlande, Singapour, Taïwan... Hong-Kong ou Macao... voire Djakarta.

— C'est curieux que Prokofiev soit toujours ici.

— Il doit sauver les apparences : Prokofiev est un général haut gradé.

À ces mots, Dagger ouvre un dossier duquel il extrait une carte.

— O.K., puisque tu veux suivre à tout prix ton idée farfelue, voilà où il vit, reprend-il en désignant un coin situé dans la partie est de Moscou. Izmaylovo. Entre les parcs Izmaylovsky et Kuskovo, en fait. Une jolie demeure dans un quartier chic. Il habite là-bas avec sa femme Helena. Les enfants sont grands et ont quitté le foyer.

— Et tu as mis des gens de chez nous sur le coup pour surveiller la baraque ?

— Dès que j'ai eu ton message. Il n'est pas rentré de son « voyage d'affaires ». Alors, d'après moi, tu as le champ libre.

— Et son épouse ?

— Mes guetteurs affirment qu'elle se couche tôt et semble avoir le sommeil profond. Peut-être qu'elle prend des somnifères. Son mari et elle font chambre à part. C'est une virago de première. Le genre Boris Eltsine version travelo. Pas étonnant que Prokofiev ait une maîtresse en Ukraine. Si j'étais marié à Helena, je ne rentrerais pas non plus au bercail. Elle est probablement plus dangereuse que lui.

— La maison est gardée ?

— Uniquement quand le général est à son domicile. Le reste du temps, c'est un berger allemand hyper bien dressé qui la surveille.

— Houla !

— Comme tu dis... À ce que j'ai cru comprendre, le clebs n'a peur de rien et attaque tout individu qu'il ne connaît pas, sauf si le général ou sa femme lui ordonne le contraire. Mais à ce propos j'ai préparé quelque chose qui devrait t'aider.

Dagger se lève, retourne dans l'arrière-boutique, puis revient avec une petite boîte. Elle contient trois balles d'une drôle de forme, mais du même calibre que celles que je glisse dans mon 5-7.

— Ce sont des tranquillisants, explique-t-il. Charge-les dans ton flingue avant d'entrer dans la maison. Ça ne fera pas mal au chien... enfin, pas trop... Ça va juste l'assommer illico. Veille surtout à lui tirer dessus avant qu'il ne te voie ou ne t'entende !

Dagger reprend le dossier sur la table et en sort un plan de la demeure.

— Regarde... Voilà le rez-de-chaussée et les étages. Le bureau de Prokofiev se trouve au rez-de-chaussée. Comme tu peux le constater, c'est de l'autre côté de la maison par rapport aux chambres à coucher, qui se trouvent là au premier. Tu vois ?

— Oui, oui…

— Qu'est-ce que tu en penses ?

— Le mieux, selon moi, c'est de passer au-dessus de la clôture par-derrière et de forcer cette porte-là, dis-je en désignant l'accès à une arrière-cour. Et le système de sécurité ?

— J'ai dû soudoyer la compagnie qui l'a installé. Tu trouveras un clavier derrière la porte. Le code pour couper l'alarme est : 5-7-7-2.

— Merci, dis-je en continuant d'étudier le plan. Une fois à l'intérieur, je crois que je vais passer par ce salon, puis la salle à manger, pour rejoindre ce couloir qui mène directement au bureau.

— Ça m'a l'air parfait. Tu es motorisé ?

— Pas pour l'instant. À Kyiv, l'ambassade m'avait fourni un véhicule de service, mais je leur ai rendu.

— Je ne peux pas te laisser conduire ma voiture. Les Russes la connaissent. Le temps de passer un coup de fil et je vais te dégoter quelque chose. Sans doute une vieille occase, mais ça devrait rouler !

— Est-ce que tout n'est pas vieux et d'occasion en Russie ?

Dagger prend un air faussement indigné.

— Ta remarque est franchement vexante ! lâche-t-il en se resservant une vodka.

***

Comment se fait-il qu'aucune agence gouvernementale américaine ne puisse fournir en Russie une voiture plus récente qu'un modèle de 1996 ? Je me trouve au volant d'une fourgonnette Ford E-350, avec laquelle le copain de Harry a dû faire au moins six fois l'aller-retour jusqu'en Sibérie. Le compteur affiche 267 000 kilomètres et j'entends comme une sorte de clop-clop dans le moteur. Mais ça roule.

On appelle cette partie la « banlieue est », alors qu'elle se trouve bien délimitée par le MKAD[1], le grand périphérique qui ceinture la capitale. Après avoir passé pas mal de temps à Moscou, j'ai découvert au fil des années que j'appréciais ce coin.

Même en hiver, cela ne manque pas de cachet. Le parc Kuskovo, qui constituait autrefois le gigantesque domaine champêtre d'un éminent comte, ressemble aujourd'hui à un Versailles miniature, avec de nombreuses constructions élégantes et des jardins à la française.

Bien sûr, la neige recouvre tout en ce moment.

Connu sous le nom d'Izmaylovo, ce faubourg se classe nettement dans le haut de gamme pour les anciens propriétaires soviétiques. Il n'y a donc rien d'extraordinaire à ce que l'on y trouve la résidence privée du général Prokofiev.

Juste au sud, le parc Izmaylovsky abritait jadis une réserve de chasse royale, à proximité d'un secteur boisé étendu et inexploité. C'est si incroyable que cela puisse exister dans Moscou intra-muros qu'on a l'impression d'être en pleine campagne.

Pendant qu'il fait encore jour, je me livre à une rapide reconnaissance du quartier. Entourée par une clôture métallique, la propriété du général se niche à l'écart de la route. Un manteau blanc dissimule arbres et buissons, et j'imagine que l'endroit doit être magnifique à la belle saison. Bâtie sur deux niveaux, la demeure, ou du moins ce que je peux en voir, semble dater de 70 ou 80 ans, mais se révèle bien entretenue.

L'allée qui mène de la grille au garage prévu pour trois voitures longe la maison, du côté où se situe le bureau de Prokofiev. Malheureusement, il est impossible de savoir s'il y a quelqu'un. Je vais devoir revenir à la nuit tombée,

1. *Moskovskaya Koltsovaya Avtomobilnaya Doroga.*

trouver une place pour garer mon van, et, comme le dit Harry, « faire ce que j'ai à faire ».

***

À présent en uniforme, noir cette fois-ci, j'escalade facilement la clôture et me glisse en douceur à l'arrière de la demeure. Impossible de ne pas laisser d'empreintes dans la neige... alors, je me débrouille pour créer des traces indéchiffrables ; c'est-à-dire que je zigzague plus ou moins et remue des pieds pour faire des trous informes. De cette manière, il sera difficile de dire quel genre d'animal a traversé la propriété !

— La réception satellite est floue, Sam, m'annonce Lambert dans l'oreille. Ciel nuageux.

Je lève le nez et confirme :

— Oui. Dès que je serai à l'intérieur, vous pourrez voir à travers mes lunettes 3 D.

— Comme toujours. Bonne chance !

Je suis à présent dans la cour et je vois les fenêtres de la chambre au premier. Timing parfait : la lumière s'éteint dans celle de l'épouse. Une fois de plus, j'avance comme un extraterrestre épileptique dans la neige, histoire de brouiller mes traces, tout en m'approchant de la porte de derrière. Je sors mon jeu de crochets, examine la serrure et je détermine celui qui convient. La porte s'ouvre après deux tentatives.

Je me glisse aussitôt à l'intérieur, trouve le clavier de l'alarme et compose le code que Harry m'a donné. Ça marche. Je ferme doucement la porte, puis reste immobile quelques instants. Il n'y a pas un bruit dans la maison. Chien nulle part en vue. J'ai chaussé mes lunettes à vision nocturne et n'ai aucun problème à contourner les meubles du salon. Dès que je pénètre dans la salle à manger, je perçois un ouah ! étouffé dans un autre coin de la maison. Le toutou est à l'étage. Je dégaine aussitôt mon 5-7, déjà équipé du silencieux, avant de revenir dans le séjour. J'entrevois l'escalier derrière une arcade à l'autre bout de la pièce, puis me planque derrière le canapé.

C'est bel et bien quatre pattes griffues qui descendent les marches. La bête apparaît... énorme et ressemblant plus à un loup qu'à un berger allemand. L'animal s'arrête au pied de l'escalier.

Il regarde fixement le salon, mais ne me voit pas. Il sent bien qu'il y a un truc qui cloche, même s'il grogne à peine. Il s'avance lentement, sans trop savoir ce qui le chiffonne. Le grognement s'accentue. Il ne faut pas que je traîne, car s'il me voit il va alerter tout le quartier.

D'un mouvement fluide, je me lève, le mets en joue et presse la détente. Le chien me repère, mais sa stupéfaction est si forte qu'il en oublie d'aboyer. La balle le touche juste au-dessus de la patte avant droite.

Il lâche un léger jappement, se tourne, émet un nouveau ouah ! étouffé, avant de s'écrouler à terre. L'animal respire toujours, il est juste K.O. D'ici quelques secondes, il dormira comme un bienheureux.

Carly peut voir toute la scène à travers mes lunettes 3 D.

— Pauvre toutou, ironise-t-elle.

Il n'y a pas un bruit dans la maison... Alors, je me lève et regagne la salle à manger, puis le couloir menant au bureau.

Comme la porte est verrouillée, je ressors mes crochets. Cette serrure se révèle plus dure à forcer que celle de tout à l'heure. J'imagine que le général protège davantage ses affaires personnelles que son épouse.

Il me faut trois bonnes minutes pour ouvrir cette foutue porte, équipée de deux pênes dormants en plus de sa serrure normale !

Me voilà enfin dans la pièce. Je ferme derrière moi, et la première chose qui frappe mon regard, c'est la formidable collection de pistolets et de fusils anciens accrochés au mur. Je reconnais une arquebuse autrichienne Matchlock des années 1600 et quelques.

Un pistolet à un coup se chargeant par le canon et datant du début du XIXe siècle, sans doute d'origine russe, et qui a l'air flambant neuf. Je découvre même une carabine à levier Winchester modèle 1873. Prodigieux. Tout cela doit valoir une petite fortune.

Je m'approche du bureau, incroyablement propre et bien rangé, puis mets en route l'ordinateur, histoire de regarder le contenu du disque dur. Comme je ne tiens pas à m'attarder, je connecte simplement l'OPSAT à l'un des ports série et je télécharge. Ensuite, je transmets le tout à Washington. À eux de faire le tri dans les fichiers.

J'ouvre ensuite les tiroirs et le classeur à dossiers, mais cela se révèle sans aucun intérêt. Je repère alors un petit coffre-fort mural et je m'agenouille pour l'examiner. Normalement, j'utilise l'un de mes crochets – doté d'une charge explosive – pour ouvrir un coffre.

C'est rapide, mais inutilement bruyant et ça laisse des traces. Quand je dois agir en silence, j'utilise ce que j'appelle mon « perceur de coffre ».

Un truc génial, de la taille d'un paquet de cigarettes, équipé de ventouses et d'un émetteur qui envoie des signaux à mon OPSAT. Il détecte les infimes déclics produits par le mécanisme de la serrure à l'intérieur du coffre, puis détermine la combinaison précise qui permettra de l'ouvrir. Cela ne marche pas tout le temps et, si le mécanisme se révèle complexe, je n'ai pas la moindre chance de réussir mon coup.

Je colle donc l'engin sur le coffre et le mets en marche. Quatre minutes s'écoulent avant que n'apparaisse le premier chiffre sur mon OPSAT.

Tout ça prend trop de temps ! Et ça m'angoisse… Harry a oublié de m'indiquer la durée d'efficacité des tranquillisants. Je n'ai franchement pas envie de voir rappliquer Médor, tous crocs dehors.

Trois minutes plus tard, j'ai le deuxième chiffre. Juste encore un et je peux vérifier si mon « perceur de coffre » a bien fait son boulot.

Mais, tout en comptant les secondes, je crois bien avoir entendu remuer dans le couloir. Je retiens mon souffle, me fige sur place, l'oreille aux aguets.

Allez, fais du bruit. Confirme ce que je viens d'entendre…

Rien. Je reprends ma respiration au moment où le troisième numéro apparaît sur l'OPSAT. Puis je m'empresse de tourner le bouton en essayant la combinaison.

Le coffre s'ouvre, révélant quelques dossiers.

Comme je déchiffre le cyrillique, je découvre que l'un des dossiers dresse l'inventaire nucléaire russe. Et chinois !

— Bon sang ! lâche Lambert, qui peut visualiser les documents grâce à mes lunettes 3 D. C'est la liste de tous les engins atomiques présents en Russie et en Chine.

Je ne me risque pas à lui répondre verbalement, mais continue à examiner le dossier. La liste remonte jusque dans les années 1980, quand l'Union soviétique se montrait un peu plus « sympathique » avec ses voisins asiatiques… Autant dire que les informations peuvent être complètement périmées. Je feuillette encore… Tiens, tiens. Je tombe sur une page qui recense les engins nucléaires *manquants*. Il y en a 22 ! Le général a griffonné des notes codées sur ce document. J'aperçois une date… et elle est récente.

— Prends quelques clichés, Sam, me dit Carly. Je vais tâcher de voir de quoi il retourne.

J'obtempère aussitôt avec l'OPSAT.

Un autre dossier a l'air de concerner un général chinois de l'Armée populaire de libération, un certain Tun. J'en ai entendu parler. C'est un personnage controversé chez lui, un vrai requin.

Il se plaît à agacer le gouvernement par ses discours enflammés, histoire de l'inciter à prendre des mesures contre Taïwan. Je ne sais pas trop si le type possède encore une certaine influence, mais dans les années 1990, on le considérait la plupart du temps comme fou. La fiche de Prokofiev sur le bonhomme est drôlement détaillée. Photos, bio, et… bon sang !... des listes d'armes que Tun semble avoir achetées à la Russie. *Rectification…* Pas à la Russie. Mais à l'Atelier !

Forcément. Ce sont des commandes d'une valeur de plusieurs millions de dollars, que Prokofiev a approuvées en apposant sa signature.

Je prends vite fait d'autres clichés, puis remets soigneusement tous les dossiers en place. Je ferme le coffre, fais tourner le bouton, puis me redresse.

— Bon travail, Sam. Maintenant, foutez le camp d'ici, me dit Lambert.

C'est à ce moment-là que s'ouvre la porte du bureau. Une femme en chemise de nuit – qui ressemble effectivement à Boris Eltsine en travelo – se met à hurler comme une furie en me voyant.

6

Je bondis sur Mme Prokofiev et l'attrape par ses épaules de catcheur pour l'attirer à moi, puis m'écarte et colle fermement ma main sur sa bouche. Ce qui étouffe plus ou moins ses hurlements.

Je lui dis alors en russe :

— Calmez-vous, s'il vous plaît. Je ne vous ferai aucun mal !

Et j'en ai bien l'intention.

Mais cette femme est énorme et robuste. Elle se dégage de mon emprise et me flanque un coup de coude dans l'estomac. Ma combinaison me protège, mais mon adversaire ne rigole pas.

Comme elle essaye de filer, je la plaque. Elle chute de tout son poids sur la moquette dans un bruit sourd, tout en braillant de plus belle. Je m'avance vers elle et remets ma main sur sa bouche, en aboyant en russe :

— Écoutez-moi ! Je travaille pour le gouvernement ! Je suis là pour vous aider.

Mais autant essayer de maîtriser un sanglier de 130 kilos. Comme je ne la frappe pas trop fort pour éviter de lui faire mal, elle me repousse et parvient à se remettre debout. Je me cramponne à une jambe – j'ai l'impression d'étreindre un tronc d'arbre – et voilà qu'elle me traîne dans le bureau. Bon sang, elle s'approche des armes !

Et je beugle de plus belle :

— Attendez !

Mais elle arrache la Winchester du mur avant de la braquer sur ma tête.

Je lève les mains :

— Madame Prokofiev... Calmez-vous, je vous en prie, et écoutez-moi.

— Qui êtes-vous ? Qu'est-ce que vous voulez ? lâche-t-elle d'une voix rauque.

— Je suis détective privé, dis-je en bredouillant. Je travaille pour le gouvernement russe. Je rassemble des informations sur les activités extraconjugales de votre mari !

Cette dernière réplique attire son attention.

— Qu'est-ce que vous dites ?

— Je peux me lever, s'il vous plaît ?

Elle garde la carabine braquée sur mon front. Je ne doute pas qu'elle pressera la détente si d'aventure je la provoque.

Je remarque seulement les bigoudis dans ses cheveux gris et la crème de nuit sur son visage. Beurk.

— Entendu, lève-toi, sale type !

Je m'exécute, toujours les mains en l'air. Si je veux, je suis sûr que je peux la désarmer et l'envoyer au pays des rêves... mais j'ai une meilleure idée.

— Je m'appelle Vladimir Stravinsky et travaille donc pour le gouvernement... Votre mari a des ennuis. Je suis là pour essayer de voir ce que je peux trouver. Sincèrement, je croyais que vous n'étiez pas chez vous.

— Qu'est-ce que vous avez fait à Ivan le Terrible ? grogne-t-elle.

— Pardon ?

— Ivan ! Mon chien !

— Oh… Il est juste endormi. C'est un tranquillisant. Je ne lui ai fait aucun mal, je vous le promets.

Elle plisse les yeux en fronçant les sourcils.

— C'est quoi, cette histoire à propos de Stefan ?

Stefan ? Ah oui… son mari.

— Madame Prokofiev, êtes-vous au courant des activités extraconjugales de votre époux ?

— Ses *quoi* ?

Le plus poliment du monde, je lui demande alors :

— Puis-je baisser les bras ? Je peux vous montrer… disons… certaines photos.

Elle me fusille du regard, ne sachant trop si elle doit ou non me faire confiance. Finalement, elle acquiesce, mais garde le canon dirigé sur moi.

— De quoi vous parlez ? murmure-t-elle.

— Votre mari a une maîtresse en Ukraine. À Kyiv, pour être précis. Un mannequin.

— Je décide d'en rajouter une couche :

Elle a une vingtaine d'années.

Les yeux de mon interlocutrice s'enflamment. Je vous jure qu'ils virent au rouge l'espace d'un instant.

— Je ne vous crois pas ! s'exclame-t-elle.

— C'est pourtant la vérité. J'ai bien peur que cette liaison ne suscite une certaine inquiétude au Kremlin. Votre époux a négligé certaines de ses… fonctions.

— Tu mens, salaud ! rétorque-t-elle en portant le viseur à son œil, prête à m'exploser le nez.

— Je peux vous montrer des clichés ?

Mme Prokofiev abaisse la carabine et secoue la tête :

— D'accord. Montrez-les-moi.

Je tends le poignet et j'exhibe l'OPSAT.

— Ils sont là-dessus. C'est comme un appareil photo numérique. Regardez.

Je m'empresse de faire apparaître les photographies prises à Kyiv et les lui présente une à une. D'abord incrédule, son expression change à mesure que son visage passe du pâle au rouge pivoine, même sous cette horrible crème de nuit. Si elle pouvait cracher le feu, je parie qu'elle se transformerait en dragon !

— Je vais le tuer, marmonne-t-elle.

La femme baisse le flingue et m'ordonne de me lever. Un peu sonnée par ce qu'elle vient de voir, elle s'assoit dans le fauteuil du général.

— Qu'est-ce qui va lui arriver ? demande-t-elle.

— Aucune idée. Pour l'heure, je me contente de collecter des informations.

— Inutile que vous fassiez quoi que ce soit, reprend-elle. Je vais d'abord le tuer.

J'imagine qu'elle parle sous la colère.

— Voyons, madame Prokofiev… Je suis certain que…

Je m'interromps… Je viens d'entendre passer une voiture devant la fenêtre du bureau. Je me souviens que l'allée menant au garage se situe sur le côté, tout près de cette pièce.

— Mon mari ! s'écrie-t-elle en se levant. Il vient de rentrer !

J'étouffe un juron.

— Je dois me cacher.

Elle agite l'index dans ma direction :

— Non, ne vous cachez pas. Sortez par la porte de derrière. Je vais l'occuper quand il entrera. Dépêchez-vous !

J'acquiesce, la remercie et quitte le bureau. Ivan le Terrible commence à s'éveiller. Il m'aperçoit et grogne d'un air encore assoupi. Je saute par-dessus l'animal, qui se redresse aussitôt. Dès qu'il aboie, Mme Prokofiev lui crie :

— Ivan ! Non !

Le cabot gémit un peu et se rassoit. Apparemment, il sait qui commande.

Je m'échappe par la porte de derrière, puis rebrousse chemin dans mes propres traces de pas pour éviter d'en créer de nouvelles.

— Sam, vous avez de la compagnie, m'indique Lambert. Individu à 3 heures.

En effet, un vigile en uniforme fait le tour de la maison... sans doute sa ronde de sécurité habituelle quand le général rentre chez lui. Il me voit et appelle à l'aide. Tandis qu'il dégaine son pistolet, j'en oublie mes empreintes et je lui fonce dessus. Je lui rentre dedans la tête la première, et on tombe tous les deux dans la neige. Je le frappe au visage le plus fort possible, mais le type est bien entraîné. Il me balance un coup de genou dans le flanc, et mes reins dégustent !

D'une roulade, je me dégage et tente de me relever, mais son bras cingle l'air et vient me cueillir au cou. S'il avait eu un meilleur angle d'attaque, il me l'aurait brisé. En l'occurrence, je crois bien qu'il m'a blessé le larynx. J'ai un mal fou à respirer. La douleur est intense.

Le vigile se remet debout, braque son arme sur ma tête. Je suis à genoux et rampe devant lui, mais j'ai la présence d'esprit de ramasser de la neige à pleines poignées pour en faire une boule.

— Je devrais te tuer sans hésiter, mais voyons d'abord ce que le général sait sur toi.

Soudain, un énorme coup de feu résonne dans la maison. Le type se raidit et lève le nez. J'en profite pour lui lancer ma boule de neige en pleine tête. C'est l'un des principes de base du *krav maga* : utiliser tout ce qui est à portée de main pour avoir l'avantage sur son adversaire. Je me redresse alors comme un diable à ressort et me jette sur lui. Le heurtant de plein fouet dans le ventre, je parviens à le faire tomber de nouveau à la renverse. Son flingue, un Makarov, s'envole. Pas question de le laisser réagir, cette fois.

Je rebondis, et les semelles de mes lourdes bottes s'écrasent sur sa tête. Je fais volte-face et atterris avec les jambes de part et d'autre de ses tempes, avant de lui coller un bon coup de pied dans la pommette droite.

Il cesse de gigoter.

Je marque une pause l'espace d'un court instant, histoire de vérifier que je ne laisse rien dans mon sillage, puis file sur le côté de la maison.

Alors que je passe en courant devant la fenêtre du bureau, j'entends des cris de colère à l'intérieur, mais il m'est impossible de les identifier et, à vrai dire, je m'en fiche.

J'ai la gorge en feu et une seule envie : me tirer de là au plus vite ! J'ai tout ce qu'il me faut, je pense.

Tout en restant dans la pénombre, je saute par-dessus la clôture métallique et pique un sprint pour rejoindre la fourgonnette.

7

Le colonel Irving Lambert appréhendait la prochaine réunion. Convoquée à l'initiative de la sénatrice Janice Coldwater, cette table ronde ne lui disait rien qui vaille. De l'avis de Lambert, cette brave sénatrice était source d'ennuis. À la tête d'un petit groupe de fonctionnaires de Washington, appelé « le Comité », cette femme avait le pouvoir d'indiquer la marche à suivre à Lambert ainsi qu'à d'autres haut gradés de l'armée et des services secrets.

En traversant le couloir qui menait à la salle de conférences réservée au Pentagone, Lambert sentait tout le poids des années sur ses épaules. Le fait que la réunion se tienne au cœur même du QG des forces militaires n'était pas non plus de bon augure. Il allait se retrouver en présence de ses homologues des autres agences gouvernementales de renseignements, et de politiciens susceptibles de prendre les décisions budgétaires importantes concernant le Troisième Échelon.

Pour avoir travaillé dans les services secrets de l'armée depuis sa jeunesse, Lambert entretenait de bons contacts à Washington. Au besoin, il lui était possible de solliciter – et se voir accorder – une audience auprès du président.

Il pouvait mettre en œuvre des opérations sous couverture, dont personne d'autre au gouvernement américain n'était au courant… ou n'avait besoin de l'être.

Bref, la sécurité des États-Unis reposait souvent entre ses mains, encore un détail non négligeable que peu de gens connaissaient ou appréciaient. Et pourtant, en dépit de toutes ces prérogatives, Lambert avait fréquemment l'impression de se situer tout en bas de l'échelle bureaucratique. On témoignait davantage de respect à ses collègues du FBI et de la CIA. Les chefs d'état-major le regardaient de haut et seuls quelques membres du Congrès savaient qu'il existait.

Le fait que le Troisième Échelon ne tienne qu'à un fil était un secret de Polichinelle. L'an dernier, même si l'agence s'était montrée productive en mettant fin à certaines menaces qui visaient les intérêts américains, ses résultats sur le plan des coûts et des effectifs se révélaient désastreux.

L'Atelier avait éliminé plusieurs Splinter Cells. Quant à savoir comment cette organisation s'était procuré les noms des agents… cela restait un mystère. On avait donc ordonné à Lambert de trouver la fuite et de la colmater. Mais à ce jour, il avait échoué.

Lambert pénétra dans la salle et se félicita de ne pas être le dernier arrivé. La sénatrice Coldwater occupait déjà son siège en bout de table. Elle le gratifia d'un bref signe de tête et revint à ses notes.

Un chevalet recouvert d'une tenture trônait à l'avant de la pièce, près de la sénatrice.

L'amiral Thomas Colgan était assis à sa gauche. Visiblement soucieux, il fixait sa tasse de café. À ses côtés se tenait un homme que Lambert ne connaissait pas, un civil, apparemment, le genre grosse tête avec des portemines dans la poche de sa chemise. C'était le seul à avoir tombé la veste pour l'accrocher au dossier de sa chaise. Lambert voyait bien que le type n'avait pas l'air à l'aise.

Darrell Blake, le directeur adjoint du FBI, était assis à la droite de la sénatrice. Lui aussi ignora Lambert et continua à lire les pages imprimées qu'il avait sous les yeux. Howard Lewis, patron de la NSA et aussi celui de Lambert, fut le seul à sourire à Lambert. Installé à l'écart, il lui avait gardé une place. Le colonel pressa affectueusement l'épaule de Lewis en s'asseyant auprès de lui.

— Comment ça se présente ? murmura Lambert à son chef.

— On verra bien, répondit Lewis en chuchotant.

Lambert se passa la main sur sa coupe en brosse grisonnante, un geste qu'il faisait machinalement lorsqu'il se sentait angoissé.

Le reste de l'assistance se composait des représentants de la Sécurité du territoire, un chef d'état-major, le patron de la DEA, et une poignée d'autres conseillers militaires et politiques.

Mis en place par le président, le Comité était un groupe de réflexion top secret chargé de traiter les dossiers confidentiels et de maintenir l'ordre dans les organisations clandestines au sein du gouvernement. Le Troisième Échelon tombait dans cette catégorie.

Les seuls individus ayant connaissance de son existence, hormis le président et le vice-président, se trouvaient dans cette salle de conférences. En réalité, *personne* n'était censé être au courant de l'existence de cette agence.

En sa qualité d'établissement chargé des activités cryptologiques nationales, la NSA avait pour fonction de coordonner, de diriger et d'accomplir des tâches hautement spécialisées dans le but de protéger les systèmes d'information américains et de rédiger des rapports sur les services de renseignements étrangers.

Comme elle collectait et analysait aussi bien les communications que les données informatiques, la NSA était un organisme à la pointe de la plus haute technologie.

Pendant des décennies, elle s'était occupée de la collecte dite « passive » des données en interceptant les échanges. Le Premier Échelon était un réseau mondial d'agences de renseignements internationaux et d'intercepteurs qui captaient les signaux de communication en transit et les redirigeaient vers la NSA en vue d'analyse. Un réseau vital pendant la guerre froide.

Au moment de la dissolution de l'Union soviétique, quand les communications avaient pris leur essor, le high-tech était devenu incontournable.

La NSA avait donc créé le Deuxième Échelon, qui se concentrait entièrement sur cette nouvelle génération technologique. Malheureusement, celui-ci n'avait pas tardé à être submergé par l'immense volume des informations, conjugué au rythme effréné du développement technique et du cryptage.

La NSA avait connu alors son premier krach informatique. À mesure que les communications se numérisaient et que le codage gagnait en sophistication, la collecte passive était devenue tout bonnement inefficace.

La NSA avait donc lancé le Troisième Échelon, une section ultrasecrète destinée à revenir à des méthodes d'espionnage plus « classiques », assistées cependant par la dernière technologie pour une collecte « agressive » des renseignements. Du point de vue de Lambert, le Troisième Échelon retrouvait le monde pur et dur des espions de terrain prêts à risquer leur vie en prenant une photo, en enregistrant une conversation ou en copiant un disque dur. Ces agents-là – les Splinter Cells – infiltraient des endroits dangereux et sensibles afin de rassembler toutes sortes d'informations par tous les moyens nécessaires. Chaque Splinter Cell avait pour directive de faire son travail sans se faire repérer. On l'autorisait à agir en dehors des limites de tous les traités internationaux, mais le gouvernement des États-Unis n'admettrait ni ne soutiendrait jamais les opérations.

Lorsque le chef de la CIA Morris Cooper fit son entrée, Lambert étouffa un gémissement. Cooper et lui semblaient toujours à couteaux tirés.

— Désolé d'être en retard, déclara Cooper. La circulation dans les couloirs était plus dense qu'à l'ordinaire.

Personne ne parut apprécier sa tentative d'humour. Il haussa les épaules et s'assit en face de Lewis et de Lambert.

— Maintenant que nous sommes tous présents, commença la sénatrice Coldwater, j'aimerais d'abord régler certains soucis budgétaires, afin de pouvoir passer ensuite à la nouvelle affaire à l'ordre du jour.

Elle regarda en direction des représentants de la NSA et enchaîna :

— Monsieur Lewis et le colonel Lambert, membres du Comité ici présents, ont dépassé les fonds alloués aux divers organismes et agences chargés de la sécurité de notre nation. Comme vous le savez, cela englobe la Sécurité du territoire, plusieurs cellules militaires antiterroristes et d'autres sections ultrasecrètes au sein du FBI et de la CIA. J'ai bien peur que la NSA ne se trouve en haut de la liste des réductions budgétaires pour la bonne et simple raison qu'il faudra forcément trancher quelque part.

Lewis se trémoussa dans son fauteuil, tandis que Lambert sentit son estomac se nouer.

— Vous parlez du Troisième Échelon ? demanda le colonel.

— Oui.

Lambert s'éclaircit la voix.

— Avec tout le respect qui vous est dû, madame la sénatrice, puis-je rappeler au Comité tout ce que le Troisième Échelon a accompli depuis sa création. Pour ne parler que de l'an dernier, nous avons mis fin à un conflit d'envergure au Moyen-Orient qui aurait semé une véritable catastrophe en Israël. Nous avons achevé la destruction de l'organisation terroriste appelée « les Ombres ». Nous avons chassé l'Atelier, une entité commerciale spécialisée dans le trafic d'armes, hors de l'Europe de l'Est et du Moyen-Orient. On ne peut donc pas nous reprocher de n'avoir pas fait notre boulot. Quant à nos projets pour l'avenir, ils vont rendre notre petit groupe encore plus efficace. Nous développons, par exemple, notre programme Field Runner. Celui-ci fournit aux Splinter Cells des agents en déplacement sur les sites d'opérations et leur apporte une protection hautement requise.

La sénatrice hocha la tête.

— Le Comité apprécie le travail accompli par le Troisième Échelon, colonel. Mais je m'inquiète du taux de *pertes* en Splinter Cells enregistré par votre agence. Il est très élevé, compte tenu du faible nombre d'agents. L'année dernière, vous en avez perdu combien ? Trois ? Quatre ?

— C'est dû au fait que l'Atelier connaissait leurs noms. Nous en avons déjà discuté lors des réunions du Comité, madame la sénatrice. Une fuite…

— Et vous avez mis près d'un an pour découvrir cette fuite, intervint Cooper. Qu'est-ce que vous pouvez bien fabriquer dans votre petit bâtiment ?

— Ma foi, Morris, on ne passe pas uniquement notre temps à se branler, répliqua Lambert.

Cooper étouffa un grognement, et Lewis invita le colonel à se calmer d'un coup de coude.

La sénatrice poursuivit :

— Colonel, les frais inhérents au recrutement, à l'entraînement et au salaire d'un seul Splinter Cell sont immenses. La perte d'un de ces hommes sur le terrain équivaut, pour l'armée, à celle d'une poignée de missiles à un million de dollars. Je dois aussi faire observer que les opérations au Moyen-Orient que vous venez de citer ne se sont pas déroulées dans l'anonymat. Le but même du Troisième Échelon consistait à agir sans laisser la *moindre preuve* de ses actes. L'affaire du Moyen-Orient l'an dernier s'est déroulée dans une belle pagaille. Il y a eu des morts. Les gouvernements étrangers étaient au courant de votre présence. Ce qui a mis le président en très fâcheuse posture.

Lambert prit une profonde inspiration et déclara :

— Tout ce que je peux dire, c'est que les résultats étaient manifestes. Nous avons atteint notre objectif et évité une catastrophe d'envergure mondiale. Désolé si le président a dû se fendre de deux ou trois petits mensonges.

Nouveau coup de coude de Lewis au colonel... qui continua sur sa lancée :

— Quant à la fuite, on fait tout notre possible. À ce propos, j'aimerais rappeler à vous tous que les seules personnes ayant connaissance de l'existence du Troisième Échelon sont celles qui travaillent sous mes ordres, le président et le vice-président, et les *gens ici présents*.

Morris Cooper se pencha en avant :

— Nous devons prendre cela comme une accusation, Lambert ? Vous pensez que l'un d'entre *nous*... ?

— Messieurs, s'il vous plaît, l'interrompit la sénatrice Coldwater. Personne n'accuse personne, voyons.

Lambert se ressaisit, puis :

— À l'heure où je vous parle, un de mes gars est sur la piste des dirigeants connus de l'Atelier. On a réussi à les identifier et on ne les lâche pas d'une semelle.

— Ravi de l'apprendre, colonel, dit Cooper.

Darrell Blake vint à la rescousse de Lambert :

— Le FBI est aussi à la recherche de ces hommes. Et que fait la CIA ?

— On reste à l'affût, ne vous inquiétez pas, rétorqua Cooper, qui se cala dans son siège en croisant les bras.

— Parfait, dit la sénatrice. Quoi qu'il en soit, messieurs, rien n'a encore été décidé. Pour l'heure, on procède à une analyse détaillée du budget. Colonel, je ne manquerai pas de considérer vos propos avec le plus grand soin. Passons à la suite, voulez-vous ?

Ce disant, elle se tourna vers l'amiral Colgan.

L'officier naval toussota avant de prendre la parole :

— Madame la sénatrice, messieurs, merci de nous avoir permis de venir, mon collègue Charles Kay et moi-même… Vous connaissez tous Charlie, le directeur de SeaStrike Technologies ?

Certains parmi eux acquiescèrent. Lambert en avait entendu parler, mais sans plus… SeaStrike Technologies était une filiale d'une grosse société spécialisée dans la recherche et la conception d'outils et d'armement pour la marine américaine.

— Voilà plusieurs années que la société de Charlie travaille en collaboration avec la marine sur notre projet VSMA. Vous connaissez tous ce sigle.

Lambert hocha la tête. C'était donc ça, l'ordre du jour… Le programme VSMA avait été mis en œuvre par le Naval Sea Systems Command, son objectif étant de concevoir un véhicule sous-marin modulaire autonome susceptible d'être propulsé par un tube lance-torpilles de 53 centimètres, la taille standard de tous les sous-marins de l'US Navy.

S'il devait se fier aux derniers bruits de couloir, Lambert avait cru comprendre que SeaStrike était en passe de réussir.

— Charlie, pourquoi ne pas annoncer à tout le monde ce que vous êtes venu nous dire ? suggéra Colgan.

Kay tripota son col de chemise d'une main nerveuse, puis s'exprima avec la clarté d'un scientifique :

— Le véritable enjeu du projet VSMA résidait dans le développement du système de détection de mine longue portée ou SDMLP, propulsé par tube lance-torpilles. Nous avons l'intention de procéder au lancement depuis un sous-marin nucléaire d'attaque de classe Virginie ou Los Angeles en vue d'une opération CSR clandestine, ainsi qu'une neutralisation de mine et un sondage tactique du fond océanique.

Lambert dressa l'oreille. CSR signifiait : collecte d'informations, surveillance et reconnaissance... et cela entrait parfaitement dans les compétences du Troisième Échelon.

Kay rejoignit le chevalet. Il souleva ensuite le tissu et dévoila le schéma d'un engin tubulaire épuré, duquel saillaient divers palpeurs et sondes.

— Voilà notre VSMA, reprit-il. Contrairement aux véhicules sous-marins autonomes qui n'étaient pas modulaires, on peut donc adapter celui-ci à chaque mission... En reconfigurant les palpeurs et tout autre charge utile à la mission prévue pour le VSA, soit à l'intérieur du sous-marin, soit dans une installation idoine installée à terre, il devient désormais possible d'optimiser la charge utile nécessaire à la mission dévolue au sous-marin.

Kay pointa le dessin à l'aide de son stylo :

— Le VSMA Flight 1 présente un diamètre de 53 centimètres pour un poids approximatif de 1 270 kilos. Il tirera profit du système BLQ-11 de détection de mine longue portée afin de faciliter les opérations CSR initiales aux sous-marins nucléaires actuels. Il se commande depuis un vaisseau submersible principal et communique directement avec lui ou de manière indirecte, via un satellite. Le système utilise les systèmes de navigation du vaisseau principal pour le planning de la mission, tout en pouvant recevoir d'éventuelles mises à jour en provenance du système GPS. Le plus merveilleux dans tout cela, c'est que le VSMA peut utiliser des charges utiles modulaires interchangeables.

Kay se tourna en souriant à l'auditoire, avant d'ajouter :

— Et je suis heureux de pouvoir vous annoncer que notre prototype est à présent au point pour effectuer des tests.

Des murmures de félicitations parcoururent l'assistance, mais personne n'applaudit.

— Bon, voyons si j'ai bien compris, déclara Cooper. (Kay porta alors son attention sur le chef de la CIA.) Vous êtes en train de nous dire que ce truc peut transporter des armes ? Qu'on pourrait lui coller un engin nucléaire et le balancer sur une ville côtière en toute discrétion ?

— Théoriquement, oui, répondit Kay.

— Dans ce cas, c'est impeccable, commenta Cooper.

— Oui, nous sommes tous satisfaits de l'aboutissement de nos travaux, avoua Kay en regagnant sa place. Nous espérons que les tests pourront commencer le plus tôt possible.

L'amiral Colgan récupéra la balle au bond.

— Cela dit, nous sommes venus ici signaler au Comité que les essais ne peuvent démarrer en raison de ce qui pourrait se révéler une sérieuse faille dans la sécurité du programme VSMA.

Le reste du groupe attendait que l'amiral continue. Colgan lança un regard à Kay, lequel prit le temps de déglutir, avant d'expliquer :

— Le problème, c'est que le principal physicien responsable du projet, le professeur Gregory Jeinsen, a disparu depuis une semaine. Il ne s'est pas présenté au travail lundi dernier. Nous avons ouvert une enquête, mais le professeur Jeinsen semble n'être nulle part.

— Je n'ai jamais entendu parler de ce Jeinsen, observa Morris Cooper. Qui est-ce ?

— Un scientifique d'Allemagne de l'Est, répondit Colgan, qui a fait défection aux États-Unis au début des années 1970. Il a occupé différentes fonctions au Pentagone, mais était surtout chargé de concevoir de nouvelles armes.

— Je le connais personnellement, précisa Kay. Et j'ai travaillé à ses côtés, bien sûr. C'est un homme honnête et d'une grande intelligence. Un bon citoyen américain.

— Et qu'a-t-on entrepris pour le retrouver ? demanda Cooper.

— La police de Washington a fouillé son appartement. Il avait l'air parfaitement normal. Il semblerait que le professeur Jeinsen se soit simplement levé un beau matin pour s'en aller et ne jamais revenir. Ses affaires sont toujours chez lui. Rien ne manque, à ce que peuvent en juger les policiers, même s'il est difficile d'affirmer qu'une valise ou des vêtements ne se trouvent plus là... Il est officiellement porté disparu, mais on ne dispose jusqu'à présent d'aucun indice.

Darrell Blake prit la parole.

— Notre agence a été alertée deux jours après que le professeur a été porté absent au travail. Le FBI est désormais sur l'affaire et envisage toutes sortes d'éventualités. On ne peut écarter la possibilité que le professeur soit la victime d'un acte criminel quelconque. Tout laisse croire que ce soit le cas, je le crains...

— Vous voulez dire qu'on l'aurait kidnappé ? demanda Lewis.

— J'en sais rien, répondit Blake dans un haussement d'épaules.

Colgan poursuivit :

— Ce qui nous chagrine, c'est non seulement la sécurité de ce brave professeur, mais aussi le fait qu'il avait un accès total au programme VSMA : il était responsable du projet. S'il venait à se retrouver à la merci d'ennemis... ma foi, cela pourrait bel et bien compromettre nos travaux. Il s'agirait alors d'un sérieux coup porté à notre stratégie militaire.

— Merci, messieurs, conclut la sénatrice. Nous avons constitué un dossier sur le professeur. Vous en recevrez tous une copie avant que nous ayons quitté ces lieux aujourd'hui. J'aimerais que vous vous y plongiez sérieusement. Le FBI fait déjà le maximum. Je souhaite que la CIA et la NSA placent cette affaire en tête de leurs priorités. L'ordre émane du président en personne : vous devez retrouver le professeur Jeinsen.

8

De retour chez moi.

Le lendemain de ma visite nocturne à la résidence moscovite du général Prokofiev et madame, Lambert m'a ordonné de rentrer aux États-Unis. Mon boulot en Russie et en Ukraine était terminé.

Il s'avéra que Mme Prokofiev ne plaisantait pas en disant qu'elle tuerait son mari. Elle a tenté le coup, ma foi. Sitôt qu'il a eu franchi la porte, elle lui a tiré dessus avec la Winchester. La balle a pénétré dans le cou du général, juste au-dessous de la pomme d'Adam, et sectionné sa colonne vertébrale en ressortant.

Histoire de faire bon poids bonne mesure, elle lui a aussi tiré dans la tête. Prokofiev fut emmené d'urgence à l'hôpital, mais il semble qu'on puisse d'ores et déjà le passer par pertes et profits.

Il va s'en tirer, certes, mais mènera une existence grosso modo comparable à celle d'un rutabaga. La pauvre Mme Prokofiev a été arrêtée et va sans doute se retrouver en prison, ou être condamnée à mort pour son crime.

Cependant, ses paroles à la police furent les suivantes : « Ce salopard l'a bien mérité. » Gageons qu'elle retirera au moins quelque satisfaction personnelle de son acte.

Oskar Herzog, le directeur de l'Atelier qui se trouvait avec Prokofiev au hangar d'Obukhiv, a disparu. Il a sans doute rejoint la même planque qu'Andreï Zdrok et Anton Antipov. Dès que Lambert aura découvert l'endroit, je parie que ce sera la destination de mon prochain « voyage d'affaires ».

En attendant, ça fait du bien d'être de retour à Towson, Maryland, où j'occupe une maison en bande bien trop grande pour un quadra célibataire. Je dispose de trois niveaux pour m'étaler et je dois avouer que c'est très agréable quand on mène une existence de célibataire.

Je m'accorde quelques plaisirs simples comme un écran plat géant de télévision et une bonne collection de DVD. J'ai une prédilection pour les vieux westerns et les films de guerre.

Je possède une bibliothèque d'ouvrages de référence au sous-sol, où se trouve également mon bureau. Je ne lis pas beaucoup de romans. J'étudie la plupart du temps les divers pays du globe, en essayant de me tenir au courant de l'actualité politique et économique, notamment dans les régions dites « sensibles ».

Quand on est sur le terrain, il est primordial de savoir qui est ou n'est pas dans son camp. Chaque jour, je tâche donc d'en savoir plus sur tel ou tel endroit du monde ; cela me permet de rester vigilant.

J'habite à trois rues de l'Interstate 695 – ce qui est très pratique – et j'effectue la plupart de mes courses alimentaires à deux pas, dans York Road. Mon cours de *krav maga* se trouve au cœur du même petit centre commercial. À ce propos, mon prof, Katia Loenstern, m'a laissé un drôle de message sur mon répondeur : *Il y aura une séance spéciale jeudi et j'aimerais que tu sois présent... S'il te plaît.*

On est jeudi... alors, j'enfile mon survêt. J'attrape mon sac de gym, où je glisse une serviette et un tee-shirt de rechange, et je suis fin prêt. Comme c'est encore l'hiver dans le Maryland, je mets un blouson de ski rouge et me voilà paré pour les cinq minutes de marche qui séparent la galerie marchande de mon lotissement. Mais je n'ai pas le temps de fermer la porte que le téléphone se met à sonner dans la maison.

J'ai deux lignes, dont une à usage privé, avec numéro sur liste rouge. Les amis et la famille – le peu qui m'entourent en tout cas – l'utilisent. L'autre est une ligne sécurisée, réservée au Troisième Échelon.

Comme rares sont ceux à connaître mon numéro fixe, je sais en principe que ce n'est pas un téléprospecteur qui m'appelle, mais plutôt quelqu'un à qui ça ne me dérange pas de parler. Je me précipite donc dans la cuisine, qui se trouve au rez-de-chaussée.

— Fisher, j'écoute…

— Papa !

Un sourire éclaire mon visage. Ça valait le coup de faire demi-tour pour avoir ma fille, Sarah, au bout du fil.

— Comment tu vas, ma puce ?

— Très bien. Il fait froid ici. T'as de la neige, toi ?

Je revois la fillette qu'elle était à cinq ou six ans, ce qui n'est plus le cas. J'ai du mal à accepter l'idée qu'elle ne soit plus une gamine.

— Non, elle a fondu, mais il fait encore froid. Je m'en allais à l'instant à la gym. Et tes cours ?

— Ça se passe bien. Tu sais pourquoi je t'appelle, hein ?

Je réfléchis une seconde.

— Parce que tu adores ton papa et voulais juste entendre sa voix ?

Elle se met à glousser avec ce petit rire cristallin qui me fait craquer.

— Non, gros bêta… Enfin, c'est vrai aussi, mais je t'appelais pour te souhaiter un joyeux anniversaire !

J'ai failli oublier ! Mon foutu anniversaire tombe demain. À mon tour de glousser en secouant la tête. J'imagine que cela m'arrangeait de l'oublier.

— Alors, pourquoi tu ne m'appelles pas demain ?

— J'aurai cours toute la journée et la répétition pour la pièce demain soir.

— O.K.

— Bon alors, voilà !

Et elle se met à chanter « Bon anniversaire », ce qui me fait d'autant plus rigoler. Quand elle a fini, je la remercie abondamment.

— Tu devrais recevoir un truc par la poste, dit-elle. Faut que je file. Maintenant que tu es rentré, tu vas rester un petit moment à la maison ?

— J'espère. En tout cas, jusqu'à mon prochain congrès de VRP à l'étranger.

Elle ricane.

— Ouais… et ce serait dommage de le rater.

Sarah sait comment je gagne ma vie. J'ai pu le lui cacher longtemps, jusqu'à l'incident de l'an dernier, quand l'Atelier l'a kidnappée. Outre la perte de l'innocence, la vie d'un enfant de Splinter Cell implique certaines responsabilités.

On bavarde encore une minute, le temps de se dire qu'on s'aime, et on raccroche. Après coup, j'embrasse mon index et j'effleure la photo de Sarah que je garde sur le réfrigérateur avec un aimant. Puis je sors.

En tant que Splinter Cell, j'ai la chance de ne pas avoir été muté à un poste fixe. La plupart de mes collègues sont basés dans des parties du monde où je n'aimerais certainement pas habiter en permanence. Je dois avoir une situation privilégiée au sein du Troisième Échelon. Pour avoir été le premier Splinter Cell doublé d'un agent capable de s'adapter facilement partout où on l'envoie, je suis plus utile comme « contractuel ».

Autrefois, les espions étaient souvent des diplomates ou des officiers des renseignements de l'ambassade, en poste dans le pays où ils espionnaient. Chez nous, en revanche, les Splinter Cells sont des gars sans le moindre lien avec le gouvernement américain... pas publiquement, du moins. Quand je suis en service commandé, j'utilise de nombreuses identités et je dois parfois apprendre certains métiers pour rendre ma couverture plus crédible. Quoi qu'il en soit, il est agréable de rentrer chez soi entre deux missions pour voir Sarah.

Le Troisième Échelon se révèle sans doute meilleur que la CIA, où je travaillais avant d'être recruté par le colonel Lambert. À l'Agence, je devais espionner à l'ancienne, la plupart du temps dans la peau d'un diplomate ou d'un personnage officiel quelconque.

Plus tard, je suis resté au pays en bossant dans le développement d'armes nouvelles. Je pensais avoir mis au point une bonne technique de collecte d'informations, mais la machine bureaucratique se débrouillait sans cesse pour entraver mon esprit créatif.

J'ai toujours été et serai toujours un homme d'action, jusqu'à ce que ma santé ou mon âge m'empêchent d'accomplir ma tâche. Pour l'heure, je m'approche de la cinquantaine. J'ignore combien de temps il me reste à tirer au Troisième Échelon avant qu'on me force à partir en retraite, mais je parie que j'y resterai jusqu'au dernier moment. Je ne sais pas ce que je ferais de mes dix doigts sans ce travail. Je crois sincèrement qu'il me permet de rester jeune ; c'est sans doute en rapport avec la notion de danger, le plaisir de la traque, du jeu le plus dangereux au monde. Quand votre vie est sur la balance, sans parler de celle de vos concitoyens, ça booste votre adrénaline.

Et je suis accro à ce genre de choses !

Me voilà à la galerie marchande et j'entre dans le petit studio de danse que Katia loue pour son cours. Elle est déjà sur place, en train de faire des exercices d'assouplissement. Je constate qu'il n'y a que nous deux, mais cela ne me surprend pas. En général, j'arrive le premier.

— Sam ! s'écrie-t-elle, penchée sur sa jambe gauche en agrippant son pied.

Comme toujours, elle porte un justaucorps et un collant. Impossible de ne pas remarquer ses jambes interminables !

— Ravie que tu sois de retour, ajoute-t-elle. Comment c'était, ton voyage ?

— Très studieux, dis-je en posant mon sac par terre, près du grand miroir mural. Où sont les autres ?

Elle me décoche un sourire charmeur :

— En retard, j'imagine... Vas-y, échauffe-toi, et on attaquera ensuite tous les deux.

Je démarre par des étirements tout en l'observant. Comme je l'ai déjà dit, Katia est une Israélo-Américaine des plus séduisantes. Âgée de 36 ans, elle s'entretient et soigne son apparence. Elle a de grands yeux marron, le nez long et de sublimes lèvres boudeuses.

Son opulente chevelure brune tombe en cascade sur ses épaules, à moins qu'elle ne les rassemble en queue de cheval. Mais, même dans ce cas, ses cheveux sont si frisés qu'ils forment une sorte de crinière luxuriante, ce que je trouve craquant.

Pendant que je m'échauffe, Katia se relève et va chercher une bouteille d'eau dans ses affaires. Elle en prend une grande gorgée et laisse le trop-plein couler le long de son menton et de sa gorge. Katia possède une jolie poitrine naturelle, et cette humidité soudaine ne fait que l'accentuer... C'est la première fois qu'elle se comporte comme ça, et je parie qu'elle en rajoute pour que je me rince l'œil. Qu'est-ce qui se passe, bon sang ?

— Donc... mon petit doigt m'a dit que ton anniversaire tombait demain.

— Allons bon… Et comment tu sais ça, toi ?

— Il m'a suffi de lire ta fiche d'inscription.

— Vraiment ?

Je suis au sol à présent et j'étire mes jambes. Elle s'approche et se poste au-dessus de moi.

— Que dirais-tu si je t'apportais ton petit-déjeuner demain ? suggère-t-elle.

— Quoi ? Katia…

— Non, franchement, Sam, dit-elle en s'accroupissant à ma hauteur. Tu ne sors jamais et j'en ai assez de nos petits rendez-vous sympas juste pour boire un café. Je veux t'offrir un cadeau d'anniversaire et suis volontaire pour t'apporter ton petit-déj. Je sais où tu vis ; c'est aussi indiqué sur ta fiche. Huit heures et demie, ça te va ? Ou tu préfères traîner un peu au lit ? Je peux passer à 9 h 30 ou à 10 h, si tu préfères.

J'interromps mes étirements et je la dévisage. Elle n'a pas l'air de plaisanter.

— Katia, on en a déjà discuté. Je ne suis pas franchement sur le marché des cœurs à prendre. J'apprécie ton offre, mais je préférerais…

— Arrête tes conneries, Fisher. Assez d'excuses. Maintenant, lève-toi. Il est temps de bosser.

Elle se redresse et s'éloigne un peu.

Je commence à comprendre pourquoi les autres élèves ne sont pas là. Elle m'a piégé.

— Le reste de la troupe doit être en retard.

— Oublie-les, Fisher. Je te voulais pour moi toute seule aujourd'hui. J'ai besoin que tu m'aides à me positionner pour tester de nouvelles attaques. Tu es partant ?

— Bien sûr, Katia.

Je n'ai pas le temps de réagir qu'elle me fonce dessus et me flanque un puissant coup de pied crocheté, porté avec le talon, et m'envoie direct au tapis.

— Quelle est la règle numéro un du *krav maga*, Fisher ?

Je me redresse et lui réponds en soupirant :
— Éviter de se faire frapper.
— Tss… tss… tss…, fait-elle en secouant la tête.
Elle me fait signe de me relever. J'obtempère tout en me tenant à présent sur mes gardes. Quand elle m'attaque à nouveau, je bloque le coup, saisis son mollet et lui imprime un mouvement rotatif.

Toutefois, elle a prévu la manœuvre et accompagne le mouvement avec son corps en posant les mains à terre en guise de soutien.

En même temps, elle me porte un coup de pied en marteau dans le ventre avec sa jambe libre. Ce qui me force à lâcher son mollet. Je recule et contemple ma prof avec un regain de respect.

Katia a recouvré l'équilibre.
— Mets-moi à terre, Fisher ! lance-t-elle. Si tu peux.
— Katia, tu sais que je peux.
— Alors, boucle-la et fais-le. Si je te cloue au sol, je t'apporte le petit-déj à domicile demain. D'accord ?
— Houla ! Katia ! Attends deux secondes…
— *D'accord ?* répète-t-elle avec un sourire espiègle.
Après tout, si elle y tient…
— Entendu, Katia. Marché conclu !
— Alors, fais-moi tomber.
Je m'approche de son côté combatif, c'est-à-dire vers l'intérieur d'un adversaire qui utilise une posture de base avec un pied en avant. Elle a avancé le gauche, donc j'avance sur ma gauche. Je me place ainsi dans une position où elle pourra me frapper avec les mains ou les pieds. Je souhaite qu'elle m'attaque.

Katia tente un nouveau coup de pied, je l'esquive et essaie de saisir sa jambe, mais elle recule aussitôt. Elle me contourne avec une telle grâce que j'ai l'impression de me battre contre une ballerine. Je n'ai pas le temps de réagir qu'elle est déjà derrière moi et me colle un coup de pied claqué dans les reins. Je fais volte-face et la cueille au menton par un crochet du droit. Je n'ai jamais frappé ma prof avec une telle force, mais c'est elle qui le réclame ! Elle est un peu sonnée, se frictionne le menton, secoue la tête et me mitraille du regard.

— Ça va ? dis-je.

En fait, j'ai peur de lui avoir fait mal.

— La ferme !

Katia est en pétard maintenant. Elle bondit sur moi comme une tigresse et enroule ses jambes de liane autour de ma taille.

Puis elle m'assène plusieurs coups insupportables du talon de la main de part et d'autre de mon cou. Comme elle sait exactement où se situent les points névralgiques, la douleur que j'éprouve me fait chaque fois l'effet d'une décharge électrique dans la colonne vertébrale. Je ne peux m'empêcher de tomber à genoux, avec Katia toujours agrippée à moi.

Elle me flanque ensuite un direct sur le nez. Je vous jure que je vois trente-six chandelles ! Mais j'ai la présence d'esprit de bloquer le suivant et je la frappe en plein sternum, juste entre les seins. Ça marche… elle desserre sa clé de jambes et me repousse. J'espère seulement ne pas y être allé trop fort et lui redemande :

— Ça va ?

— Ferme-la, bordel !

Je n'ai pas le temps de me relever qu'elle se rue sur moi et me renverse sur le tapis. J'utilise son propre élan pour la projeter par-dessus ma tête. Elle atterrit sur le dos dans un claquement sonore.

Je me retourne illico en position face contre terre et la saisis par les épaules. Nos têtes se retrouvent parallèles l'une à l'autre, avec mon menton au-dessus de son front et vice-versa. Elle lutte quelques instants, puis redresse les jambes.

Avec une agilité incroyable, elle me frappe avec ses deux pieds en pleine figure. Inutile de préciser que je lâche prise.

Qu'est-ce qui lui prend ? Elle tient tellement à avoir un rencard ? J'admets avoir pas mal pensé à elle ces derniers temps en me demandant si le moment n'était pas venu de mettre un terme à mes années de célibat. Le moins qu'on puisse dire, c'est qu'elle est drôlement persuasive !

On se retrouve debout tous les deux à présent. Elle avance vers mon côté vulnérable avant que je puisse ajuster ma posture.

C'est l'inverse de ma manœuvre de tout à l'heure. J'ai avancé le pied droit, alors elle s'approche en prenant appui sur son gauche et pivote de sorte à me tourner le dos. Je tente de l'attraper sous les bras en vue d'opérer un Full Nelson, c'est-à-dire une double clé de tête, mais elle se détache avec une facilité déconcertante !

Dans la foulée, elle me lance un coup de pied dans le genou et m'écrase les orteils. Pour compléter l'ensemble, un coup de coude dans le bas-ventre m'envoie au tapis !

Me voilà de nouveau sur le dos, avec Katia à califourchon sur moi. Je pousse sur ses épaules et suis quasi persuadé que je pourrais l'envoyer valser… mais je n'en ai pas envie.

Son petit « exercice » m'a bien excité, en fait. Katia se penche jusqu'à ce que son visage se trouve à quelques centimètres du mien. Impossible de résister !

Ses lèvres se scellent aux miennes pour un long baiser fougueux, où nos langues s'entremêlent avec passion ; on se mord, on se dévore comme deux fauves.

L'étreinte dure une bonne minute avant que l'on se sépare. Ses yeux scintillent d'excitation et elle halète de plaisir.

C'est alors que je la repousse.

Elle dégringole sur le tapis et me regarde comme si je

venais de commettre un péché mortel. Je crois que je l'ai vexée.

— Désolé, Katia... (On est tous les deux à bout de souffle.) C'est juste que...

— Laisse tomber, Sam. Tu ne veux pas admettre que ça t'a plu.

Elle a raison. J'ai *adoré*. Et puis zut ! Il y a trop longtemps que je ne me suis pas engagé dans une histoire. Ce serait le moment. Je peux oublier le fantôme de Regan et cesser d'ignorer ce qui me chamboule le cœur et l'entrejambe ? Je suis capable de me lancer dans cette aventure sans faire de mal à qui que ce soit ?

— Bon, je t'ai mis au tapis... À quelle heure je t'apporte ton petit-déj ?

Elle sourit à belles dents. J'éclate de rire tout en secouant la tête d'un air résigné.

9

Le sergent Kim Lee Wei appréciait sa ronde matinale dans Tsin Sha Tsui Est, car elle lui permettait de voir le soleil se lever depuis la Promenade. Ce formidable front de mer offrait l'un des plus beaux panoramas de Hong-Kong. Une carte postale géante des gratte-ciel du cœur de l'île, de l'autre côté du port, dont la vue était particulièrement fascinante la nuit.

La Promenade s'animait à mesure que la journée avançait, aussi le sergent Wei adorait-il le calme relatif du petit matin. Bien sûr, il croisait les habituels adeptes du tai-chi, des joggeurs et des pêcheurs, mais en nombre insignifiant.

Plus tard, le front de mer serait rempli de musiciens, de photographes avec leurs trépieds, de couples en train de flâner, de mères avec leur landau, de clowns et de jongleurs, sans parler de la horde écrasante de touristes. Au Nouvel An chinois, qui avait eu lieu récemment, la Promenade constituait le lieu *incontournable* pour venir admirer les feux d'artifice sur le port.

En juin, le Festival des bateaux-dragons attirait lui aussi les foules. Le sergent Wei se félicitait donc d'effectuer sa ronde quasiment toujours le matin et de ne pas avoir à gérer ces événements chaotiques. À l'instar d'une bonne séance de tai-chi, la patrouille matinale sur la Promenade avait d'excellentes vertus thérapeutiques sur son mental.

Le policier marchait d'ordinaire de long en large entre l'embarcadère Star Ferry et le Hong-Kong Coliseum.

En 10 ans de rondes, il n'avait jamais éprouvé le moindre problème grave. Une fois, il était tombé sur un groupe d'ados qui tentaient de graffiter un mur...

De même qu'il avait connu son lot d'alcooliques ayant passé la nuit sur des bancs. Et puis il y avait l'épisode du sac de femme qu'il avait retrouvé. La propriétaire l'avait déclaré volé la veille et en faisait toute une histoire.

Rien ne manquait à l'intérieur, pas même l'argent ni les cartes de crédit. Le sergent Wei songea alors qu'elle avait dû le laisser tomber par inadvertance, avant de s'en apercevoir longtemps après.

Ce matin-là, le sergent chemina tranquillement à l'ouest du quai des ferries, passa devant le Beffroi, avant de faire le tour de la pointe sud de Kowloon.

Aux abords du New World Renaissance Hotel, Wei rencontrait toujours Jimmy, un pêcheur qui essayait d'attraper son petit-déjeuner chaque matin. Wei ignorait le nom de famille de cet homme, mais tous deux se saluaient avec respect et sympathie. Aux yeux de Wei, ce vagabond devait friser les 70 ans et avait sans doute bien vécu. Jimmy n'importunait jamais qui que ce soit et s'en allait toujours à 7 heures.

— Bonjour, Jimmy, lui dit le sergent en cantonais.

— Bonjour, sergent, lui répondit Jimmy. Ce sera une belle journée, je pense.

— Ça m'en a tout l'air. Vous avez attrapé quelque chose ?

— Pas encore. Ça ne mord pas... Y a un autre truc qui attire l'attention des poissons.

— Allons bon, et ce serait quoi ?

Jimmy haussa les épaules.

— J'en sais fichtre rien. Si vous le découvrez, faites-moi signe.

Wei se mit à rire.

— Je n'y manquerai pas. Bonne journée !

— À vous aussi, sergent !

Wei continua son chemin en remontant vers l'embarcadère East Ferry et esquissa un sourire. Avait-il déjà vu Jimmy *attraper* un poisson ? Il n'en était pas vraiment sûr.

Lorsque le sergent parvint sous le viaduc du périphérique de Hong-Kong, un détail étrange attira son attention. Un pieu métallique se trouvait enfoncé dans le béton, en bordure de la Promenade. On y avait attaché une corde, laquelle était reliée à quelque chose dans l'eau… Et ladite corde était tendue.

Qu'est-ce que ça peut être, bon sang ? songea Wei, qui n'avait jamais rien vu de tel.

Le policier s'avança et découvrit que l'on avait effectivement amarré cette chose pour éviter qu'elle se mette à flotter dans le port. Il s'approcha tout près du bord en se tenant à la rambarde, puis se mit à remonter la corde. L'objet était bizarrement lourd.

Au bout d'un moment, un ballot en toile de jute remonta à la surface. C'était une forme allongée d'environ 1 m 60 à 1 m 80 de long sur à peu près 60 centimètres de large. Wei continua à tirer jusqu'à ce qu'il parvienne à saisir l'extrémité volumineuse pour la hisser sur la berge.

Cela ne faisait pas l'ombre d'un doute : il s'agissait d'un corps.

Une heure plus tard, la Promenade grouillait de policiers. Le sergent Wei avait fait son rapport, et les inspecteurs de la criminelle prenaient le relais. Il n'en revenait pas d'être tombé sur un meurtre.

On avait tiré une balle dans le crâne d'un homme de type caucasien, avant de l'envelopper dans de la jute et de le jeter à l'eau. Bizarrement, l'assassin tenait à ce qu'on découvre le corps... sinon il ne l'aurait pas attaché à la rive.

Le mort fut étiqueté *Inconnu* à la morgue. Il s'écoulerait plusieurs jours avant qu'on ne puisse l'identifier avec certitude comme étant le professeur Gregory Jeinsen.

***

La situation était de nouveau critique au Troisième Échelon.

Le cas échéant, Carly St. John apportait parfois un sac de couchage au bureau. En sa qualité de directrice technique temporaire, elle devenait plus ou moins l'officier en second de l'équipe, et le colonel Lambert, son supérieur hiérarchique direct. Anna Grimsdottir, sa chef et responsable technique permanente, profitait de son congé de maladie annuel que la boîte les obligeait à prendre pour éviter le surmenage, et elle devait bientôt rentrer.

Dans l'intervalle, c'était à Carly qu'incombait la responsabilité de s'assurer que le Troisième Échelon fonctionne avec précision et efficacité...

Certaines erreurs pouvaient se retourner contre elle et toute personne impliquée dans la sécurité nationale. Voilà pourquoi elle était tellement démoralisée par la fuite d'informations de l'an dernier, quand l'Atelier avait pu se procurer les noms des Splinter Cells.

Carly ne serait pas tranquille tant qu'elle n'aurait pas découvert le pourquoi du comment.

Elle s'était arrêtée de travailler à minuit et demi pour récupérer un peu de sommeil afin d'être debout et opérationnelle au clavier avant l'arrivée du colonel à 7 heures du matin.

Mais quelque chose la tarabustait, et Carly savait qu'elle était sur le point de mettre le doigt dessus. Lorsqu'elle comprit qu'elle ne pourrait pas fermer l'œil, elle se redressa dans son sac de couchage – toujours vêtue de sa tenue de travail – et décida de se remettre à l'ordinateur. La pendule de son bureau indiquait 3 heures du matin.

Une fois installée devant son écran, la même idée obsédante lui traversa l'esprit.

Qu'est-ce que j'ai bien pu oublier ?

Après tout le temps passé à pirater le poste de travail de chaque employé, à examiner chaque octet du pare-feu et à reprogrammer le système de sécurité, Carly St. John était près de trouver enfin comment des informations sensibles avaient pu filtrer. Toutefois, quelque chose lui échappait encore.

Dans un soupir, elle décida qu'un remontant s'imposait. Elle quitta donc son bureau et rejoignit la cuisine pour faire du café. Même si son esprit carburait à pleins gaz, son corps avait besoin de caféine pour soutenir le rythme. Tandis qu'elle finissait de préparer sa boisson, elle entendit du bruit en provenance du bureau de Mike Chan. Carly s'approcha de la porte et frappa discrètement.

— Mike ? Tu es là ?

— Hein ? Ouais, répondit Chan d'une voix apparemment ensommeillée.

Deux ou trois secondes plus tard, la porte s'ouvrit et Carly s'étonna de l'apparence de son collègue. Pas rasé, portant des vêtements qui semblaient dater de trois jours.

— Qu'est-ce que tu veux ?

Ni bonsoir ni sourire.

— J'ignorais que tu travaillais tard, reprit-elle. Je pensais que j'étais seule, c'est tout.

— Naaan… je suis là… depuis hier matin.

— Tu bosses sur quoi ?

— La routine.

Mike était l'un des analystes du Troisième Échelon.

Il rendait compte de son travail à Carl Bruford, le directeur des recherches. Carly n'avait jamais trouvé Chan des plus sympas. C'était un type sérieux, d'un abord pas très facile.

— O.K… eh bien, je te laisse, alors, dit-elle.

Carly s'éloignait déjà, quand Chan l'arrêta :

— Attends, Carly. Désolé… j'imagine que j'ai dû piquer du nez et tu m'as réveillé. Tu sais comment c'est.

Elle se retourna en acquiesçant.

— Oui… Tu veux du café ?

— Volontiers.

— Je viens d'en faire du frais. Dans la cuisine.

Le café était prêt, aussi prit-elle deux mugs sur l'égouttoir, à côté de l'évier.

— Ces deux-là ont l'air propres, je pense…

Chan la suivit dans la pièce et s'étira.

— À part ça, tu as pu avancer ? On a toujours un pare-feu ?

— Oui. Je ne crois pas qu'on puisse à nouveau nous pirater.

Elle le servit. Ils ajoutèrent du lait et du sucre à tour de rôle.

— En fait, je pense avoir quasiment résolu notre problème. Je suis à *ça* d'y parvenir, ajouta-t-elle en écartant le pouce et l'index de deux ou trois centimètres.

— Vraiment ? Comment en es-tu arrivée là ?

— Oh ! je n'en sais rien. Laisse tomber, je pensais tout haut.

— Non, ça m'intéresse. Vas-y, raconte.

Carly était surprise. Jusqu'alors Mike Chan ne lui avait guère prêté attention.

— Eh bien, j'ai découvert un accès secondaire dans l'ancien pare-feu qui a été piraté. C'est quelqu'un de notre bureau qui a créé cette brèche, en aidant ainsi une personne de l'extérieur à s'y engouffrer. Voilà tout ce que je sais.

— Merde alors ! Qui ça pourrait bien être ?

— C'est ce que j'essaye de découvrir. J'ai trouvé la trace de deux adresses IP ayant utilisé cet accès dérobé. Une des deux se situe à Washington, quelque part près du Sénat… C'est dingue, non ? Et l'autre provient d'ici même, au Troisième Échelon !

— Lambert est au courant ?

— Je vais le lui annoncer ce matin quand il arrivera. J'espère pouvoir lui en dire davantage d'ici là. Au fait… ça me rappelle un truc. Tu as déjà entendu parler des triades ?

Chan battit des paupières :

— Quoi ?

— Les triades. Tu sais, les organisations criminelles chinoises.

— Oui, je sais ce que c'est. Pourquoi tu me demandes ça ?

— J'ai déniché un e-mail crypté qui faisait allusion à une triade de Los Angeles appelée les « Dragons chanceux ». Ça te dit quelque chose ?

— Euh… non, je crois pas.

— J'essaie de trouver qui a reçu cet e-mail. C'est peut-être l'un des éléments du puzzle.

— Tu penses pouvoir y arriver ?

— Souhaite-moi bonne chance, dit-elle en lui faisant un signe de la main, tandis qu'elle s'éloignait avec son café.

Chan la regarda s'éloigner et secoua la tête. Carly St. John était une vraie pile électrique. Elle mesurait moins de 1 m 65, avait 39 ans et possédait le cerveau d'un ordinateur. Dans le service, une blague circulait, disant qu'elle devrait porter un autocollant avec l'inscription *Intel Inside* sur le front !

Chan regagna son bureau et balaya du regard le désordre ambiant, jusqu'à ce qu'il trouve le sac à dos qu'il avait l'habitude d'apporter.

Il l'ouvrit et en sortit un Smith & Wesson SW1911, calibre 45 semi-automatique. Il vérifia s'il était chargé, fixa le silencieux fait maison, actionna la queue de détente, puis se dirigea arme au poing dans le bureau de Carly. Tant pis pour les caméras de sécurité dans le couloir. La situation atteignait un point de non-retour et il ne lui restait plus qu'une chose à faire.

Carly avait laissé sa porte entrouverte. Il jeta un coup d'œil dans l'embrasure et vit sa collègue assise à son poste de travail. Ses doigts pianotaient sur le clavier tandis qu'elle fixait l'écran.

Chan savait que Carly St. John allait résoudre cette énigme. Ce n'était plus qu'une question de temps. Pendant des mois, il l'avait épiée en essayant d'intercepter la moindre information qu'elle communiquait à Lambert. Si Carly affirmait être sur le point de dénoncer le traître tapi au beau milieu du Troisième Échelon, alors c'était forcément vrai. Et si elle démasquait les Dragons chanceux !...

Chan ne pouvait laisser faire une chose pareille.

Il poussa doucement la porte et entra dans la pièce. Puis il leva son pistolet, le pointa sur la nuque de Carly et pressa la détente. Le coup partit dans un PFFT ! et la femme s'effondra sur le clavier.

On aurait pu la croire assoupie, outre les dégâts causés sur le bureau. Chan s'approcha en grimaçant. Il visa l'unité centrale de l'ordinateur sur le côté et vida deux cartouches.

La machine produisit des étincelles et se retrouva hors service. Chan la renversa d'un coup de pied et piétina la carcasse. Le boîtier sauta, et Chan constata, satisfait, que le disque dur avait bel et bien été détruit.

Il regagna prestement son propre bureau et fourra ses affaires dans le sac à dos.

Son cœur battait à tout rompre et il dut s'asseoir un moment pour reprendre son souffle. Puis il composa un numéro sur son portable et attendit.

— J'espère que ça vaut le coup, répondit une voix en cantonais.

— Désolé de te réveiller, déclara Chan dans la même langue. Il faut que je file tout de suite.

— Quel est le problème ?

— Je suis repéré. Et j'ai tué quelqu'un.

— Merde.

— Je pars pour L. A. sur-le-champ.

— Parfait. On t'attendra. Tu viens comment ?

— Je... je n'en sais rien.

— Pas en avion. Tu te ferais prendre. Évite le train et le bus aussi. Tu vas devoir prendre une voiture, mais pas la tienne.

Chan paniquait tellement à présent qu'il n'arrivait même plus à réfléchir.

— Quelle voiture veux-tu que je prenne ?!

— Achète-toi un nouveau véhicule ! Prends-en un en location, mais pas sous ton vrai nom, ne fais pas le con !

— Tu vas me faire sortir du pays, hein ? demanda Chan.

— Bien sûr. Comme convenu.

— À destination de Hong-Kong ?

— Je vais m'occuper des préparatifs. Mais tu vas devoir venir à L. A. par tes propres moyens sans te faire prendre. Et reste calme. Compris ?

— Oui.

— Bien, je te conseille de t'en aller maintenant.

L'homme en Californie raccrocha.

Chan fit de même, glissa le portable dans sa poche et attrapa son sac à dos. Son dernier acte consista à effacer tout le contenu de son disque dur.

Il lança ensuite un ultime coup d'œil sur le bureau, s'assura qu'il ne laissait rien d'important derrière lui, puis s'en alla.

Au diable ces foutues caméras de sécurité ! songea-t-il. Le Troisième Échelon saurait assez tôt ce qu'il avait fait. Le plus important, c'était de déguerpir au plus vite.

En quittant l'immeuble, il évita le bureau de Carly St. John.

10

J'ai quelques poids et haltères, un banc de musculation et un punching-ball dans le sous-sol de ma maison. Comme je le disais, tout ce niveau me sert de bibliothèque, de bureau et de salle de gym.

À Baltimore, j'avais l'habitude d'en fréquenter une vraie, où traînait une foule hétéroclite de boxeurs, gangsters et autres gros durs.

Ça ne me dérangeait pas, mais je préfère désormais faire mes exercices à domicile.

Je suis d'ailleurs en pleine séance de développé couché quand la sonnette de la porte d'entrée retentit. La pendule indique 8 h 30. Qui peut bien venir chez moi à une heure pareille ? Soudain, ça me revient... Merde, Katia ! C'est mon anniversaire et je lui ai dit O.K. pour qu'elle vienne me préparer le petit-déj. Comment ai-je pu oublier ça ?

Je monte l'escalier quatre à quatre jusqu'au rez-de-chaussée et ouvre la porte. Katia est splendide, arborant un jean moulant et un manteau...

C'est tout ce que je peux en dire pour l'instant. Mais elle a arrangé ses cheveux et s'est maquillée, un truc qu'elle ne fait pas habituellement pour le cours de *krav maga*. Et moi qui traîne en tee-shirt et en pantalon de jogging !

— Katia ! Il est déjà huit heures et demie ?

Son sourire se transforme en froncement de sourcils.

— Ne me dis pas que tu as oublié, Sam.

— Non, non… Je faisais des exercices et je n'ai pas vu le temps passer. Viens, entre…

Je ne pense pas qu'elle me croie, mais elle n'en dit rien. Je la débarrasse de son manteau et constate qu'elle porte un corsage rouge à fines bretelles. Une toilette qui souligne son décolleté d'une manière des plus aguichantes.

Elle brandit un sac d'épicerie rempli de produits.

— Où se trouve la cuisine ?

— Par ici, dis-je en désignant le passage voûté sur ma gauche.

— C'est donc ton chez-toi. C'est joli, Sam. Tu as toute la maison pour toi tout seul ?

— Oui…

— Ça doit être sympa, commente-t-elle en posant le sac sur le plan de travail. O.K., va finir ta muscu, prends une douche et d'ici là le petit-déj sera prêt.

— J'ai terminé en fait. Franchement.

— Alors, va te laver, réplique-t-elle dans un battement de sourcils.

J'ai pigé : elle ne veut pas que je la regarde cuisiner.

Quand je reviens après m'être douché et changé, la table est mise dans la salle à manger avec deux couverts et des bougies.

Katia a apporté sa propre vaisselle et une bouteille de champagne.

À ma place, elle a posé un de ces petits chapeaux ridicules en carton avec *Joyeux anniversaire, fiston !* imprimé dessus.

— Katia, c'est fabuleux !

— Assieds-toi, le grand dadais, et mets ton chapeau !

— Pas question que je porte ce machin !

Elle me tire la langue et repart en cuisine. Je m'installe et pose le chapeau sur ma tête en me sentant plus idiot que jamais.

Quand elle revient, un plateau chargé de victuailles dans les mains, elle rit en me voyant.

— C'est tellement mignon que les mots me manquent !

— Je peux l'enlever maintenant ?

— Bon, d'accord. Je n'ai pas envie de ricaner tout le long du repas.

Le petit-déjeuner est gargantuesque. Elle a préparé des omelettes avec trois fromages différents, des poivrons, des oignons, des champignons et des épinards. On a également des bagels et des filets de saumon. Elle a aussi prévu une corbeille de fruits. Sans parler du jus d'orange frais et du champagne !

— Waouh ! Katia... je crois que tu n'as plus qu'à m'épouser, dis-je d'un ton facétieux.

— C'est une proposition ?

En guise de réponse, je lève ma flûte remplie pour porter un toast. Elle trinque avec moi :

— Joyeux anniversaire !

— Merci.

Puis on attaque le repas. Au début, notre conversation se révèle un peu empruntée, comme c'est souvent le cas lorsqu'on va prendre un café ensemble.

Cette tension sexuelle sous-jacente, que j'ai pris l'habitude de nier, subsiste bel et bien.

Katia la sent aussi, mais fait comme si de rien n'était en calquant mon attitude. On parle du cours, de certains élèves doués, avant de finir par dévier sur nos professions respectives.

— Je suis parfaitement heureuse de me contenter d'enseigner le *krav maga*, dit-elle. Je n'ai jamais aspiré à autre chose. Je suis sans doute trop vieille pour être mère et trop jeune pour prendre ma retraite.

— Tu arrives à joindre les deux bouts uniquement avec tes cours ? Et, soit dit en passant, tu n'es pas trop âgée pour la maternité, si ça correspond à ton désir profond.

— Non, je suis *vraiment* trop vieille, dit-elle en secouant la tête. Je n'ai pas envie de vivre ça à la fin de la trentaine. Faire des bébés, c'est bon pour les filles de la vingtaine. Et, sinon, pour répondre à ta question : non, je ne pourrais pas m'en sortir uniquement avec mes cours. Mais je perçois une petite rente mise en place par mon père avant sa mort. Dans la mesure où je ne claque pas tout au centre commercial chaque mois, je me débrouille avec ce que je gagne.

Je décide de ne pas relancer le sujet de la maternité.

— Et ta mère, elle vit où ? Tu as des frères et sœurs ?

— Ma sœur cadette et elle vivent en Californie. À San Diego. D'ailleurs, j'y vais d'ici deux ou trois jours. Je voulais t'en parler. Il n'y aura pas cours la semaine prochaine. Je préviendrai les autres par e-mail. Je vais rester là-bas une huitaine de jours, j'espère. Je pensais faire ensuite un tour dans les vignobles, mais je n'en sais trop rien. Ou peut-être à L. A.

— Ça m'a l'air sympa, dis-je. Des vacances me feraient du bien aussi…

— À toi ? Monsieur le globe-trotter ?

— C'est pour le boulot. Ces voyages ne sont pas de la détente, crois-moi.

— Mais qu'est-ce que tu fais au juste, Sam ? Et ne me raconte pas que tu es un foutu VRP. Je ne te crois pas un seul instant.

— Je suis pourtant dans la vente. D'une certaine manière. Dans les relations internationales entre les États-Unis et des sociétés qui fournissent un certain nombre de biens que les Américains ne peuvent trouver ailleurs. J'imagine qu'on pourrait me qualifier de « consultant collecteur d'informations ».

Elle éclate de rire :

— Tu bosses pour le gouvernement, voilà tout !

— Pas vraiment, dis-je en haussant les épaules.

— Allez, Fisher. Ça ne me surprendrait pas de découvrir que tu es une espèce d'espion. Vu ton apparence athlétique, le fait que tu t'entretiennes. La plupart des types de ton âge se laissent aller. Pas toi. Et puis tu es intelligent et tu voyages pas mal. Sans compter que tu gardes ta vie privée ultrasecrète. Je ne sais quasiment rien sur toi, à part que tu as une fille et que tu es meilleur que moi en *krav maga.*

— Je ne suis pas un espion, Katia. Ni meilleur que toi en *krav maga.*

— Bien sûr que si, et tu le sais. Tu aurais pu me flanquer une belle raclée hier. Tu m'as *laissée* te mettre au tapis.

— Peut-être que j'en avais tout bonnement envie.

Elle me coule un regard oblique. Ses yeux marron scintillent sous la lumière des bougies.

— Ah oui ? dit-elle.

Je prends une gorgée de champagne et tente de ne rien laisser paraître sur mon visage. Ça y est... Je sais que mes années passées à ignorer le sexe opposé s'achèvent. Il est grand temps de réintégrer le monde des relations homme-femme.

Notre petit-déjeuner terminé, je me lève et lui tends la main. Katia me sourit en la prenant. Je l'éloigne de la table, mais elle m'arrête :

— Attends ! dit-elle avant de s'emparer des deux flûtes et de la bouteille. On risque d'en avoir besoin.

Je la conduis dans ma chambre à l'étage. Le lit n'est pas fait, mais ça ne la dérange pas. Elle pose la bouteille et les verres, puis se tourne vers moi. Je la prends dans mes bras et on s'embrasse avec encore davantage de passion qu'au studio, si toutefois c'est possible...

Lorsqu'on reprend enfin notre souffle, la pendule de ma table de nuit affiche 13 h 30. On a fait l'amour comme des bêtes pendant une bonne heure avant de s'endormir dans les bras l'un de l'autre. Je l'ai vécu comme une révélation. Cela faisait si longtemps...

J'imagine que ça fait partie de ces choses qu'on n'oublie pas, un peu comme la moto. Eh bien, Katia Loenstern est une sacrée monture.

Elle me chevauche drôlement bien aussi. On a dû dormir une demi-heure, avant de remettre le couvert.

À croire que cela faisait un siècle que j'étais abstinent ! Une fois avalé le reste du champagne devenu tiède, on a essayé une autre position.

Katia n'en revenait pas de mon endurance, et son enthousiasme me comblait.

Ce fut ma meilleure matinée – et mon meilleur anniversaire – depuis des années.

Alors que nous envisageons d'aller nous doucher en duo, mon bipeur se met à sonner. Cela signifie que je dois rappeler Lambert sur ma ligne sécurisée au sous-sol. Je n'en ai aucune envie ; après tout, je suis en congé ! Je rentre tout juste d'une mission. Impossible. Pas maintenant. Pas quand je démarre à peine une relation avec la première femme que j'ai appris à aimer depuis...

— Il faut que tu fasses quelque chose ? me demande-t-elle.

— Oui. Je dois passer un coup de fil. En bas, dans mon bureau.

Elle m'adresse un sourire plein de douceur.

— Vas-y. Je vais rester allongée tranquillement, en attendant que ma tension revienne à la normale.

J'effleure à peine son visage et l'embrasse.

— Je reviens tout de suite.

— Apporte de l'eau ! s'écrie-t-elle tandis que je m'élance dans l'escalier.

Une fois seul au bureau, j'appelle Lambert au Troisième Échelon.

— Sam… Dieu merci vous êtes là !

— Qu'est-ce qui se passe, colonel ?

— Retrouvez-moi à l'endroit habituel dans une heure.

— Une heure ?

— Pourquoi ? Vous avez autre chose de prévu ?

J'ai envie de l'envoyer balader, lui et son putain de boulot, mais je me ravise.

— Je… euh… je suis un peu occupé, colonel.

— Il s'agit d'une priorité de type 3, Sam.

Cela signifie que c'est d'une importance vitale. Bref, je ne peux pas y couper.

— J'y serai, dis-je.

On raccroche et je remonte à la cuisine. Je remplis deux grands verres d'eau et les apporte à l'étage. Katia se trémousse, mutine sous les draps et glousse comme une gamine.

Quand j'entre dans la pièce, elle exhibe une longue jambe galbée.

— Ça te plaît ? dit-elle en prenant un accent français bidon. Tu en as envie ?

Je m'assois sur le lit et baisse le drap en douceur. Son visage affiche une adorable expression espiègle.

— Tiens, dis-je en lui tendant son verre d'eau.

Elle se redresse, et sa superbe poitrine s'offre à ma vue. Katia boit d'un trait et pousse un soupir.

— Alors, tu es prêt pour le sixième round ? À moins que ce soit le septième ? J'ai oublié de compter…

— Katia, il faut que je m'en aille. Le boulot… désolé.

Elle me dévisage comme si je l'avais giflée.

— Vraiment ?

— Vraiment.

— Tu n'essayes pas de te débarrasser de moi ?

— Jamais de la vie. Si je pouvais n'en faire qu'à ma tête, je ne quitterais pas cette chambre.

— Je parie que tu dis ça à toutes les filles qui te préparent ton petit-déj pour ton anniversaire.

Je me penche pour l'embrasser. Elle se laisse faire, mais sa fougue de tout à l'heure a disparu. Je l'ai vexée.

— Cela signifie que tu vas encore partir en voyage ? me demande-t-elle.

— Possible.

— Sam, en quoi ton job est-il si *important* que ça ?

— Je ne peux pas te le dire, Katia.

— Tu travailles donc pour le gouvernement.

J'imagine qu'il n'y a rien de mal à ce qu'elle sache au moins ça. Si on doit entretenir une liaison…

— Exact. Mais je ne peux pas te décrire en détail ce que je fais. Ne me pose pas de questions, s'il te plaît, d'accord ?

Elle y réfléchit un instant, avant de répondre :

— D'accord. Tant que tu me promets que tu ne vas pas lâcher le cours de *krav maga.*

J'éclate de rire.

— Bien sûr que non ! dis-je en tendant les mains pour l'aider à se lever du lit. On peut toujours prendre cette douche à deux si tu le souhaites.

— Et comment ! Je n'ai pas envie de rentrer chez moi en sentant le sexe. Sinon, mon chat va devenir fou !

Je la précède dans la salle de bains pour ouvrir le robinet. J'aperçois son reflet dans le miroir et remarque qu'elle griffonne un truc sur le calepin que je garde sur la table de chevet.

Elle me rejoint ensuite sous la douche, et nous passons cinq à six minutes de volupté à nous savonner mutuellement et à nous exciter.

On refait l'amour debout sous l'eau chaude qui ruisselle sur nos corps enfiévrés.

Plus tard, une fois habillés, je regarde ce qu'elle a inscrit sur le bloc-notes. C'est son numéro de portable, accompagné de cette phrase : *Je ne le donne pas à n'importe qui, figure-toi !*

— Tu me préviens si tu dois t'en aller ?

— Promis.

C'est le moins que je puisse faire.

II

Il commence à neiger. L'hiver dans le Maryland est toujours imprévisible. On ne sait jamais si le blizzard va souffler, avec gel et verglas en prime, ou s'il va faire simplement un froid sec.

Du reste, la température n'est pas si basse aujourd'hui, mais la neige tombe dru. La météo a prévu 15 centimètres. Génial.

J'allume le chauffage de ma Jeep Cherokee et me voilà parti vers Washington via l'Interstate 95. C'est un 4 X 4 de la gamme Overland, moteur V8, 265 CV. Pour la ville, c'est bien trop imposant, mais j'aime l'emmener de temps à autre en pleine cambrousse.

La conduite me plaît, mais je n'ai pas si souvent l'occasion de rouler, à vrai dire.

Il m'arrive souvent de m'imaginer routier, une fois en retraite. Histoire de partir à la conquête de « l'Amérique profonde », comme tout héros populaire qui se respecte.

Lambert et moi convenons toujours d'un lieu public pour nous retrouver. J'évite les immeubles des agences gouvernementales de Washington et des environs, juste au cas où je serais suivi.

Si on me voyait entrer à la NSA ou la CIA, nul doute que cela indiquerait à d'éventuels pisteurs que je travaille pour les fédéraux. À l'heure actuelle, le QG du Troisième Échelon se situe loin de la NSA, laquelle se trouve dans Savage Road, à Fort Meade, Maryland, à mi-chemin entre Baltimore et la capitale. Mon agence, elle, se niche au cœur d'un petit immeuble banal de Washington, à deux pas de la Maison-Blanche.

Tous les deux ans, on déménage pour des raisons de sécurité. Même si je me tiens à l'écart du QG, il m'arrive d'être obligé d'y aller. Lambert et moi avons décidé depuis longtemps qu'il valait mieux nous retrouver ailleurs.

Nous varions les endroits, mais on se rencontre en général dans un centre commercial.

Comme il sait que je déteste ce genre de lieux, je pense qu'il le fait exprès juste pour m'agacer. Lambert a un sens de l'humour assez tordu. Ces derniers temps, on se retrouve dans la même galerie marchande, à Silver Spring, pour des raisons de commodité.

Je m'engage donc sur la bretelle de sortie et suis la direction du City Place Mall, dans Colesville Road, puis je gare la Cherokee avant d'entrer dans le complexe.

Le coin des restaurants est facile à repérer et je vois Lambert qui m'attend à une table – il arrive toujours le premier –, mais il n'est pas seul et cela m'intrigue. Frances Coen est assise à ses côtés.

Je la connais, car elle fait partie des fameux Field Runners du Troisième Échelon. La trentaine, elle est plutôt séduisante dans le genre garçon manqué.

Mince, les cheveux courts, elle porte des vêtements moulants et solides de pro. Lambert arbore un col roulé noir et un pantalon en toile. Il n'est jamais en uniforme quand on se voit en public.

Il a l'air de se délecter de son plat de fast-food préféré : un Big Mac Combo Meal. Frances se contente d'une salade. Je croise le regard du colonel, puis vais m'acheter de quoi me sustenter.

Après une telle partie de jambes en l'air arrosée de champagne, j'ai besoin de quelque chose de roboratif. Je finis par opter pour du poulet aux brocolis dans une des gargotes faussement chinoises.

Je rejoins ensuite Lambert et Coen à leur table et constate que le colonel a déjà fini son plat. Il a cette drôle de manie de se passer la main sur sa coupe en brosse pour tromper sa nervosité, et c'est exactement le geste qu'il fait quand je m'assois.

En fait, Lambert a l'air plus stressé que d'habitude. Du reste, je ne me souviens pas qu'il avait des poches si marquées sous les yeux.

D'ordinaire, le colonel déborde d'énergie. Ambitieux et intelligent, c'est à se demander s'il lui arrive de dormir de temps en temps. Il boit du café comme il respire, et c'est le genre de type toujours occupé, qui ne se détend jamais. À en croire son apparence d'aujourd'hui, je serais tenté de croire que son mode de vie va l'envoyer plus tôt que prévu dans la tombe.

Coen m'observe en silence. Je remarque pour la première fois sa longue cicatrice sur le côté du cou qui disparaît dans son col. Aurait-elle travaillé dans l'armée auparavant ?

— Ça va, colonel ?

— Non, me répond-il. Carly St. John est morte.

Mon estomac se noue aussitôt.

— Quoi ?

Il acquiesce en ajoutant :

— D'une balle dans la nuque. À son bureau.

Je n'en crois pas mes oreilles. Carly est… était mon amie, la seule personne en plus de Lambert avec laquelle j'avais plaisir à entretenir une vraie relation de confiance.

— Vous savez qui a pu… ?

— Pas encore. Mais Mike Chan a disparu. Tout laisse croire qu'il ait fait le coup. On le voit sur toutes les vidéos de surveillance.

— Mike Chan ? L'analyste ?

Je regarde Coen. Lambert me sent sur mes gardes et reprend.

— Sam, vous connaissez Frances Coen, l'une de nos Field Runners.

— Oui.

Field Runner. Je me souviens avoir parlé de ce programme avec le colonel. Il souhaite désormais envoyer non pas une, mais *deux* personnes sur le terrain. Un Field Runner est censé coordonner le transport et l'acheminement du matériel pour un Splinter Cell. Je lui ai fait part haut et fort de mon opposition au projet.

À mon humble avis, son gros inconvénient, c'est que la situation se révèle déjà suffisamment dangereuse avec un seul agent susceptible d'être capturé et torturé. Un Splinter Cell est entraîné à supporter les mauvais traitements, mais qu'est-ce qui se passe si un Field Runner se fait prendre ? Comment cette femme – Frances Coen – va-t-elle réagir quand les méchants de l'autre camp tenteront de lui soutirer des informations en la menaçant avec des fers chauffés à blanc ?

Je réserve mon argument pour plus tard. Pour l'heure, c'est surtout ce qui est arrivé à Carly qui me perturbe.

— Celui qui a tué Carly est responsable de la fuite de renseignements qui a profité à l'Atelier, dis-je.

— Vous avez sans doute raison, admet le colonel. S'il s'agit vraiment de Chan…

— Qu'est-ce qu'on fait à ce propos ?

— On a dû confier l'affaire au FBI. C'est un crime fédéral. On ne pouvait pas avoir la police de Washington dans nos bureaux. On n'existe pas, vous vous rappelez ?

— Oui.

— Alors, pour l'instant, nous devons rester les bras croisés, pendant que le Bureau fourre son nez partout.

Je vois bien que cela n'enchante pas Lambert.

— Ça s'est passé quand ?

— La nuit dernière... Carly travaillait tard. Son ordinateur est détruit aussi. Tous ses progrès réalisés en vue de colmater la brèche sont partis en fumée.

— On a quand même des bandes de sauvegarde, intervient Coen. On va se mettre à les passer au crible. Sauf qu'on ignore si Carly a sauvegardé son travail de la veille ou des deux derniers jours.

— J'ai demandé à Anna d'écourter son congé et de rentrer, reprend Lambert. Jusque-là, on marche sur des œufs...

Anna Grimsdottir est tout aussi douée que Carly, mais je me suis... je m'étais particulièrement attaché à Carly. Il sera difficile de la remplacer.

— J'imagine donc que, si vous m'avez fait venir, c'est pour m'envoyer à la recherche de Mike Chan ?

— Non. J'en ai bien peur.

— Colonel, je *veux* me lancer à sa poursuite.

— Ce n'est pas votre travail, ni celui du Troisième Échelon, mais celui du FBI. Désolé, Sam. Je souhaite autant que vous venger l'assassinat de Carly. Laissons les rouages politiques tourner dans le sens qui leur est dévolu...

— Qu'est-ce que je fabrique là, alors ?

— Cela n'a aucun rapport. Je vous envoie à Hong-Kong, Sam. Vous devez partir ce soir.

— Ce soir ? Bon sang, colonel, je viens à peine de rentrer de Russie ! Il n'y a pas encore une semaine que je suis là. Et puis... je ne suis pas censé avoir un congé obligatoire de récupération ?

— Je sais, mais vous êtes le seul agent disponible actuellement. Rappelez-vous... nous avons perdu quatre agents en Extrême-Orient l'an dernier et j'ai dû mettre des remplaçants. Par ailleurs, j'ai le Comité qui me souffle dans les bronches pour des histoires de coupes budgétaires.

J'ignore pour quelle raison, mais le Troisième Échelon se retrouve dans le collimateur de Washington. On a intérêt à prouver notre utilité, et sans tarder. C'est pourquoi j'ai besoin de *vous*, Sam.

Je n'aime pas dire cela, parce que je n'ai pas envie que vous preniez la grosse tête, mais vous êtes le meilleur qu'on ait sous la main.

C'est agréable à entendre, mais je suis trop en rogne pour réagir de manière idoine. Je n'ai franchement aucune envie d'aller à Hong-Kong !

— Qu'est-ce qu'il y a de si important là-bas ?

Lambert fait glisser une grande enveloppe sur la table.

— Vous avez entendu parler de SeaStrike Technologies ?

— Oui…

— L'un de leurs meilleurs scientifiques a disparu voilà une semaine. On craignait qu'il ait été kidnappé parce que c'était le chef du projet d'un de nos plus importants programmes de défense.

— Le VSMA, précise Coen. Vous connaissez ?

— Non.

— Tous les renseignements nécessaires se trouvent dans cette enveloppe, dit Lambert.

— Je suis donc censé retrouver ce chercheur ?

— Non. C'est fait. On l'a assassiné à Hong-Kong. Son corps a été découvert à Kowloon. Il a fallu 24 heures aux autorités chinoises pour l'identifier.

— Qui était-ce ?

— Gregory Jeinsen. Ancien physicien d'Allemagne de l'Est, passé à l'Ouest et en l'occurrence aux États-Unis en 1971. Il a travaillé pour le Pentagone depuis.

— Qu'est-ce que vous attendez de moi, alors ?

— Je veux que vous découvriez ce que Jeinsen faisait à Hong-Kong. S'il a fait défection ou si on l'a effectivement kidnappé, il a pu livrer les secrets du VSMA. Auquel cas, disons que le Pentagone ne va pas s'en réjouir.

Lambert se passe de nouveau la main sur ses cheveux en brosse.

— Vous voulez que j'enquête sur un *meurtre* ? Colonel, avec tout le respect que je vous dois, je ne suis pas un inspecteur de la crim. Est-ce que ça ne sort pas un brin des compétences du Troisième Échelon ?

— Non, ce n'est pas ce que je vous demande. Vous vous rendez à Hong-Kong pour faire ce que vous avez l'habitude de faire : collecter des informations. Gregory se trouvait forcément là-bas pour une raison bien précise. Je veux que vous trouviez laquelle. Si les secrets du VSMA ont été vendus, cédés ou soutirés à ce scientifique, votre travail consiste alors à remonter la piste et tâcher de voir où elle mène. Si vous découvrez dans la foulée qui l'a assassiné, c'est encore mieux. On battra le FBI et la CIA sur leur propre terrain. Et cela nous donnera un sacré atout quand le Comité s'attaquera aux coupes budgétaires.

— Alors, tout ça n'est qu'une question de financement, n'est-ce pas ?

Pour le coup, je suis carrément en colère.

— Ça suffit, Sam. Lisez donc le dossier. Vous comprendrez ensuite pourquoi c'est si important.

Je ravale ma rage un bref instant, et tout le monde se tait à notre table.

— Entendu, dis-je enfin en prenant l'enveloppe.

— Merci, Sam, dit Lambert.

Je l'envoie balader d'un geste de la main.

— Et ce que j'ai trouvé au domicile de Prokofiev ? Vous avez eu le temps de jeter un coup d'œil à cette liste d'engins nucléaires manquants ?

— Nos analystes décodent en ce moment même les notes du général. Je devrais en savoir plus d'ici un jour ou deux. Vous avez fait du bon boulot, Sam.

— Merci. Sinon, que pouvez-vous me dire au sujet de cette faille dans la sécurité sur laquelle Carly travaillait ? J'imagine que cela n'a fait qu'empirer. Regardez ce qui m'est arrivé en Russie. Quelqu'un savait manifestement que je suivais le général Prokofiev à Kyiv. En homme avisé, il a détruit sa voiture parce qu'il savait qu'elle portait un émetteur. Comment a-t-il été au courant ? Au dire de tout le monde, il semble qu'il soit rentré plus tôt que prévu de Moscou, car il savait peut-être que je me trouvais chez lui. Colonel, les gens au courant de ce que je faisais en Russie se comptent sur les doigts d'une main...

— J'en suis conscient, Sam. Dès qu'Anna sera de retour à son poste, ce sera la première de ses priorités. Je ne doute pas qu'une personne de chez nous ait compromis le Troisième Échelon. Peut-être était-ce Mike Chan. Peut-être n'agissait-il pas seul. Avec quelqu'un qui était dans la place, mais pas un employé de notre service. Peut-être que le traître se trouve parmi les rares personnes de Washington à connaître notre existence. À ce stade, j'en sais rien... mais je n'élimine aucune possibilité. Et j'aimerais que vous en fassiez autant.

Je désigne Coen d'un hochement de tête. Lambert comprend l'allusion derrière le geste.

— Sam, l'opération Field Runner...

— Je travaille en solo, Lambert. Vous le savez...

— Cela risque de ne plus être le cas à l'avenir. Pour l'instant, certes... mais sachez malgré tout que Frances ici présente est en passe de devenir votre Field Runner personnel. Pour cette mission, elle va rester à Washington et vous guider à distance. La prochaine fois... eh bien, nous verrons. Il reste encore deux ou trois défauts à corriger dans le programme. Je comprends vos préoccupations, vous les avez déjà suffisamment exposées.

Je regarde la femme en disant :

— Ne le prenez pas mal, Frances, mais je ne vois pas en quoi votre présence en territoire ennemi me faciliterait la tâche. J'ai déjà assez de mal à protéger mes fesses sans que je sois en plus obligé de veiller sur celles des autres.

— Vous n'aurez pas à veiller sur mes *fesses*, comme vous dites, rétorque Coen. Je suis parfaitement entraînée. Je peux gérer une situation dangereuse.

— Et la torture ? Vous savez gérer aussi ? Si on vous arrache les ongles un à un, ou si on vous colle des tiges électrifiées dans le…

— Sam ! intervient Lambert en beuglant presque.

Autour de nous, des gens lèvent le nez pour voir ce qui se passe. Il baisse le ton et me glisse :

— Ça suffit, maintenant.

— Comme vous voulez, dis-je en levant les bras et en me calant dans mon siège.

Coen marque une pause avant de m'annoncer :

— Vous devez me retrouver ce soir à Dulles. Un Osprey[1] de l'armée vous amènera sur l'une de nos bases aux Philippines, et ensuite vous prendrez un vol commercial à destination de Hong-Kong. J'aurai des documents de dernières minutes à vous confier. Les détails concernant le vol se trouvent là, dans l'enveloppe. À ce soir, monsieur Fisher, conclut-elle en me tendant la main.

Comme je ne veux pas passer pour un abruti, je la lui serre en disant :

— Appelez-moi Sam.

***

1. Le Boeing/Bell V-22 Osprey est un appareil de transport militaire hybride entre l'avion et l'hélicoptère. Ses rotors basculants permettent de décoller et d'atterrir à la verticale.

Katia n'est pas enchantée à l'idée que je doive encore quitter le pays aussi rapidement. Mais elle n'en fait pas tout un plat. Sinon, je réfléchirais à deux fois avant de m'investir dans une relation avec elle.

La dernière chose qu'il me faut, c'est une copine en perpétuelle demande d'attention. Je vois bien que mon départ la chagrine, mais elle me dit de ne pas m'en inquiéter. Elle a compris. Elle m'a répété qu'elle s'en allait de toute manière en Californie, alors peut-être qu'on rentrera en même temps.

C'est dingue ce que cette fille me plaît ! Malgré moi, j'ai hâte de la revoir.

Pour l'heure, je suis à l'aéroport de Dulles et je retrouve Frances Coen devant le kiosque à journaux qu'elle m'avait indiqué. Nous nous approchons d'une porte d'embarquement déserte ; on s'assoit, et elle me donne une deuxième enveloppe.

— Vous trouverez à l'intérieur tous les détails concernant votre transport, dit-elle. De même que les instructions pour récupérer votre matériel. Vous ne devriez pas avoir de problèmes.

— Facile à dire… dis-je dans ma barbe.

— Pardon ?

— Rien…

— Écoutez, monsieur Fisher, je sais que…

— Je vous ai demandé de m'appeler Sam.

— Sam… je sais que cette idée de Field Runners ne vous enchante pas. Mais je suis compétente dans ma partie. Vous allez devoir me croire sur parole.

— Je ne crois en général que ce que je vois, dis-je dans un haussement d'épaules.

Elle plisse le front.

— O.K., je veux bien essayer, dis-je enfin.

— Je ne vous accompagne pas cette fois-ci. Pour l'instant, vous travaillerez comme vous en avez l'habitude. La seule différence, c'est que vous traiterez avec moi dans la plupart des cas. Le colonel Lambert vous donnera bien sûr ses instructions. Anna va bientôt rentrer. Mais je suis votre contact principal à présent.

— Dacodac, dis-je en souriant à belles dents.

Mon ironie ne lui échappe pas, mais elle me tend la main.

— Bonne chance, Sam.

Je la lui serre en hochant la tête.

À ce moment-là, un sergent franchit la porte et s'approche de nous :

— Monsieur Fisher ?

— Oui ?

— Je dois vous escorter jusqu'à l'Osprey.

Je prends mon sac de voyage et suis le soldat sur le tarmac, sans me retourner sur Frances Coen. Je regarde droit devant…

12

Je suis allé deux fois à Hong-Kong, avant et après la rétrocession suprême de 1997. Avant le départ des Britanniques, on entendait dire que la société capitaliste, dont la colonie profitait depuis plus d'un siècle, disparaîtrait. La Chine communiste allait ruiner celle que l'on surnommait la « Perle de l'Orient ».

Jusqu'à présent, cela ne s'est pas produit. Je ne vois pas ce qui a changé, hormis le fait que l'on croise moins de Britanniques. Les Chinois ont promis de conserver à la baie son statut économique actuel pour les 50 prochaines années. Qui sait ce qui se passera ensuite ? Vont-ils simplement dire : « O.K., les gars, fini la libre entreprise... Maintenant on partage tout équitablement » ? J'en doute. Hong-Kong est une machine bien huilée, et j'ai l'impression qu'elle va continuer à tourner ainsi jusqu'au XXIIe siècle et même au-delà !

Mon voyage en Extrême-Orient s'est déroulé sans encombre. L'Osprey m'a transporté d'abord à Hawaï. Après une escale de deux heures à Pearl Harbor, nous avons décollé pour Manille. Le temps d'arriver aux Philippines, il était trop tard pour attraper un vol commercial pour Hong-Kong, alors j'ai passé la nuit à la caserne.

Aucun problème. Comme je peux en général m'endormir n'importe où, le décalage horaire ne m'a pas gêné.

Il ne m'a jamais trop dérangé, à vrai dire ; c'est uniquement quand je rentre chez moi qu'il a l'air de vouloir me rattraper. On peut dire que je maîtrise mon horloge interne, j'imagine.

Une fois que j'ai atterri à Hong-Kong le lendemain matin, j'envisage de louer un véhicule avant de me raviser. Comme à Londres ou à New York, les voitures se révèlent plus une gêne qu'un avantage. Je me déplacerai plus vite en transport en commun et à pied. Si je dois me rendre dans un endroit isolé, je prendrai un taxi et, au besoin, je peux toujours louer un véhicule plus tard.

Les instructions laissées par Frances Coen m'indiquent que je dois chercher Mason Hendricks, un ancien officier des renseignements stationné en Extrême-Orient.

C'est un Américain retraité de la CIA qui, à l'instar de Harry Dagger à Moscou, a toujours une oreille qui erre ici ou là. Je ne l'ai jamais rencontré, alors que j'aurais eu des tas d'occasions de le faire.

À l'époque où je travaillais à la CIA, il traînait sans doute dans les parages, mais nos chemins ne se sont jamais croisés. Il a la réputation d'être sympa, très intelligent et plein de ressources. Coen m'a dit que mon équipement serait acheminé directement de Manille au domicile de Hendricks. J'ignore tout de la logistique ambiante et comment il va se débrouiller pour récupérer le matériel… Je laisse cela à mon Field Runner.

Hendricks vit dans les Mid-Levels, à mi-chemin du Victoria Peak. C'est au Peak qu'il est de bon ton d'habiter à Hong-Kong ; ça l'était surtout à l'époque de la colonie britannique. Plus on monte vers le sommet, plus l'immobilier est cher. Les Mid-Levels sont l'équivalent de nos quartiers petits-bourgeois et très chics. Les prix du mètre carré y sont toujours exorbitants.

Je prends un taxi pour me rendre chez Hendricks, un pavillon individuel, proche d'un immeuble d'habitation qui donne sur Conduit Road. Lorsqu'il vient m'ouvrir la porte, son apparence juvénile me surprend. Hendricks est censé avoir 61 ans, mais il en accuse à peine 45.

— Sam Fisher, dit-il en me tendant la main. Mason Hendricks.

Je la lui serre, tout en appréciant sa poigne. Le gars est solide.

— Ravi de vous rencontrer après toutes ces années.

— Pareillement. Entrez, je vous en prie.

L'intérieur, décoré avec goût, présente un mélange de styles occidental et oriental. On sent certes l'influence britannique, mais la touche asiatique tend à dominer l'ensemble. Par exemple, un imposant bouddha trône dans la pièce... Impossible de le louper.

De même que l'encens qui se consume et flotte dans l'atmosphère. Tout près de la collection de bateaux en bouteille, uniquement des vaisseaux de guerre britanniques du XVIIIe siècle.

— Pardonnez-moi pour l'encens, déclare Hendricks. J'ai bien peur de m'être mis à l'aimer au bout d'une quarantaine d'années à Hong-Kong.

— Cela ne me dérange pas.

Hendricks porte une simple tunique beige et un pantalon ample assorti. Dans une maison en bord de mer, il se fonderait dans le décor.

— Je sais ce que vous pensez, dit-il. Je parais plus jeune que mon âge véritable.

— En fait, vous ne faites pas la cinquantaine. Mais vous avez un peu plus de 60, non ?

— Soixante-deux le mois prochain. C'est la vie saine qui veut ça. Et bien sûr l'absence de stress. J'admets avoir légèrement fait appel à la chirurgie esthétique, de même que je me teins les cheveux et ne mange jamais gras. Ma santé s'est incroyablement améliorée dès que j'ai pris ma retraite de la CIA. J'ai également trouvé le temps d'avoir une vie sentimentale. J'ai eu tellement de petites amies chinoises ces 10 dernières années qu'il y a de quoi faire honte à ma période en fac. Et puis cela vous permet de rester jeune ! Une autre raison pour laquelle je prends soin de moi. Bref, tout ce que je fais désormais pour notre cher gouvernement, c'est simplement par plaisir ou parce que cela m'intéresse. Je suis ravi de donner un coup de main à la NSA. J'espère pouvoir vous fournir des informations utiles. Un verre, ça vous dit ?

— Bien sûr.

— Pour moi, ce sera un scotch. Et vous ?

— Un jus de fruits, si vous avez.

Il va au bar, à l'autre bout de la pièce, et prépare nos boissons. J'en profite pour jeter un œil sur sa bibliothèque, remplie d'ouvrages d'histoire militaire et de thrillers. Lorsqu'il m'apporte mon jus d'abricot, il trinque en disant :

— À la vôtre !

— Merci. À la vôtre !

Hendricks m'entraîne ensuite de l'autre côté d'une porte vitrée coulissante qui donne sur une terrasse surplombant les gratte-ciel.

— J'aimerais habiter plus haut, mais j'ai acquis cette maison il y a 25 ans pour une bouchée de pain. Je pourrais sans doute gagner une petite fortune en la revendant. Si elle venait par mégarde à brûler, l'assurance ferait de moi un homme riche ! ajoute-t-il dans un éclat de rire. Ensuite, je pourrais peut-être acheter quelque chose situé plus haut sur le Peak. La vue y est plus belle. C'est là que vivent tous les snobs.

— Je trouve votre maison très agréable, monsieur Hendricks.

— S'il vous plaît, appelez-moi Mason.

— Entendu.

Nous nous asseyons sur des transats en profitant d'une légère brise. À l'inverse du Maryland, il fait assez doux dans l'île. Je ne crois pas m'être jamais trouvé à Hong-Kong par mauvais temps.

— Mon équipement est bien arrivé ?

— Tout à fait. Je l'ai rangé dans une des chambres. Mais, je vous en prie, détendons-nous et bavardons un petit moment ici. Vous logerez où ?

— Aucune idée.

— Je vous proposerais volontiers ma chambre d'amis, mais j'ai tendance à avoir de la compagnie féminine le soir. Vous me comprenez, je pense.

— Chacun son truc, dis-je en souriant. Je vais me trouver quelque chose, de toute manière. Je ne suis pas difficile. Je risque de m'installer à Kowloon. Je connais des hôtels bon marché là-bas.

— Comme vous voulez.

Nous restons silencieux quelques instants. Finalement, j'aborde le sujet de ma mission.

— Mason, que pouvez-vous me dire à propos de ce professeur Jeinsen ?

Hendricks me raconte ce que je sais déjà... à savoir qu'on a abattu Jeinsen à la tête avant de l'envelopper dans une grosse toile,

de l'arrimer à la Promenade, et de le laisser flotter dans l'eau jusqu'à ce qu'on le découvre. C'est l'avis de recherche diffusé par Interpol qui a permis à la police locale de l'identifier, puis de prévenir le gouvernement américain.

— Ce qui est intéressant, c'est qu'il ne s'agit pas d'un assassinat à proprement parler, précise mon hôte. On l'a exécuté.

— Qui ça ?

— Je dirais que c'est l'œuvre d'une triade.

Je hoche la tête. Les triades sont l'équivalent chinois de notre mafia, des yakuza japonais, de la Mafiya russe et autres pègres. Elles existent depuis des siècles et se constituèrent à l'origine pour faciliter l'éviction de la dynastie Ch'ing afin de réinstaller les Ming sur le trône. C'est au cours du XXe siècle qu'elles vont prendre une orientation criminelle.

Ce sont des sociétés secrètes qui se targuent d'être patriotes et nationalistes. Violemment opposées au régime communiste, les triades se sont d'abord installées dans le Hong-Kong britannique et le Macao portugais, avant de finir par s'étendre aux quatre coins du globe dans les autres communautés chinoises. Je sais que les triades opèrent dans les quartiers chinois des grandes villes occidentales, qu'il s'agisse de trafic de drogues, d'armes, de prostitution, d'esclavage, sans parler du racket et des tripots clandestins. Les membres des triades sont de farouches opposants à la société occidentale, leurs rites et réunions sont sacrés, et aucune personne non asiatique n'y assiste en général.

« Je crois que nous avons affaire à une triade bien précise, poursuit Hendricks. La plupart utilisent des couteaux, des hachettes, des machettes... bref, toutes sortes d'armes blanches pour commettre leurs meurtres. Jeinsen s'est fait tirer une balle dans la nuque, à la manière d'un règlement de comptes entre gangs. Il existe une seule triade connue pour cette méthode d'exécution à Hong-Kong : celle des Dragons chanceux.

— En ce qui me concerne, inconnue au bataillon.

— Ce n'est pas la plus grosse triade. Comparée à la 14 K ou à la Bamboo Union, celle des Dragons chanceux rassemble très peu de membres. Mais ils occupent le terrain depuis des lustres, si j'ai bonne mémoire. Ils sont basés à Hong-Kong, mais je sais que leur organisation s'étend jusqu'en Chine continentale.

— Les triades sont pourtant réputées pour leur anticommunisme, dis-je.

— En effet, tout comme les Dragons chanceux. Mais je suis sûr qu'ils exercent leur influence sur certaines personnalités du gouvernement. Depuis la rétrocession, on s'attendait à ce que Pékin sévisse à mort sur les triades, en raison de leur idéologie anticommuniste, mais cela n'est pas arrivé, et les triades se révèlent tout aussi puissantes aujourd'hui que sous le régime britannique. Certes, il est toujours illégal d'être membre de ces organisations, et la police en arrête constamment. Mais c'est comme pour les yakuza au Japon : il est impossible de s'en débarrasser.

— Qui se trouve à leur tête ?

— Un dénommé Jon Ming est le chef, le Cho Kun, la tête du dragon. Il a dans les 48 ans... soit à peu près votre âge, je pense. Il est devenu Cho Kun il y a une quinzaine d'années, à la suite d'une sorte de coup d'État sanglant au sein de leur organisation. Ming est un gangster prospère qui vit au cœur d'une propriété de type colonial au nord de Kowloon, juste au-dessous de la frontière des Nouveaux Territoires. À vrai dire, il se comporte davantage en yakuza qu'en chef de triade. À l'instar des mafieux japonais, il fait étalage de sa richesse et de son pouvoir, ce qui n'est pas courant dans les triades chinoises. Ici, on peut vous arrêter simplement pour ce type d'attitude... Cependant, il a l'air de ne pas s'attirer d'ennuis. C'est la raison pour laquelle je pense qu'il a mis quelques politiciens dans sa poche.

— Où est-ce que je peux trouver ce Jon Ming ?

— Il dirige une boîte de nuit chic à Koolown : le Purple Queen. Le genre de clubs à hôtesses, où vous dépensez une fortune pour vous asseoir et discuter avec une jolie fille. Parfois, vous pouvez l'emmener chez vous, ce qui vous coûte encore plus cher, précise Hendricks en agitant les glaçons de son verre. C'est comme ça que j'ai connu certaines de mes petites amies. Je fréquente pas mal ce genre de boîtes. Le Purple Queen aussi, mais je ne peux pas vous y conduire. Il vous faudra y aller seul. Je suis connu là-bas. Il n'est pas question qu'on m'y voie en votre compagnie.

— Je suis bien d'accord.

— Ming possède également deux ou trois restaurants, de même qu'il a son mot à dire dans certaines industries locales. Comme il contrôle une partie des terminaux à conteneurs, il dispose d'un accès privilégié aux marchandises à l'arrivée et au départ du pays. J'ai laissé une photo du bonhomme dans la chambre avec votre équipement, afin que vous puissiez le reconnaître quand vous le verrez.

— Quel est le lien entre Jeinsen et les Dragons chanceux, à votre avis ?

Hendricks me dévisage en tricotant des sourcils.

— C'est ce que vous êtes venu découvrir, non ?

— Vous n'auriez pas une idée ?

— Pas la moindre. À mon humble avis, ce gars a dû trahir sa deuxième patrie. Après tout, il a trahi la première en passant à l'Ouest.

Je soupire en disant :

— On espère justement qu'il ne l'a *pas* fait. Vous pensez que Ming pourrait avoir quoi que ce soit à son night-club susceptible de m'intéresser ?

— Je n'en sais rien, mais ça m'étonnerait. Je suppose que les affaires de la triade se gèrent depuis l'une de leurs loges… Mais je crains de ne pouvoir vous aider à ce niveau-là. Le mieux pour vous, c'est de bien repérer Ming et de le suivre. Peut-être vous mènera-t-il à la marchandise.

— Ce que j'aimerais vraiment, c'est de pouvoir établir

un lien entre cette triade et l'Atelier. Il pourrait en exister un, d'après vous ?

Hendricks hoche la tête.

— Leurs armes, ils doivent forcément les acheter quelque part. J'ai entendu dire que l'Atelier opérerait de nouveau en Extrême-Orient. Je vais tâcher de mener ma petite enquête ce soir et je verrai ce que je peux trouver.

Nous rentrons dans la maison, et Hendricks me conduit à la chambre où mon équipement est posé sur le lit. Matériel habituel : uniforme, casque et lunettes, le 5-7 et plusieurs chargeurs de 20 balles de 28 mm SS 190, ainsi que le fusil d'assaut modulable SC-20K, dont je ne suis pas peu fier ! Cette arme utilise 30 balles de 15 mm SS 109 en mode automatique et semi-automatique. Il y a un cache-flammes/silencieux, combiné à un lanceur multifonction qui envoie projectiles aérodynamiques, caméras adhésives, décharges électriques et autres grenades fumigènes.

Je dispose également d'un câble optique pour regarder dans les ouvertures très étroites, un brouilleur de signal vidéo, deux ou trois explosifs muraux, des grenades à fragmentation, des fusées éclairantes et un kit premier secours.

— Je suis impressionné, Mason. Vous avez réussi à tout récupérer en une seule expédition.

— J'ai *beaucoup* d'expérience en la matière, Sam.

— Où se situe le QG de cette triade, au juste ? Leur « loge », comme vous dites ?

Hendricks s'empare du SC-20K et le soupèse.

— Beau joujou, commente-t-il.

Il regarde dans le viseur et ajoute :

— Les Dragons chanceux n'ont pas de loge centrale. D'après moi, ils en ont plusieurs disséminées sur l'ensemble du territoire. Le mieux, je vous assure, c'est d'aller faire un tour au Purple Queen. Il y aura sûrement plusieurs membres de la triade sur place. Vous risquez même d'y voir Jon Ming. On sait qu'il y passe quasiment un soir sur deux.

— Entendu.

— Sachez que vous êtes un *gweilo* ici. J'imagine qu'il est inutile de vous préciser que ces types-là sont extrêmement dangereux ? Un *gweilo* est un terme péjoratif signifiant « démon étranger ».

— J'ai l'habitude des triades, dis-je. Leurs membres tueront le moindre Occidental qu'ils soupçonnent de les espionner. De même qu'ils mourront pour préserver leurs traditions.

Hendricks abaisse le SC-20K et me regarde droit dans les yeux :

— Alors, tâchez de ne pas l'oublier.

13

— Colonel, l'agent du FBI est arrivé.

Lambert dit à sa secrétaire de lui envoyer le visiteur, puis se mit à grommeler dans sa barbe. Il détestait l'idée que le Bureau vienne fourrer son nez dans les affaires du Troisième Échelon. Il dirigeait le service d'une main de fer et n'aimait pas les ingérences extérieures. Carly St. John faisait partie de la famille, et Lambert pensait qu'il était de son devoir de résoudre ce meurtre et d'amener l'assassin devant la justice.

Toutefois, il n'avait ni les moyens ni les compétences nécessaires pour une telle mission. Le Troisième Échelon n'était pas une agence chargée du maintien de l'ordre, et le colonel ne disposait d'aucun pouvoir pour arrêter ou poursuivre quiconque en justice. L'affaire devait être confiée à un tiers, et la seule autorité logique en l'occurrence était le FBI.

L'agent Jeff Kehoe avait hérité du dossier. Lambert l'avait rencontré pour la première fois la veille : un Texan accusant une petite quarantaine et 16 ans de Bureau à son actif. Il était spécialisé dans les homicides et les incendies criminels. La première entrevue s'était bien déroulée, et Lambert pouvait affirmer en toute honnêteté que le type lui plaisait. Il ne digérait pas le fait que le Troisième Échelon ait les mains liées dans cette affaire, voilà tout.

L'enquête préliminaire avait été rapide et décisive. Kehoe eut tôt fait d'établir que Mike Chan était leur homme. Chaque employé devait passer son badge dans le lecteur, à l'entrée du Troisième Échelon. Hormis Carly, Chan était le seul à s'être identifié électroniquement dans le bâtiment ce soir-là.

Les caméras de sécurité le montraient en train de se rendre au bureau de Carly, puis d'en ressortir. Le fait que le disque dur de son propre ordinateur soit effacé le trahissait d'autant plus. Lambert attendait à présent d'autres révélations.

— Entrez ! lança-t-il en entendant frapper.

Kehoe obtempéra et lui fit un signe de tête.

— Bonjour, colonel.

— Agent Kehoe. Voulez-vous du café ?

— Non, merci.

— Alors, asseyez-vous, dit Lambert en désignant le siège devant son bureau.

Kehoe s'installa et sortit des notes de sa serviette.

— Qu'est-ce que vous m'avez apporté de beau aujourd'hui ?

— Pas mal de choses, répondit l'agent. Mais auparavant... à quels genres de vérifications avez-vous procédé avant d'engager Mike Chan.

Lambert haussa les épaules.

— La routine. Les antécédents de crédit du gars, sa famille, sa scolarité... Pourquoi ?

— L'appartement de Mike Chan a été fouillé de fond en comble hier soir. Un détecteur à rayons X nous a révélé une cachette sous le plancher de sa salle de bains. On a trouvé certains documents qui nous ont mis sur une nouvelle piste, des lettres en chinois surtout. En provenance de son frère. On a appris quelques trucs intéressants, le plus important étant qu'il ne s'appelle pas réellement Mike Chan.

— Quoi ?

— C'est Mike *Wu*. Il vous a fourni une identité et un passé complètement bidon.

— Impossible. On procède de la même façon pour vérifier le passé de notre personnel que vous autres au Bureau. Ou à la CIA.

— C'est bien là le problème, observa Kehoe. Le passé de Chan a été fabriqué de A à Z et bidouillé en interne. Autrement dit, c'est quelqu'un d'une agence gouvernementale qui l'a aidé. Le moindre renseignement dit « factuel » sur « Mike Chan » a été inventé et mis en place avant vos vérifications d'usage. Il faut énormément d'appuis pour faire un truc pareil. Mike Chan... ou plutôt Mike Wu ne travaille pas seul. Il fait partie d'un groupe bien plus dangereux. Vous avez une idée de ce que ça pourrait être ?

Lambert poussa un soupir sonore, se frotta le haut du crâne avant de répondre :

— Le seul auquel je pense, c'est l'Atelier. Sinon, il s'agit d'une puissance étrangère d'envergure qui tente d'en savoir long sur nous. Comme je vous l'ai dit, Carly travaillait sur une faille dans notre sécurité dont on a fait l'amère expérience l'an dernier. Elle était à deux doigts de trouver son origine, et peut-être que Mike a découvert qu'elle allait le percer à jour. Du coup, cela ne m'étonnerait pas que ce soit Mike qui ait donné tous les noms de nos agents. L'Atelier... ça ne peut être qu'eux.

— Mais l'Atelier donne dans le trafic d'armes, non ? C'est une organisation uniquement motivée par l'argent, rien de politique, exact ?

— Oui.

— Alors, à quoi bon placer une taupe chez vous ? En

dehors de fournir les noms de vos agents, à quoi ça pourrait leur servir ?

Lambert prit le temps de réfléchir.

— Ils vendent des renseignements ! lâcha-t-il en frappant la table du poing. Ce que Mike leur a donné, ils le revendent à un tiers. Je ne vois pas une autre explication.

Kehoe acquiesça.

— Cela paraît logique. S'il travaille en effet pour l'Atelier.

Lambert le dévisagea en plissant les yeux.

— Qu'est-ce que vous savez au juste ?

— À mesure qu'on découvrait d'autres détails au sujet de Mike Wu, nous avons appris qu'il était originaire de Los Angeles. On a vérifié l'identité du frère, celui qui lui envoyait des lettres. Un certain Eddie Wu, gangster connu de Chinatown, que l'on soupçonne d'être un personnage important d'une des triades opérant en Californie du Sud.

— Une triade !

— Oui, colonel. Un gang chinois qui fonctionne comme la mafia.

— Je sais ce que c'est ! Attendez... vous pensez que Mike Chan... enfin, Mike Wu, travaille pour son frère ? Et pas pour l'Atelier ?

— Je n'en sais rien. Si l'on s'en tient aux lettres, Eddie Wu était au courant de la fausse identité de son frère. Je suggère simplement que ce n'est peut-être pas l'Atelier. Ça se pourrait, je n'ai pas écarté cette éventualité. Mais on peut également voir les choses sous un autre angle. La triade à laquelle appartient Eddie Wu est connue sous le nom de « Dragons chanceux ». Elle opère à l'échelon mondial depuis Hong-Kong, avec des ramifications à Los Angeles, San Francisco et New York. Peut-être à Houston, aussi, mais on n'en a pas encore la confirmation. En tout cas, les Dragons chanceux forment une vraie bande de truands. Eddie Wu a fait plusieurs fois de la prison et se retrouve sur la liste des individus à surveiller en Californie. Quoique ces dernières années il se soit tenu à carreau.

— Mike pourrait donc être parti là-bas ?

— C'est ce que je pense. J'imagine qu'il a de nouveau changé d'identité. Peut-être qu'il s'est déguisé avant de prendre l'avion. Ou peut-être qu'il a opté pour un moyen de transport plus sûr, comme le train ou le bus. Si ça se trouve, il est parti en voiture. La sienne, une Honda Accord, a disparu. Soit il l'a larguée quelque part et on ne l'a pas retrouvée, soit il est au volant, en train de rouler sur l'Interstate. Ce qui devrait l'amener à Los Angeles d'ici après-demain au plus tard.

Lambert secoua la tête.

— Incroyable. Je n'en reviens pas que nous n'ayons rien vu de tout cela en vérifiant son passé.

— Comme je vous l'ai dit, colonel, c'est quelqu'un de haut placé qui l'a aidé. Nous aimerions aussi découvrir qui ça pourrait bien être.

— Bon, et quelle est la prochaine étape alors ?

— Je pars à Los Angeles. Le FBI local va surveiller Eddie Wu. Si Mike Wu débarque, les deux frères seront sans doute vus ensemble. On table sur le fait que Mike Wu ignore qu'on a percé à jour sa fausse identité.

— O.K. Tenez-moi informé, vous voulez bien ? Je sais que vous devez d'abord en référer à vos supérieurs, mais je vous serais reconnaissant de me tenir également au courant.

— Je n'y manquerai pas, colonel.

— C'est tout ?

— Je pense, oui. Pour l'instant.

Lambert se leva et tendit la main.

— Merci. Vous avez fait du bon boulot.

Kehoe se leva à son tour et la lui serra.

— Merci. On garde le contact.

Puis il tourna les talons et sortit du bureau. Le colonel se rassit, satisfait des progrès réalisés. Même si ça le dérangeait de voir le FBI mener l'enquête, au moins ce Kehoe avançait.

La suite, à présent. Il appuya sur le bouton de l'interphone.

— Faites venir mademoiselle Grimsdottir, je vous prie.

Il se tourna alors vers sa messagerie et releva un mémo, en provenance de Frances Coen, lui confirmant l'arrivée sans encombre à Hong-Kong de Sam Fisher, qui avait pris contact avec Mason Hendricks et allait suivre une piste où une triade chinoise risquait fort d'être mêlée.

Tout vient à point à qui sait attendre, songea Lambert. *Mike Wu pourrait-il être impliqué dans le meurtre du professeur Jeinsen ?*

Il ouvrit ensuite le dossier personnel d'Anna Grimsdottir et le parcourut rapidement avant l'entrevue. Ce n'était pourtant pas nécessaire. Le colonel connaissait Anna de longue date... C'était l'une des toutes premières employées du Troisième Échelon.

D'origine islandaise, elle avait 30 ans. Américaine de la deuxième génération, elle avait étudié l'informatique au St. John's College dans les années 1990, puis laissé tomber ses études en décrétant qu'elle pouvait programmer des réseaux sans l'aide de ses professeurs.

Elle avait donc travaillé comme programmatrice pour le compte de diverses sociétés de communication sous contrat avec l'US Navy.

Recrutée ensuite au bas de l'échelle par le Troisième Échelon, elle avait continué comme programmatrice et fini par devenir directrice technique.

Grimsdottir témoignait depuis le début d'une forte motivation, d'une intelligence aiguisée et d'un remarquable dévouement au travail.

On frappa alors doucement à la porte.

— Entrez !

Anna pénétra dans la pièce. Comme toujours, elle avait tiré ses cheveux châtains en arrière et ressemblait à une séduisante prof de fac.

Elle arborait un air si studieux que n'importe quelle brave mère de famille l'aurait jugée « charmante ». Ses collègues la savaient plutôt guindée, avec une réserve quasi britannique.

Toutefois, ils connaissaient aussi son côté pince-sans-rire qu'elle laissait rarement transparaître.

— Vous souhaitiez me voir, colonel ?

— Asseyez-vous, Anna.

Elle s'installa et croisa les jambes en adoptant une posture si convenable qu'elle forçait l'admiration.

— Comment s'est déroulé votre congé ?

— Agréable. Hawaï, vous savez…

— Désolé de vous avoir contrainte à l'écourter.

— Non, à vrai dire, cela me va fort bien. Je suis ravie d'être revenue.

— Bien. Vous n'êtes pas sans savoir que nous avons perdu Carly.

Grimsdottir redressa le menton en disant :

— Elle était excellente. Je suis navrée qu'elle… enfin… navrée de ce qui s'est passé, colonel.

— Nous le sommes tous.

Il s'éclaircit la voix et en vint au sujet qui le préoccupait.

— Vous êtes prête à reprendre vos responsabilités ?

— Bien entendu.

— Vous allez devoir rapidement vous remettre dans le bain. En votre absence, un certain nombre d'événements sont survenus dans le service.

— Mettons-nous tout de suite au travail, alors.

Lambert la regarda droit dans les yeux et ne vit absolument aucune crainte. Une parfaite assurance.

— Allons-y, dans ce cas...

***

Mike Wu, alias Mike Chan, passa devant un panneau indiquant qu'Oklahoma City se situait à 30 kilomètres.

Il lui fallait s'arrêter et se reposer avant de finir par avoir un accident. Wu n'avait pas fermé l'œil depuis qu'il avait abattu Carly St. John et quitté Washington. Deux jours plus tard, il sentait les effets du manque de sommeil et de l'abus de caféine. Il était très nerveux, ses idées s'embrouillaient et il souffrait d'un mal de crâne atroce.

Avant de quitter la capitale, il avait garé sa Honda Accord bleue près d'une voiture verte du même modèle, qui stationnait devant un immeuble, à plusieurs rues du sien. Armé d'un tournevis, il avait interverti les plaques minéralogiques des deux véhicules en moins d'une minute, puis mis le cap à l'ouest sur l'Interstate 70. Il avait ensuite pris la 80 qui lui avait permis de traverser les Appalaches et la Virginie.

Cette nationale rejoignait la 40 dans le Tennessee, et il comptait ne pas la quitter jusqu'en Californie. Il savait que c'était sans doute un itinéraire des plus évidents, mais aussi le plus rapide.

Avec un peu de chance, la police ne serait pas encore à sa recherche. Après avoir dormi un brin, il prévoyait de se débarrasser de sa Honda et de voler une voiture pour la seconde partie du voyage. Wu n'en revenait pas d'avoir déjà traversé la moitié des États-Unis aussi vite.

Mais il s'arrêtait rarement, après tout... Uniquement pour acheter de l'essence et manger un morceau.

Il passa devant un panneau indiquant un motel à la prochaine sortie. Parfait. À l'écart et bon marché.

Juste ce qu'il lui fallait. Wu avait hâte d'y arriver. Il allait prendre une douche, se mettrait au lit et récupérerait cinq à six heures de sommeil. Ensuite...

Bon sang ! Une voiture de police apparut soudain dans le rétroviseur, gyrophare allumé. D'où il sortait, celui-là ? Wu regarda son compteur et constata qu'il roulait à près de 150 km/h.

Dans sa hâte à rejoindre le motel, il avait baissé la garde. Jusque-là, il faisait pourtant attention à conduire prudemment, sans jamais dépasser les limitations de vitesse pour ne pas attirer l'attention. Résultat des courses...

Wu se gara sur le bas-côté et coupa le moteur. Le véhicule de patrouille, une voiture de la police d'État de l'Oklahoma, s'arrêta derrière lui.

Assis au volant, l'officier prenait des notes et procédait aux vérifications de routine du numéro d'immatriculation.

Zut ! La bagnole devait être déclarée volée. Que devait-il faire ? Pas le temps de réfléchir...

Dans son état mi-comateux, mi-angoissé, Mike Wu opta pour la meilleure solution possible, selon lui. Il s'empara du Smith & Wesson SW1911 planqué sous le siège, puis regarda dans ses rétros afin de s'assurer qu'il n'y ait pas d'autres automobilistes dans les parages susceptibles de voir ce qu'il allait faire.

L'officier descendit de sa voiture et s'avança vers lui. Wu baissa la vitre et lui sourit.

— Bonjour, monsieur l'agent. Je sais... je roulais trop vite. Désolé...

— Sortez du véhicule, monsieur.

— J'ai mon permis là, sous la main...

— Veuillez sortir, monsieur, répéta l'officier.

— O.K., si vous le dites.

Wu pointa le pistolet par la vitre et pressa la détente.

La balle atteignit le policier à la poitrine et le projeta en arrière. Wu ouvrit la portière, sortit, et le visa au front. L'autre suffoquait et secouait la tête, tout en essayant de crier.

Wu appuya une seconde fois sur la détente, remonta dans son véhicule et démarra en laissant le policier mort au bord de la route, près de la voiture de patrouille. Il décida que le mieux serait d'agir comme prévu, en s'arrêtant au motel pour dormir.

Les flics allaient certes le rechercher, mais ils ne s'attendraient pas à le trouver aussi près, dans un motel merdique. Wu veillerait simplement à ne pas laisser la voiture en vue.

Plus tard, une fois reposé, il en volerait une et poursuivrait son grand voyage vers la liberté.

14

Je trouve le Purple Queen assez facilement. Un établissement imposant, qui fait davantage penser à un théâtre. Ce quartier de Kowloon, Tsim Sha Tsui Est, accueille la majeure partie de la vie nocturne hongkongaise. Ici et là, je ne vois que des clubs à hôtesses, des bars à karaoké, des discothèques, des restaurants et même quelques pubs rescapés de style britannique. Les néons vous hypnotisent et on sent l'excitation flotter dans l'atmosphère.

À la tombée de la nuit, Kowloon rivalise sans conteste avec Las Vegas. Difficile de croire que c'est désormais un territoire sous contrôle communiste.

Deux grands sikhs se tiennent debout à l'entrée de la boîte, prêts à intimider quiconque ne leur semblerait pas correspondre à la clientèle souhaitée.

J'ai revêtu mon uniforme, car j'aimerais n'effectuer pour l'instant qu'une simple mission de reconnaissance. Je souhaite d'abord tâter le terrain.

Je reste dans l'ombre et contourne le bâtiment pour gagner l'arrière. Il y a un petit parking avec un emplacement marqué *Réservé*, sans doute pour le grand patron. Tous les autres sont occupés. Je ne vois pas trop où le voiturier gare le surplus, car les rues sont blindées de voitures. J'aperçois une porte, pas de fenêtres, et un petit enclos où on stocke les ordures jusqu'au passage des éboueurs. Ce serait bien de pouvoir entrer par cette porte dérobée.

Coup de chance, un type sort à point nommé dans la cour et jette un sac-poubelle rempli dans l'enclos. Il porte un costume, des lunettes noires et travaille manifestement comme videur. Je m'avance vers lui et déclare en chinois :

— Ça pue par ici. Ils passent souvent ramasser les poubelles dans le coin ?

— Quoi ? réplique-t-il en me regardant comme si j'étais timbré.

— J'ai dit que ça schlinguait. Oh ! désolé, ça vient pas des détritus… C'est toi qui sens mauvais.

Ma tirade le fait réagir. Il glisse la main dans sa veste et je m'empresse de le frapper au cou du tranchant de la main. Son flingue, un Walther, tombe à terre. Un direct dans le ventre, et le gorille se plie en deux. Je l'achève avec un coup à la nuque. Une fois qu'il a rejoint le pays des rêves, je le traîne jusque dans l'enclos à ordures pour le basculer sans plus de cérémonie dans l'unique poubelle vide. Puis je replace le couvercle. Voilà qui devrait le faire tenir tranquille pour une demi-heure, voire plus. Je lance ensuite son pistolet dans un autre bidon, que je referme aussitôt.

J'entre donc par-derrière et me retrouve dans un couloir où s'alignent quatre portes.

De l'autre côté de celle que j'entrevois à l'autre bout, j'entends de la musique rock et quelqu'un qui chante au karaoké comme une casserole. À ma droite, une sorte de salle de réunion, avec une table, six chaises, un tableau blanc mural et un téléphone.

Plus étrange, en revanche, les bâches en plastique recouvrant deux des murs. Le genre que les peintres utilisent pour protéger les meubles... sauf que la pièce ne semble pas avoir été rafraîchie récemment. Je m'apprête à bouger quand je remarque une tache de peinture au bas d'une des toiles. Je m'accroupis pour l'examiner de près et découvre que ce n'est pas ça du tout.

Du sang séché...

En observant de nouveau la pièce, j'imagine qu'elle a dû être entièrement recouverte de plastique à un moment donné. Il s'est passé quelque chose ici, et on n'a pas fini de tout nettoyer.

Je déchire illico le bout de bâche. Je le glisse ensuite dans ma poche et j'avance dans le couloir pour tester la porte suivante. Un bureau en désordre. Des feuilles de papier éparpillées sur le plan de travail, des classeurs à dossiers à moitié ouverts, et les restes écœurants d'un carton de bouffe à emporter. Je jette un regard sur les documents, mais j'arrive à peine à déchiffrer les idéogrammes.

Ce ne sont que des factures, commandes et autres états de service des employés du Purple Queen.

Je passe dans la troisième pièce et m'attends à tomber sur deux ou trois gangsters version triade. Mais il s'agit simplement d'un autre bureau, pas aussi bordélique que le précédent, et ne renfermant rien d'intéressant.

La pièce qui suit est une cuisine, où deux types font la vaisselle. Ils portent un tablier et, affairés devant les éviers, me tournent le dos. Casque sur les oreilles, ils écoutent chacun leur baladeur fixé à leur ceinture.

De l'autre côté de la salle, une porte battante conduit probablement au club.

Celle qui est placée à l'autre bout du couloir s'ouvre soudain. Je me glisse dans la cuisine et reste dans l'entrée. Deux hommes en complet-veston et lunettes noires passent devant moi sans me voir et sortent par la porte de derrière qui se referme en claquant. Je marque un temps d'arrêt, ravi que les deux types de la plonge soient trop occupés pour se tourner et me découvrir.

Quand je sens que la voie est libre, je me faufile discrètement dans le couloir pour rejoindre la porte de derrière que j'entrebâille… Les deux hommes en costume montent dans une voiture. Avant de sortir du bâtiment, j'attends qu'ils quittent le parking et disparaissent. Je me dis qu'il est temps de jouer les touristes et d'entrer pour de bon dans la boîte de nuit.

Tout en dénichant un coin sombre dans la ruelle pour enfiler mes vêtements civils par-dessus ma combinaison, je réfléchis à cette fameuse tache de sang sur le plastique. Dans la mesure où c'est une triade qui dirige le club, cela peut être le sang de n'importe qui. Je demanderai à Hendricks de faire établir le groupe sanguin. S'il s'agit du même que celui de Gregory Jeinsen, alors je serai peut-être sur une piste.

À présent vêtu comme un *gweilo* de base, prêt à dépenser son argent, je m'approche de la porte d'entrée. Au moment où l'un des sikhs l'ouvre, du soft rock américain beugle dans la sono et j'en prends plein les oreilles. Moyennant 500 dollars HK, j'ai droit à deux boissons. L'affaire du siècle… Une fois que j'ai casqué, quatre beautés chinoises en *cheongsam*[1] minaudent « Bienvenue » à l'unisson et écartent les tentures de velours pour que je puisse pénétrer dans la salle principale.

Je découvre des dizaines de palmiers en pots sous la lumière rouge tamisée, un aquarium s'étirant le long d'un mur. L'endroit compte une cinquantaine de tables, avec une piste de danse qui domine l'ensemble.

Il y a aussi plusieurs coins canapé-table basse disséminés tout autour. Des Chinois d'âge mûr, accompagnés d'une à quatre « hôtesses » à leurs petits soins, occu-

1. Robe moulante chinoise traditionnelle.

pent la plupart de ces sièges. L'établissement se révèle incroyablement bondé, en fait. Je ne m'attendais pas à trouver autant de flambeurs dans le Hong-Kong postrétrocession.

Apparemment les clients du Purple Queen peuvent acheter du « temps » avec une hôtesse. Elle s'assied et prend un verre en votre compagnie, danse avec vous, bavarde avec vous à votre convenance. Il existe même des salons privés où l'on peut s'échapper.

Ce qui s'y passe doit se négocier au préalable et coûter un bras. Les visiteurs un peu naïfs doivent se faire plumer… et un simple verre avec une hôtesse peut se révéler drôlement cher au final.

Je m'installe à l'une des tables près de la porte marquée *Réservé au personnel* en anglais et en chinois. Je lis assez bien les idéogrammes et peux déchiffrer d'autres inscriptions ici et là qui ne sont pas traduites en anglais. Je distingue une sortie de secours derrière l'orchestre, et les toilettes se situent près du bar.

Je ne suis pas assis depuis 20 secondes qu'une charmante jeune Chinoise en *cheongsam* m'aborde :

— Voudriez-vous un peu de compagnie ? me demande-t-elle dans un anglais à la prononciation approximative.

— Non, merci. Apportez-moi juste un verre, s'il vous plaît. Un jus de fruits, si vous avez.

La fille bat des paupières comme si j'avais répondu un truc totalement déplacé. Je lui tends 100 dollars HK, ce qui semble l'apaiser. Elle s'en va à petits pas, si délicats et si typiques des femmes asiatiques, tandis que je me concentre sur le « spectacle » ambiant. Un homme d'affaires chinois – à moins qu'il ne soit nippon – est sur scène et s'escrime à chanter *We've Only Just Begun* au karaoké. Horrible. Lorsqu'il a terminé, les trois hôtesses qui l'accompagnent applaudissent avec effusion. Le type quitte la scène, et les quatre musiciens de l'orchestre reprennent leurs instruments. Le guitariste annonce qu'ils sont prêts à jouer une nouvelle série de morceaux et invite tout le monde à venir sur la piste. Le groupe attaque alors une reprise passable de *Funkytown*, et une dizaine de gens émigrent vers la piste de danse.

La fille m'apporte mon jus de fruits et me propose à nouveau de s'asseoir pour bavarder. Je décline une seconde fois son offre et prends un air désintéressé.

Elle me fustige du regard et s'éloigne. Puis elle chuchote à l'oreille d'une autre hôtesse, qui décide de tenter sa chance. Peut-être que le *gweilo* préfère une femme plus élancée ? Avec davantage de poitrine ? Ou celle coiffée d'une perruque blonde ?

Non, non, merci. Je veux juste siroter en paix, pour pouvoir observer ce qui se passe alentour.

Quand je sens que le message est enfin passé, je prends note des différents malfrats postés dans la boîte. Je dénombre trois Chinois – tous du genre gangster – qui guettent à l'évidence le moindre pépin. Il y a de fortes de chances qu'ils m'aient repéré et se demandent pourquoi je ne dépense pas de fric avec une fille. Rien à faire.

Moi, en tout cas, je me demande si leur copain que j'ai flanqué à la poubelle ne leur manque pas…

L'hôtesse m'apporte la deuxième boisson de rigueur avant que j'aie achevé la première. Visiblement, comme je ne claque pas davantage d'argent, ils veulent se débarrasser de moi. Je la remercie, mais c'est à peine si elle me regarde.

Un groupe d'hommes investit les lieux peu après et parade dans la boîte comme si elle leur appartenait. C'est sans doute le cas pour l'un d'eux. Je reconnais celui qui marche en tête… Jon Ming.

Les six autres doivent être ses gardes du corps ou lieutenants. Tous arborent des costumes chics et semblent sortis d'un film de John Woo.

La bande passe juste devant ma table, mais aucun ne lance un regard dans ma direction. Ils se dirigent tout droit vers la porte qu'on indique réservée au personnel et s'engouffrent dans le couloir où je me trouvais un peu avant. Elle se referme avant que je puisse mieux les observer.

C'est maintenant que j'ai peut-être l'occasion de me faufiler sur le parking pour coller un émetteur sous la voiture de Ming. Si ses guignols ne regardent pas de trop près, je pourrais peut-être m'en tirer à bon compte.

J'avale mon deuxième verre, laisse encore 100 dollars HK sur la table en croisant le regard de l'hôtesse. Je désigne le billet en articulant « Merci » en silence. Elle sourit, mais ne m'encourage pas vraiment à revenir. Je me lève et me dirige vers la sortie, quand je me rends compte que celui qui vient d'entrer n'est autre que Mason Hendricks. Il a l'air tiré à quatre épingles dans un costume blanc très classe.

Bon sang, qu'est-ce qui lui prend ? Je croyais qu'il ne voulait pas être vu en ma compagnie. Il a dû se passer un truc…

Plutôt que de m'avancer vers la porte, je fais un détour par les toilettes. Je prends le temps d'observer Hendricks du coin de l'œil. Lui m'ignore. Plusieurs filles l'accueillent comme un habitué ; il sourit, passe les bras autour de deux des hôtesses et leur chuchote à l'oreille. Elles s'esclaffent et le conduisent à un canapé. Sur ces entrefaites, je trouve les toilettes, j'y entre, me glisse dans une cabine et attends.

Une minute ou deux s'écoulent… Quelqu'un arrive et j'aperçois un bas de pantalon blanc à revers. J'ouvre la cabine. Hendricks se tient devant l'un des deux lavabos et se lave les mains. Je me place devant l'autre et j'ouvre le robinet en murmurant :

— Qu'est-ce que vous foutez, Mason ?

— J'ai des informations pour vous. Je me suis dit que ça pourrait vous servir tout de suite.

Il s'empresse de déposer une carte de visite à côté de la vasque et commence à s'essuyer les mains tout en continuant :

— L'une de mes sources m'a indiqué que les Dragons chanceux réceptionnent une cargaison d'armes ce soir. L'adresse est notée au verso de la carte. Ça devrait normalement se passer à minuit et de demi.

À mon tour de m'essuyer, puis je glisse la carte dans ma poche.

— Merci, dis-je en marmonnant.

Cela va peut-être me permettre d'établir un lien entre la triade et l'Atelier. En échange, je lui donne le bout de plastique taché de sang.

— Faites-le analyser. Il se pourrait que ce soit celui de Jeinsen.

Hendricks s'empare de l'éventuelle pièce à conviction et hoche la tête :

— Je m'en occupe.

À cet instant l'un des malfrats de la triade entre dans la pièce, nous regarde à peine, puis s'avance vers un urinoir.

Hendricks me parle alors sur un ton normal et joue au brave Ricain qui vient de tomber sur un compatriote.

— Dites donc, z'avez vu comme ça grouille de belles filles ?

— Ben ouais, pensez donc ! dis-je en entrant dans le jeu.

Il me fait un clin d'œil et ajoute :

— Je crois que c'est *mon* soir de chance. En tout cas, bonne chasse !

Hendricks sort, et je m'attarde un peu en finissant de m'essuyer. Quand j'ai terminé, je traverse la boîte, note au passage qu'il a rejoint son canapé avec trois hôtesses et se donne du bon temps.

Une fois à l'extérieur, je contourne le bâtiment en quête d'une limousine ou d'un véhicule qui pourrait appartenir à Jon Ming. Une Rolls-Royce occupe la place réservée, mais deux hommes sont occupés à la laver et à astiquer ses chromes.

Je vais devoir faire une croix sur la balise émettrice pour cette fois. Le mieux pour moi est de regagner mon petit hôtel, me changer et d'attendre 00 h 30 pour vérifier la livraison des armes.

J'ai comme l'impression que la nuit sera longue.

15

À minuit, je prends un taxi à destination du quartier de Kowloon City, situé près de l'ancien aéroport international de Kai Tak. Ce secteur malfamé abritait autrefois la légendaire cité fortifiée de Kowloon, le cœur même de toutes les activités illégales de Hong-Kong.

En théorie, l'enclave faisait partie de la Chine pendant toute la durée du protectorat britannique ; elle est donc devenue le terrain de prédilection des triades.

Vice, prostitution, tripots, drogue, pauvreté, dentistes et médecins illégaux y prospéraient, sans parler du trafic d'organes ! Même les Chinois avec tant soit peu de bon sens n'osaient pas entrer dans la ville fortifiée, laquelle abritait un dédale de ruelles sales et de vieux immeubles crasseux. Si un Occidental était assez fou pour s'y aventurer, il y laissait sa peau.

En 1984, le gouvernement de Hong-Kong se porta acquéreur du district, relogea les habitants et fit abattre les murailles. L'ironie du sort veut qu'un superbe parc occupe désormais le terrain.

À mon humble avis, le changement a certes détruit une véritable horreur, mais cela signifie par ailleurs que les triades ont dû investir le reste du territoire.

Au moins, dans le passé, elles se concentraient sur un seul et unique endroit.

De nos jours, Kowloon City constitue toujours un quartier aux logements bon marché et sans doute un endroit que les Occidentaux doivent éviter la nuit. L'« entrepôt » que je cherche se situe à deux pas de l'ancien aéroport. Le bâtiment est condamné, les fenêtres, murées, et je commence à me demander si on n'a pas refilé un tuyau crevé à Hendricks. Quoi qu'il en soit, j'ai presque une demi-heure d'avance, et il se pourrait que ces malfrats se révèlent des mordus de la ponctualité.

Je fais le tour de la bâtisse et envisage d'utiliser mes crochets de serrurier pour entrer par la porte de derrière, un truc métallique qu'on a visiblement déjà fracturé. Mais j'aperçois une fenêtre condamnée par une seule planchette qui tient comme elle peut, sans doute une ouverture créée voilà des semaines par un SDF en quête d'un abri pour la nuit.

J'arrive à me hisser sur le rebord et je scrute l'intérieur par la vitre souillée. Grâce à mes lunettes à vision nocturne, je distingue le sol nu, hormis des tas de ferraille par-ci par-là, sur les côtés. La latte de bois va céder, de toute manière, alors je n'ai plus qu'à l'arracher d'une main pour la laisser dégringoler à terre.

La fenêtre n'est pas verrouillée… Il me suffit de pousser et elle s'ouvre vers l'intérieur dans un grincement de sa charnière rouillée en haut du châssis. Je me faufile dans la brèche en me cramponnant au rebord, puis j'atterris dans la salle en roulant sur moi-même.

Ça sent le moisi. À ce que je peux en voir, l'endroit n'a pas servi depuis des lustres.

Même les toiles d'araignée sont fossilisées ! Je suis à deux doigts de me dire que cette soi-disant information ne vaut pas un pet de coucou, quand j'entends des véhicules s'approcher à l'extérieur.

Au passage, les phares projettent d'inquiétants rais de lumière par les interstices entre les planches recouvrant les fenêtres. Je cherche une planque adéquate... et file vers un gros morceau de ferraille dans un coin. Je me faufile derrière, m'accroupis et patiente, tandis que quatre paires de phares passent devant les vitres.

Une minute plus tard, j'entends un bruit de clés dans la porte d'entrée, laquelle se trouve à une dizaine de mètres de ma cachette. Le panneau métallique s'ouvre, et trois Chinois en costume bon marché font leur apparition. L'un d'eux transporte un truc qui ressemble à une sorte d'émetteur radio de la taille d'un ghetto-blaster. Trois autres types entrent et ferment la porte. Je me détends un peu maintenant que je connais les forces en présence. Six contre un... en ma faveur, évidemment.

Un type presse un interrupteur sur le mur, et plusieurs ampoules illuminent l'endroit. La bâtisse a donc l'électricité. Et n'est pas du tout condamnée. Peut-être que la triade s'en sert à des fins illicites, histoire de tenir les gens à l'écart.

Je passe en mode vision nocturne et j'observe les hommes par une fente dans le morceau de ferraille. Le gars avec l'espèce de grosse radio s'approche d'un mur et branche son engin. Il détache un truc sur le dessus et retire une petite antenne parabolique.

Tout en déroulant un câble de la machine, il pose la parabole qui lui est reliée un mètre et demi plus loin. Bizarrement, les autres ne le regardent pas. Au lieu de ça, ils ont sorti leurs armes de poing et forment un demi-cercle, tourné vers la porte, comme s'ils attendaient quelqu'un. Je commence à m'inquiéter... Si ça se trouve, ma cachette n'est pas si terrible et ils vont me voir.

Le gars revient vers l'espèce de grosse radio et tripote des boutons sur le côté. Je vois alors une lueur rouge, tandis qu'un léger bourdonnement envahit la pièce.

Qu'est-ce qui se passe, bon sang ?

C'est alors qu'une sorte d'éclair répond à ma question. Mes oreilles se retrouvent soudain bombardées d'un hurlement électronique suraigu totalement insupportable.

Putain, coupez ça tout de suite !

Je plisse les yeux et serre les dents tellement la douleur est intense, mais ces six messieurs de la triade n'ont pas moufté. Le bruit ne les affecte pas du tout. Ils se tiennent toujours là, debout, tranquilles… en quête du moindre mouvement dans la salle.

Arrêtez ça, bordel ! Pour l'amour du ciel !

Je suis plié en deux, j'embrasse quasiment le sol. Mes mains se cramponnent à mes tempes et à mes oreilles… Impossible d'échapper à cette torture. La *pire* de toute ma vie !

Les implants… Voilà à quoi sert cet engin de malheur ! Il transmet un signal électronique à mon oreille interne. Du coup, me voilà transformé en chien, susceptible de capter des sons au-delà du spectre auditif humain. Et, comme un brave toutou, je rampe à terre, incapable de me contrôler.

Je dois forcément attirer l'attention, car les malfrats regardent dans ma direction et s'avancent vers moi, pistolet au poing.

L'un d'eux déplace le petit tas de ferraille, et me voilà découvert. Je suis à leurs pieds, sans défense, me tordant de douleur, implorant des dieux qui n'existent pas de faire cesser ce châtiment atroce.

Deux hommes m'attrapent sous les bras, prennent mon arme et me traînent au milieu de la salle.

Réagis ! Je ne peux pas être vulnérable à ce point ! On m'a préparé à supporter les pires tortures au monde et à faire tout mon possible pour me défendre. Je ne peux pas les laisser triompher !

Je suis à présent étendu sur le côté droit en position fœtale, les jambes repliées contre ma poitrine. Je sens que les cinq types armés m'entourent et braquent leurs flingues sur mon corps secoué de spasmes. Ils vont m'exécuter là, sur ce plancher froid et immonde.

Je vous jure que je suis sur le point de m'évanouir, quand je glisse d'instinct la main dans une des poches fixées à mon mollet droit.

Je saisis alors une grenade à fragmentation que je conserve à l'extérieur de mon sac à dos en cas d'urgence. Nul doute que ça ne peut pas mieux tomber !

Pour l'activer, rien de plus facile. La lancer vers l'émetteur, en revanche, c'est moins évident. Je préfère donc la faire simplement rouler entre les jambes d'un des gangsters. La grenade suit son petit bonhomme de chemin, sous les yeux ébaubis des cinq types. La surprise qui se lit sur leur visage est énorme, car ils réalisent qu'ils n'ont absolument pas le temps d'empêcher l'inévitable…

BADABOUM !

La douleur qui me vrille la tête cesse dans la seconde. Je peux de nouveau réfléchir, rassembler toutes les forces qui me restent pour sortir de ma pitoyable posture et me redresser d'un bond. Je percute l'un des hommes, en faisant tomber son arme et en le poussant contre son camarade de droite. Ils entrent en collision et tombent à terre. Avant même qu'ils touchent le sol, je balance déjà ma botte droite dans le malfrat d'à côté et lui colle un bon coup de pied.

Tandis que la fumée se dissipe, je constate que la grenade a détruit leur petit joujou et tué dans la foulée celui qui s'en occupait et le gars qui se trouvait le plus près de la déflagration. Un autre est gravement blessé, rampant dans son propre sang en quête de ses bras.

Ce qui nous laisse les trois types que je viens d'attaquer, lesquels ont tôt fait d'émerger de leur stupéfaction.

L'un d'eux se débrouille pour récupérer son arme par terre, mais je l'en empêche en lui portant un solide coup de pied au menton. Sa tête part si violemment en arrière que tout le monde perçoit le claquement de son cou. Il s'affale sur le plancher et ne se relèvera… jamais.

Il ne me reste plus que deux joyeux drilles. Leurs armes sont hors de portée, mais ils n'hésitent pas à passer à l'offensive. Ils se ruent de conserve sur moi à grand renfort de mouvements de kung-fu pour tenter de me mettre hors de combat.

Un coup de pied dans le ventre et me voilà de nouveau plié en deux. Si bien que l'autre gars en profite pour me frapper à la nuque du tranchant de la main. Manœuvre classique. Mais je suis entraîné à infléchir le coup en me projetant de quelques centimètres en avant, afin qu'il m'atteigne dans le dos. C'est quand même douloureux et cela pourrait facilement briser ma colonne, mais les os y sont plus résistants que les vertèbres cervicales.

Je bascule en avant, roule sur moi-même tout en cueillant de ma botte droite la jambe d'un type par-derrière. Je plie le genou, et le type tombe à terre. L'autre essaye de me flanquer des coups de pied, mais je le lui attrape à deux mains et lui imprime un mouvement de torsion maximum.

Il lâche un petit cri et se trouve forcé de pivoter dans le même sens pour éviter la fracture de la cheville. Lui aussi est à présent au sol, ce qui me laisse le temps nécessaire pour me relever. D'une roulade, je me redresse cul par-dessus tête… Un joli mouvement qu'on ne maîtrise qu'après une journée complète d'entraînement.

Plutôt éprouvant pour les muscles de l'abdomen et des cuisses. Je m'empresse de recouvrer l'équilibre et me voilà debout entre les deux gangsters.

À présent que mes adversaires sont étendus au sol de chaque côté, prêts à se défendre, je me dis qu'il vaut mieux pour moi les liquider l'un après l'autre, afin de ne pas disperser mon attention. Je me tourne légèrement et lance un coup de pied d'enfer au gars de droite, en plein sternum. Avant que son copain puisse m'arrêter, je bondis par-dessus le type ahuri, m'accroupis ensuite derrière lui et lui fais une clé de tête. Je tords le cou au maximum et j'entends la douce mélodie des vertèbres qui dégustent. Puis je le lâche... et il s'écroule comme un poids mort.

Le dernier du lot se rend à présent compte qu'il est mal barré. Plutôt que de m'attaquer, il joue la carte de la sécurité et file vers la porte d'entrée.

Il pense aussi vite qu'il court, car il a le temps de renverser une vieille échelle en bois posée contre le mur, près de la sortie. L'échelle me barre alors le passage avant que j'aie le temps de récupérer mon arme de poing et de franchir le seuil. Je mets à peine une seconde et demie pour écarter l'échelle, mais le type a eu le temps de s'engouffrer dans une des voitures – une Toyota Camry – et de démarrer.

Je sors en courant, 5-7 à la main, et vise le malfrat à travers le pare-brise. Mais plutôt que de faire marche arrière, comme je m'y attendais, il écrase l'accélérateur et me fonce dessus !

Je dois plonger sur ma droite afin d'éviter qu'il ne me coupe en deux et je lâche mon arme dans la foulée. Les pneus de la Toyota crissent et me balancent une gerbe de gravillons dans la figure, tandis que le conducteur passe la marche arrière et s'éloigne à pleins gaz.

Je reprends mon flingue et cours vers l'autre véhicule sans en revenir de ma bonne fortune : les clés sur le contact ! Je m'installe au volant, démarre et me lance à la poursuite de la Toyota.

— Sam ? me dit une voix dans mon oreille.

Quelqu'un du Troisième Échelon.

— Sam, vous êtes là ? Tout va bien ?

Je me concentre d'abord sur ma filature et m'engage dans la rue avant de répondre :

— Ouais, je suis là. Qui êtes-vous ?

— C'est Frances Coen.

— Ah ! d'accord…

Le problème que je viens d'avoir avec mes implants me déboussole encore. Je n'ai pas reconnu sa voix.

— Qu'est-ce que vous voulez ?

— Que se passe-t-il ? Que faites-vous en ce moment ? On a perdu votre signal pendant quelques minutes. Je crains que vos implants ne fonctionnent pas correctement.

— Non, en effet. Ces salopards avaient une sorte d'émetteur qui a perturbé ma réception. J'ignore de quoi il s'agissait, mais je vous jure que ça a failli me tuer. Mais ça va mieux maintenant.

La Toyota prend la direction de la voie express, connue sous le nom de Prince Edward Road ; elle se fond dans la file qui part vers l'est et manque d'entrer en collision avec un camion transportant des voitures neuves. Je suis le gars en roulant à 110 km/h et en évitant de justesse le semi-remorque qui déboîte pour s'écarter du chemin. Même s'il est minuit passé, cette autoroute est bondée. Je vais devoir redoubler de vigilance.

— Frances, je ne peux pas vous parler là, maintenant. Je vous recontacte plus tard.

— Le colonel Lambert souhaite que vous lui fassiez votre rapport. Il dit que…

— Dites-lui que j'ai une *situation* à gérer et…

Un abruti en Volkswagen qui fait du 80 km/h vient de changer de file pour se glisser juste devant moi. Je dois donner un sacré coup de volant pour éviter de le percuter, mais me retrouve alors devant une BMW qui roule plus vite que moi. Son conducteur klaxonne comme un malade et heurte l'arrière de ma voiture. J'accélère et passe à 130 km/h pour m'en éloigner. Il n'a pas l'air trop content.

— J'ai compris, reprend Coen. Je vous localise à présent sur le GPS. Reprenez contact dès que possible. Par pitié, soyez prudent !

Je zigzague entre les bagnoles tout en essayant de rattraper la Toyota. Près d'une dizaine de voitures nous séparent et il file à un train d'enfer. J'écrase le champignon pour rouler à présent à 140 km/h, soit la limite que je m'impose, compte tenu de la circulation dense.

Nous passons sur un pont en mettant le cap à l'est pour entrer dans San Po Kong, une banlieue située au nord de l'aéroport.

L'autoroute se subdivise un peu plus loin : soit on reste sur celle-ci et on bifurque vers le sud-ouest, soit on prend l'échangeur de Kwun Tong pour gagner le sud. La Toyota opte pour cet itinéraire et s'engage sur la bretelle en roulant à cheval sur deux voies.

J'appuie à mort sur mon klaxon et je déboîte dans son sillage. Un taxi a failli me rentrer dedans, mais le chauffeur applique brusquement les freins.

Ses pneus couinent et son véhicule fait une embardée, avant de s'écraser contre la glissière de sécurité.

Désolé.

Je roule maintenant sur la deuxième autoroute, encore plus encombrée que la première. Mais seuls cinq véhicules me séparent de la Toyota et je la rattrape encore. Malheureusement, on passe devant une voiture de la police. Le flic met son gyrophare et accélère.

Je pousse la voiture à 160 km/h en doublant deux 4 X 4. En quelques secondes, je fonce côte à côte avec la Toyota. Le chauffeur me jette un regard mauvais, avant de pointer son pistolet par la vitre.

Les balles traversent mon côté passager et répandent des bris de verre sur le siège… et moi-même.

Si tu veux jouer à ce petit jeu, je suis ton homme...

Je sors donc mon 5-7, vise le gars par-dessus le siège passager et presse la détente. Le malfrat accélère juste assez pour que la balle écrabouille la lunette arrière côté conducteur, en le ratant complètement.

Derrière nous, le flic a dû lancer un appel radio, car une autre voiture de patrouille s'engage sur la voie express juste après la sortie pour le parc Richland. Pas le temps de me laisser distraire par la police... Je me concentre sur ma cible. Tous les coups sont permis désormais.

J'appuie sur l'accélérateur afin de rouler de nouveau à côté de la Toyota, puis je donne un coup de volant sur la gauche pour la percuter. Ses pneus crissent, et elle se déplace dans la file complètement à gauche.

Je change de voie pour la talonner et tire une nouvelle fois sur le conducteur. Sa lunette arrière éclate complètement, et j'ai touché le gars à l'épaule, je pense. La voiture dérape contre la glissière de sécurité, rebondit et oscille dangereusement devant moi.

Le malfrat tâche de reprendre le contrôle de son véhicule et double un bus qui roule lentement. Ce foutu engin nous sépare à présent, et les deux voitures de police sont juste derrière moi. J'essaie de déboîter pour dépasser le bus sur la droite, mais une camionnette se glisse dans la file. Seule possibilité pour moi : partir complètement sur la gauche, une voie encombrée par les véhicules qui entrent et sortent de l'autoroute. Je patiente... le temps de doubler un autre taxi, puis j'accélère à fond.

Ma voiture monte à 170 km/h et je longe le bus à toute vitesse pour finir par le doubler ! Le hic, c'est que les flics font la même chose. Hélas, le chauffeur du bus ne les voit pas, car ils sont dans son angle mort. Il klaxonne comme un fou en changeant de file derrière moi, et les deux voitures de police se retrouvent coincées contre la glissière. L'une d'elles la traverse et plonge dans les rues au-dessous. L'autre fait un tête-à-queue, puis un tonneau, avant de déraper en travers de la voie express.

Il en résulte un concert de klaxons, mêlé au vacarme des tôles froissées et des hurlements de pneus. Dans mon dos, une bonne vingtaine de véhicules s'emboutissent les uns dans les autres, mais pas question de m'y attarder : ma proie se dirige vers une sortie et je dois la suivre coûte que coûte.

La Toyota s'engage sur la bretelle menant à la baie de Kowloon, et je quitte l'autoroute dans son sillage. S'il pense me semer dans les ruelles bondées de la ville, il se met le doigt dans l'œil jusqu'au coude.

Sitôt arrivés au niveau de la rue, on fait quasiment du sur-place. Mon gars s'est planté. Il ne peut fuir nulle part. Je suis juste derrière lui et on attend dans la file que le feu passe au vert. Alors, il descend de son véhicule et se met à courir.

Ce n'est pas *ma* voiture, après tout… Je sors et le prends en chasse. Ça klaxonne à qui mieux mieux, tandis qu'on slalome entre les voitures pour rejoindre le trottoir. Le voyou, qui cramponne son épaule blessée, disparaît dans une ruelle sombre au détour d'un immeuble. Une fois à l'entrée, j'abaisse mes lunettes, passe en mode vision de nuit, le repère, m'accroupis et le mets en joue avec mon 5-7. Je presse la détente et le type dégringole à terre.

Quand je m'avance vers lui, il y a tellement de sirènes de police qui hurlent de toutes parts qu'il est difficile de repérer leur provenance. La plupart sont sans doute sur la voie express, à cause du carambolage.

Mais certains flics doivent aussi être à mes trousses… Je ne dois pas traîner !

Mon ami de la triade rampe et pisse le sang à mort. Je pose mon pied droit botté sur la blessure dans son dos et lui dis en chinois :

— Je t'écoute…

Il m'insulte en anglais. Marrant comme certains mots sont universels. Je reprends :

— Comment vous avez su que je serais à l'entrepôt ce soir ?

L'homme m'agonit d'injures une fois de plus, alors j'appuie d'autant plus fort sur la blessure. Il hurle et je relâche un poil la pression.

— Alors ?

— On nous a prévenus, c'est tout, dit-il.

— Vous vous attendiez donc à me trouver là-bas ?

Il gémit sans répondre directement. J'appuie de nouveau avec ma botte...

— Oui ! s'écrie-t-il.

— Bien. Maintenant, dis-moi : est-ce qu'il y a une livraison d'armes de prévue ce soir ? Et où ça ?

C'est reparti pour les insultes, si bien que je me tiens quasiment debout sur le dos du type. D'ordinaire, je ne torture pas l'ennemi pour obtenir des informations, mais lorsque le temps presse et qu'il n'y a pas d'autres moyens, j'agis en conséquence.

Quand il a fini de brailler et moi d'appuyer, il répond :

— C'est demain matin. À Kwai Chung.

Il s'agit du grand port de conteneurs pour l'ensemble de Hong-Kong.

— L'endroit exact ? À quelle heure ?

— Huit heures.

Les sirènes sont toutes proches à présent. J'entends des policiers à pied s'interpeller dans la rue, à l'entrée de la venelle. Ils seront là d'un instant à l'autre.

Je m'accroupis, tire le gars par les cheveux et lui redemande :

— Où ça ?

Il marmonne un numéro.

— C'est un terminal ?

Il hoche la tête, puis tousse en crachant du sang.

— Tu ne t'aviserais pas de me mentir, si ?

Il papillonne des paupières, tousse encore, s'étrangle avec le sang et les glaires dans sa gorge. Je sais qu'il ne va pas faire long feu. Je ne risque pas de lui arracher d'autres informations. Je me redresse et pars en courant, juste au moment où deux policiers déboulent à l'entrée de la ruelle derrière moi.

Ils me crient d'arrêter, mais je suis dans l'ombre maintenant. Ils ne peuvent pas me voir. Une fois parvenu à l'autre bout, je fonce dans la rue principale, me faufile entre les voitures et m'engouffre dans une autre ruelle.

Je réitère la tactique à trois reprises et dans l'intervalle j'ai semé les flics. Il ne me reste plus qu'à regagner l'hôtel et attendre jusqu'au matin. J'espère seulement que feu mon ami de la triade m'a dit la vérité…

16

— Quelqu'un m'a piégé !

Je hurle tout seul dans ma chambre d'hôtel de Kowloon.

Le colonel Lambert, Frances Coen et Anna Grimsdottir m'écoutent en chœur beugler dans mes implants.

Je viens de livrer le rapport complet de ce qui s'est passé à l'entrepôt et m'agite comme un fou furieux.

— Calmez-vous, Sam, me dit Lambert. Pourquoi pensez-vous vous être fait avoir ?

— Parce qu'ils savaient que je serais là-bas. Du coup, ils ont apporté cet engin qui m'a bousillé les oreilles. Le gars de la triade que j'ai interrogé dans la ruelle me l'a confirmé. On les avait prévenus de ma visite. Ils savaient que j'étais un Splinter Cell pourvu d'implants pour communiquer avec l'extérieur. On m'a *piégé*, je vous dis !

Grimsdottir prend la parole :

— Cet appareil, Sam, à quoi il ressemblait ?

Derrière sa voix paisible en apparence, on devine l'intelligence en action.

— Un genre de ghetto-blaster. Relié à une petite antenne parabolique, que le gars a installée par terre.

— Je crois comprendre de quoi il retourne. Ils devaient certainement savoir comment fonctionnait la technologie de tes implants. Si tu dis vrai, alors ils ont forcément eu les informations de la part de quelqu'un du Troisième Échelon. Je ne vois pas d'autres possibilités.

— Encore Mike Chan ? intervient Lambert.

— Probablement. Si c'est lui le traître.

— Bien sûr que c'est lui, dis-je. Il a tué Carly, non ? Vous avez attrapé ce salopard, au fait ?

— Pas encore. Le FBI est sur sa piste, répond le colonel.

— Eh bien, ça ne me dit toujours pas comment les types de la triade savaient que je me trouverais sur place. La seule personne à le savoir était Mason Hen…

Forcément ! Hendricks.

— Euh… Je crois qu'il va me falloir rendre une petite visite à Hendricks, colonel.

Un coup d'œil à ma montre. Il me reste quelques heures avant d'aller au port de Kwai Chung.

— Mason Hendricks a été l'un de nos agents de terrain les plus fiables, Sam. Ses états de service sont irréprochables.

— Dans ce cas, il saura peut-être comment établir le lien. Sa source était foireuse ou il y a autre chose. Ça vaut le coup d'en savoir plus en tout cas. En outre, je lui ai donné une pièce à conviction qui mérite d'être analysée au labo, une tache de sang sur un bout de plastique trouvé dans la boîte de nuit de la triade. Allez savoir… cela pourrait provenir de Jeinsen.

— Entendu, Sam.

— Sinon, du nouveau, colonel ?

— Oui. On a terminé d'analyser ce que vous avez découvert au domicile du général Prokofiev.

— Et alors ?

— Vous savez… cette liste d'engins nucléaires disparus ? Les notes qu'il a griffonnées à côté de certains noms ?

— Oui…

Frances Coen reprend le flambeau :

— C'est un code, aucun doute là-dessus. Mais très étrange.

— Je vous écoute…

— Une fois décrypté, il s'agit… d'une recette de bortsch.

— Quoi ?

— Ma foi, c'est ce que nous avons décodé. Les mots décryptés sont les suivants : betteraves formanova cylindra, bouillon de bœuf, eau, vinaigre, beurre, chou et sauce tomate. Autrement dit, les ingrédients de ce potage russe. Quelques aromates et d'autres légumes sont passés à la trappe, mais en gros c'est ça.

— Quel rapport entre le bortsch et des bombes atomiques ?

— On n'en sait rien. C'est simplement le résultat du décryptage.

— J'imagine que vous avez dû péter les plombs dans le service.

— On espérait que vous sauriez ce que cela signifie, dit Lambert. Y avait-il quoi que ce soit dans la maison de Prokofiev qui puisse nous fournir le moindre indice ?

— A priori, je ne vois rien, à moins que sa virago de bonne femme mette du plutonium dans ses plats, ce qui ne m'étonnerait pas d'elle. Écoutez, je retourne chez Hendricks avant que le soleil se lève. Je vous ferai part ensuite de ce que ça lui inspire.

— On en reparlera plus tard, Sam, conclut Lambert avant de couper la communication.

***

Vêtu de mon survêtement, avec mon uniforme dans un sac de sport, je prends le ferry pour l'île, puis un taxi qui me ramène aux Mid-Levels, juste au moment où le soleil se lève. Toutefois, mon chauffeur ne peut pas me déposer dans la rue de Hendricks. Un policier nous déclare que seuls les riverains y ont accès.

Je lui demande en chinois :

— Quel est le problème, sergent ?

— Il y a eu le feu, me répond-il.

Je règle alors ma course et descends du véhicule. Une fois dans la rue, j'aperçois l'épaisse fumée qui monte dans le ciel un peu plus loin.

Deux camions de pompiers, une ambulance et deux voitures de police bloquent le milieu de la rue. Juste devant la petite maison de Hendricks.

J'avance sur le trottoir pour regarder de plus près. Aucun doute, son logement est tout noir, et les cendres fument encore après ce qui a dû être un intense brasier. Je m'approche davantage des policiers qui discutent avec les pompiers. Bien qu'ils s'expriment en chinois, j'arrive à saisir quelques bribes de phrase.

Bombe incendiaire... lancée par la fenêtre... une à l'arrière... sans doute l'œuvre d'une triade... deux cadavres...

J'observe, comme hypnotisé, les soldats du feu qui sortent deux corps recouverts sur des civières. Un bras noir et rouge calciné dépasse de dessous un drap. Je capte les mots *un homme et une femme dans la chambre*, avant qu'on emporte les corps dans l'ambulance.

Hendricks se vantait de finir la nuit en charmante compagnie. La chance lui avait souri, mais pas autant qu'aux fameux Dragons.

Et je parie que la dame qui l'accompagnait ne s'y attendait pas non plus. Quelle horreur !

Du coup, je ne sais plus trop si on m'a tendu un piège ou non en m'indiquant l'entrepôt. Apparemment, on a aussi trahi Hendricks.

En interceptant d'une manière ou d'une autre l'information fournie par son contact, les malfrats de la triade ont dû découvrir ce qu'il mijotait. Peut-être même que le contact les avait tuyautés.

Idem pour la pièce à conviction trouvée dans le nightclub. On a dû faire disparaître les preuves depuis longtemps.

Je m'éloigne en songeant que je dois me détacher de Hendricks, finir ma mission à Hong-Kong et décamper. Tandis que l'île baigne déjà dans le soleil matinal, je reprends le chemin du ferry afin d'arriver à temps à mon rendez-vous au port de marchandises.

17

Attablé dans le restaurant Empress Pavilion, l'agent spécial Jeff Kehoe dégustait un dim sum plus ou moins authentique, tout en gardant un œil sur Eddie Wu, le frère du fugitif recherché, Mike Wu, alias Mike Chan. Kehoe avait débarqué la veille à Los Angeles et, avec l'aide du FBI local, suivi Eddie Wu dans le Chinatown historique.

Il avait surveillé son appartement dans Alameda Street et vu le Chinois y entrer et en sortir à deux reprises. Wu avait fait d'abord un premier aller-retour jusqu'à la Phoenix Bakery de Broadway, l'artère principale du quartier.

Sa deuxième escapade avait concerné le Wing Hop Fung Ginseng & China Products Center, également dans Broadway, où Wu avait acheté du thé et d'autres produits alimentaires. Jusque-là, rien de suspect. Mais il était encore tôt dans la journée.

Alan Nudelman, directeur du FBI de Los Angeles, avait briefé Kehoe à son arrivée. Il lui avait confirmé qu'Eddie était un membre de triade connu, mais n'avait jamais participé aux activités criminelles d'envergure des gangs chinois opérant en Californie du Sud. Le groupe des Dragons chanceux de L. A. rassemblait tout au plus une dizaine de membres. Wu était soit le chef du clan, soit l'un des hommes de main. On l'avait arrêté deux fois pour possession de stupéfiants, mais son excellent avocat lui avait permis de s'en tirer avec une amende et une courte peine de prison.

On n'avait pu prouver son intention de faire commerce de la drogue, mais la police de L. A. avait la certitude qu'il en revendait pour la triade. Il avait été en revanche inculpé plus tard pour recel de biens volés, parmi lesquels des armes, ce qui lui avait valu trois ans ferme dans les années 1990. Depuis lors,

Wu se tenait à carreau, même s'il demeurait sur la liste de surveillance du FBI. Nudelman le soupçonnait d'être un voleur, trafiquant et tueur accompli. Pour l'heure, Wu n'exerçait aucune profession, alors qu'il vivait dans un bel immeuble, conduisait une onéreuse voiture et dépensait sans compter.

Les triades de Californie du Sud agissaient un peu comme les petites familles mafieuses. Elles se spécialisaient dans le racket de protection, surtout parmi la population chinoise de la ville, les tripots et les bordels, sans compter le trafic d'armes et de stupéfiants. La violence de la pègre affectait presque uniquement les triades rivales et rarement le grand public. Cela n'empêchait pas le commissariat de Chinatown d'être débordé par les gangsters.

La plupart des officiers d'origine occidentale se moquaient éperdument que les criminels chinois puissent s'entretuer ; ils s'inquiétaient surtout pour les familles innocentes qui tentaient de gagner honnêtement leur vie dans l'Amérique de la démocratie.

Kehoe finit son repas et déplia le *Los Angeles Times* en prétendant faire les mots croisés. Eddie Wu était assis en compagnie de deux hommes qui l'avaient rejoint. Eux aussi avaient l'air de durs à cuire avec leur blouson de cuir noir et leurs lunettes de soleil. Les membres des triades américaines ne s'habillaient pas aussi mode que leurs homologues de Hong-Kong et de Chine. Aux États-Unis, ils ressemblaient davantage à des voyous. Quant à Eddie Wu, il était censé avoir 38 ans, ce qui se révélait plutôt vieux pour un malfrat de base.

Au bout d'un petit moment, Wu régla l'addition, et ses deux compagnons et lui se levèrent. Kehoe attendit quelques instants, paya sa note, puis suivit le trio dans Hill Street.

Le restaurant se situait sur Bamboo Plaza, qui abritait toutes sortes de commerces. Les hommes bifurquèrent dans Bamboo Street et se dirigèrent vers Broadway. Kehoe se mit à les suivre, mine de rien, et tâcha de passer pour un touriste occidental parmi d'autres en admirant les souvenirs chinois en chemin.

Ils traversèrent Central Plaza, où le cliquetis des tuiles de mah-jong par les fenêtres et les portes ouvertes se mêlait à l'authentique musique chinoise qu'on jouait dans les boutiques. Les gens avaient l'habitude de filmer cette place, connue pour sa Porte des valeurs maternelles, une statue du fondateur de la République de Chine, le Dr Sun Yat-Sen, et un puits à souhaits qui datait de 1939.

Wu dit au revoir à ses camarades devant la Cathay Bank, au coin de Broadway et d'Alpine. Il entra ensuite dans l'établissement. Kehoe s'attarda à l'extérieur de l'impressionnant édifice, lequel était censé représenter la première banque sino-américaine de Californie du Sud.

Dix minutes s'écoulèrent avant que Wu ressorte. Il partit vers l'est dans Alpine Street, passa devant Dynasty Plaza pour rejoindre son appartement d'Alameda, une rue à l'est de la succession de bazars.

Son immeuble comptait parmi les constructions modernes et haut de gamme du coin, qui ne représentaient certes pas la norme pour les immigrés chinois aux revenus modestes ou moyens. Après que Wu eut disparu dans l'entrée, Kehoe s'installa au volant de sa Lexus de location et attendit.

Pister Mike Wu dans son périple vers l'ouest se révéla plutôt facile. Lorsqu'un officier de la police de l'État d'Oklahoma fut retrouvé mort près d'Oklahoma City, toutes les preuves désignèrent aussitôt Wu. Lors d'une patrouille de routine, l'agent avait fait arrêter la Honda Accord sur le bas-côté pour infraction au code de la route ; en vérifiant la plaque minéralogique sur le fichier central, il avait découvert que celle-ci était volée.

Avant d'être abattu d'une balle dans la poitrine, l'officier avait informé son QG qu'il enquêtait sur le véhicule suspect. La balistique avait permis d'établir après comparaison que les deux balles trouvées sur le corps du policier et celle qui avait tué Carly St. John s'avéraient identiques.

Treize heures environ après la découverte du cadavre du policier, on avait retrouvé la Honda Accord bleue abandonnée derrière une supérette d'Oklahoma City. Quant à savoir quel véhicule Wu avait ensuite conduit, cela demeurait un mystère.

Kehoe était certain que Wu se présenterait à Los Angeles pour voir son frère. Après tout, Eddie Wu connaissait sa fausse identité, à savoir celle de Mike Chan. Peut-être Eddie allait-il l'aider à quitter le pays. Selon Nudelman, Eddie excellait dans ce genre d'activités. Par conséquent, ce n'était plus qu'une question de temps avant de voir Mike débarquer au domicile d'Eddie. Kehoe n'avait donc qu'une chose à faire : ne jamais quitter le malfrat des yeux.

Au milieu de l'après-midi, Wu sortit de son appartement. Il rejoignit sa voiture, une berline BMW 745i, un indice supplémentaire de l'argent qu'il gagnait illégalement. Kehoe évalua le prix du véhicule en question à plus de 60 000 dollars. La BMW partit vers l'ouest et s'engagea sur l'autoroute 110 en mettant le cap au sud. Kehoe la suivit prudemment.

La circulation paraissait étrangement fluide pour un après-midi de semaine. Ce n'était pas encore l'heure de pointe et Kehoe adorait rouler sur les *freeways* californiennes.

Il les considérait comme les meilleures du pays. Contrairement à celles des autres grandes villes des États-Unis, les autoroutes de L. A. semblaient avoir été conçues dès le début pour une circulation dense. D'autres endroits, comme Chicago et Washington, avaient connu des embouteillages monstres quand la population s'était mise à excéder les capacités autoroutières.

La BMW emprunta l'autoroute de Santa Monica et fila vers l'ouest. Kehoe dut accélérer pour maintenir une distance correcte. Aucun problème ne surgit, et la BMW parvint au croisement de la 405. Wu prit la sortie nord et la direction des collines. La BMW ne tarda pas à déboucher sur Sunset Boulevard et obliqua à l'ouest dans Brentwood.

La filature devint alors plus compliquée. La BMW emprunta de drôles de rues transversales pour grimper dans le secteur de Crestwood Hills Park. Kehoe craignait que Wu finisse par le semer. Dans la plupart des rues, ils étaient les seuls à rouler.

Au bout d'une trentaine de minutes, la BMW bifurqua sur une route escarpée appelée Norman Place. Wu finit par tourner à droite dans un chemin de gravier et disparut dans les arbres. Kehoe s'arrêta à l'intersection et consulta sa carte.

Il se trouvait où, bon sang ?

Le musée Getty ne se situait pas très loin, à trois kilomètres au nord-ouest. Le coin était parsemé de belles demeures et de quelques entreprises.

Kehoe décida de tenter le coup et s'engagea sur le chemin de gravier. Après avoir roulé lentement sur 1 500 mètres environ, il parvint à une grille et à une clôture métallique lui barrant l'accès. Sur un panneau on pouvait lire : *GyroTechnics, inc. – Propriété privée – Défense d'entrer.* Il y avait des idéogrammes chinois sous l'inscription ; Kehoe se dit qu'ils devaient annoncer la même chose.

L'agent du FBI descendit de son véhicule et scruta au travers du portail grillagé. À une cinquantaine de mètres se dressait, sur deux niveaux, un bâtiment moderne assez anodin, hormis ses fenêtres sombres de formes géométriques diverses et variées. On aurait dit la version futuriste ratée d'un décor de film de science-fiction des années 1950.

Kehoe remonta dans sa Lexus et reprit la direction de Norman Place. Il s'arrêta sur le bas-côté et appela Nudelman avec son portable.

— Nudelman, j'écoute.

— Salut, Al, Jeff Kehoe à l'appareil.

— Oui, Jeff.

— Vous avez déjà entendu parler d'une société appelée GyroTechnics ?

— Euh… non. C'est quoi ?

— J'espérais que vous pourriez me le dire. J'ai suivi Eddie Wu depuis Chinatown jusqu'à ce bâtiment. C'est dans les collines, près du musée Getty. Une propriété privée.

— Je vais vérifier et je vous rappelle.

— Merci.

Il descendit la colline en voiture et se gara dans un coin plus discret. Comme il voyait le chemin de gravier sans nom dans son rétroviseur, si Eddie décidait de s'en aller, Kehoe s'en apercevrait aussitôt. Vingt minutes plus tard, Nudelman le rappela :

— GyroTechnics est une société chinoise flambant neuve. Matériel électronique, circuits imprimés, ce genre de trucs. D'après ce que j'ai sous les yeux, il semblerait que la spécialité de la boîte soit les systèmes de guidage pour véhicules aquatiques, autrement dit pour les bateaux. Implantée en Californie depuis trois mois.

— Quel est le lien avec Eddie Wu ? demanda Kehoe.

— Bonne question. Je doute qu'il fasse partie du personnel.

Kehoe gloussa.

— Pas officiellement en tout cas. Bon... eh bien, je n'ai plus qu'à me planquer en attendant qu'Eddie s'en aille. À moins que ce soit lui qui attend la venue de son frère. D'une manière ou d'une autre, je vais essayer de savoir ce qui se trame dans cette boîte.

***

Anton Antipov ouvrit la porte de la boutique d'antiquités et laissa entrer Andreï Zdrok.

— J'espère que ça vaut le déplacement, grommela ce dernier. Le soleil n'est même pas encore levé. Tout être humain qui se respecte dort encore à cette heure-ci.

— Tu vas te réjouir quand tu verras ce qu'on a déballé, répondit Antipov.

Il lui fit traverser, jusqu'à l'arrière-boutique, le magasin de curiosités russo-hongkongaises plongé dans la pénombre.

À l'instar du directeur de l'Atelier, Antipov savait comment manipuler les ouvrages de Shakespeare et de Marlowe sur l'étagère afin de déclencher l'ouverture du panneau secret. Ils pénétrèrent donc ensemble dans le QG de l'organisation, passèrent devant le bureau privé de Zdrok, pour arriver à la principale salle de réception des marchandises.

Au beau milieu trônait une caisse ouverte, de la taille d'une grosse télévision. On avait retiré la paille qui jonchait à présent le sol. Antipov dirigea Zdrok vers un établi tout proche, où l'objet déballé était posé à l'horizontale sous un éclairage théâtral, comme dans un musée.

C'était de couleur argent et de forme cylindrique, un peu comme une balle géante dans sa douille. Deux coussins de part et d'autre de l'engin l'empêchaient de rouler. Sur la face du cylindre dirigée vers le plafond se trouvait un compartiment qu'on avait ouvert, révélant ainsi tout le mécanisme interne.

— En direct de notre mère patrie la Russie, déclara Anton, sourire aux lèvres. C'est arrivé hier soir après ton départ. L'ironie du sort a voulu que ce soit livré par Federal Express !

Andreï Zdrok resta bouche bée et, l'espace de quelques instants, en oublia même momentanément d'avoir été réveillé trop tôt. La beauté de l'engin le fascinait. L'objet rutilait comme un métal précieux qu'on aurait poli, mais sa valeur dépassait de loin celle de l'or ou de l'argent.

— Dommage que Prokofiev ne puisse savoir que c'est arrivé sans encombre, ajouta Antipov. Le pauvre vieux est toujours dans le coma.

— Qu'il aille se faire foutre, répliqua Zdrok. Il ne nous sert plus à rien maintenant. Au moins, il aura pu nous l'expédier avant de devenir un légume sous perfusion.

Il s'approcha de l'engin et posa doucement la main sur la tête conique. C'était doux et froid au toucher.

— Magnifique, reprit-il. Je n'en avais jamais vu auparavant, et toi ?

— Non... Enfin, si, mais les tout premiers modèles. Pas de ce genre-là, répondit Antipov.

— Bon... eh bien, nous devons maintenant le faire parvenir à notre client en Chine sans tarder. Tu t'occupes des préparatifs ?

— C'est déjà fait.

Antipov regarda sa montre, avant de préciser :

— Je dois aller à Kwai Chung. Oskar arrive avec la cargaison aujourd'hui.

— Parfait, dit Zdrok en touchant encore l'engin, dont il admirait la pureté des lignes et le travail d'orfèvre. Tu sais, pour un peu j'aimerais qu'on ne soit pas tenus de la vendre. Ce n'est pas si souvent qu'une bombe nucléaire transite par l'Atelier. Tu as raison, Anton… La dernière qu'on a vendue était un modèle plus ancien qui datait de l'époque de la guerre froide. Un truc énorme de la taille d'une Volkswagen. Ces engins des années 1980 sont bien plus compacts et transportables.

— Tu l'as dit, Andreï. Tu l'as dit…

Zdrok le regarda en hochant la tête, puis lui proposa :

— Tu as le temps de prendre un petit-déjeuner avec un bon café ? C'est moi qui régale.

Antipov sourit à belles dents.

— Bien sûr !

Ils sortirent ensemble en passant devant la caisse sur laquelle était inscrit en anglais, russe et chinois : *Denrées périssables – Betteraves formanova cylindra – Conserver à l'écart de la chaleur.*

18

Vêtu de ma combinaison, j'arrive au port à conteneurs de Kwai Chung à 7 h 15. Comme l'endroit grouille d'activité, je dois me montrer prudent. Pas question que l'on me voie dans cet accoutrement : quelqu'un pourrait s'imaginer que je me rends à un bal costumé ! Afin d'être moins repérable, je ne porte ni mon casque ni mes lunettes. Avec un peu de chance, je peux passer pour un type en tenue de protection destinée à manipuler des produits dangereux.

Kwai Chung est un célèbre complexe portuaire, sans doute le plus animé de toute l'Asie. On y exporte aussi des marchandises en provenance de la Chine continentale, car celle-ci ne dispose pas des infrastructures de transport adaptées. Le port se situe sur la rive orientale du Rambler Channel, juste au nord de la frontière séparant Kowloon des Nouveaux Territoires. Il s'agit d'un secteur purement industriel, où l'on assiste au ballet incessant des allées et venues des camions, véhicules de chantier et autres fourgonnettes. Le port à conteneurs proprement dit rassemble six terminaux, avec le 5 à l'extrémité nord et le 6 au sud, les terminaux 1 à 4 se trouvant au milieu. Le membre de la triade que j'ai interrogé m'a dit que la livraison des armes se déroulerait au terminal 6 qui, d'après ma carte, serait localisé un peu à l'écart. L'idée est évidemment que la triade n'attire pas l'attention sur ses activités illégales.

De l'endroit où je me trouve, j'aperçois des centaines de conteneurs qui s'entassent comme les immenses cubes multicolores d'un jeu de construction. Ils portent tous des étiquettes et des logos peints sur le côté, du genre : *Evergreen, Hyundai, Wan Hai, Uniglory* et bien d'autres. De gigantesques grues orange dominent les conteneurs aux points stratégiques du port, non loin de barges bleues tout aussi impressionnantes.

Les entrepôts blancs sont disséminés aux quatre coins du complexe, où travaillent vigiles, employés et représentants des différentes compagnies maritimes. Depuis les événements du 11 septembre 2001, la sécurité est accrue dans le port, mais sans doute pas autant que le souhaiteraient les Nations unies. Je sais que nos ports américains restent encore très vulnérables.

Des terroristes ou d'autres groupes criminels patentés n'auraient aucun mal à dissimuler des armes de destruction massive, car les conteneurs sont rarement inspectés. Ou uniquement au hasard, dans le meilleur des cas.

Une fois arrivé au terminal 6, je constate que l'*Odessa*, un gros bateau russe, est amarré à la jetée, près d'une de ces imposantes barges bleues. Une grue est déjà à l'œuvre et décharge caisses et conteneurs du bateau. Je note au passage certains détails qui le distinguent des autres, puis tente de m'approcher discrètement du terminal. Trois dockers fument une cigarette à l'arrière du bâtiment, près d'une échelle qui rejoint le toit. Si je pouvais grimper là-haut, je pourrais avoir une bonne vue d'ensemble sur ce qui se passe près de la grosse péniche.

J'extrais de mon sac à dos une des caméras de diversion que je lance d'ordinaire avec mon SC-20K. Je n'ai pas pris l'arme avec moi, mais au besoin je peux la projeter à la main. Ce type de gadget adhère à un mur ou à un objet, puis produit certains bruits à ma demande. Sa base de données renferme toutes sortes de sons, qu'il s'agisse d'effets ou de divers types de musique. Cela permet de détourner l'attention de gardiens curieux en les éloignant de moi. Comme c'est aussi un appareil photo, je peux éventuellement prendre des clichés des vigiles fouineurs.

J'arme la caméra de diversion pour qu'elle émette un bruit, avant de la lancer à une vingtaine de mètres au milieu d'une rangée de conteneurs entassés.

Le truc se met à biper et à attirer l'attention des dockers. L'un d'eux pointe l'index en direction des conteneurs, et la curiosité des trois types prend aussitôt le dessus. Le temps qu'ils aillent voir d'où provient le son, je file vers l'échelle, grimpe dessus et me hisse sans difficulté sur le toit en terrasse.

Je jouis à présent d'une vue plongeante sur toute la barge et le terminal. Outre cinq hommes en complet-veston qui discutent dans leur coin, les dockers chargent des caisses du bateau dans deux camions de taille moyenne, où est inscrit en chinois : *Poissonnerie Ming.*

Je m'allonge à plat ventre, retire les jumelles et me concentre sur les gars en costumes. Je reconnais d'emblée Jon Ming parmi les hommes d'affaires.

Deux gros durs l'accompagnent, visiblement armés, à en croire le renflement sous leur veste. La Rolls-Royce est garée près du bâtiment où je me tiens.

Les Chinois parlent à deux Blancs qui sont apparemment venus dans la Mercedes sombre garée près de la Rolls. Bingo ! Je reconnais Oskar Herzog parmi eux. Il a fait un sacré bout de chemin depuis l'Ukraine où je l'ai vu pour la dernière fois. L'autre a l'air d'être Anton Antipov. La chance me sourit : deux dirigeants de l'Atelier pour le même prix !

C'est Antipov qui mène la conversation.

Le simple fait d'assister à cet échange m'indique clairement que l'Atelier fait des affaires avec les Dragons chanceux. Je suis prêt à parier un dollar HK que ces caisses sont remplies d'armes. La triade doit forcément se fournir quelque part, et l'Atelier n'est pas regardant sur sa clientèle.

Je braque l'appareil photo numérique de l'OPSAT sur le groupe et prends quelques clichés. Puis je sors le 5-7 et j'active le microlaser du KAT (ou kit audio tactique), avant de glisser l'écouteur dans mon oreille droite. Je peux à présent entendre ce qu'ils se disent tout en enregistrant la conversation.

Au début, je suis étonné qu'ils parlent anglais, mais je réalise ensuite que les Chinois ne parlent pas russe et vice versa. Ah ! l'anglais, la langue universelle ! Cela en dit long sur les échanges commerciaux internationaux.

ANTIPOV : … comme nous en avons convenu. Votre commande est maintenant complète.

MING : Merci. Veuillez transmettre à monsieur Zdrok que nous apprécions d'avoir eu l'occasion de traiter avec vous. Bien sûr, nous aurons besoin d'inspecter la marchandise en toute discrétion.

ANTIPOV : Je comprends. Je ne doute pas que vous la trouviez à votre convenance. À propos, monsieur Zdrok m'a demandé de vous dire qu'il était désolé de ne pouvoir être présent parmi nous ce matin. Il avait une affaire urgente à traiter.

MING : Comme nous tous, n'est-ce pas ?

ANTIPOV : Tout est en ordre, alors ? De notre côté, l'accord est à présent rempli. C'est notre dernière cargaison en échange des diverses parties de l'Opération Barracuda que vous nous avez transmises au fur et à mesure.

MING : Entendu. Comme vous le savez, nous avons également éliminé l'intermédiaire. Les autorités américaines ne devraient pas pouvoir retrouver la trace du professeur. Il ne pourra plus parler, en tout cas !
ANTIPOV : (*rires*) Voyons, monsieur Wong ! Ne me dites pas que le professeur a réellement cru qu'il transiterait sans encombre jusqu'à Pékin !
MING : (*rires*) Apparemment, si.
ANTIPOV : Ma foi... il n'aurait sans doute pas aimé travailler là-bas, de toute manière.
MING : Moi non plus.
ANTIPOV : Bien sûr que non.

Les hommes se taisent quelques instants et regardent les ouvriers à l'œuvre.

ANTIPOV : On dirait que vos hommes ont presque fini. Je suis toutefois obligé de soulever le problème de la dernière partie du projet Barracuda, que vous devez encore nous remettre.
MING : Ne vous inquiétez pas. Nous allons la recevoir de Californie d'un jour à l'autre. J'attends justement des nouvelles de mes collaborateurs en poste là-bas.
ANTIPOV : Très bien. Je vous prierais de nous tenir informés. Notre client est impatient d'entrer en sa possession.
MING : (*toussotements*) Excusez-moi. Je crois bien que je me suis enrhumé. Concernant votre client, puis-je vous demander de qui il s'agit ?
ANTIPOV : Monsieur Wong, vous savez que nous ne pouvons vous le révéler. L'Atelier a fondé sa réputation sur la discrétion.
MING : Monsieur Antipov, vous pouvez tout de même comprendre nos inquiétudes. L'Opération Barracuda, ainsi que vous la nommez, concerne une technologie

dangereuse qui pourrait fort bien être utilisée contre nos intérêts si elle était vendue aux mauvaises personnes.
ANTIPOV : Je comprends vos inquiétudes, mais, encore une fois, je dois insister sur le fait que nous ne pouvons révéler l'identité de notre client.

Ming s'avance d'un pas vers Herzog et Antipov. Bien que ce dernier mesure cinq centimètres de plus que lui, Ming paraît sans conteste le plus menaçant des deux. Je perçois le changement dans sa voix. Il ne faut pas le contrarier, le bougre...

MING : Parfait. Gardez vos secrets. Mais laissez-moi vous donner un conseil avant de partir. J'espère que vous n'êtes pas en train de vendre le contenu de l'Opération Barracuda à quelqu'un de la Chine continentale.
ANTIPOV : Cela m'a tout l'air d'une mise en garde et non d'un conseil.
MING : Prenez-le comme bon vous semble. Certaines de mes sources ont laissé entendre que l'Atelier traiterait avec le diabolique général Tun à Fuzhou. Comme vous le savez, les Dragons chanceux entretiennent des relations amicales avec quelques membres du gouvernement communiste de Chine, mais sans plus. À la base, les triades détestent la République populaire et ce qu'elle symbolise. Le général Tun représente le pire de la Chine. Je vous le dis solennellement : si je découvre que l'Atelier vend en effet ces documents au général Tun, les Dragons chanceux vont en vouloir à monsieur Zdrok. Nous ferons tout ce qui est en notre pouvoir pour empêcher ce marché. Bonne journée, monsieur Antipov... monsieur Herzog.

Ni poignées de main ni salutations amicales. D'un seul coup, les trois Chinois tournent les talons et rejoignent la Rolls. Je dois m'abaisser illico pour éviter d'être vu. Au bout de quelques instants, je jette un coup d'œil pardessus le rebord et constate que la Rolls quitte le parking, tandis que les deux Russes entrent dans le bâtiment. C'est l'occasion ou jamais de descendre.

Une fois à terre, je sors un émetteur de mon sac à dos, l'active et m'approche de la Mercedes d'un air détaché. Je regarde alentour pour m'assurer que les Russes ont disparu et que les ouvriers ne font pas attention à moi. D'un mouvement fluide, je m'accroupis, place la balise émettrice sous la voiture, me redresse et m'en vais. Il y a de fortes chances pour que personne ne m'ait vu.

— Anna, tu es là ? dis-je en pressant l'implant de ma gorge.

— Salut, Sam.

— Je présume que tu as capté cette petite conversation ?

— Cinq sur cinq. Je suis en train de l'analyser.

— Et Frances ?

J'entends la voix de Coen un peu plus distinctement.

— Oui, Sam ?

— J'ai collé une balise sous la bagnole des Russes. Je compte sur vous pour suivre sa trace et me dire où ils vont.

— Je la vois déjà en gros plan, Sam.

Satisfait, je pars en direction de Kwai Chung Road, qui longe le complexe portuaire, puis j'enfile ma veste sport pour masquer l'aspect super-héros de mon uniforme et je hèle un taxi.

19

Mike Wu entra dans Los Angeles par l'Interstate 40 après avoir traversé le désert de Mojave dans la nuit. Il bifurqua sur l'Interstate 15 à Barstow, roula vers le sud-ouest, prit la 10, à l'ouest de la 405, puis mit le cap sur l'aéroport international. Stressé par son voyage, il était ravi d'arriver au bout. Bientôt, il verrait son frère Eddie, pourrait foutre le camp des États-Unis et rejoindre Hong-Kong où il démarrerait une nouvelle vie avec une nouvelle identité.

Il devait apporter la dernière pièce du puzzle du projet du Pr Jeinsen directement aux Dragons chanceux. Apparemment, l'engin pouvait être démonté, puis glissé dans un bagage qui passerait le contrôle de sécurité sans éveiller le moindre soupçon.

Il se composait uniquement de pièces détachées et d'un ordinateur portable. Eddie se chargeait de lui dégoter un nouveau passeport et un visa, et Mike pourrait bientôt dire adieu à l'Amérique. Le plus important, c'était que Mike allait recevoir de Jon Ming en personne sa grosse rémunération. Ces trois dernières années,

Mike avait travaillé au Troisième Échelon pour son salaire normal que lui versait le gouvernement américain. L'accord passé avec les Dragons chanceux avait débuté par une jolie avance en liquide. En outre, après la dernière livraison des documents de Jeinsen, Mike était censé recevoir trois millions de dollars.

Il n'avait jamais compris pourquoi il devait attendre la fin pour obtenir son argent, mais les Dragons chanceux en avaient décidé ainsi.

Dans l'intervalle, Mike avait fait une petite transaction parallèle avec l'organisation connue sous le nom de l'Atelier, moyennant une somme confortable.

À vrai dire, Mike Wu aimait bien vivre aux USA. Son frère et lui étaient nés et avaient grandi à Chinatown. Très tôt, ils s'étaient mêlés aux gangs du quartier. L'aîné, Mike, avait rejoint une triade à l'âge de 13 ans. Eddie avait attendu d'en avoir 16, mais à l'époque Mike comptait déjà parmi les figures principales de la bande.

Les frères Wu s'étaient enrôlés dans le contingent californien des Dragons chanceux quand Mike avait fêté ses 26 ans. Eddie et lui avaient visité Hong-Kong juste avant la rétrocession et rencontré Jon Ming.

Ming avait confié aux deux frères une grande partie des responsabilités de la direction des opérations sur la côte ouest des États-Unis, des tâches qu'ils avaient partagées avec les membres déjà en place. Quand les Dragons chanceux s'étaient associés avec l'Atelier, une nouvelle directive avait envoyé Mike sur la côte est sous le nom de « Mike Chan », et il avait fini par devenir analyste pour le Troisième Échelon.

Il ignorait si ça lui plairait de vivre dans un pays communiste, après le luxe des États-Unis. Cependant, Mike Wu était sûr qu'il serait désormais libéré des préjugés dont il avait fait l'amère expérience aux États-Unis. Certes, ce n'était pas aussi terrible pour les Asiatiques que pour les autres minorités, mais Mike le vivait quotidiennement. Même au Troisième Échelon.

Il se sentait nettement meilleur analyste que Carl Bruford, son chef. Celui-ci lui confiait rarement les missions difficiles, alors que Mike avait plus d'une fois fourni un travail largement supérieur à ce qu'on attendait de lui.

Il était d'ailleurs certain que le directeur du service, le colonel Lambert, avait la plus haute opinion de lui.

Eh bien, tant pis. Mike « Chan » les avait tous baisés en beauté !

Au volant de la voiture volée en Oklahoma, il entra dans LAX[1] et la gara dans le parking longue durée, où les autorités la découvriraient sans doute dans plusieurs jours. Il prit ensuite la navette à destination du terminal le plus proche et se mit en quête de cabines téléphoniques.

Sachant que les autorités pourraient le suivre à la trace s'il utilisait son portable, il s'en était débarrassé depuis longtemps. Il avait donc préféré acheter une carte prépayée et s'en servait au besoin dans des cabines publiques.

Wu composa le numéro que son frère lui avait donné et attendit... Il eut un large sourire quand il reconnut la voix d'Eddie.

— Bienvenue sous le soleil de la Californie du Sud !

Il disait vrai. Le temps était très agréable pour l'hiver. Quel soulagement d'avoir laissé la neige et le verglas sur la côte est !

— J'ai hâte de te voir, dit Mike. Je fais comment pour te rejoindre ?

Mike nota les instructions d'Eddie et promit de le retrouver d'ici deux heures. Il se rendit ensuite à la réception des bagages, sortit du terminal et prit un taxi.

***

1. Aéroport de Los Angeles.

Eddie fit entrer son frère dans son bureau chez GyroTechnics, le serra dans ses bras et lui dit :

— Ça faisait trop longtemps… C'est bon de te voir.

— Pareil pour moi, dit Mike. T'as l'air d'aller bien.

— Et toi, tu as l'air fatigué. Le voyage a été pénible ?

— J'ai eu quelques problèmes, mais me voilà ! Et tu as raison, je suis épuisé.

— On ira dans mon appartement dès que j'aurai terminé deux ou trois trucs ici. Qu'est-ce que tu as fait de ta voiture ?

— Je l'ai larguée en Oklahoma. J'en ai volé une sur place, que je viens de laisser au parking longue durée de LAX. S'ils me pistent, peut-être qu'ils croiront que j'ai sauté dans un avion.

— Bien vu ! Tu as pris un taxi pour venir ici ?

— Oui.

— Est-ce que tu as faim ? Tu veux déjeuner ?

— Ça me tente, en effet. Ensuite, je veux dormir une semaine ! Mais je ne peux pas, car je pars à Hong-Kong demain !

Eddie éclata de rire.

— Pas demain. Mais j'espère que tu pourras t'en aller d'ici deux ou trois jours. Quatre au pire. Entre-temps, tu vas rester chez moi et te détendre. Ça te va ?

Mike plissa le front.

— Qu'est-ce que tu veux dire ? Je croyais que tu avais tout organisé ?

Eddie agita la main d'un air apaisant.

— Il y a eu quelques complications, mais ne t'inquiète pas… je contrôle la situation.

Ce n'était pas ce que Mike avait envie d'entendre. Mais comme il était trop fatigué pour insister, il balaya la pièce du regard et lui demanda :

— C'est vraiment là que tu bosses ?

— Non… Enfin, oui et non. Je ne fais pas officiellement partie du personnel. Je suis comme une sorte de médiateur. Je donne un coup de main pour l'immigration et les permis de travail.

— Ah ! je vois. Eddie Wu, le Magicien des permis de travail... illégaux.

Eddie s'esclaffa encore.

— Un truc dans le genre.

— C'est quoi, cet endroit ?

— L'une des nombreuses entreprises de Ming. Les Dragons chanceux soutiennent financièrement GyroTechnics, mais c'est une boîte tout à fait régulière ici en Amérique. Elle emploie des scientifiques top niveau de Hong-Kong et de Chine, et les Dragons chanceux aident à les faire venir ici. C'est mon boulot.

— Tu veux dire que c'est par ce biais que les chercheurs passent à l'Ouest ?

— On peut dire ça, j'imagine. Jusqu'ici, les autorités chinoises n'ont pas découvert où partaient leurs physiciens. C'est pourquoi GyroTechnics n'arrête pas de changer de lieu et de nom. Comme ça, on garde aussi une longueur d'avance sur les Américains.

— Et le système de guidage, il est où ? Ça fait un bail que j'attends des nouvelles de la dernière pièce du projet du professeur Jeinsen.

— Exact. C'est réglé, prêt à être livré.

— Alors, c'est quoi le problème ? Je pensais que je devais l'emporter avec moi à Hong-Kong.

Eddie fronça les sourcils et détourna les yeux.

— Comme je te le disais... il y a eu quelques complications.

Mike ne se sentait pas d'humeur à jouer aux devinettes.

— Quoi, frérot ? Quel genre de complications ?

— Ming. Il a annulé la vente de l'engin à l'Atelier.

— Mais enfin, qu'est-ce qui lui a pris ? Ce n'est pas le but de tout notre boulot depuis trois ans ?

— Oui. Mais Ming a peur que l'Atelier le vende à un officier chinois. Le général Tun. Tu en as déjà entendu parler ?

— Oui, c'est celui qui crève d'envie d'attaquer Taïwan. C'est lui le client de l'Atelier pour tous ces trucs ?

— Je crois bien. Je n'en suis pas vraiment sûr. Ming a l'air de le penser. Il m'a ordonné de ne pas procéder à l'expédition et d'attendre d'autres instructions.

— Mais... mais ça veut dire qu'on sera pas payés ! s'écria Mike.

À présent, la panique prenait le pas sur sa fatigue.

— Il faut que la livraison se fasse jusqu'au bout. J'ai hâte d'entamer ma nouvelle vie à Hong-Kong !

— Tu t'en vas toujours, ne t'en fais pas. Sauf que tu ne transporteras pas le système de guidage avec toi.

— C'était ma couverture ! J'étais censé me faire passer pour un de vos scientifiques et livrer le truc depuis la Californie. Merde alors, tout a changé ?

— On va trouver une solution, Mike. Ne t'inquiète pas ! On a quelques jours pour y arriver.

Mike Wu était furieux.

— Saloperie de Ming ! Il est en train de tout faire foirer, alors que la machine était super bien huilée. Dès l'instant où tu commences à changer les choses, c'est là que tu te fais prendre. Moi, je propose qu'on fonce et qu'on vende le truc à l'Atelier sans Ming !

Eddie dévisagea son frère d'un air choqué.

— Qu'est-ce que tu racontes ? Tu es fou ?

— Ming n'a qu'à aller se faire voir ! Qu'est-ce qu'il a fait pour moi au juste ? Pendant trois ans, là-bas à Washington, j'ai fourni aux Dragons chanceux tout le matos de Jeinsen, sans toucher le moindre dollar. Tout était prévu en temps et en heures, à savoir que je devais recevoir un gros versement unique quand je débarquerais à Hong-Kong avec le système de guidage. J'ai mes propres contacts à l'Atelier. Je leur ai vendu des informations sur les agents du Troisième Échelon l'an dernier. Je peux traiter avec eux en direct. On n'a qu'à faire ça, toi et moi ; on s'en met plein les poches et on fait notre chemin tout seuls. On n'a pas besoin de bosser pour une triade, Eddie. Plus maintenant.

— Mike, tu ne sais pas ce que tu dis ! Écoute, je comprends ce que tu peux ressentir. Mais nous ne pouvons pas aller à l'encontre des Dragons chanceux. Sinon nous sommes des hommes morts. Ming se lancerait à nos trousses et nous retrouverait. Il a les moyens de le faire. Tu sous-estimes le bonhomme.

— Est-ce que Ming sait seulement à quoi ça ressemble d'être recherché par la police de Washington, celle d'Oklahoma, le FBI, la NSA et sans doute la CIA en prime ? Je dois quitter ce pays avant qu'ils me retrouvent ! Sinon, là, je suis *vraiment* un homme mort. L'espionnage contre le gouvernement américain, ce n'est pas un truc qu'ils prennent à la légère. Sans parler du meurtre d'employés d'une agence gouvernementale.

Mike se mit à faire les cent pas.

— Eddie, si tu me suis pas sur ce coup-là, je vais moi-même voir les gars de l'Atelier. Je leur dis que Ming a interrompu la vente et que, s'ils peuvent venir ici, alors je leur vends en direct le système de guidage. Et je peux en demander un sacré bon prix. Quelques millions de dollars, ça nous protégera largement des Dragons chanceux.

Il pointa l'index sur son frère en ajoutant :

— Et *tu* me soutiendras !

Eddie regarda son aîné et se frotta le menton.

— Peut-être, dit-il. Laisse-moi y réfléchir. Je propose qu'on aille chez moi pour que tu puisses te reposer. On en reparlera demain, d'accord ? Laisse-moi le temps de trouver ce que Ming a prévu pour toi. Tu veux bien ? On attend un jour ou deux ?

Mike secoua la tête et claqua le mur de sa main.

— Fais chier, Eddie !

Il prit une profonde inspiration et finit par se résigner :

— O.K. Mais on part maintenant. Je suis mort de fatigue.

***

Jeff Kehoe aurait juré avoir vu Mike Wu sortir du taxi qui s'était arrêté devant la grille de GyroTechnics. Le gars avait appuyé sur le bouton de l'interphone et était entré dans le bâtiment avant que Kehoe puisse parfaitement le reconnaître.

Toutefois, l'agent du FBI ne s'en faisait pas trop. Quiconque entrait finissait toujours par ressortir. Tant qu'il restait dans sa voiture et gardait un œil sur l'unique accès de l'entreprise, il serait capable d'identifier le type correctement.

L'un des agents de terrain de L. A. avait remplacé Kehoe pour la nuit, afin que celui-ci puisse dormir un peu. Kehoe avait repris sa planque devant l'appartement de Wu à Chinatown, ce matin.

Peu de temps avant que Wu sorte de l'immeuble et monte dans sa BMW. Kehoe l'avait suivi de nouveau jusqu'à GyroTechnics et avait monté la garde dans la Lexus garée à l'extérieur de la propriété, guettant le moindre signe de l'arrivée de Mike Wu.

Quand le taxi s'était arrêté devant le portail et qu'un Asiatique en était descendu, Kehoe était pratiquement certain d'avoir repéré leur fugitif.

Il appela le bureau local du FBI et fit part à Nudelman de ses soupçons. Il attendit ensuite près de deux heures avant de voir enfin réapparaître la BMW de Wu qui s'en allait. Au passage, Kehoe eut le temps de bien regarder les hommes à l'intérieur.

Eddie Wu se tenait au volant, bien sûr, et le passager n'était autre que son frère Mike... Cela ne faisait pas l'ombre d'un doute dans l'esprit de Kehoe.

Il démarra la Lexus pour suivre la BMW, gardant une distance qui n'éveillerait pas les soupçons.

20

— Sam, la Mercedes a pris la voie express de Kowloon Ouest.

Les paroles de Frances Coen résonnent dans mon oreille. En guise de réponse, je pianote sur mon OPSAT : SUIS EN TAXI ET NE PEUX PARLER. COMMUNIQUEZ PAR TEXTO, SVP.

J'ai trouvé un taxi sans problème en sortant du port. Il y en a toujours en maraude dans le secteur, qui déposent ou chargent des ouvriers ou des cadres des compagnies maritimes. Après réflexion, j'ai logiquement deviné la destination prise par la Mercedes des Russes, et j'ai donc dit au chauffeur de mettre le cap au sud en direction de Kowloon.

Je peux à présent faire apparaître la carte satellite sur l'OPSAT et suivre la Mercedes à la trace. J'envoie un SMS à Coen pour la prévenir. Elle me souhaite bonne chance et ajoute que le colonel est satisfait de la conversation enregistrée entre les types de l'Atelier et les Dragons chanceux. J'ai réussi à établir le lien entre le Pr Jeinsen et la triade, de même que son rapport indirect avec l'Atelier. Aux huiles de Washington de décider de la marche à suivre désormais.

Du coup, je me demande si je vais pouvoir rentrer chez moi quand un autre texto apparaît sur l'écran de l'OPSAT : TÂCHEZ DE DÉCOUVRIR CE QUE L'ATELIER MIJOTE À HK. C'EST QUOI CETTE FOUTUE OPÉRATION BARRACUDA ? L.

Bonne question… Je savais bien que je prenais mes désirs pour la réalité en souhaitant rentrer au pays ! Je ne peux pas m'empêcher de me demander ce que Katia fait en ce moment…

La Mercedes quitte l'autoroute à Tsim Sha Tsui, et j'indique à mon chauffeur de faire de même. Le type me redemande en chinois où je vais… Il doit exister un raccourci pour éviter les embouteillages. Je lui réponds que je sais ce que je fais, insistant pour qu'il suive simplement mes indications.

On rattrape les Russes aux environs de Harbour City. Je vois la Mercedes noire devant nous qui fait une halte près d'Ocean Terminal. Je demande donc au chauffeur de s'arrêter et d'attendre un instant. Antipov et Herzog descendent ensuite de bagnole et s'en vont. Leur chauffeur s'éloigne du trottoir et repart sans doute vers un parking couvert. Je décide de suivre Abbott et Costello, puisqu'ils font partie des grosses légumes de l'Atelier.

Je règle ma course et quitte mon taxi. Je suis assez bon pour filer quelqu'un à pied. Quand on est seul dans le noir, facile… mais dans une rue pleine de monde, c'est plus coton. On doit se fondre dans la masse, ne pas avoir l'air suspect et moduler son allure. Il est capital de garder une distance constante entre la cible et vous-même, tout en n'ayant pas l'air pressé.

Parfois la proie s'arrête…Vous devez alors marquer une pause et faire mine de vous intéresser à ceci ou cela, le temps qu'elle reprenne son chemin. Tout cela est assez classique, somme toute. Il y a aussi des mouvements d'anti-surveillance que vous pouvez accomplir pour vous assurer que personne ne *vous* suit. Toutefois, lorsque vous êtes en filature, ça peut s'avérer délicat. En l'occurrence, je suis persuadé qu'il n'y a personne dans mon sillage.

Quant aux Russes, ils sont vraiment naïfs. N'importe quel abruti pourrait suivre ces types-là. Totalement insouciants, ils semblent se moquer comme de l'an quarante de ceux qui pourraient leur emboîter le pas.

Ils prennent la direction prévisible du Star Ferry pour rejoindre Hong-Kong. Une fois qu'ils sont à bord, je m'attarde juste ce qu'il faut pour me mêler à un groupe d'hommes d'affaires occidentaux et chinois qui franchissent la grille en masse pour monter sur le bateau. Antipov et Herzog rejoignent le pont inférieur et s'installent sur une banquette près de la cloison.

En pleine conversation, ils en oublient ce qui se passe autour d'eux. Je prends place à l'autre bout de la cabine et m'empare d'un journal laissé sur le siège pour me planquer derrière. Cliché, je sais… mais, bon, c'est effectivement ce qu'on fait en général.

La traversée entre Kowloon et Hong-Kong est toujours agréable. Malgré l'odeur nauséabonde du port, c'est un petit voyage relaxant que j'apprécierais si je ne me trouvais pas en service commandé.

À un moment donné, Antipov se lève et désigne un truc de l'autre côté du hublot. Herzog regarde et acquiesce. Antipov se rassoit, et les deux hommes se taisent. Herzog ferme les yeux et reste avachi sur le siège pendant les minutes qui restent de la traversée.

Arrivé à terre, je suis les hommes jusqu'à la station de taxi. C'est là que les choses se corsent. Je me dépêche de faire la queue derrière eux, laissant deux personnes entre nous, et je garde le nez dans mon journal, au cas où l'un des Russes se retournerait. Je note le numéro de leur taxi, puis j'attends patiemment mon tour.

Quand il arrive enfin, je désigne au chauffeur la voiture de son collègue qui a chargé les Russes, heureusement coincée dans la circulation au bout de la rue.

Le gars comprend et hoche la tête. Il démarre sur les chapeaux de roue. Il donne ensuite un coup de volant et roule carrément dans le mauvais sens pour doubler les voitures bloquées dans notre file. Et moi qui ne voulais pas attirer l'attention…

Mais mon chauffeur est un as. Dès que la circulation se débloque, il se faufile dans la bonne voie, deux voitures derrière celle des Russes. À partir de là, il se la joue cool et les suit discrètement.

Nous prenons à l'ouest dans Connaught Road jusqu'à ce que le taxi des Russes bifurque dans Morrisson Street. Ils atteignent enfin Upper Lascar Row – la rue des Chats – et s'arrêtent. Je règle ma course, accompagnée d'un joli pourboire, que mon chauffeur apprécie en me montrant ses dents pourries et jaunies.

Les deux Russes remontent la rue jusqu'à une petite boutique d'antiquités. Je reste en face et les regarde entrer dans le magasin. Au-dessus de la porte, l'enseigne indique : *Hong-Kong-Russian Curios*. Intéressant.

Au bout de quelques minutes, je traverse et passe devant le commerce. Scrutant à travers la vitrine, je découvre un Chinois assis à un bureau, occupé à briquer une petite statue. Les Russes ne sont pas à l'intérieur. J'aperçois une porte qu'on indique réservée au personnel près du bureau… Je présume qu'ils ont dû la franchir pour se rendre dans une autre partie de l'immeuble.

Un sous-sol, peut-être ?

Je remarque l'autocollant sur la vitrine qui informe les éventuels cambrioleurs que la boutique est protégée par Hong-Kong Security Systems inc. Je presse alors mon implant et dis à Coen de demander à Grimsdottir de pirater le site de la société en question, afin de dénicher un code d'accès que je puisse utiliser. Elle accuse réception du message et je retraverse la rue.

Dans la demi-heure qui suit, personne n'entre ni ne sort du magasin. Je prends quelques photos avant de décider qu'il n'y a plus rien à faire pour l'instant. Mieux vaut revenir une fois la nuit tombée.

***

Il est minuit passé quand j'arrive à la boutique d'antiquités, vêtu de ma combinaison. Je contourne aussitôt le pâté de maisons et me glisse dans la ruelle derrière le magasin. J'y trouve, comme prévu, une sortie « réservée au personnel », mais remarque également un contour inhabituel sur le terre-plein bordant le bâtiment.

Comme si quelqu'un avait pris un bâton et dessiné un rectangle de 3 m sur 1 m 50 dans le ciment frais au moment où l'on a coulé la dalle. Je mets mes lunettes en mode vision thermique et distingue une source de chaleur sous le contour… Je devine de minces rais de lumière.

Contrairement à la plupart des monte-charge qui transportent les marchandises dans le sous-sol d'un commerce, on a manifestement pris soin de camoufler celui-ci. À moins d'être entraîné comme moi, il est impossible de s'en rendre compte.

Je fais le tour pour repasser côté rue et j'observe attentivement par la vitrine. Le magasin est plongé dans le noir, à l'exception d'une lampe qui éclaire le bureau et d'une caisse enregistreuse, au fond de la salle.

Mieux vaut tenter ma chance par la ruelle. Je reviens donc à l'arrière et sors mes crochets de serrurier pour déverrouiller la porte. Le pêne dormant me donne du fil à retordre pendant cinq bonnes minutes, mais finit par céder… et me voilà à l'intérieur.

Le clavier de l'alarme se trouve tout de suite à ma gauche. Il clignote et bipe, et je sais que je dispose de 15 à 20 secondes pour taper le code fourni par Anna Grimsdottir. Dès que j'entre la série de chiffres, le système est désactivé. Parfait.

Je suis donc dans une réserve remplie de cartons et de marchandises poussiéreuses. Il y a pas mal d'objets hideux que certaines personnes pourraient qualifier d'antiquités.

Une bibliothèque court tout le long d'un mur, et j'aperçois la porte des toilettes dans un coin, mais aucun escalier donnant à la cave : il existe forcément un autre accès.

J'inspecte la boutique à proprement parler sans rien y trouver d'extraordinaire. Il n'y a que des factures et autres documents sur le bureau, classés et rangés comme il faut. Je passe la main sous le comptoir, en quête d'un bouton ou d'un levier secret, mais en vain. En revenant dans la réserve, je me mets à examiner les murs, à la recherche d'un éventuel passage secret.

Une fois de plus, ma vision thermique se révèle très pratique quand j'arrive à la bibliothèque. De fines traces lumineuses traversent l'espace qui sépare deux séries d'étagères : l'accès au sous-sol se situe donc derrière.

Les tablettes ne bougent pas pour autant. Je tire sur les côtés, essaye de soulever et cherche à nouveau un bouton ou un levier camouflé quelque part. Rien. Je me rappelle alors avoir vu une pièce de théâtre, dans laquelle l'un des personnages ouvrait une porte secrète en sortant un ouvrage précis d'une étagère. Un truc vieux comme le monde. Après tout, pourquoi pas ?... J'entreprends alors de sortir un par un chaque ouvrage, il y en a une cinquantaine, mais je procède rapidement.

Quand je parviens à la tablette située à hauteur d'épaules, je remarque deux volumes qui dépassent à peine, comme si on les avait déplacés récemment.

Un de Shakespeare et l'autre sur Christopher Marlowe. Supposant que l'un ne va pas sans l'autre, je sors d'abord le premier, puis le deuxième. Je perçois alors un loquet qui se débloque... et la bibliothèque s'entrebâille d'un coup sec. J'ouvre le panneau : il y a en effet un escalier en colimaçon qui mène à l'étage du dessous.

Comme les marches grincent, je ralentis et les descends lentement, une à une. Une fois à mi-hauteur, j'entends ronfler. Je poursuis mon chemin à une allure d'escargot, mais à la façon dont le gars en écrase, je ne pense pas avoir trop de soucis à me faire.

Quand j'arrive en bas, je constate qu'il est assis à un bureau. Il porte une veste et une cravate, et roupille sur la partie de solitaire qu'il avait entamée. Une bouteille de vodka est posée par terre, près de son fauteuil. Bonjour la productivité russe !

Je m'avance vers le type et lui demande dans la langue de Tolstoï :

— Vous dormez ?

Il grogne, marmonne dans sa barbe, puis tourne la tête. Les ronflements reprennent de plus belle. Il empeste l'alcool, et je me dis que je peux vaquer à mes occupations sans le déranger. À en juger par son état, il lui faudra plusieurs heures pour cuver sa cuite.

Il y a deux portes dans le couloir, chacune donnant sur un bureau. Au bout du passage, une pièce plus grande encore est remplie de cartons et de caisses. Je jette un regard et devine sur-le-champ que cette réserve-là n'est pas destinée aux antiquités : une caisse en bois de la taille d'un cercueil contient des fusils d'assaut.

Sur les étagères tapissant les murs, je découvre des armes de poing de toutes marques et de tous calibres. Une tablette contient une ribambelle de minuteurs, du matériau qui m'a tout l'air d'être du plastic explosif, ainsi que des boîtes de munitions.

Au milieu de la pièce trône une caisse ouverte, récemment déballée. De la paille jonche le sol tout autour, et le couvercle est posé contre le mur. J'examine l'intérieur sans rien y voir… Cependant, le contenu absent a laissé son empreinte dans la paille : celle d'un objet d'environ 20 centimètres de large sur 90 de long.

Je cherche d'autres indices susceptibles de m'éclairer sur ledit contenu, mais n'en trouve aucun. J'inspecte alors le couvercle : un logo et des mots sont estampillés dans le bois, avec la facture d'expédition. C'est écrit en russe, en chinois et en anglais : *Denrées périssables – Betteraves formanova cylindra – Conserver à l'écart de la chaleur.* La caisse provient de Moscou.

Des betteraves ? Certainement pas. Je me souviens alors de ce que j'ai découvert chez Prokofiev. Cette fameuse liste d'engins nucléaires. Frances Coen m'a dit que les notes griffonnées de la main du général concernaient les ingrédients d'une recette de bortsch. La soupe russe à la betterave. Est-ce qu'il pourrait s'agir de… ?

Je quitte la réserve et reviens dans la première pièce. Mon ami le vigile dort toujours comme un bienheureux. Je ferme la porte, m'installe au bureau et allume l'ordinateur. La plupart des programmes sont en russe. Je clique sur la messagerie et tente de contourner l'écran de connexion, mais cela s'avère impossible

— Anna ? Quelqu'un peut répondre ? Vous êtes là ? dis-je en pressant mon implant.

— Je suis là, Sam. Qu'est-ce qui se passe ?

C'est bien Grimsdottir.

Je lui donne l'adresse e-mail de l'ordinateur et de son serveur.

— J'ai besoin d'un mot de passe, vite fait !

Pendant que j'attends, je fais un tour dans le disque dur, jette un œil sur les fichiers Word et d'autres programmes. Un dossier contient plusieurs tableaux Excel qui sont à l'évidence des listes d'inventaire avec prix d'achat et bénéfice par produit. Je lance ensuite plusieurs recherches par nom… J'essaie « Jon Ming », « JonMing », « Ming », « Dragons chanceux », « Atelier » et « Mike Chan »… Aucun résultat. Je tape alors « Barracuda » et tombe sur un dossier portant ce nom. Je l'ouvre et constate qu'il contient plusieurs e-mails sauvegardés, certains en provenance de Prokofiev à Moscou.

Je les lis et me rends compte que, pour la deuxième fois en un an, je suis assis au bureau d'Andreï Zdrok, le grand patron de l'Atelier. Il est donc là, à Hong-Kong. J'aurais dû m'en douter, puisque ses deux larbins se trouvent également dans l'ex-colonie.

Les messages de Prokofiev sont écrits en charabia codé, mais j'arrive à déchiffrer une information concernant l'expédition de marchandises de Russie à destination de Hong-Kong, et des commandes pour s'assurer qu'un objet en provenance d'Amérique soit bien livré en Chine.

Un dossier intitulé « GyroTechnics » contient quelques courriels d'un certain GoFish@GyroTechnics.com. Soit ils sont rédigés dans un anglais minable, soit j'ai affaire à une espèce de sténo cryptée.

Je les parcours rapidement avant de tomber sur le mot *professeur*. Pour l'essentiel, l'auteur indique dans son message que son frère a livré le matériau du professeur à « JM ». Jon Ming ? C'est signé E.W.

— Sam ?

— Oui ?

— J'ai quelque chose pour toi. (Elle me donne une combinaison de six caractères, lettres et chiffres mélangés.) Essaye de voir si ça te permet d'entrer dans la messagerie.

Je tape le mot de passe… Cela fonctionne.

— Anna, je n'oublierai pas de t'envoyer une carte d'anniversaire !

J'entends Coen claironner :

— Et moi alors ?

— Pour vous, ce sera une carte *et* un morceau de gâteau !

— Trop aimable !

Je passe en revue les e-mails reçus récemment et en déniche un en provenance de GoFish. Il annonce que son frère est à présent arrivé et a besoin de quitter rapidement le pays. Dans la boîte de réception, il y a un tout nouveau message émanant de GoFish2. Je l'ouvre et n'en crois pas mes yeux :

Andreï,

C'est moi, Mike Wu, anciennement Mike Chan. Comme vous le savez, Eddie est mon frère. Nous venons d'apprendre que JM avait annulé la transaction concernant le SG de Barracuda. Nous sommes prêts à vous le vendre en direct. Contactez-moi au plus vite. Nous n'avons pas beaucoup de temps. Je dois quitter Los Angeles dans les plus brefs délais.

Mike

Je m'empresse de télécharger ces fichiers sur mon OPSAT avant de couper l'ordinateur. Je réfléchis alors à toutes les bribes d'information que j'ai recueillies en Russie et à Hong-Kong. Si j'ai bien compris, Mike Chan est la taupe introduite au Troisième Échelon. Il s'est débrouillé pour livrer le dossier top-secret du VSMA du Pr Jeinsen aux Dragons chanceux. L'Atelier leur a ensuite racheté ce projet pour le revendre à un tiers. Mike et son frère – quel qu'il soit – sont en possession d'une autre pièce du puzzle qui constitue le travail de Jeinsen. Comme Jon Ming ne souhaite pas finaliser la transaction, Mike essaye de vendre le truc à l'Atelier sans passer par la triade qui servait d'intermédiaire.

J'entends du bruit dans le couloir. Les marches grincent. Quelqu'un descend. J'ignore qui c'est, mais il passe un sacré savon au type qui s'est saoulé et endormi sur son lieu de travail. Déboussolé, la voix rauque, le gardien balbutie des excuses.

D'autres bruits de pas. Ils sont plusieurs. Qu'est-ce que je vais faire ? Il n'y a aucune issue dans ce bureau. Ni fenêtre ni gaine de ventilation, rien... Je m'avance vers la porte, 5-7 au poing. Si je dois tirer dans le tas pour m'échapper, je n'hésiterai pas.

J'entends ensuite le premier type demander au vigile pourquoi la bibliothèque du dessus est ouverte. L'autre ne sait pas quoi répondre. Quelqu'un donne l'ordre de fouiller les lieux.

Je sors de ma poche une grenade fumigène. Après avoir abaissé mes lunettes, je m'apprête à la dégoupiller avec les dents avant de la lancer. Soudain, la porte s'ouvre à toute volée...

21

Je passe en mode vision thermique, dégoupille la grenade et la lance par la porte. Les hommes hurlent, affolés, puis il y a une terrible explosion dans le couloir. C'est juste une grenade fumigène, mais l'étroitesse des lieux amplifie la déflagration. La panique s'ensuit, tandis que les gars mitraillent la porte du bureau. Je tombe, face contre terre, et rampe sous la ligne de tir.

Une fois que j'ai passé la tête dans le couloir, je dénombre quatre corps dégageant de la chaleur dans la fumée. Trois d'entre eux tirent comme des malades en direction du bureau. Je les mets en joue calmement et les dégomme… un… deux… trois.

— Stop ! s'écrie le quatrième. Arrêtez de mitrailler, bande d'abrutis !

Le pauvre bougre ne se rend pas compte que ses compagnons sont déjà morts. Je le vois s'approcher de l'escalier en tâtonnant le long du mur. Je me redresse et l'immobilise en passant le bras autour de son cou, tout en plaçant le canon de mon flingue sur sa tête.

C'est Anton Antipov.

— Je devrais simplement vous abattre là, maintenant, dis-je en russe.

Le mec tremble comme une feuille.

— Attendez ! lâche-t-il en anglais. S'il vous plaît !

— Donnez-moi une bonne raison de ne pas le faire.

— Si vous me tuez, vous... vous ne saurez jamais de quoi il retourne.

— Je sais exactement à quoi m'en tenir.

— Mais vous ne connaissez pas tous les détails.

Antipov est aux abois. Il a tellement la trouille qu'il est prêt à cracher le morceau. Cependant, il a raison : je n'ai pas *tous* les détails. Je le traîne dans le couloir en l'éloignant de la fumée. Nous arrivons dans la réserve contenant tout l'arsenal. Je le flanque par terre, le fouille rapidement et découvre qu'il n'est pas armé. Debout au-dessus de lui, mon 5-7 braqué sur sa tête, je dis :

— O.K., Antipov. Racontez-moi tout. Je vous écoute. Ne négligez aucun détail.

L'homme me dévisage en plissant les yeux :

— Qui êtes-vous ?

— La déléguée Tupperware, Du Con ! Maintenant, dites-moi ce que l'Atelier fabrique avec le dossier VSMA ?

— Vous êtes Fisher ! C'est ça ? Le Splinter Cell !

— Je vous ai posé une question.

— Je craignais de vous voir apparaître, en fait. Andreï... Andreï n'en reviendra pas que vous ayez été aussi vite sur ses traces.

— Vous allez me répondre, oui ou non ? Je vous laisse trois secondes.

— Attendez ! braille Antipov en levant les bras. Ne tirez pas !

— O.K., j'attends. Maintenant, parlez...

— On a vendu les plans du VSMA au général Tun en Chine. Il prévoit d'attaquer Taïwan avec son armée. Il est en train de rassembler ses troupes à Fuzhou, et la guerre est imminente.

Ce général a pété les plombs ou quoi ?

— Il est cinglé de croire qu'il peut attaquer Taïwan en évitant les représailles de l'ONU, sans parler de l'Amérique. Il est forcément au courant.

Antipov hoche la tête.

— Le général a apparemment prévu ce scénario.

— Et son plan, c'est… ?

— J'en sais rien !

Le gars est trop effrayé pour mentir. Je repense aux informations glanées sur l'ordinateur de Zdrok.

— C'est quoi, ce dernier morceau du puzzle qui arrive de Californie ?

— Ah… vous savez ?

— Répondez.

— C'est le système de guidage du VSMA. Une société de Los Angeles l'a conçu selon les instructions précises de Tun. Vous savez comment le VSMA fonctionne ?

Évidemment que je le sais ! C'est une torpille que l'on peut guider à distance depuis un bateau ou un sous-marin.

— Pourquoi Tun aurait-il besoin d'un de ces engins pour attaquer Taïwan ? Il a une bombe ? Une de vos bombes atomiques russes ? C'est ce que contenait la caisse ?

Je lui montre celle qui était censée transporter des betteraves.

Antipov acquiesce.

— Oui. Il ne lui manque plus que le système de guidage. Lequel devrait arriver d'un jour à l'autre de Californie, si ce n'est déjà fait.

Je suis perdu. Ce plan n'a pas deux sous de logique. Pourquoi le général irait-il bombarder Taïwan ? Le but de la manœuvre est plutôt de l'annexer, non ? Une bombe nucléaire rayerait de la carte un pays aussi minuscule. Et le gouvernement chinois ? Il est au courant de ce que Tun mijote ?

— Je vous en prie, dit Antipov, plus tremblant que jamais. Laissez-moi partir. Nous ne sommes que… que des hommes d'af… d'affaires.

Pourquoi la Chine voudrait-elle détruire Taïwan ? Cela fait des décennies que Pékin essaie de réintégrer l'île rebelle dans sa sphère d'influence. On imagine plutôt la Chine investir le territoire et exploiter ses ressources. Non, il y a quelque chose qui cloche.

— Que savez-vous d'autre, Antipov ? Vous ne me dites pas tout.

Je décèle une lueur de triomphe dans ses yeux.

— Si… si on passait un accord. Alors peut-être que je pourrais vous en dire davantage.

Il sourit, remue la tête et m'implore du regard comme un chien affamé.

— Je peux vous payer ! Je vous offre un million de dollars. Des dollars américains ! Passons un accord, Fisher.

Ce type me donne envie de vomir. Une fois qu'il a conclu une transaction, l'Atelier se moque des vies qui restent ou disparaissent. Ses membres n'ont pas d'états d'âme quand il s'agit de vendre un engin nucléaire à un fou furieux, dès lors qu'il y a du fric à se faire. Sur le moment, je ne vois rien de plus diabolique. Et le fait que l'on cherche à m'acheter me rend d'autant plus furieux.

— Désolé, dis-je. Aucun accord possible.

D'un geste froid et délibéré, je presse la détente. Et j'élimine un autre quart de la direction de l'Atelier.

Je tourne les talons et traverse le couloir jonché de cadavres pour regagner l'escalier. Une fois au-dessus, je tire deux ou trois balles dans la vitrine qui éclate en mille morceaux. Ce qui déclenche une alarme. Bien.

Laissons la police hongkongaise s'occuper du désordre au sous-sol. Je suis sûr que la petite cache d'armes va les intéresser.

En revanche, Lambert ne va sans doute pas approuver mes actes. Mais je n'ai aucun regret. Tout comme le général Prokofiev à Moscou, Antipov devait être mis hors d'état de nuire.

Quand je tomberai sur les deux autres, Herzog et Zdrok, je prévois de leur faire subir le même sort.

Si Lambert souhaite me retirer la mission, eh bien, soit. À mon humble avis, un boulot commencé voilà plus d'un an n'a jamais été achevé.

Les préjudices que l'Atelier a causés au Troisième Échelon se révèlent incommensurables. L'organisation a tué plusieurs de nos agents. Mike Chan et la triade sont peut-être responsables du meurtre de Carly St. John, mais si l'Atelier n'avait pas tiré les ficelles, il n'aurait jamais eu lieu.

Je sors en vitesse par la porte de derrière, reste dans l'ombre et reprends mon chemin en direction du ferry.

22

Jeff Kehoe regarda sa montre, puis murmura dans son micro-casque :

— Trente secondes… À mon signal.

— Entendu.

Le bureau local du FBI lui avait fourni six hommes pour organiser une descente à l'appartement d'Eddie Wu. Tant qu'aucun autre membre de la triade n'était présent, l'opération devait se dérouler en douceur.

Kehoe avait attendu que les deux frères Wu se trouvent dans l'immeuble pour se mettre en planque jusqu'à la tombée de la nuit.

Juste après une heure du matin, l'équipe arriva avec tout l'équipement antiémeute, prête à envahir la résidence. Le Bureau avait pris soin de prévenir le gestionnaire de l'immeuble.

Tout fut exécuté dans les règles, qu'il s'agisse du mandat de perquisition ou des formalités légales. Une ambulance et un camion de pompiers stationnaient une rue plus loin, en cas de nécessité.

L'appartement se situait au septième et dernier étage, et comptait parmi les trois penthouses de la copropriété. Il n'existait qu'un seul accès pour entrer et sortir. Comme les frères devaient dormir, l'équipe pourrait bénéficier de l'effet de surprise.

Kehoe donna le signal, et trois hommes s'avancèrent dans le couloir avec un bélier. Fusils d'assaut à l'épaule, le trio regarda Kehoe pour obtenir confirmation. L'agent spécial hocha la tête. Le premier agent tambourina à la porte.

— Ouvrez ! FBI !

Sans attendre la réponse, l'équipe fit sauter la porte d'un coup de bélier. Deux agents firent irruption dans le salon, suivis par Kehoe et les autres officiers.

Mike Wu dormait à poings fermés quand le vacarme le fit sursauter. Les fédéraux le cernèrent avant même qu'il ait le temps de se redresser dans son lit.

Avec trois armes braquées sur lui, Wu n'eut d'autre choix que de lever les mains.

Tandis qu'on emmenait le traître du Troisième Échelon pour le placer en détention, les autres hommes fouillèrent le reste de l'appartement en quête d'Eddie Wu. Impossible de le trouver.

— Où est votre frère ? demanda Kehoe à Mike, alors qu'on lui passait les menottes.

— J'en sais rien ! Il était là quand je suis allé me coucher.

Kehoe n'avait pas vu le type quitter l'immeuble. Il ne pouvait croire qu'Eddie avait disparu. Il se tourna, furieux, vers deux membres de l'équipe et leur ordonna de mettre l'appartement sens dessus dessous. Puis il fit un signe de tête aux hommes qui tenaient Mike et leur dit :

— Allons-y !

À l'insu du FBI et même de son frère, Eddie avait construit une trappe pour s'échapper dans le sol du placard de sa chambre. L'idée lui avait été soufflée par Jon Ming en personne, à l'époque où Eddie s'était installé à Los Angeles.

Le FBI allait certes finir par dénicher le panneau secret, mais pas avant que Wu ait eu le temps de s'enfuir pour se mettre à l'abri.

La trappe donnait sur un boyau qui ressemblait à un conduit d'aération par lequel Eddie pouvait ramper et rejoindre l'escalier du septième étage.

En entendant qu'on fracassait sa porte d'entrée, il s'était aussitôt glissé dans le placard. Il savait qu'il ne pouvait sauver son frère ; le plus important, c'était de fuir au plus vite.

Il avait mis 42 secondes pour passer de son lit au placard, ouvrir la trappe et se faufiler dans l'escalier. Ensuite, rien de plus simple que de dévaler les marches et de quitter l'immeuble sans se faire repérer par le FBI.

Tout s'était déroulé à merveille.

***

— Je veux un avocat.

Douze heures s'étaient écoulées depuis son arrestation.

Mike Wu se tenait assis dans la salle d'interrogatoire, sous une lumière intense, avec uniquement une tasse de café sur la table devant lui. Hormis le miroir sur le mur d'en face, dont Wu savait qu'il était sans tain et destiné à l'observation du détenu, aucun autre élément ne décorait la pièce froide en béton.

Wu se sentait épuisé. Il avait les mains toujours menottées et les pieds nus. Ayant été contraint d'enlever le tee-shirt et le caleçon qu'il portait pour dormir, il arborait à présent la tunique et le pantalon classiques d'un prisonnier.

Kehoe et Al Nudelman, le chef du FBI local, étaient assis en face du détenu, mais l'interrogatoire ne les menait nulle part.

— Mike, vous êtes en détention sous le statut du

Homeland Security Act[1], précisa Kehoe. Vous ne bénéficiez pas des mêmes droits qu'un criminel ordinaire. Si cela ne dépendait que de moi, j'organiserais un petit lynchage là, tout de suite, pour ce que vous avez fait. Vous avez trahi votre pays en transmettant des documents classés « secret défense » à des organisations ennemies, et vous êtes responsable des meurtres d'une employée fédérale et d'un agent de l'État d'Oklahoma. En d'autres termes, vous êtes dans la merde jusqu'au cou, mon vieux.

— Je veux quand même un avocat. Et manger un morceau. On ne peut pas me traiter comme ça. Je suis un citoyen américain.

— On ne peut pas dire que vous vous soyez comporté comme tel.

Quelqu'un frappa à la porte métallique. Nudelman alla ouvrir et échangea quelques mots avec un autre agent. Puis il hocha la tête et referma la porte. Il revint vers Kehoe et lui transmit le message.

— Bonne nouvelle, Mike, reprit Kehoe. Un vieil ami est venu vous voir et souhaiterait vous poser quelques questions. Il a fait tout le chemin depuis Washington uniquement pour ça.

La porte s'ouvrit à nouveau, et le colonel Lambert entra. Mike Wu ferma les yeux et tressaillit. Il avait sincèrement respecté son patron au Troisième Échelon et appréhendait le moment où il devrait se retrouver face au colonel.

— Salut, Mike, déclara Lambert sans la moindre sympathie dans la voix.

Mike leva le nez et hocha la tête.

— Colonel…

Lambert s'assit en face du prisonnier et salua Kehoe.

— Bonjour… Quel bel après-midi, pas vrai ?

1. Dispositions particulières de la loi sur la sécurité intérieure. Elles concernent notamment les mesures antiterroristes.

— C'est déjà l'après-midi ? répliqua l'agent du FBI. Le temps passe si vite ; j'ai presque l'impression d'être à l'année prochaine.

— Merci d'insister lourdement. Je suis venu aussi vite que possible.

— Au contraire, colonel, je trouve que vous avez battu tous les records ! On vous a téléporté ou quoi ?

Lambert se tourna vers Mike.

— Bon... et ce petit malfrat a déjà dit quelque chose ?

— Rien. À part réclamer un avocat.

Lambert émit un grognement. Il planta son regard dans celui de son ancien employé et se pencha en avant :

— Mike, écoutez-moi bien. Vous avez tout intérêt à faire une déposition. À signer vos aveux. Vous savez pertinemment ce que vous avez fait, et nous en détenons les preuves. On pourrait aussi passer par un interminable procès qui coûterait une fortune au contribuable et donnerait à toute cette affaire de pénibles proportions... ou alors vous pouvez simplement passer aux aveux, et on essayera d'y aller mollo avec vous.

— Mollo ? La peine de mort, vous trouvez que c'est y aller mollo ? rétorqua Mike.

— Eh bien, pour commencer, vous pourriez peut-être obtenir perpète. Je plaiderai votre cause. Mais je ne peux rien vous garantir.

Mike resta muet. Il contempla Lambert l'espace d'une longue minute, comme s'ils jouaient à celui qui baisserait les yeux le premier. Finalement, le détenu se pencha en articulant avec une lenteur mesurée :

— Je... veux... un... avocat.

Lambert et Kehoe échangèrent un regard en soupirant.

— Dites donc, Mike, vous vous rappelez Sam Fisher ? reprit le colonel.

— Je l'ai croisé une fois.

— Mais vous savez qui c'est. Et de quoi il est capable.

Mike haussa les épaules.

— Eh bien, vous savez quoi ? Il est en chemin. Il a terminé sa mission à Hong-Kong et je lui ai dit de rentrer. Dès qu'il a su que vous étiez arrêté, il n'avait qu'une hâte : vous parler entre quat'z'yeux. Il aimait beaucoup Carly, vous savez. J'ai bien envie de laisser Sam en votre compagnie et… ma foi, l'agent Kehoe et moi vous abandonnerons pendant un petit moment. Je ne sais pas trop comment Sam va réagir quand il se retrouvera en face de vous. Et puisque vous occupez l'unité 6 d'un quartier de haute sécurité, dont personne ne connaît la foutue existence, vous risquez presque de regretter de ne pas avoir succombé à une pluie de balles.

Mike savait exactement de quoi parlait le colonel. Au Troisième Échelon, tout le monde éprouvait pour les Splinter Cells une sorte de respect craintif… surtout pour Sam Fisher. À croire que le gars n'avait rien d'humain. C'était une formidable machine de guerre à lui tout seul.

Lambert se leva en disant :

— Prenez le temps d'y réfléchir, Mike. Il sera là d'ici une demi-journée environ. Largement de quoi rédiger vos aveux signés. Venez, agent Kehoe. Laissons cette petite ordure avec ses démons.

Les deux hommes quittèrent la pièce et verrouillèrent la porte. Mike fit nerveusement craquer ses phalanges tout en regardant fixement le miroir. Il savait qu'ils se tenaient derrière et l'observaient. Au bout de quelques instants, il se débrouilla pour prendre la tasse à moitié pleine et la lança contre la glace sans tain. Le liquide brunâtre dégoulina le long du mur et forma une flaque immonde à terre.

— Je veux un avocat ! beugla-t-il à nouveau.

***

Andreï Zdrok était le seul membre du directoire de l'Atelier à connaître l'identité du Bienfaiteur. L'homme qui agissait en qualité d'agent pour l'Atelier en Extrême-Orient était depuis longtemps un associé du groupe. Lorsque l'organisation avait perdu son emprise en Europe de l'Est, il était monté au créneau pour donner un coup de main. Pour les autres membres du directoire, il souhaitait simplement être connu sous le nom de « Bienfaiteur ». Zdrok avait plaisir à accéder à la moindre de ses requêtes. Après tout, il devait bien admettre, même à contrecœur, que l'Atelier n'existerait plus sans les Dragons chanceux, d'une part, et le Bienfaiteur, de l'autre. À présent que les relations entre l'Atelier et la triade semblaient tourner au vinaigre, Zdrok savait que le partenariat avec Ming serait totalement dissous dès lors que le général Tun entrerait en possession du système de guidage.

Le désastre survenu à la boutique d'antiquités ne ferait que détériorer davantage la présence de l'Atelier dans la région. Antipov était mort.

Leurs bureaux étaient détruits, et la police hongkongaise se chargeait maintenant de les passer au peigne fin. Nul doute que plusieurs agences internationales de renseignements seraient bientôt sur place, tels des vautours planant au-dessus des dépouilles.

Bref, Zdrok n'avait plus qu'à remballer ses gaules et s'en aller une fois de plus.

Il décrocha le téléphone de son bureau et composa l'un des rares numéros qu'il connaissait par cœur. Le Bienfaiteur décrocha et lui dit en anglais :

— Oui, Andreï ?

Zdrok tenta de lui répondre dans la même langue, car le Bienfaiteur s'exprimait dans un russe assez rudimentaire.

— Bonjour, monsieur. Comment ça se passe dans votre nouv…

— Fort bien, Andreï. Que puis-je faire pour vous ?

— L'un de nos hommes en Californie s'est fait arrêter. C'était lui qui devait livrer le système de guidage aux Dragons chanceux. Et comme vous le savez…

— Jon Ming a annulé la vente. Mais j'ai cru comprendre que les hommes de Californie avaient proposé de vous le vendre sans intermédiaire. Combien en demandent-ils ?

— La négociation est en cours. Oskar se chargera de la transaction. Mais il y a autre chose…

— Quoi donc ?

— Ce type de la NSA. Sam Fisher. Le Splinter Cell. C'est lui le responsable de ce qui s'est passé au magasin d'antiquités. Il est temps pour nous d'agir. Une bonne fois pour toutes.

— Je ne vous le fais pas dire. Allez-y. Appelez qui vous savez. Je m'occupe de verser l'acompte. Offrez-lui davantage que le tarif habituel.

— Merci, monsieur.

— À votre service.

Le Bienfaiteur raccrocha, puis Zdrok composa un autre numéro qu'il connaissait également sans avoir à vérifier dans son agenda. La sonnerie retentit cinq fois avant que l'homme décroche à l'autre bout du fil.

— *Da ?*

— Dieu merci, vous êtes là.

Il relata à son correspondant les événements survenus à la boutique, puis ajouta :

— C'est la goutte qui fait déborder le vase. Sam Fisher doit disparaître. Et vous êtes le *seul* à pouvoir vous en charger.

Zdrok attendit 20 secondes que l'autre lui réponde.

— Je veux le double du tarif habituel. Vous comprenez pourquoi…

— Bien sûr. Disons deux fois et demie le tarif courant. Qu'en pensez-vous ?

— C'est très généreux de votre part. Où suis-je censé le trouver ?

— Il vient de quitter Hong-Kong et est actuellement en route pour Los Angeles. Vous pourrez retrouver sa trace là-bas.

— Je saute dans le premier vol.

— Merci.

— Je vous tiendrai au courant.

Les deux hommes raccrochèrent, et Zdrok sentit la première lueur d'espoir se manifester après 24 heures d'angoisse, depuis la découverte du corps d'Anton Antipov et la catastrophe survenue au QG de l'Atelier, dans la rue des Chats.

La situation allait s'arranger. Yvan Putnik, l'assassin le plus fidèle de l'organisation, partait en Amérique tout remettre en ordre.

23

La traversée du Pacifique en Osprey s'est déroulée sans problème et j'ai dormi quasi tout le long du vol. Mais à l'atterrissage en Californie, je me sentais encore fatigué. Je pourrais mettre ça sur le compte de l'âge, je suppose, mais pas question : peut-être ai-je simplement besoin d'un autre congé. Après deux missions d'affilée à l'étranger, n'importe qui rentre exténué, même des gars de 20 ans de moins que moi…

Frances Coen me récupère à la base. Je suis surpris de la voir sur la côte ouest, mais elle m'explique qu'elle est venue de Washington en avion avec le colonel Lambert. Anna Grimsdottir et elle pensent avoir résolu le problème de protection de mes implants face à l'émetteur électronique des gens de la triade. Je vais devoir subir une opération mineure pendant une heure, afin de procéder aux ajustements nécessaires. Ce qui implique une incision dans ma peau pour atteindre les petits bidules.

Pour l'heure, cela ne m'enchante pas vraiment, mais j'imagine que je ne peux guère m'en dispenser.

Elle me conduit à l'unité 6 de Haute Sécurité, un centre de détention secret destiné aux prisonniers représentant une grave menace pour la sécurité nationale.

Le genre d'endroit où l'on emprisonne les traîtres et les terroristes ne pouvant bénéficier d'un avocat, du moins pendant un certain temps. Cela fait partie du protocole instauré par le Homeland Security Act et des mesures antiterroristes prises au lendemain du 11 septembre 2001. La prison se situe à l'est de L. A., près de San Bernardino.

Depuis la rue, on dirait un parking public... et c'était d'ailleurs la fonction initiale du bâtiment.

Mais dès lors que l'on introduit un code d'accès dans l'ascenseur, on peut descendre aux étages inférieurs, une quinzaine de mètres sous terre.

C'est là que sont incarcérés les ennemis publics les plus recherchés d'Amérique.

Une fois qu'on m'a accordé l'accréditation pour pénétrer dans l'enceinte, Coen me conduit à Lambert. Il a pris provisoirement possession d'un petit bureau qui dispose d'un lit de camp. J'ai l'impression qu'il se lève à peine.

— Sam, ça fait plaisir de vous voir, dit-il.

— C'est bon de rentrer au pays.

On échange une poignée de main, puis il m'invite à m'asseoir sur le lit de camp. Il s'installe dans le fauteuil derrière le bureau, sur lequel est posé un ordinateur portable. Coen nous laisse seuls en précisant qu'elle reviendra me chercher pour aller au bloc, plus tard dans l'après-midi.

— Pardonnez-moi d'avoir l'air un peu débraillé, reprend Lambert. Je suis resté debout presque toute la nuit pour interroger Mike.

— Je suis fatigué, moi aussi. Je n'ai pas encore droit à un congé ?

Lambert sourit à belles dents. Il sait que je plaisante.

— Pas tout de suite, Sam. Vous pourrez prendre un jour ou deux pour récupérer, mais on a besoin de vous ici. Je vous expliquerai plus tard. Un café ?

— Oh oui ! J'aimerais appeler ma fille. Il y a une

ligne que je peux utiliser, ou bien je dois passer par mon portable ?

— Tenez, vous pouvez vous servir de celui-ci, dit-il en désignant le téléphone sur le bureau. C'est une ligne sécurisée. Je reviens dans deux minutes.

Il quitte la pièce et je passe mon coup de fil.

Je tombe sur le répondeur. *Salut, c'est Sarah, vous pouvez laisser un message...* Un coup d'œil à ma montre et je me dis qu'il n'y a aucune raison qu'elle se trouve chez elle en milieu de matinée. Elle est sans doute en cours.

— Salut, ma puce, je suis rentré aux États-Unis, dis-je. C'était juste pour te faire un coucou. Tu peux me joindre au numéro que je t'ai donné quand tu en auras l'occasion. Si je ne décroche pas tout de suite, je te rappellerai. Je t'aime.

Je raccroche et m'allonge sur le lit de camp. Je suis sur le point de m'endormir, quand Lambert revient avec ce café dont j'ai vraiment besoin.

— Merci, dis-je en me redressant pour prendre la tasse.

Lambert regagne son fauteuil et m'annonce :

— J'ai lu votre dernier rapport.

Aïe... nous y voilà. Je n'ai pas mâché mes mots en relatant ce qui s'est passé à la boutique d'antiquités hongkongaise. Il va me traiter de tous les noms pour avoir tué Antipov de sang-froid. Au moins, je sais qu'il ne risque pas de me virer, étant donné qu'il m'a déjà dit que j'étais toujours sur ce boulot.

— Je suis ravi que vous ayez mis un terme aux opérations de l'Atelier dans cette région, déclare alors Lambert. Déjà deux d'éliminés... Il ne reste plus que les deux autres.

Je ne m'attendais pas vraiment à ce genre de réaction.

— Merci, dis-je. (Bizarrement, j'éprouve le besoin de me justifier.) Écoutez, colonel, à propos d'Antipov...

Il m'interrompt d'un geste de la main :

— Oubliez ça, Sam. Ce type était un ennemi capital. Tous ceux de l'Atelier sont des ordures de première. Si l'on s'en tient à nos lois, vous vous trouviez en situation de combat. Inutile de revenir là-dessus.

Je hoche la tête, puis bois mon café à petites gorgées. Après quelques instants, je lui demande :

— Et avec notre prisonnier, alors... ça donne quoi ?

— Je crois qu'il est prêt à parler. Il vous attendait, je pense.

***

Mike Chan... ou plutôt... Mike *Wu* a l'air totalement exténué. Ils le tiennent éveillé en lui faisant subir des interrogatoires serrés depuis 48 heures. J'ai croisé Wu une fois au Troisième Échelon et je m'en souviens à peine.

Il était réputé très bon dans son travail d'analyste. Pourquoi l'âpreté au gain transforme-t-elle tant de gens bien en voyous ? Cela m'échappera toujours...

D'accord, on veut tous gagner de l'argent et vivre confortablement, mais de là à trahir son pays, ses amis ou sa famille pour y parvenir, cela dépasse mon entendement.

Sitôt que j'entre dans la salle d'interrogatoire, Mike se redresse et écarquille les yeux. Ils ont dû sacrément le préparer à ma venue. Il semble terrorisé.

— Détendez-vous, Mike, dis-je. Je ne suis pas venu vous faire du mal. Pas encore...

— Alors pourquoi vous êtes là ? Ce n'est pas dans vos attributions. Depuis quand on recrute les Splinter Cells pour interroger les détenus ?

— En effet. Je suis là volontairement. Parce que Carly St. John comptait parmi mes amis. Parce que vos copains les Dragons chanceux ont tenté de me tuer. Et enfin parce que je suis un patriote qui aime son pays, alors que vous êtes un fils de pute qui ne vaut même pas l'équivalent de son poids en excréments.

Le prisonnier acquiesce dans un soupir. Il s'est résigné au sort qui l'attend.

— Je veux toujours un avocat.

— Vous en aurez peut-être un après être passé aux aveux. J'ignore comment ça marche avec des types dans votre genre, mais je sais en revanche que je ne risque pas de quitter cette pièce sans que vous ayez fait une déposition officielle et signée.

— Vous allez faire quoi sinon ? Vous jeter sur moi, histoire de me montrer comme vous êtes costaud et me tabasser un peu ?

— J'espère que vous allez faire preuve de jugeote et réaliser que vous n'avez aucun moyen de vous en tirer. Vous êtes cuit. Lambert et le FBI détiennent toutes les preuves pour vous faire inculper. Vous n'avez même pas besoin de signer quoi que ce soit. Vous écoperez quand même de la peine de mort. On aimerait autant l'éviter. Perpète, c'est nettement mieux.

— Ça dépend de ce qu'on fait de sa vie, non ?

— Peut-être. Dommage que Carly ne puisse plus rien faire de la sienne...

Mike baisse les yeux. Je sens qu'il n'est pas vraiment fier de ses actes, le salopard.

— Pourquoi, Mike ? Pourquoi vous aviez besoin de la tuer ? Vous savez, Carly m'a dit un jour que vous bossiez drôlement bien... Le meilleur analyste de la boîte... et que vous seriez sans doute rapidement promu.

— Allez vous faire foutre, Fisher.

Ce n'était peut-être pas ce qu'il fallait me dire. Peut-être suis-je trop crevé. Peut-être que j'ai du mal à faire le deuil de Carly. Ou simplement que j'en ai soupé de toute cette saloperie.

J'avance vers Mike, l'attrape par sa petite tunique de prisonnier et lui assène un coup de poing. Il décolle de sa chaise et atterrit par terre. Je m'attends à ce que Lambert déboule pour m'engueuler… mais rien ne se produit. Au bout d'un moment, Mike se relève et me regarde droit dans les yeux. Son nez pisse le sang.

— Frappe-moi encore, Fisher.

— Quoi ?

— Je veux que tu me cognes. Je veux que tu me tabasses un peu. Je le mérite.

— Allons, Mike. Assieds-toi.

Il se met à brailler :

— Espèce de salaud ! Frappe-moi ! C'est pour ça que tu es là !

— Assis, Mike !

— Va te faire voir, Fisher ! Hé, tu sais quoi ? J'ai fait sauter la cervelle de Carly et j'ai pris un pied d'enfer ! Je suis allé exprès dans son bureau, j'ai pointé le flingue sur sa nuque et j'ai pressé la détente. T'aurais dû voir le spectacle, Fisher ! Son cerveau a explosé sur son putain d'ordinateur !

Il m'a eu. Je vais lui offrir ce qu'il réclame, et c'est aussi ce que je veux ! Au diable la procédure ! En outre, cette petite ordure m'a rendu fou. Je le prends par le col et le traîne par-dessus la table.

C'est un poids plume, alors je peux le jeter sans problème en travers de la pièce pour le fracasser contre le mur. Dans les secondes qui suivent, je pète les plombs. Je ne me rappelle pas lui avoir donné une véritable raclée, mais j'ai dû le cogner deux ou trois fois. Et je crois lui avoir également donné un ou deux coups de pied. Quand je recouvre mon sang-froid, il gît à terre dans une mare de sang.

— Merci, dit-il. Tu me croiras pas, mais j'en avais besoin.

— Et comment ! dis-je en marmonnant.

Je sors un mouchoir de ma poche et le lui lance. Il s'essuie le visage et regagne lentement sa chaise. Une fois assis, il s'affale sur la table, la tête posée contre ses bras. Après avoir inspiré plusieurs fois profondément, il se redresse et me dévisage. Je vois quasiment sa matière grise en ébullition, tandis qu'il essaye de se résoudre à cracher le morceau. Au bout d'un long silence, il reprend la parole :

— Elle était sur le point de découvrir que c'était moi la fuite dans le service.

Il comprend enfin la situation.

— Mais la tuer ne nous a pas empêchés de te retrouver, dis-je. C'était complètement crétin. L'assassiner, puis s'enfuir. Drôlement malin, Mike. Après avoir agi comme ça, bien sûr qu'on allait comprendre.

— J'ai pensé que j'aurais quitté le pays avant que le FBI me retrouve. J'étais censé être à Hong-Kong. Et tout a merdé. J'imagine qu'elle allait surtout découvrir le lien avec les Dragons chanceux. Je ne pouvais pas la laisser faire. J'ai paniqué. J'ai réagi sans réfléchir.

— Continue de parler. Tout ce qu'on dit est enregistré. Lâche-toi. Ensuite tu n'auras plus qu'à signer ton nom quand tout sera mis noir sur blanc.

Mike poursuit :

— Alors, voilà... Tout ce que vous savez, vous autres, c'est vrai. Mon frère et moi sommes membres des Dragons chanceux. On nous a recrutés à Los Angeles il y a six ans. La triade était déjà en cheville avec l'Atelier depuis un bout de temps. Ils se sont arrangés pour changer mon identité et me faire postuler pour un job à la NSA.

— Comment la triade s'est-elle débrouillée pour y parvenir ?

— Ce n'est pas la triade, mais l'Atelier qui a pris les choses en main. Et quelqu'un les a aidés à Washington.

— Comment ça ?

— Quelqu'un de haut placé. Je ne sais pas qui c'est, je le jure. L'identité de cette personne est hyper protégée.

Je me frotte le menton en lui demandant :

— Un membre du Congrès ?

— Je n'en sais vraiment rien, Sam, je le jure. En tout cas, c'est quelqu'un qui connaît du monde. Ils ont pu effacer mon passé, me créer une nouvelle existence sous le nom de Mike Chan, peu importe les moyens employés. Et c'est eux qui m'ont mis en rapport avec le professeur Jeinsen.

— Tu es en train de me dire qu'il y a un traître dans notre gouvernement, susceptible d'avoir orchestré toute l'affaire avec la triade et l'Atelier ?

— Oui.

— Comment ça se passait entre Jeinsen et toi ?

— Je ne l'ai jamais rencontré. Il devait livrer les fichiers électroniques dans un coffre de dépôt situé en ville. Je les récupérais pour les transmettre à Jon Ming à Hong-Kong. Ming les vendait ensuite à l'Atelier. Ou peut-être qu'il existait un autre genre d'accord entre eux. Les Dragons chanceux recevaient des armes en échange des informations ou un truc comme ça.

— Et il reste une dernière partie du travail de Jeinsen à livrer ?

Mike hésite… puis se dit probablement qu'après être allé aussi loin, il peut bien tout révéler.

— Oui. C'est le système de guidage pour le VSMA. Ça se présente avec un ordinateur portable. GyroTechnics l'a conçu selon les instructions de Jeinsen avec une certaine contribution du client de l'Atelier. J'étais censé livrer tout ça à Hong-Kong en faisant défection, mais Ming a soudain décidé de ne pas se porter acquéreur. Il s'est brouillé avec l'Atelier pour je ne sais quelles raisons politiques.

— Alors, l'accord est totalement rompu ?

— Non. Un peu plus tôt dans la journée où on m'a arrêté, j'ai pris contact avec l'Atelier en leur proposant de leur vendre le truc en direct. Eddie et moi, on a court-circuité les Dragons chanceux.

Je me mets à siffler.

— Dis donc, Mike, tu devrais te réjouir de ton arrestation. Les Dragons t'auraient trucidé de manière peu ragoûtante pour ce que tu as fait. Et ton frère, il est où ?

— Je n'en sais rien. Il se planque, j'imagine. L'Atelier est en contact avec lui. Je me suis débrouillé pour qu'ils puissent traiter avec lui, au cas où je ne serais pas disponible. Il va vendre le système de guidage d'un jour à l'autre. Peut-être même que c'est déjà fait.

— Il traite avec Zdrok ?

Mike hoche la tête.

Je contemple le traître une bonne minute, puis me lève.

— Merci, Mike. Tout ce que tu as déclaré sera dactylographié et tu pourras y apposer ta signature. Tu t'es rendu un fier service aujourd'hui. Entre nous soit dit, je te considère toujours comme une sous-merde. Désolé pour le désordre.

Après mon petit speech, qui ne m'aide pas vraiment à me sentir mieux à son sujet, je tourne les talons et quitte la pièce.

***

— Je vais devoir m'introduire chez GyroTechnics, dis-je à Lambert, une fois de retour dans son bureau.

— Nous avons pris les devants, répond-il. Anna Grimsdottir s'est chargée de pirater leur serveur, de récupérer les e-mails et télécharger d'autres dossiers sécurisés. Nos analystes sont déjà à pied d'œuvre et font le tri. On partage tout ce qu'on a trouvé avec le FBI, qui coopère sans restriction avec nous. Le Bureau sait déjà que GyroTechnics n'est pas pétri de bonnes intentions. Il y a une enquête officielle en cours pour un certain nombre d'actes criminels, parmi lesquels la transmission de renseignements militaires classés « secret défense » à des puissances étrangères. On sait qu'ils ont travaillé avec les documents du projet VSMA, alors qu'ils n'auraient jamais dû y avoir accès. L'agent spécial Jeff Kehoe est à présent responsable de l'enquête concernant cette entreprise. Je lui ai dit que vous feriez ce que vous faites de mieux, à savoir que vous alliez vous introduire chez GyroTechnics, afin de voir ce que vous pouvez y dénicher. Entre-temps, il est à la recherche d'Eddie Wu et essaye de déterminer à quel moment le type pourrait entrer en contact avec l'Atelier.

— Vous avez une photo d'Eddie Wu ?

Lambert plonge la main dans la pile de dossiers sur son bureau et en extrait un cliché.

Je mémorise les traits du bonhomme qui ressemble beaucoup à son frère.

— On doit empêcher l'échange de ce système de guidage, poursuit le colonel. On ignore à quelles fins le général Tun va utiliser le VSMA. Nous ne pouvons que supposer qu'il en a construit un à partir des plans de Jeinsen.

— Qu'est-ce que notre gouvernement pense de cet officier chinois ?

— Le secrétaire d'État a pris contact avec le gouvernement de Pékin. On les a méchamment prévenus qu'on ne supporterait pas le moindre harcèlement à l'encontre de Taïwan. Bien sûr, la Chine joue les abruties. Les autorités disent que le général Tun se livre simplement à des manœuvres et à des exercices militaires dans la région de Fuzhou. Il n'est pas censé avoir l'intention d'attaquer Taïwan, pas plus que son gouvernement ne lui en a donné l'autorisation. Bref, Washington attend de voir ce qui va se passer.

Je m'étire et étouffe avec peine un bâillement.

— Ça vous ennuie ce que je vous raconte ? demande Lambert.

— Je suis épuisé, colonel. J'ai eu une rude semaine. Pour ne pas dire deux ou trois mois…

— Parfait. Je vous accorde une permission de 24 heures, Sam. Tâchez de récupérer. De vous envoyer en l'air. Faites tout ce qu'il faut pour recharger vos batteries. Une voiture vous attend dans le garage au-dessus.

— Merci, colonel.

Comme un fait exprès, Frances Coen entre dans le bureau. Elle me lance un regard impatient.

Je balbutie :

— Oh ! j'ai failli oublier… Un petit rendez-vous avant de partir, pas vrai ?

Elle acquiesce.

— Le médecin est là. Vous voulez bien venir en salle de préparation, Sam ? Je vous promets que ce sera fini en deux temps trois mouvements. Et indolore, je pense.

Lambert me décoche un sourire.

— Cela ne peut pas être pire que le jour où on vous les a posés.

— Ça me réconforte, dis-je.

Je me lève et suis Coen dans une pièce stérile où je fais la connaissance d'un certain Dr Frank et de sa jolie infirmière, Betsy.

En tout cas, on va bien me shooter pour supporter l'épreuve.

***

Une fois que l'intervention est terminée, il n'y a rien de particulier à en dire, si ce n'est que je ressens une petite gêne dans les oreilles, un peu comme lorsqu'il y a de l'eau dedans et qu'on ne peut pas la retirer. Le doc m'affirme que ça va passer d'ici quelques heures et que je serai comme neuf.

La voiture qu'ils m'ont prêtée est une Nissan Murano de 2005, un véhicule spacieux avec un moteur V6. Je n'en reviens pas : c'est la plus belle voiture de fonction que le Troisième Échelon m'ait jamais octroyée !

J'ignore à quel endroit je vais passer la nuit à Los Angeles. Tout en sillonnant la ville sur l'Interstate 210, j'appelle chez moi dans le Maryland pour relever les messages sur mon répondeur. À ma plus grande surprise, il y en a un de Katia Loenstern.

Salut, Sam, c'est Katia. Je sais que tu es sans doute à l'étranger, mais en fait... je voulais juste t'appeler et te dire que tu me manques. J'ai passé de bons moments avec ma mère et ma sœur à San Diego, et me voilà à présent à L. A. Je me suis dit que je pourrais y claquer un peu d'argent... une fois n'est pas coutume. Et à Los Angeles, il y a de quoi faire ! Je viens de descendre au Sofitel, en face du Beverly Center, et j'ai prévu d'aller faire un tour au centre commercial dans une minute. Je vais probablement rester deux ou trois jours, puis rentrer à Baltimore. Avec un peu de chance, tu seras aussi de retour. En tout cas, j'espère que tu vas bien et qu'on se parlera bientôt. Bye !

Qu'est-ce que disait Lambert déjà ? Que j'avais besoin de m'envoyer en l'air ?

Mine de rien, me voilà face à certaines décisions à prendre.

D'un côté, je devrais sans doute me tenir à l'écart de Katia, me reposer et me concentrer sur mon travail. D'un autre, je meurs d'envie de la voir. Mais est-ce que je suis prêt à plonger la tête la première dans une vraie relation ? Parce que c'est exactement ce que cela voudra dire si je la rappelle…

Une relation. Rien que l'idée me fait paniquer !

Oh ! et puis zut ! J'en ai besoin. Il y a trop longtemps. Disons que c'est une thérapie pour ma santé mentale… ou sexuelle. J'ai beau être un Splinter Cell, je n'en suis pas moins un homme.

Du coup, je sais où je vais maintenant. Quand l'Interstate 210 devient la 134, je prends la 2 jusqu'à la 101 et vais vers l'ouest. Je ne tarde pas à me retrouver dans Santa Monica Boulevard, où je bifurque sur Beverly et La Cienega.

Pour arriver au Sofitel, en face du Beverly Center.

24

Je m'enregistre à l'hôtel, rejoins ma chambre au deuxième, compose le numéro de l'accueil, puis demande à ce qu'on me passe celle de Katia. Comme je m'attends à ce qu'elle soit sortie, je suis agréablement étonné quand elle répond au téléphone.

— Allô ?

On sent une pointe de perplexité dans sa voix. Qui peut bien l'appeler ici, à Los Angeles ?

— Salut, Katia. C'est Sam.

— Sam ! Quelle surprise !

— Comment tu vas ?

— Je… je vais bien ! Ça alors, j'en suis toute troublée, du coup... Qu'est-ce que tu fais ? Tu es rentré aux États-Unis ?

— Oui.

— Quel temps il fait à Baltimore ? Toujours aussi froid ?

— J'en sais rien, je n'y suis pas.

— Où es-tu alors ?

— Deux étages au-dessous du tien.

Elle n'est pas certaine d'avoir bien entendu.

— Quoi ?

— Je suis dans cet hôtel. Deux étages au-dessous. À Los Angeles.

— Mais qu'est-ce que tu fais là ? réplique-t-elle en riant à présent. C'est dingue !

— J'ai eu ton message laissé sur mon répondeur. J'étais à L. A. et... me voilà.

— C'est incroyable. Je pensais justement à toi.

— Ah oui ? Eh bien, moi, aussi... je pensais à toi.

— Tu... tu veux qu'on se retrouve ?

— D'après toi ?

— Tu as faim ? Je n'ai pas encore déjeuné.

— Moi non plus. Allons-y alors.

On se retrouve dans le hall 20 minutes plus tard. Katia est encore plus séduisante que dans mon souvenir.

Elle porte un corsaire noir moulant qui souligne ses longues jambes galbées, une veste courte assortie et un petit haut rouge.

Je lui demande si ça ne la dérange pas de manger de l'ail, et elle me répond que ça lui va, tant que j'en mange aussi. En fait, je connais un restau génial pas très loin de l'hôtel, dans La Cienega, à deux ou trois rues de là.

On décide donc d'y aller à pied. Il fait un peu frais, mais rien à voir avec les températures hivernales de la côte est : ici on peut se passer d'un manteau.

— Comment vont ta mère et ta sœur ? dis-je en flânant avec elle.

Katia me prend la main, et je me laisse faire volontiers.

— Toutes les deux allaient bien. C'était un séjour sympa. Ma mère a eu quelques soucis de santé, mais, bon, elle s'est soignée et va beaucoup mieux. Quant à ma sœur, elle va bien, mais elle est toujours aussi foldingue ! Elle entame son deuxième divorce. J'ai comme l'impression qu'elle ne sera jamais heureuse mariée. Elle est bien trop indépendante.

— Comme toi ?

— Moui… mais pas à ce point. Si elle avait vécu dans les années soixante, elle aurait été une hippie. Et toi ? Tu étais où ?

— Oh !… à l'étranger. Rien de spécial. Uniquement le boulot habituel.

— Oui, bien sûr. Relations internationales… Collecte d'informations et conseils en tous genres… Je me souviens, Monsieur-le-roi-du-mystère.

— C'est vrai !

— Ben, voyons. Alors qu'est-ce que tu fabriques à L. A. ?

— Je devais y faire un saut pour le travail. Mais j'ai quartier libre pour 24 heures.

— Oh !… et tu as choisi de les passer avec moi ?

— Si ça te dit…

— Bien sûr que oui !

— Il faut quand même que je me repose un peu ! Je suis mort de fatigue.

Elle me flanque un léger coup de poing dans l'avant-bras.

— Pas de ça avec moi, mon pote. On pourrait peut-être passer 24 heures au lit, mais pas uniquement pour dormir !

Nous arrivons au restaurant, l'un de mes préférés de Los Angeles… et de San Francisco. Il s'appelle le Stinking Rose, et sa spécialité, ce sont les plats à l'ail. Katia n'y est jamais venue, mais elle va à coup sûr se régaler.

L'endroit est presque rempli, comme d'habitude, mais le rush du déjeuner est déjà passé. Nous n'avons donc aucun souci pour obtenir une table. Comme l'hôtesse a dû sentir notre besoin d'intimité, elle nous installe dans un coin tamisé et allume une bougie. Katia parcourt la carte et décrète que tout a l'air appétissant. Je lui assure que c'est le cas et lui suggère des amuse-gueule en bagna cauda. On commande une bouteille du vin rouge maison et nous voilà partis pour une ou deux heures de pur plaisir.

— Alors, tu étais dans quelle partie du monde, Monsieur-le-VRP ? demande Katia.

Ses yeux marron pétillent sous la lumière de la bougie, et je suis tenté de lui ouvrir mon cœur. Pour une fois, le spectre de Regan ne semble pas me menacer. Peut-être même que ma défunte épouse nous observe du haut de son petit nuage et me souhaite bonne chance. Regan aurait voulu me voir refaire ma vie, trouver quelqu'un à aimer. Après tout, elle et moi étions séparés et ne vivions plus ensemble quand elle a succombé à sa maladie.

On entretenait de bons rapports en grande partie à cause de Sarah, mais je sais que Regan et moi éprouvions une énorme affection l'un pour l'autre. Je pense aussi qu'elle aurait apprécié Katia.

— J'étais en Extrême-Orient, dis-je.

Je n'ai pas vraiment envie de trop me confier au sujet de mon boulot. À l'évidence, Katia a déjà plus ou moins deviné ce que je fais. C'est un débat permanent dans ma tête : dois-je, oui ou non, lui révéler toute la vérité ? Je suppose que je vais devoir le faire, si notre relation prend une tournure plus sérieuse.

— L'Extrême-Orient, voyons voir... Cela peut être... le Japon ? La Corée ?

— Non.

— Les Philippines ? La Chine ?

— Non.

— Hong-Kong ? L'Indonésie ?

— Tu brûles...

— Écoute, Sam... Tout ce que je te demande, c'est d'être honnête envers moi. (Elle boit une gorgée de vin, puis me regarde intensément.) Je me rends bien compte que la vie t'a endurci côté relations sentimentales, et je ne veux pas t'effrayer. Je suis moi aussi indépendante, comme je te l'ai déjà expliqué, et pas le genre de fille sans arrêt en demande, je t'assure. Mais j'ai réfléchi au peu de temps qu'on a passé ensemble et... je me dis tout bêtement qu'on pourra avoir de bons moments si on préserve ça. Je ne te demande pas de t'engager ou quoi que ce soit, mais simplement que tu me dises la vérité sur toi.

Avant que je puisse répliquer, les amuse-gueule arrivent. La sauce bagna cauda constitue un formidable mélange de beurre et gousses d'ail doux rôties au four dans l'huile d'olive vierge, avec une pointe d'anchois. Servie dans une cassolette chaude, on l'étale sur des tranches de pain frais.

— Mon Dieu, c'est fabuleux ! s'extasie Katia à la première bouchée. Je pourrais me rassasier en ne mangeant que ça.

— Succulent, hein ? Au cas où tu aurais envie de te faire la main chez toi, ils vendent un livre de recettes à l'accueil.

On commande les entrées et on change de conversation, la question de mon *honnêteté* se retrouvant pour l'instant reléguée au second plan. Nous discutons beaucoup du *krav maga* et de nos règles de vie personnelles pour garder la forme. Elle me parle un peu de sa vie en Israël avant de venir aux États-Unis. Son père était israélien, mais sa mère, américaine, d'où la double nationalité de Katia. Après le divorce de ses parents, sa mère est partie avec sa sœur et elle s'installer en Californie. Son père est mort d'une crise cardiaque six ans plus tard.

On nous apporte nos plats, et c'est à tomber par terre. Katia a opté pour le saumon au citron, sauce à l'ail et aux câpres, servi avec des pâtes *acini di pepe*. Pour ma part, j'ai choisi la côte de bœuf, accompagnée comme il se doit d'une purée de pommes de terre à l'ail. Comme je le dis à Katia, le Stinking Rose est génial pour un rendez-vous, car on sait d'avance que nous aurons tous les deux mauvaise haleine !

Au milieu du repas, la conversation revient sur la manière dont je gagne ma vie. Katia fait allusion au fait qu'elle adore voyager, mais n'en profite pas très souvent.

— Tu as de la chance. Ça doit être cool de pouvoir se déplacer tout en faisant son travail.

— Parfois. Ça dépend.

— De quoi ?

— De ce que je dois faire dans tel ou tel endroit.

— Sam, tu travailles pour le gouvernement, c'est bien ça ? Allez, avec moi ton secret sera bien gardé !

Plutôt que de répondre, je hausse les épaules, d'un air de dire qu'elle est sur la bonne piste. Je ne peux pas mieux faire.

— Je le savais ! Écoute, je suis déjà sortie avec des mecs qui bossent pour des agences gouvernementales. Un jour, j'ai fréquenté un gars de la CIA. Il y avait déjà un bon moment qu'on se voyait, quand j'ai enfin découvert comment il gagnait sa vie... et ça m'a vraiment foutue en rogne.

— Pourquoi ?

— Parce qu'il m'avait menti en m'affirmant qu'il était lobbyiste[1]. Le même comportement que toi... Il faisait des cachotteries sur son travail, était absent pendant de longues périodes, incroyablement en forme pour son âge et adepte des arts martiaux. Crois-moi, Sam, je connais ce genre de gars.

— Et c'est le mien ?

— Non ?

Je laisse passer. Le déjeuner se poursuit agréablement, et la conversation s'oriente sur des sujets plus neutres.

1. Personne organisant un groupe de pression (*lobby* signifiant « couloir » à l'origine) auprès d'autorités politiques (notamment au Sénat et au Congrès aux États-Unis) afin de défendre des intérêts économiques et/ou professionnels.

Au moment du dessert – nous partageons une mousse au chocolat et à l'irish coffee –, je sens son pied nu effleurer mon mollet. Katia a ôté sa chaussure, et son pied remonte lentement le long de ma jambe, jusqu'à l'intérieur de ma cuisse, tandis qu'elle me regarde avec une lueur dans les yeux signifiant qu'elle sait fort bien ce qu'elle veut.

J'éprouve soudain une excitation irrésistible, réaction dont je sais qu'elle est en rapport avec le retour d'une mission entre la vie et la mort. Les médecins de la NSA qui m'examinent tous les ans s'étonnent toujours de mes années de célibat. La plupart des types qui accomplissent des missions dangereuses pour le gouvernement possèdent une libido d'enfer. Peut-être que la mienne refait enfin surface.

— Et si je réglais l'addition et que l'on s'éclipse ? dis-je.

— Je me demandais quand tu allais le proposer, réplique-t-elle avec un sourire espiègle sur ses lèvres humides.

***

Nous passons le reste de l'après-midi et la soirée dans ma chambre d'hôtel, en faisant l'amour avec la même intensité que le jour de mon anniversaire, chez moi à Towson. Katia se montre insatiable, de même que je ne ressens plus l'épuisement qui me pesait à mon arrivée en Californie. Peut-être est-ce dû aux phéromones qui affluent dans mon corps ou quelque chose comme ça, allez savoir… En tout cas, l'alchimie qui se produit dans mon bas-ventre ne faiblit pas.

Sur le coup de 9 heures du soir, on a de nouveau faim. J'appelle le service d'étage, nous commandons des sandwiches et du soda. On mange tout nus dans le lit et on pique un fou rire en songeant à notre allure un peu ridicule. Après la collation, Katia suggère de me faire un massage, et j'accepte aussitôt. Tandis qu'elle promène ses mains fermes sur mon corps, je sens de nouveau la fatigue m'envahir. Merveilleusement détendu, j'ai l'impression de flotter sur l'eau…

Quand je me réveille, il fait nuit noire dans la chambre, et Katia est allongée dans le lit à mes côtés. J'ai dû plonger sous le palper-rouler de ses doigts de fée. La pendule numérique de la table de nuit indique 2 h 35.

Je me glisse doucement à l'extérieur des draps et reste assis quelques instants à contempler Katia. Elle dort profondément. Tandis que mes yeux s'habituent à la pénombre, je distingue ses boucles brunes qui forment une tache sombre sur l'oreiller.

Oui… Ça y est, me dis-je. Mes années de célibat sont peut-être terminées. Ma fille Sarah va sans doute devoir s'habituer à la présence d'une nouvelle partenaire dans ma vie. Je ne songe pas au mariage ou à quoi que ce soit d'aussi radical. Je ne suis même pas certain de vouloir vivre avec Katia. En revanche, je sais que j'ai envie de continuer à la voir. Si ce qu'elle a dit est vrai à propos de notre besoin d'indépendance à tous les deux, alors cette relation pourrait se révéler idéale.

Mais, bon… inutile de mettre la charrue avant les bœufs. Pour l'heure, en tout cas, je me sens heureux.

Comme un fait exprès, mon OPSAT se met alors à biper en sourdine. Je l'attrape et coupe le son, puis lis le texto en provenance de Coen.

Tous les détails dont j'ai besoin concernant GyroTechnics m'ont été transmis. D'après le rapport de l'agent Kehoe, le bâtiment aurait été mystérieusement évacué, et depuis minuit il n'y a plus personne. Lambert devine que l'arrestation de Mike Wu a encouragé la direction de la boîte à prendre des mesures extrêmes.

Il souhaite que je me rende sur place au plus vite.

Katia remue un peu et ouvre les yeux.

— Quelle heure il est ? marmonne-t-elle.

— On est en pleine nuit, dis-je. Rendors-toi. Je serai de retour dans la matinée.

Elle se redresse et me demande :

— Où vas-tu ?

— J'ai un boulot à faire. Je reviens. Promis.

— Tu es en danger ?

— Non, Katia. Rendors-toi, je te dis. Je serai là à ton réveil.

Elle plisse le front et, l'espace d'un instant, je crains d'être tiraillé… Mais elle sourit et tend la main pour m'attirer à elle et m'embrasser.

— Sois prudent, murmure-t-elle.

Puis elle s'enfonce à nouveau dans l'oreiller et baisse les paupières. Elle se pelotonne sous les draps à l'endroit encore tiède où j'ai dormi.

J'enfile ensuite ma combinaison et quitte l'hôtel au volant de la Murano.

25

Je trouve GyroTechnics assez facilement. Il est étrange d'installer une société spécialisée dans le high-tech à l'écart, sur les collines, au milieu des arbres, au bout d'un chemin de gravier… Mais, après tout, cette boîte a des activités illégales.

Si ce que le FBI a découvert est vrai, et je n'en doute pas un seul instant, alors l'entreprise est financée et dirigée par une triade. Ce qui montre une fois de plus que ce genre d'organisation criminelle étend ses activités au-delà de ses domaines de prédilection comme la drogue, le trafic d'armes, la prostitution et les tripots. Dès lors que cette triade occupe la scène mondiale du crime, cela signifie qu'elle commandite et développe une technologie au service de la criminalité.

Je gare la Murano dans Norman Place et remonte à pied le chemin. Je me tiens malgré tout dans l'ombre en cheminant au milieu des arbres touffus. Comme j'ai activé le mode vision nocturne de mes lunettes, cela ne me pose aucun problème.

Je parviens à la grille et découvre alors le bâtiment à l'architecture futuriste de GyroTechnics. Deux projecteurs éclairent le parking, mais l'endroit a l'air désert.

Je sors mon 5-7, fixe le silencieux et vise les lampes.

Bing ! Bing !

À présent, la propriété se retrouve plongée dans le noir, à peine éclairée par le ciel nocturne et brumeux. Passant par-dessus la clôture, je fonce jusqu'à l'entrée du personnel et tombe sur un boîtier avec clavier près de la porte.

Tout en pressant mon implant de gorge, je dis :

— Hé, Anna, tu es là ? J'ai besoin d'un code d'accès pour GyroTechnics.

— Deux secondes, Sam, me répond-elle. Je pensais l'avoir pour toi dans la matinée et j'ignorais qu'on te demanderait d'infiltrer l'endroit à cette heure-ci.

— Eh bien, si… et je me retrouve là, debout, dans le noir. Dépêche-toi !

Je pourrais sans doute tirer dans ce truc, mais cela déclencherait à coup sûr toutes sortes d'alarmes, et la police se pointerait avant que j'aie le temps de dire « Oups ! ». Je préfère donc faire le tour de la bâtisse en quête d'un autre accès. Le plus étrange, c'est qu'il n'existe pas de porte d'entrée pour le commun des mortels.

Les seules personnes à pénétrer et à sortir de GyroTechnics sont les employés. UPS doit faire ses livraisons par-derrière, et le facteur, balancer le courrier dans une fente. J'imagine que la direction n'est pas du genre à recevoir les clients.

Avant que Grimsdottir me rappelle pour me donner le code d'accès, j'aperçois une lumière de phares qui balaye au passage le bâtiment.

Je cours vers la clôture, mais n'ai pas le temps de l'escalader. Je tombe à plat ventre, alors que la voiture s'engage dans le parking et s'arrête.

Une Corvette. Le conducteur éteint ses lumières et descend. Seul. Il fait trop sombre pour discerner qui c'est, même avec ma vision nocturne. La seule chose que je parviens à voir, c'est qu'il s'agit d'un Asiatique.

Il se dirige vers l'entrée du personnel et tape le code. La porte s'ouvre et il entre. Je me relève d'un bond et cours vers la porte, passe en mode vision thermique et note les touches qui sont encore tièdes : 9… 7… 2… 0… et *. En revanche, je n'ai aucune idée de l'ordre dans lequel on doit pianoter ! Je prends un cliché avec l'appareil photo de mon OPSAT et procède à un réglage, de sorte que la lecture thermique apparaisse sur l'écran. D'ordinaire, j'essaie de raisonner logiquement pour deviner quelles touches sont pressées en premier et en dernier… la première présentant une empreinte thermique plus faiblarde que la dernière, forcément. Mais cela se corse si une touche a été appuyée plus d'une fois.

Je tente le coup et compose la combinaison qui me paraît la bonne. Un peu comme si je jouais à la roulette à Vegas… J'ai peu de chances de réussir. Bien sûr, je fais chou blanc. J'essaye une combinaison légèrement différente et une fois de plus… *nada*. Parfois les claviers sont reliés à une alarme en cas de trois erreurs consécutives. Est-ce que je cours ce risque ? A priori, il n'y a qu'un seul type dans le bâtiment. J'imagine que cela ne devrait pas me poser de problème, sauf que l'alarme pourrait faire rappliquer les autres.

Avant que j'aie le temps de me lancer, la lumière d'une autre paire de phares oscille en direction de la bâtisse depuis le chemin de gravier. Une fois de plus, je me planque de l'autre côté du mur, où je pense pouvoir attendre à l'abri. La nouvelle voiture, une Porsche, se gare à côté de la Corvette. Encore un type seul. Il coupe ses lumières, descend et gagne la porte. Je l'observe pianoter sur le clavier, mais elle ne s'ouvre pas. Il frappe. Au bout de quelques instants, une voix répond dans l'interphone.

Le nouveau n'arrive pas à se rappeler le code. Je ressors mon 5-7 et j'active la fonction KAT. En le dirigeant vers la porte, je capte la conversation qui suit en chinois :

TYPE À L'INTÉRIEUR : Comment ça, tu ne te souviens pas du code ?
TYPE À L'EXTÉRIEUR : Pas de quoi en faire un drame. Bon, c'est quoi ?
TYPE À L'INTÉRIEUR : Neuf... neuf... sept... deux... deux... zéro... et étoile.
TYPE À L'EXTÉRIEUR : Merci.

Il entre les bons chiffres, et la porte s'ouvre. Une fois qu'il est dedans, j'entends Grimsdottir dans mon oreille.

— Sam ? On a le code...

— Peu importe, je l'ai déjà.

— C'est neuf-neuf-sept-deux-deux-zéro-étoile.

— J'ai dit que je l'avais déjà. Merci.

— Oh !... À ton service.

Je patiente une minute avant de m'approcher de la porte. Je compose le code et entends un déclic. Je jette un œil à l'intérieur et découvre un couloir vide, illuminé par des néons au plafond. Je m'y glisse tout en entendant parler à l'autre bout du corridor. Les deux hommes s'expriment en chinois et j'ai du mal à les comprendre à cette distance. J'avance un peu et me faufile dans ce qui ressemble à une salle de repos.

On y trouve des distributeurs, deux ou trois tables et des chaises, un four micro-ondes et une petite cuisine équipée, ainsi qu'un panneau d'affichage. Sur celui-ci sont punaisées une vingtaine de photos en couleur en souvenir d'une sortie de groupe.

Au-dessus, une petite banderole imprimée au pochoir indique en anglais : *Pique-nique à Marina del Rey.* Je prends le temps d'examiner les clichés. Je tombe sur les habituelles poses idiotes que les gens prennent lors des excursions avec leur entreprise : grimaces avec une bière à la main, un gars qui fait griller des hamburgers et des hot-dogs, un groupe qui joue au volley... Quelqu'un a légendé chaque tirage avec un commentaire en chinois. : *Ken prépare le repas ; Joe et Tom se bourrent la gueule ; Kim et Chang marquent un point.*

Les modèles des photos sont chinois et masculins pour la plupart. Je vais reporter mon attention sur les deux types présents dans le bâtiment, quand j'entrevois le visage d'Eddie Wu sur un des clichés. Je suis sûr que c'est lui. Il se tient debout sur le pont d'un yacht amarré dans une des marinas. Le bateau s'appelle *Lady Lotus* et, à en croire l'expression de fierté affichée par Eddie, il semble que celui-ci en soit le barreur.

D'ailleurs la légende proclame : *Le capitaine Eddie et son bateau.* Je prends la photo et la mets dans une de mes poches avant de repartir en direction du couloir.

Les deux hommes s'enfoncent davantage dans le bâtiment. J'avance furtivement le long du couloir, d'un angle à l'autre, jusqu'à ce que le duo franchisse des portes battantes indiquant *Innovation* en chinois et en anglais. Chacune est pourvue d'une vitre carrée, à travers laquelle j'aperçois l'un des types, dos tourné, qui tripote quelque chose sur un établi.

Pas besoin d'être devin pour comprendre qu'ils sont dans le laboratoire... là où les employés de GyroTechnics mettent au point toutes leurs saloperies.

Je sors le câble optique de mon sac à dos, l'allume, puis le glisse lentement par terre et sous les portes. La tête passe très bien, et je l'introduis d'un peu plus de deux centimètres dans la pièce. Je règle ensuite l'ouverture focale à 180 degrés et j'ajuste le point sur mon OPSAT. J'ai maintenant une image très claire de ce qui se trame dans cette pièce. J'appuie sur l'interrupteur et j'ai le son directement transmis dans mes implants.

Les hommes s'affairent à fabriquer des explosifs. L'un d'eux tient un bloc de pâte à la nitroglycérine qu'il presse par à-coups comme du dentifrice. La substance va dans un cylindre en métal que l'autre type place ensuite dans un conteneur en forme de palet de hockey, relié à un détonateur et à un minuteur. Cela ressemble beaucoup à mes propres explosifs muraux.

La conversation se déroule en chinois, et les hommes parlent vite, mais je parviens à capter quelques bribes par-ci par-là. Je pourrai demander à l'équipe de Washington de traduire l'ensemble plus tard.

1er TYPE : … Eddie… de gros ennuis…
2e TYPE : J'aimerais pas être à sa place.
1er TYPE : Et il a le…
2e TYPE : Ming va le retrouver.
1er TYPE : … peut pas rester caché une éternité.
2e TYPE : Je ne comprends toujours pas pourquoi… détruire… l'endroit.
1er TYPE : Les ordres viennent de Hong-Kong.
2e TYPE : … pas laisser de traces ?
1er TYPE : Exact.
2e TYPE : Les autres, où est-ce que… ?
1er TYPE : On les a déplacés. Certains vont rentrer à Hong-Kong. Les scientifiques passés à l'Ouest auront de nouveaux postes ailleurs.
2e TYPE : … patelin paumé au fin fond de l'Arkansas… (*rires*)
1er TYPE : (*rires*)
2e TYPE : T'as bientôt fini ?
1er TYPE : Oui. Voilà. Il faut que tu règles les minuteurs.
2e TYPE : Dix minutes ? Qu'est-ce que tu en penses ?
1er TYPE : Cinq. Non, règle-les plutôt sur huit. Juste au cas où nos bagnoles ne voudraient pas démarrer. (*rires*)
2e TYPE : (*rires*)
1er TYPE : Alors, tu sais pas où Eddie… se cacher ?

2e TYPE : Non. En tout cas, je crois savoir où il sera… LAX demain.
1er TYPE : Comment tu es au courant ?
2e TYPE : J'ai participé aux préparatifs, avant que Ming me dise de fermer la boîte.
1er TYPE : Tu as parlé à… ?
2e TYPE : Non, c'est Eddie. J'ai organisé le vol. Ce n'est pas facile de traiter avec les Russes.
1er TYPE : Il vient de Russie ?
2e TYPE : Non, de Hong-Kong. Eddie va… rencontrer… à LAX… American Airlines… ou envoyer quelqu'un…
1er TYPE : … récompense, tu sais ? Ming l'a dit.
2e TYPE : Je sais, je sais. Finissons d'abord ce travail. Ensuite, peut-être qu'on pourra aussi aller attendre cet avion demain. Si on suit le Russe, on retrouvera Eddie.

Les deux hommes commencent à rassembler leur matériel. À vue de nez, ils ont fabriqué huit explosifs. Je récupère le câble optique, l'enroule et le range dans mon sac à dos.

L'un d'entre eux sort et prend un escalier voisin pour monter au premier, tandis que l'autre place deux ou trois charges dans le laboratoire.

Ils vont faire sauter la boîte ! Jon Ming a dû être mis au courant de la trahison des frères Wu et ordonner la fermeture de GyroTechnics. À la manière forte.

J'ai peut-être intérêt à mettre les voiles maintenant, pendant que les deux incendiaires posent leurs engins de destruction dans le bâtiment. Je sors par là où je suis entré. Cela me prend trois minutes pour sauter par-dessus la clôture, filer entre les arbres et rejoindre la Murano.

Six minutes et 20 secondes plus tard, je vois la Corvette et la Porsche déboucher du chemin de gravier, s'engager dans Norman Place, puis passer devant moi en descendant la colline. Je démarre, fais demi-tour et les prends en filature.

Pile-poil à l'heure prévue, une formidable explosion retentit dans mon dos. Le sol remue comme si la terre avait tremblé.

Dans le rétroviseur, je vois le ciel nocturne se teinter d'orange et de jaune. La déflagration déclenche des dizaines d'alarmes de voiture dans les parages, et ça klaxonne à présent de tous côtés dans les collines.

Une fois en contrebas de la butte, les deux incendiaires ont disparu.

Mais, peu importe, ce sont juste des soldats. Ce qui m'intéresse, en revanche, c'est ce qu'ils ont dit à propos de cet avion qui atterrit demain à LAX. Il me faudra la transcription complète de leur conversation. Mais, à ce que j'ai cru comprendre, Eddie Wu doit retrouver à l'aéroport quelqu'un de l'Atelier.

Le Russe débarque pour finaliser la transaction concernant le système de guidage. Est-ce qu'il pourrait s'agir d'Oskar Herzog ou d'Andreï Zdrok ? Non, ce dernier n'oserait pas mettre les pieds aux États-Unis. Je laisserai Lambert s'occuper de la logistique, pour voir comment nous pouvons être à l'arrivée de ce vol.

Les sirènes se sont mises à hurler. Tandis que je bifurque dans Sunset Boulevard, deux voitures de police me doublent à toute allure, gyrophares tournoyants. Un camion de pompiers les talonne et klaxonne à plein tube.

Je presse mon implant.

— Frances ? Vous êtes là ?

— Je suis là, Sam.

— Lambert se trouve dans les parages ?

— Non, il dort.

— Ça vous arrive de dormir, à vous ?

— Jamais. Les Field Runners carburent au café 24 heures sur 24.

Je sors la photo volée sur le tableau d'affichage et y jette un regard tout en conduisant.

— Écoutez… Est-ce qu'on sait par hasard si Eddie Wu possède un bateau ? Un yacht, éventuellement ?

— Attendez…

— Pendant qu'elle lance sa recherche, je m'engage sur la 405 et prends la direction du sud et de Marina del Rey. Si mon intuition se vérifie, je crois savoir où Eddie se planque.

— Sam ?

— Oui ?

— Il n'y a rien dans les dossiers. Mais le dernier rapport en date de l'agent Kehoe précisait qu'il suivait une piste à Marina del Rey. Il était sur les traces d'Eddie Wu.

— Le FBI partage ces renseignements avec nous ?

— Oui, apparemment on coopère pour de bon sur ce coup-là.

— Où se trouve Kehoe en ce moment ? On peut le contacter ?

— Je n'en sais rien. Pourquoi ?

— Je pense tenir moi aussi une piste à Marina del Rey. Je roule dans cette direction.

— Attendez, je vais vérifier auprès de mon homologue au Bureau.

Je sors sur la 90 à destination de la côte, lorsque Frances reprend le contact.

— Sam, Kehoe a transmis son dernier rapport voilà deux heures. Il surveillait un bateau amarré au Pier 44, dans le port de Marina del Rey. Il est censé revenir d'ici peu.

— Est-ce qu'il a un partenaire avec lui ?

— Non.

Il y a un truc qui cloche… Les agents du FBI partent toujours en binôme dans ce genre de situation.

— Monsieur Nudelman me signale que Kehoe s'est

rendu là-bas tout seul, car le Bureau de L. A. ne pouvait pas lui fournir un autre homme ce soir, déclare Coen en répondant à ma question silencieuse.

— Kehoe m'a l'air de jouer les cow-boys, dis-je. Il pourrait se faire tuer.

— Vous voulez bien me dire à quoi vous pensez au juste ? me demande-t-elle.

— C'est simplement une intuition. Laissez-moi le temps de vérifier quelque chose et je vous recontacte.

Il est 4 h 30 du matin. J'ai le temps de dénicher le *Lady Lotus*, voir s'il y a quelqu'un à bord et revenir ensuite à l'hôtel avant que Katia se réveille.

26

Le Pier 44 se situe dans un secteur de la marina appelé Mindanao Way. Le port proprement dit fait partie de la baie de Santa Monica et constitue le plus grand bassin artificiel du monde pour les petits bateaux de plaisance. (Mon OPSAT me fournit ce genre d'informations quand je cherche le plan d'un endroit précis.)

J'apprends également que le port couvre plus de 300 hectares. Le brise-lames mesure 713 mètres de long, et le chenal principal pas moins de 3 kilomètres.

Bref, c'est l'exemple parfait d'une aire de loisirs urbaine d'envergure, parfaitement intégrée dans son environnement.

Dommage que je ne sois pas plaisancier !

Je quitte l'autoroute 90 en prenant le Lincoln Boulevard, puis j'oblique à droite dans Mindanao Way.

Je gare ensuite la Murano dans la rue et poursuis à pied jusqu'au quai. Les réverbères éclairent la marina, mais il y a de nombreux coins sombres où l'on peut circuler sans se faire voir.

En passant d'une zone d'ombre à l'autre, je me retrouve à découvert l'espace d'une ou deux secondes, mais cela ne m'affole pas. J'arrive enfin au Pier 44, un embarcadère privé qui loue des cales à ceux qui ont l'argent pour s'offrir ce genre de folies.

Le *Lady Lotus* d'Eddie est un yacht Eagle/Wesport de 30 mètres. J'aperçois de la lumière dans le salon et la cambuse : il y a quelqu'un à bord. Aucun signe de l'agent Kehoe, en revanche.

— Frances, vous êtes toujours là ?

— Oui, Sam.

— Envoyez-moi les plans d'un yacht Eagle/Wesport de 30 mètres.

Au bout de quelques instants, elle me demande :

— Vous connaissez l'année ?

— Deuxième moitié des années 1990, je dirais.

— J'en ai trois à vous faire parvenir.

Je parcours les plans un à un, puis me décide pour le modèle 1996 à moteur diesel couplé : la copie conforme du *Lady Lotus*.

Au cas où je douterais encore qu'on puisse s'enrichir en appartenant à une triade, j'en ai la preuve sous les yeux. J'ignore combien peut coûter un bateau pareil, mais cela doit se situer dans les plusieurs dizaines de millions de dollars. Un beau joujou. Et tout ce qu'il y a d'intime aussi. Un pont promenade fait le tour du yacht, mais l'espace habitable se situe à l'intérieur.

Le plan m'indique que le bateau comprend trois cabines de luxe, trois cabinets de toilette, un très vaste salon, une cambuse de taille non négligeable et un confortable poste de pilotage.

Voyons si je peux grimper à bord sans faire tanguer l'embarcation et alerter les occupants… La seule manière d'y parvenir consiste à traverser la passerelle depuis le quai jusqu'au pont.

Je m'apprête à le faire le plus discrètement possible, quand quelqu'un surgit du pont inférieur… Un malfrat, dont le travail consiste à garder un œil sur le port.

Le type est sans aucun doute armé. Je m'abaisse dans un coin sombre, tandis qu'il balaie la jetée du regard jusqu'à ce qu'il soit persuadé qu'il n'y a personne. Puis il allume une cigarette et se met à flâner sur le pont promenade à une allure de tortue.

J'attends qu'il se trouve de l'autre côté du bateau, masqué par la cabine de pilotage, et je me faufile en souplesse sur la passerelle, puis sur le pont. Comme le guetteur fait le tour du yacht, il risque de mal interpréter le moindre bruit suspect.

Je me déplace vers l'arrière et m'accroupis, prêt à bondir sur le vigile, tandis qu'il revient vers la poupe. Je l'entends s'approcher… encore… encore… et c'est alors que je me lève pour lui asséner un solide coup de poing dans le nez. Il n'a pas le temps de dire quoi que ce soit que je plonge en avant et plaque ma main sur sa bouche, passe derrière et lui bloque le cou avec mon bras libre. La clé d'étranglement met une trentaine de secondes à le rendre inconscient. Dès qu'il s'affaisse dans mes bras, je l'allonge en silence sur le pont.

Comme le salon est allumé, ses occupants ne peuvent pas voir ce qui se passe au-dehors. Les hublots sont teintés, si bien que je ne distingue moi non plus pas vraiment ce qu'ils fabriquent à bord.

Pour corriger cet inconvénient, je ressors mon câble optique et le glisse dans la passerelle menant au pont inférieur. Je n'ai pas besoin de trop la faire descendre pour voir la totalité du salon.

Spacieux, il englobe canapé, table à manger, sièges rivetés, télé et chaîne hi-fi, et même une cible pour jouer aux fléchettes sur la cloison.

Mais une bâche de plastique recouvre le plancher, au centre de laquelle gît un homme avec les mains ligotées dans le dos. Il est étendu sur le flanc, les genoux repliés sur sa poitrine, le visage maculé de sang.

Je devine qu'il s'agit de l'agent Kehoe… totalement immobile.

Assis dans un fauteuil, Eddie Wu contemple sa victime. Il porte des gants de cuir et un tablier éclaboussé du sang de Kehoe. Deux autres truands chinois se tiennent debout de part et d'autre du malheureux désormais sans défense.

— On connaît maintenant le sort subi par Kehoe, me dit Lambert dans l'oreille.Coen a dû le réveiller. Ils peuvent bien sûr voir les images retransmises par mon casque.

— Essayez de les liquider, Sam, reprend le colonel, mais il nous faut Eddie Wu vivant.

Je retire aussitôt le câble optique, puis sors une grenade au gaz CS d'une de mes poches. Ce gaz convient à merveille pour assommer l'ennemi dans un espace confiné comme ce yacht. Dans des zones plus étendues, le CS sert davantage de moyen de dissuasion, à l'instar du gaz lacrymogène. Le Troisième Échelon nous fournit aussi un CS de type mortel, mais j'en transporte rarement sauf en cas de véritable besoin.

J'attrape la grenade dans la main droite et la dégoupille… au moment même où une balle cingle l'air en sifflant à deux doigts de mon visage. Je sens la chaleur du projectile sur l'arête de mon nez…

Il s'en est fallu de peu !

La balle traverse le verre teinté du hublot et alerte les hommes à bord de ma présence. Je tombe à plat ventre sur le pont, tandis qu'une autre balle passe au-dessus de moi à toute vitesse. Quelqu'un dans la marina me tire dessus au petit bonheur la chance !

— Bon sang, d'où il peut bien sortir ? dit Lambert. Il a complètement échappé à notre satellite. Les images qui nous parviennent maintenant révèlent la présence d'un seul tireur embusqué. Je répète, Sam, il y a un tireur embusqué.

Avant que je puisse mettre au point une tactique de défense, les deux Chinois armés apparaissent sur le pont. Ils possèdent des semi-automatiques, qu'ils sont trop heureux de pointer sur le type en uniforme bizarre étendu à leurs pieds.

La seule chose qui me reste à faire, c'est de balancer la grenade CS dégoupillée dans les airs, juste sous leurs yeux. Je me recroqueville en boule et me couvre la tête, pendant l'explosion de ce foutu engin.

Les deux types hurlent de douleur et de surprise. L'un d'eux bascule par-dessus bord et se cogne la tête contre le quai en tombant à l'eau. L'autre trébuche en arrière sur la passerelle qui mène au salon.

Je ressens les effets du gaz et j'ai du mal à ramper sur le pont pour rejoindre l'autre côté du bateau. Au moins, le sniper ne pourra pas m'atteindre là-bas. Je prends le temps de respirer l'air frais, de recouvrer mes idées et d'ignorer les bourdonnements dans mes oreilles.

Je me redresse enfin, j'abaisse mes lunettes et passe en mode vision thermique.

Avec une extrême précaution, je jette un regard sur le pont avant et j'observe la marina. J'aperçois distinctement le contour des épaules d'un homme accroupi derrière une série de barils entreposés sur le quai.

Il tient un fusil, sans doute un modèle tactique pour tireur embusqué, et il est prêt à s'en resservir. Je dégaine le 5-7 et le mets en joue, mais l'homme me tire dessus, m'obligeant à me mettre à l'abri.

J'entends alors des pas sur la passerelle de débarquement : quelqu'un descend du yacht en courant vers le quai.

Quelques secondes s'écoulent et je vois le type filer en direction de Mindanao Way. C'est Eddie Wu qui abandonne le navire. Je peux sans problème le viser depuis l'endroit où je me tiens couché.

La balle provoque des éclats de bois sous ses pieds, sans l'atteindre pour autant. Wu disparaît au détour du quai, mais je ne peux absolument pas le pourchasser. Pourquoi le sniper ne lui tire-t-il pas dessus ? Le tueur est peut-être dans le camp de Wu…

Impossible pour moi de m'avancer vers l'embarcadère, à cause du tireur embusqué. Et puis le gars n'a pas l'air de vouloir s'en aller. Je n'ai donc pas d'autre choix que de sortir une grenade à fragmentation de mon sac à dos. C'est la dernière… j'aurais dû me réapprovisionner hier quand j'étais avec Lambert et Coen.

C'est, entre autres, ce qui pose problème quand on rentre de mission en faisant un détour. On ne suit pas toujours la procédure habituelle de débriefing et de ravitaillement.

Cette grenade a intérêt à fonctionner ! Je la dégoupille, me lève, et la lance par-dessus le yacht en direction des barils. Le sniper en profite pour faire feu sur moi, et la balle atteint le haut de mon sac à dos. Par chance, je suis juste en train de m'accroupir… Une demi-seconde plus tard, et j'étais un homme mort.

La grenade explose, et un éclair aveuglant illumine brièvement la jetée. J'attends dix bonnes secondes avant de regarder du côté du pont avant. Rien. Avec mes lunettes en mode vision nocturne, je constate que les barils sont en miettes et qu'il y a un trou dans le trottoir en planches, mais aucun sniper en vue.

— Vous voyez le tireur sur l'image satellite ? dis-je en pressant mon implant.

— Négatif, répond Coen. Soit vous l'avez touché, soit il est parti se mettre à l'abri.

— Et Wu ? Ne me dites pas que vous l'avez perdu.

— J'ai bien peur qu'il se soit fondu dans la circulation.

— Génial…

Je me lève et marche prudemment sur le pont jusqu'à

la passerelle menant à bord. Le vigile chinois qui a pris la grenade CS dans la figure est étendu, mort, sur la bâche en plastique, à côté de Kehoe.

Je m'agenouille et examine l'agent du FBI : ils l'ont sérieusement amoché. L'intérieur de sa bouche a subi de gros dégâts. Qu'est-ce qu'ils lui ont fait ? Je remarque alors les pinces ensanglantées posées par terre, près du fauteuil où Wu était assis.

Je ne peux réprimer une grimace en découvrant au moins trois dents de Kehoe un peu plus loin, les racines arrachées et déchiquetées. Et… oh ! non… la langue de l'agent sur le plastique, à côté de sa tête. Le malheureux a saigné à mort.

J'avise une bouteille de bourbon sur la table. Je ne peux m'empêcher de la saisir et d'en boire une gorgée. De toutes les horreurs que j'aie pu voir dans mon job, celle-ci se classe sans doute dans le Top 10.

Je presse mon implant :

— Frances ?

— Sam ?

— C'est la merde… Dites au FBI qu'ils ont torturé Kehoe à mort.

— À quel endroit ?

— Pier 44, Marina del Rey. Je suis sur le yacht *Lady Lotus*. Ils l'ont sacrément arrangé.

— Et vous, ça va ?

— Oui, pas de problème.

Je suis un peu secoué après l'attaque du sniper, mais Kehoe est dans un tel état que je ne vais pas me plaindre.

— Je préviens tout de suite le Bureau.

Elle m'annonce ensuite que le FBI va venir récupérer son agent et nettoyer les dégâts.

Il faut que je disparaisse au plus vite. En remontant sur le pont, je balaye la jetée du regard avec mes lunettes en mode vision thermique… Aucune trace du tireur embusqué. Les flics seront là d'une minute à l'autre, à cause du vacarme des grenades.

Je file sur la passerelle d'embarquement et me précipite vers les barils fracassés. Tout en inspectant la promenade en planches, afin de trouver n'importe quel indice susceptible de me renseigner sur l'identité de mon sniper, je déniche trois douilles.

J'en prends une et reconnais le calibre : le 7,62 mm des Casques bleus, couramment utilisé dans les fusils à lunette. Cela me dit quelque chose, mais pour l'instant je n'arrive pas à mettre le doigt dessus.

Je glisse la douille dans ma poche et m'empresse de quitter la marina avant l'arrivée de la cavalerie… tout en paniquant un peu à l'idée d'être la cible d'un sniper sacrément doué.

27

Dans sa longue carrière de criminel international, Andreï Zdrok avait connu moult succès et échecs. Et, s'il conservait son statut d'homme extrêmement riche, les hauts et les bas de sa profession le plongeaient constamment dans des états d'angoisse et d'inquiétude. À tel point qu'il s'étonnait souvent de n'avoir jamais eu d'ulcères.

Pour ses camarades, Zdrok excellait à afficher une assurance à toute épreuve, quels que soient les chambardements subis par l'Atelier. Ce trait de caractère était essentiel pour un meneur d'hommes. Ses codirigeants – Prokofiev, Antipov et Herzog – n'ignoraient pas les difficultés auxquelles leur organisation avait dû faire face au cours de l'année écoulée et envisageaient l'avenir avec un mélange de désespoir et de fatalisme. Mais pas Zdrok. Il continuait à entraîner son équipe vers des horizons et des partenariats tout nouveaux, afin de réinstaller l'Atelier sur le devant de la scène. Zdrok savait que ses collègues le percevaient comme un esclavagiste grincheux et dépourvu d'humour, mais c'était justement cette pression-là qui maintenait l'Atelier en vie.

Et au moment où l'organisation était de nouveau sur pied en Extrême-Orient et même en passe de s'imposer dans le trafic d'armes, voilà qu'elle subissait une nouvelle défaite. De toute évidence, les Dragons chanceux n'étaient plus ses alliés. La NSA, la CIA et le FBI passaient au crible le QG asiatique de l'organisation, sans parler de l'ingérence d'Interpol, de la police hongkongaise, de l'agence Chine nouvelle, du GRU[1], du MI6 et d'innombrables services de renseignements et de maintien de l'ordre venus des quatre coins du monde.

Bref, l'Atelier se retrouvait à nouveau en cavale.

Zdrok avait vidé son appartement sur le Peak et disparu avant que les autorités ne viennent le débusquer. La boutique d'antiquités de la rue des Chats s'était transformée en une scène de crime totalement inaccessible. La triade qui l'avait protégé lui tournait désormais le dos.Le Bienfaiteur demeurait son seul ami, et Zdrok se réfugia chez lui.

***

Zdrok accepta le verre de bourbon que lui tendait le Bienfaiteur et le remercia de son hospitalité.

— Ne vous inquiétez pas, Andreï, lui dit l'homme. Vous avez connu de pires déconvenues. Cela ne va pas durer, et entre-temps nous aurons quitté Hong-Kong.

— Pour aller en Chine… autant dire de Charybde en Scylla.

— Jolie expression, Andreï. Vous maîtrisez mieux notre langue.

— Mais mon chinois est nul. Je ne sais même pas de gros mots en mandarin !

— Vous les apprendrez assez tôt, mon ami.

Zdrok considéra son allié avec attention. Leur relation était si improbable. Qui aurait songé que l'Atelier tirerait profit d'un homme ayant autant de contacts parmi les ennemis de l'organisation ?

---

1. *Glavnoye Razvedyvatel'noye Upravleniye* : service de renseignements militaire de la Russie.

— Vous avez déjà eu des échos de la police ? s'enquit-il.

Le Bienfaiteur secoua la tête.

— Guère plus depuis hier soir. Elle sait que le magasin d'antiquités servait de couverture à l'Atelier. Les policiers ont sans doute mis en pièces vos ordinateurs et perquisitionné l'annexe située dans les Nouveaux Territoires. Ils sont à vos trousses, mais ne vous trouveront pas. Et puisque monsieur Herzog a pu s'échapper en toute sécurité, ça leur fait une personne de moins à poursuivre. Quand arrive-t-il en Amérique, au fait ?

— Demain.

— Espérons pour nous qu'il ait récupéré le système de guidage de ce type de la triade et le ramène en Chine en un seul morceau.

— Comme c'est formulé avec tact ! observa Zdrok. Si Herzog échoue, alors l'Atelier est mort à jamais. Je pourrais aussi bien m'en aller en Sibérie, dénicher un sympathique iceberg et m'y laisser mourir de froid.

Il prit une gorgée de bourbon et demanda :

— Qu'est-ce que pense votre ami de Washington à propos de tout ça ?

Le Bienfaiteur décocha un regard noir à Andreï.

— Laissez mon ami de Washington en dehors de cette affaire. Sachez juste que notre allié est tout à fait conscient de la situation et la surveille de près. Si nous avons besoin d'aide, alors notre ami nous en fournira.

Zdrok se demandait souvent quel pouvait bien être le contact du Bienfaiteur au sein du gouvernement américain. Cette personne avait de puissantes relations. C'était grâce à cet « ami » que Mike Wu avait pu devenir Mike Chan et obtenir un emploi au cœur de la NSA.

— Avez-vous déjà reçu des nouvelles de Putnik ? demanda le Bienfaiteur.

— Non. Je peux simplement supposer qu'il a localisé

Fisher et prépare un plan pour rayer cet individu de la face du monde.

— Putnik est le meilleur dans sa partie : il va réussir.

Zdrok se leva, son verre en main, et regarda par la fenêtre de la chambre d'hôtel du Bienfaiteur tout en s'efforçant d'admirer les gratte-ciel de Hong-Kong.

— Vous réalisez ce que sera la réaction du général Tun s'il ne reçoit pas le système de guidage ?

— Oui.

Zdrok se tourna vers son ami et déclara :

— Il va nous écraser. Il préviendra les autorités chinoises de notre présence et nous serons alors condamnés. Pas seulement moi. Vous aussi, vous savez.

— J'en ai conscience. Beaucoup de choses dépendent de cette transaction, Andreï.

— Le général se plaint déjà du retard. Voilà plusieurs jours qu'il devrait avoir le système entre les mains. Les VSMA sont construits et prêts à fonctionner, précisa Zdrok en faisant volte-face vers la fenêtre. J'ai hâte de les voir à l'œuvre. Ce sont des armes formidables. Si elle démarre enfin, l'Opération Barracuda va prendre le monde entier par surprise. Quand on découvrira que c'est l'Atelier qui a négocié la transaction pour créer ces engins, nous tiendrons à nouveau le haut de l'affiche. Oui, beaucoup de choses dépendent de cette transaction. C'est le moins qu'on puisse dire…

***

Dans un autre quartier de Hong-Kong, Jon Ming s'éveillait dans sa vaste chambre à coucher et se sentait lui aussi angoissé. En revanche, il ne craignait pas les forces de l'ordre. Sa maison, une demeure fortifiée située au sud de la frontière entre Kowloon et les Nouveaux Territoires, se révélait peut-être la résidence privée la plus sûre de toute l'ancienne colonie. Entourée d'une clôture électrifiée et surveillée en permanence par quatre vigiles armés qui se relayaient… Non, ce n'était pas la sécurité qui inquiétait le Cho Kun. Comptant parmi les hommes les plus puissants de Hong-Kong, il échappait à la justice, était respecté des politiciens et des magistrats… À vrai dire, il pouvait même *leur* donner des ordres.

Ce qui tracassait Jon Ming relevait à la fois de la vie privée, de la politique et de sa conception de la *nation*. Taïwan demeurait sous la menace de la Chine communiste. Fidèle à son rôle de chef de triade, Ming s'opposait farouchement au gouvernement de Pékin. À ses yeux, comme à ceux de toutes les triades du monde, l'idéologie communiste constituait une véritable monstruosité.

Les triades possédaient une tradition nationaliste ancestrale. Dans les temps anciens, ces sociétés secrètes s'étaient formées en vue d'apporter un changement de régime. Et, aujourd'hui encore, elles croyaient toujours en une Chine dirigée par un empereur, car seul un État capitaliste permettait l'existence d'une entreprise criminelle comme la triade.

Jon Ming avait entendu parler du général Lan Tun. L'individu était l'équivalent de ces va-t-en-guerre ultraconservateurs que l'on croisait couramment dans l'armée américaine actuelle. En outre, Tun était borné et regardait de haut les Taïwanais, les considérant comme des êtres inférieurs aux Chinois communistes du continent, même s'ils appartenaient à la même race. Le fait que Taïwan se soit débrouillé pour rester indépendant de la Chine depuis tant d'années l'irritait au plus haut point, et il ne mâchait pas ses mots quant à la meilleure manière de remédier à la situation. Bref, le général Tun allait bientôt mettre ses menaces à exécution.

Toutefois, le Cho Kun avait une autre raison personnelle de s'opposer à l'officier belliciste. La mère de Jon Ming était taïwanaise et vivait en maison de retraite à Taipei. En dépit de sa fragilité physique, elle demeurait en pleine possession de ses facultés mentales. Ming lui parlait souvent et lui avait promis de déplacer un jour son « entreprise » à Taïwan. Il savait que c'était peu probable, mais s'imaginait au moins lui donner cette illusion, afin qu'elle le croie plus près d'elle. Il souhaitait pouvoir lui rendre visite fréquemment avant qu'elle ne disparaisse à jamais.

Par conséquent, il devenait impératif d'empêcher le général Tun d'attaquer Taïwan. L'Opération Barracuda, comme l'appelaient Tun et l'Atelier, serait pour la Chine un moyen infaillible et foudroyant de conquérir Taïwan sans l'ingérence des pays occidentaux.

Ming s'en voulait à mort d'avoir contribué à une telle situation. En apprenant que l'Atelier vendait les plans détaillés et la documentation de l'Opération Barracuda au général Tun, il avait failli avoir une attaque. Comment l'Atelier pouvait-il trahir la triade après tout ce que Ming avait fait pour permettre à l'organisation de se réimplanter à Hong-Kong ? Ming maudissait Andreï Zdrok et se jurait de détruire l'Atelier.

Cependant, il avait été contraint de fermer GyroTechnics, la société d'innovation technologique de la triade, installée aux États-Unis. C'était en l'occurrence une attaque préventive en vue de casser la vente de la dernière partie du travail du Pr Jeinsen au général Tun. Le système de guidage du VSMA représentait la pièce majeure du puzzle, et les Dragons chanceux l'avaient presque involontairement déposée entre les mains de l'ennemi mortel de la triade !

La colère de Ming se focalisait désormais sur les frères Wu de Los Angeles. L'un d'eux se trouvant sous les verrous, on n'entendrait probablement plus jamais parler de lui. Nul doute qu'il s'était mis à table et divulguait aux autorités la nature de ses liens avec les Dragons chanceux. L'autre frère se cachait quelque part dans L. A. et détenait le fameux système de guidage. Ming avait donné l'ordre aux Dragons encore présents en Californie du Sud de débusquer Eddie Wu et de récupérer le dispositif, avant que le traître ne puisse le vendre à l'Atelier.

Nul doute que Zdrok avait d'ores et déjà envoyé un sous-fifre en Californie pour en prendre possession.

Si les hommes de Ming ne parvenaient pas à empêcher l'échange, alors il faudrait envisager de rassembler une petite armée de triades fidèles en vue de vaincre le général Tun avant qu'il ne lance l'attaque sur Taïwan.

Le plus ironique de l'histoire : grâce à l'Atelier et au marché d'armes passé avec la triade, les Dragons chanceux pouvaient tout à fait battre une armée chinoise ! Ming savait que ses hommes étaient de farouches et loyaux guerriers. Ils lui obéiraient au doigt et à l'œil. Ming était le Cho Kun ! Pas plus tard que la nuit dernière, une cérémonie initiatique s'était déroulée dans l'une des nombreuses loges disséminées dans l'ex-colonie.

Les trois nouvelles recrues avaient prêté serment avec leur sang pour défendre les préceptes des Dragons chanceux. Ils n'étaient pas comme leurs homologues des quartiers chinois californiens. La société étasunienne avait corrompu les frères Wu, qui avaient trop facilement trébuché dans la traîtrise. Les Dragons chanceux autochtones n'auraient jamais agi ainsi.

Quoi que le Cho Kun puisse exiger d'eux, ils l'accompliraient le mieux possible. Et si cela impliquait un combat mortel, ils n'hésiteraient pas un seul instant.

28

Tandis que je roule en direction de l'hôtel, Lambert s'adresse à moi dans mes implants.

— Sam ?

— Oui ?

— On a des informations sur les vols American Airlines en provenance de Hong-Kong et à destination de LAX. Le premier vol arrive sur le coup de 3 heures de l'après-midi. Il y en a un autre à 5 heures. Nous avons la liste des passagers, mais rien qui puisse déclencher l'alerte rouge.

— N'importe qui peut utiliser un pseudo, dis-je. Et les vidéos de sécurité au départ de Hong-Kong ?

— On ne les a pas encore reçues. Il faut remplir pas mal de paperasse pour mettre la main dessus. On devrait les avoir au moment où les vols atterriront. Je veux que vous alliez attendre l'arrivée du premier avion. Si vous faites chou blanc, restez dans le coin pour le second.

— Pas de problème, colonel.

Il me communique ensuite les détails précis concernant la compagnie et les vols, avant d'ajouter :

— Pour le moment, vous pouvez aller vous reposer.

— J'aimerais vous faire passer cette douille pour

analyse. Je crève d'envie de débusquer le salopard qui m'a tiré dessus.

— Glissez-la dans une enveloppe au nom de Frances Coen que vous déposerez à la réception de votre hôtel. Elle y fera un saut dans la matinée pour la récupérer avant notre départ pour Washington.

— Vous quittez aujourd'hui ?

— Oui, nous devons rentrer. Mike Wu est emprisonné au secret, et on n'a plus besoin de vous tenir la main !

— J'espère bien.

Le soleil se lève à peine quand j'arrive au Sofitel. Je laisse les clés de la Murano au voiturier, pénètre dans le hall et demande au concierge du papier et une enveloppe. J'y glisse la douille, note le nom de Coen au recto, cachette le pli et le remets à la charmante réceptionniste.

Puis je monte dans ma chambre où j'entre en catimini. Le lit est vide et défait, mais j'entends une voix féminine chantonner dans la salle de bains.

— Katia ?

La porte s'ouvre, et ma prof de *krav maga* apparaît en tenue d'Ève, plus jolie que je ne saurais la décrire.

— Waouh ! C'est Aphrodite en personne !

— Laisse-moi deviner… toi, c'est Apollon ? réplique-t-elle avec un étonnement feint. Mars ? Zeus ?

— À toi de choisir…

Elle s'avance vers moi d'un pas nonchalant et m'aide à retirer mon uniforme. Elle remarque l'impact de balle sur le haut du sac à dos et arque un sourcil.

— Sam ?

— Ne t'inquiète pas, dis-je dans un murmure en la prenant par la nuque pour m'approcher davantage. Tout va bien.

Et je l'embrasse.

***

Nous nous endormons après deux heures de sexe intense. À mon réveil, la pendule m'indique qu'il est près de 11 heures. Comme j'ai sauté le petit-déjeuner, je meurs de faim. Katia remue à mes côtés et doit penser la même chose, car ses premières paroles sont :

— Où sont les œufs et les toasts ?

Je lui suggère de partir à la découverte du monde extérieur pendant un petit moment, puis de dénicher éventuellement un endroit sympa pour bruncher et peut-être même de s'accorder une petite heure de shopping. J'exprime également mon envie de lui offrir quelque chose.

— Tu n'y es absolument pas obligé.

— Je sais bien. Vouloir et devoir sont deux notions distinctes. Mais en l'occurrence, j'en ai envie *et* je dois le faire. En outre, il faut que je sois à LAX à 3 heures.

Elle écarquille les yeux :

— Tu t'en vas ?

— Non, je dois aller chercher quelqu'un à l'aéroport.

— Oh !… Alors, tu reviens après.

— Absolument.

— O.K. Dans ce cas, on n'a pas trop de temps.

Nous prenons la douche ensemble, en nous savonnant mutuellement… et en résistant à la tentation de remettre le couvert. Elle passe 10 minutes dans la salle de bains à se pomponner. Je la vire ensuite pour me raser, tandis qu'elle monte se changer dans sa chambre. Un quart d'heure plus tard, nous nous retrouvons dans le hall. Pour gagner du temps, on décide d'aller au restaurant de l'hôtel, la Brasserie Gigi. L'établissement propose de la cuisine française, avec un vaste éventail de plats pour le petit-déjeuner et le déjeuner. On commande alors des œufs et l'on partage une assiette de fruits, de fromages et de pain. Le café et les jus de fruits sont savoureux, et nous nous accordons à penser qu'on a fait le bon choix.

— On va faire un tour au Beverly Center, dis-je. Tâchons de te trouver quelque chose qui te fasse plaisir, que les femmes aiment s'offrir. Des chaussures ? Un bijou ? De la lingerie ?

Elle me donne un léger coup de pied sous la table en rétorquant :

— La lingerie, ce sont les hommes qui aiment l'offrir.

— O.K., allons en acheter alors !

Pendant le repas, je ne peux m'empêcher de surveiller constamment les alentours. Suis-je un peu trop parano ? Avec ce sniper qui court toujours, impossible de savoir à quel moment il va se repointer. Si je représentais sa cible principale, comment savait-il que je me trouverais à la marina ? Impossible. Il était forcément aux trousses d'Eddie Wu. Peut-être que la triade l'avait envoyé là-bas éliminer Wu parce qu'il avait retourné sa veste. Et je me trouvais par hasard sur son chemin. Cela me paraît une explication des plus logiques et, plus je la ressasse, plus j'y crois. Je suis entraîné pour détecter le moindre danger et, là, en ce moment, mon radar interne ne bipe pas.

Du coup, je me sens plus tranquille pour sortir en public avec Katia. Mais on n'est jamais trop prudent… Je vais quand même veiller à ce qu'on s'en tienne aux endroits clos, qu'on évite de marcher dans la rue et qu'on passe notre temps dans les magasins.

Une fois le repas achevé, je règle la note et jette un regard à l'extérieur, pendant que Katia est aux toilettes. La circulation est normalement dense pour une mi-journée en milieu de semaine. Katia me rejoint ensuite, sourire aux lèvres, et nous sortons dans la rue. Je la prends par la main, tandis qu'on tourne à l'angle du bâtiment.

On attend que le feu change de couleur avant de traverser le boulevard. Comme je l'ai déjà dit, je déteste les centres commerciaux, je ne les supporte pas. Mais, bizarrement, quand j'entre dans celui-ci avec Katia, c'est différent.

Je me retrouve soudain dans la peau de l'Américain de base qui n'a pas à se soucier quotidiennement de la sécurité nationale, du contre-espionnage et du terrorisme. En fait, je pourrais facilement passer pour n'importe quel type qui fait ses courses avec sa femme, uniquement préoccupé par le crédit de la voiture et les impôts à payer, les enfants se trouvant à l'école ou en compagnie de la baby-sitter.

Au secours...

Je m'empresse de chasser ces pensées de ma tête et me concentre sur mon envie de faire plaisir à Katia. Nous entrons chez Adrienne Vittadini, et elle passe un certain temps à regarder les vêtements. Ensuite, direction Banana Republic, et elle passe un certain temps à regarder... les vêtements. Puis elle décide d'aller chez Macy's voir *encore* des fringues... J'en profite pour faire un saut chez Niessing, où je jette un œil sur les bijoux. Il y a des années que je n'ai pas ressenti une telle envie de claquer du fric, alors je lui achète un collier de perles tout à fait original. Il y en a des noires, des blanches, des grises et des jaune or. Je me déleste d'une jolie somme au passage, mais n'hésite pas un instant : Katia le mérite. Je demande un paquet-cadeau et me sens soudain tout exalté. Ça fait un bail que ça ne m'est pas arrivé et j'ai presque oublié ce que cela faisait ! Suis-je en train de tomber amoureux ? Est-ce juste un coup de cœur ? Un peu des deux ?

Oh ! et puis zut ! Arrête de couper les cheveux en quatre et vis le moment présent ! J'ai vécu trop longtemps pour savoir qu'il valait mieux ne pas tenter de prévoir l'avenir. Une chose est certaine : je me sens extrêmement bien et suis heureux de lui offrir ce cadeau.

Je la retrouve chez Macy's au rayon « chaussures » et lui tends le présent. Elle hurle presque en découvrant le contenu du paquet. Je l'aide à passer le collier, et elle me serre dans ses bras en m'embrassant avec fougue, là, au beau milieu du magasin. Une cliente d'un certain âge marmonne : « Oh ! comme c'est adorable ! » et je crois que je devrais être gêné, mais ce n'est pas le cas du tout.

Katia est radieuse quand on quitte Macy's. Le cadeau lui a coupé le souffle et elle en oublie presque le shopping ; alors, on se balade tranquillement dans la galerie en faisant juste du lèche-vitrine. Comme il me reste un peu plus d'une heure avant de partir pour LAX, je suggère que nous rentrions à l'hôtel. Elle trouve mon idée excellente.

On descend par le grand escalier roulant qui donne dans la rue et, avant de traverser Beverly, je la retiens une seconde, le temps de regarder alentour.

— Qu'est-ce qu'il y a ?

— Je suis prudent, c'est tout, dis-je. C'est dans ma nature.

— Tu fais vraiment un boulot dangereux pour le gouvernement.

C'est une affirmation, non pas une question.

— Évitons d'en parler, Katia.

Alors que nous commençons à traverser le boulevard, je balaye des yeux les bâtiments qui se dressent devant nous. La piscine de l'hôtel se situe sur la terrasse de l'immeuble qui jouxte le Sofitel, et j'aperçois quelque chose qui miroite sur le bord. Le soleil réfléchit un objet métallique et, un bref instant, je songe au sniper. J'attrape Katia et la tire en arrière.

— Sam ! hurle-t-elle, tandis que je la bouscule un peu trop brusquement pour la mettre à l'abri, près de l'escalator. Mais enfin, qu'est-ce qui te prend ?

— J'ai cru… voir quelque chose.

Mon cœur bat la chamade tandis que je lève de nouveau la tête vers la terrasse. Puis je me rends compte que c'est juste un gamin en lunettes de soleil qui joue avec un pistolet à eau. J'étouffe un juron et lui présente mes excuses.

— Tu m'as fait drôlement peur, avoue-t-elle.

— Ça ne se reproduira pas, dis-je.

Mais je sais évidemment que ce n'est pas vrai. Ça se reproduira encore et toujours. Subitement, tous mes doutes et toutes mes craintes de m'engager dans une relation refont surface. J'ai mis Katia en danger simplement en l'accompagnant. C'est nul. Tout mon enthousiasme de ces dernières heures s'évanouit en un clin d'œil. Une fois de plus, je me referme dans ma coquille et j'appréhende déjà de devoir lui annoncer que nous devons mettre un terme à notre relation. Mais je peux repousser l'échéance jusqu'au retour dans le Maryland. Inutile de gâcher ses vacances. Et ma dernière heure en sa compagnie. On se dira : « À bientôt »... et j'attendrai un meilleur moment pour rompre. Ainsi, chacun de nous pourra retrouver sa vie privée et faire son deuil.

— Viens, tâchons de retraverser cette rue, tu veux ? dis-je en la prenant par le bras.

Elle rit en répliquant :

— La pratique est la clé du succès, à ce qu'on dit !

Alors qu'on attend au coin de Beverly et de La Cienega que le feu pour les piétons passe au vert, je réalise soudain que toutes les choses autour de moi se déroulent au ralenti. Katia se tourne vers moi pour m'embrasser. Au même instant, la circulation reprend dans La Cienega, tandis que je remarque du coin de l'œil une camionnette blanche qui traverse le carrefour bien trop lentement. Il y a deux hommes à l'intérieur : un au volant, bien sûr, et le passager, qui tient par la vitre ce qui ressemble à un fusil.

Bon sang, *c'est* un fusil !

Le visage de Katia me masque tout à coup la vue. Je ne peux l'en empêcher, comme ses lèvres se scellent aux miennes. D'instinct, je la repousse, tandis que les coups de feu éclatent. Le corps de Katia tressaille, alors que je la force à tomber à plat ventre. D'un bond, je me place au-dessus d'elle pour la protéger du sniper, puis me retourne pour surveiller le van. J'aperçois juste le visage de l'homme quand le véhicule traverse le carrefour à toute blinde et disparaît à l'angle du Beverly Center.

Tout devient logique à présent. Le gars n'est autre qu'Yvan Putnik, l'assassin de l'Atelier. Pas étonnant que ces douilles de 7,62 mm me disaient quelque chose.

Je virevolte et crie à Katia :

— Ça va ? Je t'ai fait mal ?

Je la retourne et constate qu'elle a les yeux grands ouverts, mais perdus dans le vague. La chute a dû la sonner, et je lui tapote un peu la joue.

— Katia, tout va bien. Ils sont partis.

Mais elle ne bouge plus. Je panique, la fais rouler sur le côté, et je comprends. La balle qui m'était destinée l'a atteinte entre les omoplates.

***

Dès cet instant, tout devient flou. Je crois me souvenir avoir poussé un cri d'angoisse. Deux piétons qui sortent de la galerie marchande proposent leur aide. Je me rappelle leur avoir dit d'appeler une ambulance.

En pareil cas, la procédure du Troisième Échelon exige que je quitte les lieux au plus vite. Je ne suis pas censé être mêlé à une affaire dans laquelle intervient la police locale, que cela se produise à l'étranger ou ici, chez moi. Je dois simplement m'éloigner et laisser les autres procéder au nettoyage après moi. Cette fois, pourtant, cela m'est impossible. Je reste agenouillé auprès de Katia que je tiens délicatement dans mes bras. Je lui ferme doucement les paupières en gardant sa tête contre ma poitrine. Je sens le nouveau collier de perles contre mon sternum et je serre sa tête encore plus fort, comme pour laisser une marque permanente sur ma peau.

— Sam ?

C'est la voix de Coen, mais je l'ignore.

— Sam, vous devez vous en aller.

Je ne peux pas quitter Katia. Elle n'est pas morte. Elle va s'en sortir. Qu'est-ce qu'elle fout, cette putain d'ambulance ?

Au tour de Lambert de brailler dans mes oreilles :

— Sam ! Foutez le camp ! C'est un ordre !

Du coup, j'ai la présence d'esprit de prendre le poignet de Katia pour lui tâter le pouls… Je n'en trouve aucun.

— Sam, vous devez vous relever, traverser la rue et rentrer à l'hôtel, me dit Lambert. Allez directement dans votre chambre et rassemblez vos affaires. Frances et moi serons là dans cinq minutes. Ne traînez pas, mon vieux !

J'écarte les boucles brunes du visage de Katia et l'embrasse tout doucement. Incapable de lui dire quoi que ce soit, je repose son corps en douceur à terre et me relève. Puis je traverse le boulevard sans me soucier des feux. Un petit attroupement s'est formé autour de Katia, et certaines personnes m'interpellent. J'entre dans l'hôtel et me dirige directement vers l'ascenseur. Sitôt dans ma chambre, je me prends la tête dans les mains et me mets à jurer. Qu'ils aillent tous au diable ! L'Atelier, les Dragons chanceux, la NSA, le Troisième Échelon, le colonel Lambert…

Mais c'est à moi-même que je réserve les pires obscénités.

29

Je suis assis, hébété, sur le siège passager de la Lexus de Frances Coen. Nous roulons en direction de LAX. Le colonel Lambert occupe la banquette arrière.

Les deux dernières heures semblent s'être écoulées presque comme si je n'avais pas été là. Je me souviens d'avoir vu Coen et Lambert venir me récupérer à l'hôtel. Lambert a insisté pour que je glisse un gilet pare-balles sous ma tenue civile, juste au cas où le sniper traînerait encore dans les parages… J'ai donc pris le temps de l'enfiler. J'ai également tenu à conserver mon sac à dos. Pas question de le leur donner. On a laissé la Murano au parking ; la NSA enverra un de ses larbins s'en occuper. D'autres bureaucrates se chargent de la police et me dégagent de toute implication dans l'assassinat de Katia. C'est le genre d'opération de camouflage où excelle le gouvernement américain. Tous les organismes à acronymes – CIA, FBI, NSA, etc. – possèdent des équipes sur place, chargées de limiter les dégâts, qui interviennent illico lors de situations sensibles comme celle-ci. À partir de maintenant, en ce qui concerne la police de Los Angeles, je n'ai jamais mis les pieds au Sofitel et ne connaissais pas Katia Loenstern. Apparemment, la malheureuse a été victime d'une balle perdue.

Après avoir donné mon sac de voyage et mon équipement à Coen, on m'a rapidement conduit à sa voiture qui nous mène à présent à l'aéroport.

Coen et Lambert ignorent ce que je peux ressentir au sujet de Katia, mais se doutent qu'il y a anguille sous roche. On roule en silence pendant un long moment – la circulation est comme toujours assez dense sur la 405 en direction du sud – jusqu'à ce que Lambert finisse par prendre la parole.

— Sam, cette femme… c'était votre petite amie ?

Au début, je ne réponds pas. Je continue à regarder par la vitre en me livrant à des jeux absurdes destinés à me vider la tête, du genre : compter toutes les voitures rouges.

— Sam ?

— Colonel ?

— Cette femme… c'était votre petite amie ?

— Pas vraiment, dis-je. C'était mon prof de *krav maga* à Towson.

— Comment se fait-il que vous vous trouviez avec elle à L. A. ?

Je hausse les épaules.

— Elle était descendue par hasard dans le même hôtel que moi.

Lambert soupire et marque une pause avant d'intervenir à nouveau.

— Sam, on sait que vous la voyiez. Et qu'elle était dans votre chambre la nuit dernière. Cela fait partie de notre boulot d'être au courant de ces trucs-là.

— Je m'en doute.

— Alors, vous n'avez rien à nous cacher.

— Pourquoi voudrais-je vous cacher quoi que ce soit ? dis-je. Si vous savez déjà tout, alors il n'y a rien à cacher.

— Sam, je suis désolé pour ce qui est arrivée à mademoiselle Loenstern. Sincèrement. Si elle représentait beaucoup pour vous, il s'avère d'autant plus nécessaire que l'on poursuive cette mission. Nous sommes à deux doigts de la boucler, Sam. On peut mettre ces gens-là hors d'état de nuire une bonne fois pour toutes.

Pour l'heure, j'ai d'autres préoccupations et je ne me sens pas d'humeur à pourchasser les gens de l'Atelier. Cela dit, j'aimerais mettre la main sur Yvan Putnik et lui enfoncer la gueule dans une cuvette de chiottes, tirer la chasse et le laisser se noyer dans sa propre merde.

— Sam, on sera à LAX dans 10 minutes. Vous êtes le seul à pouvoir accomplir ce job. Aucun autre Splinter Cell n'est disponible ; ils sont tous à l'étranger. Vous connaissez le dossier, les gens impliqués. Je comprends ce que vous devez éprouver, mais le mieux pour vous consiste à vous replonger sur-le-champ dans l'action. Ça soulagera votre esprit de…

Je lui rétorque du tac au tac :

— Qu'est-ce que vous en savez, de ce qui vaut mieux pour moi, colonel ? Vous n'avez pas la moindre idée de ce que je peux ressentir !

Lambert a l'habitude de nos prises de bec occasionnelles. Il ignore ma réaction – exagérée, j'en ai conscience – et me dit :

— C'est sans doute vrai, mais vous devez cesser de vous morfondre, Sam. Peut-être que vous avez besoin d'un congé de récupération psychologique dès qu'on aura terminé, et ensuite vous pourrez prendre de longues vacances. Vous ne serez plus dans le même état d'esprit ensuite.

Nous nous approchons des bretelles de sortie pour LAX. Lambert a raison, bien sûr. C'est juste que je ne m'imagine pas faire une croix sur Katia comme si de rien n'était. Je vais m'en vouloir à mort… et je *veux* m'en vouloir. J'en ai *besoin*. Il me faut du temps pour ça.

Par ailleurs, si venger son assassinat devient une priorité, alors je dois reprendre du poil de la bête. Je veux à tout prix trouver Putnik et les autres vermines de l'Atelier pour lequel il travaille. Me rendre à l'arrivée de cet avion en provenance de Hong-Kong, c'est la première étape qui me conduira à ce but.

— Entendu, colonel. Je suis désolé…

— Laissez tomber, Sam.

— O.K., tant que vous ne dites pas : « Laisse tomber, Sam, c'est Chinatown[1]. »

Lambert ne comprend pas l'allusion, mais Coen glousse dans son coin.

***

Le colonel termine sa communication sur son portable, tandis qu'on est sur le point de se séparer devant le terminal international de Bradley. On aura donc quelques agents du FBI sous couverture en guise de renfort. Je parie que le Bureau doit s'imaginer que je ne peux pas m'en sortir tout seul. Coen et Lambert ayant décalé leur vol pour Washington au lendemain, ils peuvent garder un œil sur moi et s'assurer que je ne pique pas une crise ou je ne sais quoi.

Je dois admettre que je me sens un peu mieux maintenant que je « travaille ». Dans la voiture, j'étais prêt à trucider quiconque ressemblait de près ou de loin à un représentant du gouvernement, y compris Lambert et Coen. Cela ne m'étonne pas de culpabiliser pour la mort de Katia. J'étais dans le même état pour Regan, alors que c'est un cancer qui l'a emportée. À l'époque, les psychologues de la NSA ne cessaient de me répéter que je n'y étais pour rien, mais bizarrement ça me faisait du bien de pouvoir porter le chapeau. Je sais pourtant que cela ne tient absolument pas debout.

---

1. *« Forget it, Jake. It's Chinatown. »* Célèbre réplique du film *Chinatown* de Roman Polanski (1974).

Quoi qu'il en soit, maintenant que je me trouve à l'aéroport et dans le vif du sujet, pour ainsi dire, j'ai les idées plus claires. Je suis tout à fait certain de pouvoir me focaliser sur le travail et j'en ai fait part à Lambert en descendant de voiture. Il a posé la main sur mon épaule en l'étreignant avec affection.

Ce simple geste valait toutes les paroles stupides de condoléances qu'il aurait pu débiter.

Les photos des services de sécurité en provenance de l'aéroport de Hong-Kong me parviennent sur l'OPSAT au moment où nous pénétrons dans l'aérogare. On prend le temps de les passer en revue, mais je veux bien être pendu si j'arrive à identifier qui que ce soit !

— Peut-être que de voir les passagers en chair et en os à leur sortie de l'avion nous aidera, suggère Lambert.

Mes accréditations de la NSA me permettent de franchir la sécurité sans problème. Le vol n'a pas de retard et atterrira dans quelques minutes. Je flâne dans la salle, observant au passage les gens qui attendent. En raison des règles de sécurité actuelles, seuls les passagers munis de billets sont autorisés à accéder aux portes, et c'est encore plus strict dans le terminal international.

Il y a donc fort à parier que les personnes présentes sont là pour embarquer sur le prochain vol et n'attendent pas des passagers à l'arrivée. En tout cas, je ne vois aucun Asiatique dans le lot.

— Sam ?

— Oui, dis-je dans un murmure.

C'est Coen. Je dois presser l'implant de mon cou avec discrétion. C'est facile de parler en public avec le portable vissé à l'oreille, mais bien moins évident d'appuyer sur sa pomme d'Adam pour converser à distance.

— Je vous mets en communication avec l'agent Firuta. Il est responsable du trio venu en renfort.

— O.K.

L'instant d'après, j'entends sa voix :

— Agent Fisher ?

— Lui-même.

— Agent spécial Gary Firuta. Nous sommes trois en tout. J'ai mis deux hommes aux bagages. Quant à moi, je suis posté en face de la douane, à l'escalator qui relie l'immigration à la réception des bagages. Si vous repérez quelqu'un qu'on doit garder à l'œil, prévenez-nous.

— Entendu.

Je me tiens au fond de la salle pour avoir une vue panoramique sur l'arrivée. Finalement, l'avion atterrit, et les passagers commencent à débarquer. Comme ils viennent de Hong-Kong, la plupart sont asiatiques, ce qui semble assez logique. Je scrute les visages à mesure qu'ils franchissent la porte et ne reconnais personne. Quand tout le monde a l'air d'avoir quitté l'avion, voilà qu'apparaît un homme d'un certain âge d'origine occidentale. Il marche avec une canne et transporte une serviette.

Il a les cheveux blancs et une moustache taillée avec soin, ainsi qu'une barbe. Quelque chose chez lui m'est familier. *Je l'ai déjà vu.*

Je le prends aussitôt en photo avec mon OPSAT, qui ne quitte pas mon poignet, même quand je suis en civil.

Le vieil homme rejoint lentement la zone de transit, consulte les panneaux, trouve la direction des services d'immigration et poursuit dans cette direction.

Je lui emboîte le pas à distance respectueuse et j'en informe l'agent du FBI. Dans le même temps, je me creuse la cervelle en cherchant à me rappeler où j'ai bien pu voir cet individu.

Les files d'attente à l'immigration sont longues. Je passe de l'autre côté. Le vieil homme fait la queue sagement et ne semble pas présenter la moindre menace. Comme j'ai du temps à tuer, j'en profite pour faire apparaître son image sur l'écran de l'OPSAT afin de mieux l'examiner.

Je zoome, me focalise sur ses yeux, son nez, sa... barbe ! Oskar Herzog. La dernière fois que je l'ai vu, il portait la même. Sauf qu'il l'a blanchie, s'est grimé pour se vieillir et boitille de manière fort crédible avec la canne !

Je presse l'implant et murmure :

— Alerte. Vieillard qui s'approche du bureau de l'immigration pour faire valider son passeport. Il se sert d'une canne. C'est Oskar Herzog.

— Attendez, Sam.

Je vois l'agent de l'immigration décrocher son téléphone, tandis que Herzog lui tend passeport et visa. L'agent écoute ce que lui dit son correspondant, hoche la tête, puis raccroche. Il tamponne ensuite le passeport de Herzog et le fait passer.

— On le laisse entrer, m'annonce Firuta. Son passeport indique qu'il s'appelle Gregor Vladistock, ressortissant russe habitant à Hong-Kong.

— Ce type est allemand en réalité, dis-je.

— Il s'est exprimé dans un russe convaincant avec l'agent. Mes deux gars vont le pister en bas, à la réception des bagages.

— Ne le perdez pas de vue. Il doit retrouver quelqu'un.

J'emprunte l'escalator pour descendre avec les autres passagers et constate qu'il y a foule à la réception des bagages. Plusieurs vols sont arrivés dans la demi-heure précédente, ce qui n'a rien d'inhabituel à LAX. Mais c'est le cirque, car deux tapis roulants sont en panne et les trois en état de marche canalisent tous les vols à l'arrivée. Par-dessus le marché, l'équipe au sol a pris du retard dans le déchargement.

Tout en suivant Herzog, je remarque deux Asiatiques en impeccable complet-veston, debout près des comptoirs de location de véhicules. À l'évidence, ils sont postés là pour intercepter quelqu'un venant récupérer ses bagages. De temps à autre, ils se glissent un mot à l'oreille.

Tout bien réfléchi, ces deux-là font trop voyous pour être honnêtes. Je suis prêt à parier mon salaire annuel que ce sont des malfrats d'une triade qui se la jouent grande classe.

Je presse l'implant et chuchote :

— Il y a deux Asiatiques suspects près des agences de location de voitures.

Mais Tic et Tac ne prêtent pas attention à Herzog lorsqu'il passe devant eux. En fait, une fois qu'il se trouve à plusieurs mètres, ils secouent la tête d'un air déçu. À croire que la personne qu'on les a envoyés chercher ne s'est pas présentée à l'arrivée. Le duo tourne les talons et s'approche des tapis roulants.

Près des portes qui donnent sur l'extérieur, non loin du tourniquet qui livre les bagages du vol de Hong-Kong, j'aperçois trois chauffeurs de maître dont chacun tient une pancarte avec le nom de leur client. Je vois Herzog faire un signe de tête à l'un d'eux, et le chauffeur en question – qui se trouve être asiatique – lui sourit. Son panneau indique : *M. Vladistock*. Bingo !

Juste au moment où je m'apprête à signaler la présence du chauffeur, Tic et Tac surprennent tout le monde en semant une panique bien orchestrée. Ils sautent sur le tapis roulant et se mettent à brailler en anglais :

— On a une bombe ! Que personne ne bouge !

Bien sûr, c'est l'affolement général. Les gens poussent des cris et se ruent sur la sortie en lâchant leurs bagages dans leur sillage. Le personnel de sécurité joue du sifflet à qui mieux mieux et hurle à tout le monde de se calmer, mais cela ne sert à rien.

— Qu'est-ce qui se passe ? demande Firuta.

Je ne quitte pas Herzog des yeux, oubliant les deux Asiatiques. Le chauffeur prend discrètement Herzog par le bras et franchit les portes avec lui. Je fais de mon mieux pour me frayer un chemin dans la débandade ambiante.

La police arrive sur les lieux et embarque sur-le-champ Tic et Tac, mais les gens refusent toujours de se calmer.

— Firuta ! Où sont passés vos gars ?

Apparemment, les agents du FBI sont tombés dans le piège tendu par les deux Asiatiques... C'est exactement ce qu'ils souhaitaient. Je réalise à présent qu'ils travaillaient pour Eddie Wu et non pas pour Jon Ming. On les a envoyés pour faire diversion, afin que Herzog puisse s'esquiver sans qu'on le remarque.

Tel un taureau enragé, je bouscule tout le monde sur mon passage, sans prendre la peine de m'excuser, et parviens à franchir les portes de sortie. Je repère Herzog qui s'installe sur la banquette arrière d'une limousine, garée en infraction, à cheval sur le trottoir. Le chauffeur prend le volant et les voilà partis.

Je cours comme un fou sur la chaussée et j'arrête le premier taxi qui se présente. Sans plus de cérémonie, j'ouvre la portière, je défais la ceinture de sécurité et j'arrache le chauffeur à son siège pour le flanquer dehors.

— Hé ! hurle-t-il.

Il commence à me frapper, puis se rend compte que je suis bien plus costaud que lui.

— Vous la récupérerez en un seul morceau, lui dis-je. J'espère...

Je suis déjà au volant, claque la portière et démarre illico en laissant le chauffeur sans voix.

30

La circulation est dense sur la 405 en direction du nord, aussi n'ai-je d'autre choix que de rouler au pas. Quatre voitures me séparent de la limousine. Pour couronner le tout, un orage va éclater d'une minute à l'autre. Le tonnerre gronde, et les nuages au-dessus de moi n'ont rien de rassurant.

La limo finit par quitter l'autoroute pour s'engager sur l'Interstate 10 vers l'est. Je change de file en souplesse et suis sa route. La circulation est plus fluide, mais les embouteillages de l'heure de pointe ne vont pas tarder à ralentir les principales artères. Apparemment, les agents du FBI restés à LAX m'en veulent de m'être lancé à la poursuite de Herzog sans eux. Manque de bol, ils se trouvaient au mauvais endroit au mauvais moment.

Lambert me confirme qu'on a arrêté les deux Chinois, même s'ils ont prétendu avoir simplement voulu « faire une blague ». Le colonel partage mon avis : ces deux types étaient là pour détourner l'attention. L'agent Firuta se reproche de ne pas avoir su gérer la situation. Je coupe la communication après que Lambert m'a rappelé de le tenir informé, en mentionnant au passage que Coen me suivra dans sa voiture.

— Non, mais c'est quoi, ce temps ? dis-je.

Il pleut à torrents, ce qui réduit drôlement ma visibilité.

— La météo a prévu un gros orage, m'explique Lambert. Les routes sont déjà inondées à l'ouest de l'endroit où vous roulez. Soyez prudent.

Génial. Je croyais qu'il n'était jamais censé pleuvoir à L. A., mais aujourd'hui j'ai le plaisir de prendre en chasse une limousine sous le déluge. C'est ça, la vie d'artiste !

La limo prend la 110 en direction du centre-ville avant de virer à gauche sur la Hollywood Freeway. À présent, la 101 est bondée. La voiture quitte bientôt la voie express à Sunset Boulevard pour mettre le cap sur Silver Lake à l'est. Je me débrouille pour les talonner tout en gardant une distance raisonnable.

La limo s'arrête alors sur le parking d'un motel minable. L'endroit semble tout droit sorti des années 1930 ou 40. Je gare mon taxi emprunté de l'autre côté de Sunset, où j'ai de la veine de trouver une place le long du trottoir. De mon poste d'observation, j'ai une vue dégagée sur le motel et j'observe la limousine se garer en travers et occuper ainsi trois places. Au bout d'un moment, le chauffeur chinois descend et ouvre la portière arrière de son passager. Herzog sort du véhicule, lui serre la main, puis se dirige vers l'une des portes du motel. Le chauffeur se remet au volant et attend.

Je m'empresse de sortir la lunette que j'utilise sur mon 5-7 et la braque sur Herzog. Il frappe à la porte, se retourne brièvement pour vérifier que personne ne le surveille, puis revient vers la porte. Lorsqu'elle s'ouvre, un Chinois apparaît sur le seuil.

Il sourit et serre la main de Herzog. C'est Eddie Wu. J'en suis sûr, même avec ce rideau de pluie. Finie la surveillance passive. Place au sport !

Je sors du taxi, traverse Sunset à toute vitesse et m'approche de la limo côté conducteur. La pluie tombe si dru que j'ai l'impression de prendre une douche. Je frappe à la vitre, et le chauffeur l'abaisse juste à temps pour se prendre un bon coup de poing dans le nez. Avant même qu'il puisse réagir, je le prends par le cou et lui fais une clé d'étranglement… Trente secondes plus tard, il a émigré au pays des rêves. J'ouvre la portière, fouille l'homme en quête d'une arme et déniche un Browning 9 mm dans la poche intérieure de sa veste. Je l'attrape, repousse le type, puis referme la portière. Je rejoins ensuite le motel, jetant au passage l'arme dans une poubelle.

Je m'avance doucement et colle mon oreille contre la porte. Je m'attends à surprendre une conversation, mais en vain… Ils sont vraiment à l'intérieur ?

Au diable les bonnes manières ! D'un coup de pied, j'ouvre la porte à la volée et entre dans la pièce, mon 5-7 prêt à tirer. Je me retrouve dans une sorte de bungalow, avec chambre, salon et kitchenette. Vides ! La porte qui donne sur le parking derrière le motel est grande ouverte.

Je jette un regard sur le terre-plein et découvre une autre limousine allongée qui démarre.

Les salopards ont fait l'échange standard ! Nul doute que ces gars-là ont oublié d'être stupides. Ras le bol de courir sous la pluie ! Je ne vais pas retraverser Sunset pour récupérer le taxi. Je reviens vers la première limo, éjecte le chauffeur toujours dans les vapes et le laisse sur place. Puis je bondis à l'intérieur et démarre. Comme je n'ai pas l'habitude de conduire une stretch limo, je recule dans une Volkswagen garée derrière. Je mets le levier de vitesse en position *Drive*, tourne le volant et m'engage sur Sunset Boulevard en faisant hurler les pneus. J'aurais peut-être mieux fait d'aller récupérer le taxi !…

L'autre limo a pris de l'avance et se dirige vers l'ouest. Je change de file, j'accélère et me retrouve en train de rouler à côté. Naturellement, les vitres sont teintées et je ne vois donc pas les passagers. Mais le chauffeur, si, en revanche : un Chinois à la tête patibulaire, avec un bandeau sur l'œil. Dès qu'il se tourne vers moi et me décoche un regard meurtrier, je donne un coup de volant et lui rentre dedans. Ça klaxonne à tue-tête derrière nous, tandis que la limousine ennemie heurte trois voitures garées dans la partie nord de Sunset. Le chauffeur a tôt fait de se ressaisir et réintègre la file. Il prend le risque d'accélérer en déboîtant sur la voie opposée, le temps de doubler un camion… puis revient dans la file qui va vers l'ouest en frisant les 110 km/h.

Parfait. Accrochez-vous, les amis…

À mon tour d'appuyer sur le champignon et de dépasser le camion, le tout dans une gerbe d'eau de la taille d'un minitsunami. Mais je me rabats mal et cogne au passage une BMW Z3. J'entends le gars m'insulter et je ne peux guère lui en vouloir. On dit que les gens de L. A. ne savent pas conduire sous la pluie et je suis sûr que c'est ce qu'il pense de moi.

La voix de Coen me surprend tout à coup :

— Sam, qu'est-ce qui se passe ?

J'ai oublié qu'elle était quelque part dans le coin.

— Je file le train à Eddie Wu, dis-je. Herzog et lui sont en voiture et roulent dans Sunset en direction de l'ouest. Je suis derrière eux… dans une autre limousine.

— Bon sang, Sam, c'est l'heure de pointe.

— Ne m'en parlez pas. J'ai comme l'impression qu'ils vont prendre la prochaine voie express. Je ne les lâche pas. Je vous reparle plus tard. Je dois me concentrer là…

— J'arrive à vous localiser par satellite… Enfin, tout juste. Cette pluie est infernale. Je vous suis comme je peux. Bonne chance !

Comme je l'avais deviné, la limo ennemie s'engage sur la 101, direction nord-ouest. La circulation est une vraie calamité. Je klaxonne comme un dingue afin de prévenir les guignols de devant que je vais les doubler, qu'ils le veuillent ou non. Je déboîte de la file qui attend à la bretelle d'accès, les dépasse en roulant sur le trottoir et en leur envoyant des torrents d'eau telles les chutes du Niagara, puis je fonce sur la *freeway* en manquant percuter un semi-remorque qui fait du 90 km/h. Le routier me klaxonne et me gratifie en sous-texte d'un millier d'obscénités, tandis que je déboîte de sa file.

La limousine ennemie trace la route devant moi, à environ six véhicules de distance. Le chauffeur se moque de la circulation et zigzague parmi le flot de voitures, heurtant celles-ci au passage comme s'il était aux commandes d'une console de jeu. J'ai bien peur que cette course folle ne s'achève en véritable massacre. J'entends alors les sirènes de la police en fond sonore et je me demande si je dois m'en réjouir ou craindre le pire.

Je presse mon implant :

— Coen.

— Oui ?

— Prévenez les flics. Expliquez-leur la situation. Peut-être qu'ils vont détourner la circulation ou je ne sais quoi. Sinon, ça va finir en carnage si le gars continue à conduire comme ça.

— Le contrôle routier aérien est cloué au sol à cause de l'orage, me dit-elle, mais je vais voir ce que je peux faire.

Nous passons devant Universal City sur la droite, tandis qu'on s'approche de la bifurcation entre les voies express de Hollywood et de Ventura. L'autre limo change de file et donne l'impression qu'elle va rester sur celle de Hollywood, mais le chauffeur déboîte au tout dernier moment et prend la bretelle pour Ventura.

Deux voitures sont fauchées dans son sillage… et *sillage*, c'est le mot, avec ces trombes d'eau. L'une d'elles fait un tonneau sur le bas-côté et dégringole au-dessous.

Ce n'est pas évident, mais j'oblique sur la bretelle de sortie. Comme un brave garçon, je mets mon clignotant, klaxonne légèrement et parviens à me glisser sur l'une des files idoines. Ayant repéré ma cible 400 mètres plus loin, j'accélère et je double un camion de déménagement pour la rattraper. Je me retrouve à présent juste derrière... Un petit coup sur le champignon et je percute son pare-chocs.

Cela suffit à décider l'un des occupants à se pencher par la vitre passager. Il me vise avec son arme de poing et me tire dessus. Je baisse la tête alors que mon pare-brise vole en éclats avec une violence inouïe.

Je suis couvert de bris de verre et j'ai la sensation d'avoir des centaines d'aiguilles sur la figure. Ma limo fait une embardée et j'ai à peine le temps de la reprendre en main pour éviter de me fracasser dans la glissière.

Tout en réintégrant ma file, je prends le temps de m'épousseter. La pluie me pilonne littéralement par le trou béant, et je ne vois presque plus rien. D'une main, je sors mes lunettes de mon sac à dos et les chausse. Maintenant, je pourrais rouler dans une tempête de sable sans aucun problème.

Un coup d'œil dans le rétroviseur : des filets de sang parsèment mon visage. Les salauds ! Je dégaine mon arme et donne un coup d'accélérateur. La plupart des autres automobilistes ont désormais compris ce qui se passait et roulent à bonne distance des deux limousines. On dirait que tout le monde s'est donné le mot : « Tenez-vous à l'écart des cinglés en limo ! » C'est ça, Hollywood...

Je roule maintenant sur la gauche de la limo ennemie ; on est au coude à coude, pour ainsi dire. Je baisse ma vitre passager, pointe le 5-7 et presse la détente.

La balle frôle le nez du chauffeur, détruisant sa vitre dans la foulée. Je l'entends hurler en se prenant la tête dans les mains. La voiture dérape et percute la mienne, et nous perdons tous deux le contrôle de nos véhicules qui se mettent à tanguer en travers des voies.

Je suis bien obligé d'écraser la pédale de frein pour éviter d'aller valser dans une autre limousine. Elles sont toutes de sortie, ma parole ! La voiture ennemie a eu quelques secondes pour récupérer, et son chauffeur reprend de la vitesse.

Je redresse le volant et me relance à sa poursuite. Mon arme dans la main gauche, je tends le bras par la vitre et tire dans les roues arrière de ma cible. La route est trop cahoteuse et moi pas franchement ambidextre. Je parviens à toucher un feu arrière, mais cela ne fait pas grand-chose... hormis inciter le guignol de devant à se pencher de nouveau par sa vitre. Il a un fusil, cette fois.

C'est Yvan Putnik ! L'assassin de Katia !

Il fait feu sur moi, mais je déboîte déjà dans la file voisine avec la puissance d'un tank. Je heurte l'aile d'un taxi, reviens dans la file en entendant les sirènes de police hurler de plus belle.

Je les vois à présent : trois voitures de patrouille, gyrophares allumés, qui slaloment entre les voitures éparses derrière nous. Nous nous approchons à nouveau de la 405, tandis qu'on franchit les sorties pour Sherman Oaks à gauche et Van Nuys à droite. J'entrevois encore un bouchon plus haut et crains le pire si je ne mets pas bientôt un terme à cette cavalcade.

La limo ennemie se retrouve coincée entre un semi-remorque et un bus, ce qui m'offre l'occasion d'accélérer pour débouler dans la file d'à côté. Je lève mon 5-7, le pointe à travers ma vitre passager et presse la détente en passant devant le chauffeur. Cette fois, je ne le rate pas. Sa tête explose en une gerbe gluante rouge et noire.

Pourquoi le semi-remorque décide-t-il soudain de changer de file ? Aucune idée... Mais c'est ce qu'il fait... juste devant moi. N'ayant plus personne au volant, la limo ennemie vacille et finit par aller se fracasser sur la glissière de droite.

Je tente désespérément de doubler cet abruti de semi-remorque, quand il se met à freiner comme un malade. Je me rappelle deux choses. La première : je vois quelqu'un dans la limo ennemie qui grimpe par-dessus le siège pour agripper le volant. La seconde : le train arrière du semi-remorque qui m'arrive en pleine figure.

***

— Sam ? Sam ? Sam ?... Saaaam ?...

Il me semble entendre la voix de Coen. Je ne sais pas trop si je rêve... Mes épaules et mon dos me font mal. Je sens une espèce de ballon sur mon visage et je comprends qu'il s'agit d'un airbag. Je suis coincé sur le siège avant de la limousine.

Je vois mes bras ballants et ensanglantés de l'autre côté du coussin autogonflant. À travers le pare-brise déformé, la ligne d'horizon m'a l'air bizarre. La route est perpendiculaire au capot de la limousine.

La voiture est couchée sur l'aile et je suis bloqué à l'intérieur ! Il y a de l'eau partout.

Puis c'est le noir total.

31

J'ouvre les yeux dans une ambulance. Le visage inquiet, Coen se tient assise à mes côtés. Le véhicule remue et cahote sur la route, et le hurlement de la sirène couvre le grondement du moteur. Je regarde si je n'ai rien de cassé et constate, ravi, qu'aucun masque à oxygène n'est plaqué sur mon visage. J'ai mal sur le côté, mais bizarrement je ne suis pas mort.

— Hé ! dit Coen. Regarde qui revient parmi nous.

— Qu'est-ce... qui... se passe ? dis-je d'une voix rauque, hachée.

— Tu es en route vers l'hôpital, mon pote. Ça n'a pas l'air trop grave, alors, détends-toi.

Ça me revient :

— J'ai fait une sacrée culbute.

— Oui, mais ton gilet pare-balles t'a sauvé la vie. Idem pour l'airbag.

Lambert et Coen m'avaient forcé à l'enfiler sous ma tenue de ville, avant de quitter le Sofitel.

— On va te faire passer des radios, poursuit Frances. Tu auras des bleus partout. Et ta figure ressemble à une pizza. Mais, sinon, ça devrait aller.

La fatigue m'anéantit soudain.

— Alors, si tu n'y vois pas d'inconvénient, je vais piquer un somme avant qu'on arrive là-bas.

— Fais comme chez toi...

Pas besoin de me le dire deux fois.

***

Je sors de l'hôpital vers l'heure du dîner. Coen avait raison : je m'en tire à bon compte. J'ai deux côtes fêlées qui devraient se remettre d'elles-mêmes, si je ne fais pas de folies. Ma jambe gauche présente une vilaine entaille, qui s'est produite quand la limousine s'est fracassée contre le camion.

Elle a nécessité huit points de suture. Mes épaules me font un mal de chien, suite à l'impact, mais heureusement il n'y a ni fracture ni foulure. Je suppose que j'aurais pu succomber au coup du lapin, mais, comme on dit, j'ai eu de la veine. Enfin, on dirait que ma figure a subi les assauts d'une perforatrice. Mais, là aussi, plus de peur que de mal. Quant aux éraflures et aux écorchures diverses et variées, elles devraient guérir d'ici quelques jours sans me laisser de cicatrices.

En revanche, en ce qui concerne ma blessure au cœur – la mort de Katia –, il n'y a pas de remède...

Demain matin, je m'envolerai pour la Chine à bord d'un Osprey. Lambert et moi avons eu une longue discussion à l'hôpital et nous nous sommes mis d'accord sur mes priorités. Si je rentrais directement dans le Maryland, je péterais les plombs. J'aurais une telle soif de vengeance que je serais sans doute pris de folie furieuse dans une galerie marchande.

Hormis mes côtes fêlées, je suis suffisamment en forme pour me lancer aux trousses de ces salopards. Mentalement, j'ai les idées claires et suis décidé à en découdre : je veux mener cette mission jusqu'au bout.

Les trois occupants de la limousine ennemie ont pris la fuite, bien sûr. Au moment où la police est arrivée sur les lieux, le chauffeur mort avait été projeté sur la route, et quelqu'un d'autre avait repris le volant. À cause de la pluie torrentielle, aucun hélicoptère ne pouvait suivre le véhicule, qui a cependant été retrouvé abandonné non loin d'une des sorties du *freeway*.

On pense que les passagers étaient Oskar Herzog, Eddie Wu et Yvan Putnik. Quant à savoir où le trio se trouve actuellement, les paris sont lancés... D'après Lambert, ils auraient déjà quitté le pays. Un avion affrété par GyroTechnics et transportant trois personnes a décollé de l'aéroport de Burbank deux ou trois heures après l'accident sur la voie express.

Il y a une heure, quand le FBI a découvert que la société GyroTechnics n'existait plus désormais, il était trop tard pour les arrêter. L'avion avait déjà atterri à Hawaï, où il fut ensuite abandonné sur une piste privée. Les trois fugitifs ont dû utiliser un autre moyen de locomotion pour rentrer à Hong-Kong ou ailleurs...

À mon avis, ils se rendent directement en Chine afin d'y rencontrer le général Tun à Fuzhou. Et ils transportent sans nul doute le système de guidage du VSMA.

Quant au général qui n'a pas sa langue dans sa poche, il a multiplié ses apparitions télévisuelles en Chine.

Depuis deux jours, il se livre à des attaques cinglantes contre son propre gouvernement, l'accusant de ne pas avoir le cran de récupérer ce qui lui revient de droit, en l'occurrence Taïwan.

Il observe à juste titre que la Chine craint les Nations unies et les USA. La principale critique qui ressort de sa rhétorique consiste à marteler qu'il est temps pour lui de prendre les affaires en main, avec ou sans l'appui de Pékin. Le plus inquiétant de l'histoire, c'est que l'armée de Tun, rassemblée à Fuzhou, de l'autre côté de la baie de Taïwan, semble prête pour une frappe offensive.

Notre vice-président s'est envolé pour Pékin, en vue de discuter avec le président chinois. Jusqu'ici, le bruit circule que l'on aurait sévèrement tancé l'officier rebelle en lui demandant de modérer ses déclarations, mais nous savons tous que cela ne veut rien dire.

Apparemment, le général Tun a le soutien de la majeure partie du Politburo du PC chinois. La plus haute autorité du pays repose sur le conseil permanent de ce bureau politique, qui comprend 25 membres et chapeaute un comité central de 210 délégués, composé de plus jeunes membres du parti et de leaders provinciaux.

Le PCC contrôle de surcroît le Conseil d'État, qui supervise les affaires courantes du pays.

Autre élément imprévisible dans toute cette affaire : la puissance militaire chinoise. L'Armée populaire de libération compte près de trois millions de soldats, répartis en sept régions militaires, chacune dotée de son propre commandement et de solides implantations territoriales. L'armée de terre, la marine et l'aviation chinoises fonctionnent sous un seul et unique drapeau, de même qu'elles font entendre leur voix dans toutes les actions menées par le gouvernement.

Au cœur de sa région, Tun fait un peu figure de héros populaire, tant et si bien qu'il est parvenu à recruter les hommes et les femmes ordinaires des zones rurales autour de Fuzhou en les gagnant à sa cause.

Punir le général se révélerait gênant pour Pékin, car il est de notoriété publique que le gouvernement chinois tient avant tout à sauver la face.

Je suppose que si Tun commet une bévue magistrale, attaque Taïwan et échoue lamentablement, le gouvernement pourra alors lui faire la morale en déclarant : « On vous l'avait bien dit. » En revanche, s'il réussit son coup,

Pékin pourrait bien rallier sa cause et défier le reste du monde… Bref, la situation est extrêmement préoccupante.

Lambert m'a transmis les photos satellite du camp de Tun sur le littoral sud-est de Chine. Son armée rassemble 200 000 hommes et se compose des forces terrestres, navales et aériennes. On dénombre trois bâtiments suspects construits sur la côte, lesquels pourraient bien se révéler des hangars à avions. Mon petit doigt me dit que ce sont des abris à sous-marins.

Il est difficile de déterminer la puissance de feu que Tun nous réserve, mais on est déjà au courant pour les VSMA, bien sûr. De même qu'il doit aussi posséder la bombe nucléaire manquante expédiée à Hong-Kong depuis la Russie.

Le hic, c'est que nos services de renseignements ignorent tout de la manière dont il compte utiliser les VSMA. Balancer une bombe sur Taïwan ne rime à rien. Mais la présence d'éventuels abris à sous-marins tend à réfuter cette pensée…

Bref, mon travail consiste à découvrir ce que le militaire a prévu de faire avec son engin atomique.

À la base Edwards de l'Air Force, Coen et moi mettons plusieurs heures à passer en revue mon équipement. Elle m'aide à réapprovisionner mon stock de fournitures et de munitions, répare le trou dans mon sac à dos et me fournit cartes, documents et passeport.

Ce n'est pas évident de pénétrer en territoire communiste quand on travaille pour le Troisième Échelon. Je vais devoir entrer illégalement et, quoi qu'il arrive, je n'existe pas. Coen ne va pas m'accompagner ; c'est trop dangereux. Si je me faisais prendre en Chine, les conséquences politiques entraîneraient un désastre sur le plan des relations publiques pour la NSA. Je serai donc en contact direct avec un agent officiel du consulat général des États-Unis à Guangzhou[1] et récupérerai donc mon matériel sur place. Mais même le consul fera usage du Protocole Six dans l'hypothèse où je suis arrêté. L'idée d'être accusé d'espionnage en République populaire de Chine ne m'enchante guère. La plupart des pauvres diables qui en ont fait l'amère expérience n'ont pas survécu pour en témoigner.

Avant d'aller me coucher, je me débrouille pour faire expédier 500 dollars de fleurs à la mère de Katia ; même si ce n'est pas dans la coutume juive, je tiens à lui rendre hommage à ma manière. Coen m'a informé que le corps de la défunte a été transporté à San Diego, où elle sera enterrée, après un court service religieux.

L'explication officielle de sa mort est la suivante : victime de la guerre des gangs, Katia a pris une balle perdue. Je présume que sa mère ne va pas s'interroger sur l'irruption soudaine de la violence entre gangsters au Beverly Center, au cœur même d'un des quartiers les plus chics de Los Angeles.

Dans le petit mot que je lui adresse, je précise que j'étais l'un des élèves de Katia et que je l'appréciais beaucoup. Je laisse également mes coordonnées, au cas où je pourrais être d'une quelconque utilité concernant la succession de Katia dans le Maryland. Il faudra aussi s'occuper du cours de *krav maga* et tout cela…

Ma foi, je pourrais peut-être proposer de prendre le relais. Il va falloir que j'y réfléchisse ; ce serait pour moi l'occasion d'honorer sa mémoire.

Alors que je me mets au lit, je songe à Regan. Cela fait un petit moment que je n'ai pas pensé à mon ex-épouse avec une telle ardeur, et j'essaye de comprendre quels peuvent être mes sentiments pour elle à ce stade de ma vie. J'aimerai toujours Regan, même si elle appartient

1. Canton.

désormais à mon lointain passé. Katia ne l'aurait bien sûr jamais remplacée.

Personne n'en serait capable. Après une relation intense et tumultueuse, Regan et moi ne pouvions plus continuer à vivre ensemble. Elle s'en est allée depuis longtemps, mais il a toujours subsisté un sentiment fort entre nous. Il me reste en tout cas le fruit de notre union : ma chère Sarah. Il faut que je lui passe un coup de fil demain matin, avant mon départ.

Tandis que le sommeil m'envahit, je me demande qui va peupler mes rêves ce soir. Regan ou Katia ? L'une ou l'autre, ce serait sympa. J'espère que ce ne sera pas les deux. Je ne me sens pas de taille à affronter deux amours perdues dans le même rêve.

La culpabilité serait trop forte.

32

Je fais une halte imprévue avant de m'introduire en Chine. Seul Lambert est au courant.

Me revoilà à Kowloon, en train de surveiller le Purple Queen. On est au milieu de l'après-midi, et j'attends l'arrivée de Jon Ming. De la place que j'occupe au café Chen Wing, de l'autre côté de la rue, je vois l'entrée du parking de la boîte de nuit.

Un passeport et un visa légèrement trafiqués m'ont permis de débarquer dans l'ex-colonie. Ils ont été modifiés au cas où les autorités locales établiraient un lien entre moi et certains événements survenus ici quelques jours plus tôt. Par ailleurs, il sera aussi plus facile pour moi d'entrer en Chine depuis Hong-Kong, plutôt que d'essayer par Shanghai ou tout autre grande ville.

De Kowloon, c'est direct par voie terrestre jusqu'à Fuzhou. Je peux m'arrêter à Guangzhou, rendre visite au consul et récupérer mon matériel avant de poursuivre mon chemin vers la côte est.

Pour l'heure, mon seul problème, c'est que je me retrouve sans arme et sans uniforme. Mason Hendricks ayant disparu, je ne connais aucune personne fiable à Hong-Kong susceptible de me prêter une arme.

Mon entrevue avec Jon Ming reposera sur le charme naturel de ce bon vieux Sam Fisher… ou ce qu'il en reste.

Entrer en contact avec Ming se révéla bien plus facile que prévu. À mon arrivée, je suis descendu dans un hôtel bon marché de Kowloon et j'ai aussitôt appelé le Purple Queen. Usant de mon cantonais le plus châtié, j'ai demandé à parler au chef. La conversation téléphonique se déroula ainsi :

— Il n'y a pas de Jon Ming ici. Faux numéro.

— Excusez-moi, mais je sais qu'il s'agit du night-club de Jon Ming. J'aimerais m'entretenir avec lui.

— Vous avez fait un faux numéro.

— Prévenez Ming que je rappellerai dans cinq minutes. Dites-lui que j'ai des informations au sujet de l'Atelier, d'Andreï Zdrok et du général Tun.

Je raccroche, patiente pendant le temps imparti, puis rappelle.

— Qui est à l'appareil ?

— Avez-vous transmis mon message à monsieur Ming ?

— Oui. Une minute, je vous prie. (J'entends murmurer à l'autre bout du fil avant que le type reprenne le combiné.) Monsieur Ming souhaite vous parler. Rendez-vous au Purple Queen à 3 heures cet après-midi.

À 14 h 55 pile, la Rolls-Royce de Ming arrive sur le parking et disparaît derrière le bâtiment. Je finis mon thé, règle ma note et traverse la rue. Le grand sikh qui surveille l'entrée de la boîte me lance un regard noir, prêt à jouer des poings.

— Te fatigue pas, mon grand. Je suis venu voir Ming, dis-je.

Le sikh entre dans l'établissement, et j'attends près de trois minutes… jusqu'à que ce que j'en aie marre et m'engouffre à mon tour dans la boîte de nuit. Deux truands en costume m'y attendent. Sans autre préambule, des bras robustes m'attrapent par-derrière et me serrent comme dans un étau. C'est le sikh… un vrai paquet de muscles ambulant. Une fois que je suis immobilisé, Duglan et Glandu s'avancent vers moi et, à tour de rôle, me frappent le cou du tranchant de la main. Sur les blessures que m'a laissées l'accident de limousine à L. A., la douleur est atroce.

— Hé ! C'est quoi, ce cirque ? dis-je, tout essoufflé.

— Qui es-tu ? Pourquoi es-tu là ? demande Duglan en anglais.

— Je suis *invité*. Je m'appelle Fisher.

Le gars rétorque :

— Tu étais dans l'entrepôt. Tu es l'ennemi des Dragons chanceux.

Le voyou m'assène un nouveau coup qui produit l'effet d'une décharge électrique dans ma colonne vertébrale.

Au début, j'ignore de quoi il parle… J'en ai tellement vu, des entrepôts, dans ma vie ! Puis, tout à coup, ça me revient. Je repense à la fois où leur engin de mort a failli me bousiller les implants. J'ai fini la soirée en tuant une poignée de leurs camarades.

— C'était avant d'être dans votre camp, dis-je en toussotant.

— On ne te croit pas, réplique Glandu.

Il s'apprête à me cogner encore, mais je prends appui sur les bras du sikh et lève les jambes pour les flanquer dans la tête du type. Avant qu'ils ne puissent réagir, je balance les jambes en arrière, plie les genoux et frappe ceux du sikh en les défonçant de la lourde semelle de mes bottes. Il hurle de douleur et me lâche. Ce qui donne le temps à l'autre de me flanquer un coup de pied en plein sternum, qui me projette en arrière sur le sikh. On dégringole tous les deux à la renverse. Le sikh étant hors service – je lui ai peut-être fracturé les rotules –, je me concentre sur les deux malfrats chinois. Tandis que Glandu me colle un coup de pied dans les côtes, je fonce sur lui comme un bulldozer, me débrouillant pour lui faire un croche-pied. Il tombe sur son comparse et m'offre l'occasion de me redresser d'un bond. Je virevolte aussitôt et lance mon pied droit, dont le talon vient cueillir Duglan au menton. J'enchaîne en posant le pied droit à terre, puis je plie le genou droit et bondis en avant en pointant le pied gauche sur Glandu. Pile dans le plexus solaire. Je recule, adopte une posture défensive et attends.

— Stop ! lâche Jon Ming qui se tient à un mètre ou deux de là.

Il me regarde et ajoute :

— Je vous ai déjà vu.

— Je suis venu dans votre club, dis-je.

Ming se tourne et ordonne :

— Fouille-le. Puis amène-le dans la salle de réunion. Inutile de le brutaliser.

Il contemple alors le sikh qui se tord de douleur par terre :

— Et occupe-toi de celui-ci.

Ming secoue la tête d'un air dépité, comme si le sikh n'avait pas révisé et donc échoué lamentablement à son interro.

Je lève les bras, et l'homme me palpe en long, en large et en travers. Une fois qu'il est certain que je ne suis pas venu assassiner son chef, il me lance son regard le plus méprisant et hoche la tête en disant :

— Suis-moi.

On traverse la salle vide. Je remarque au passage la jolie hôtesse qui m'a servi l'autre soir. Elle s'affaire à nettoyer les tables et prépare la boîte pour l'ouverture. Elle me regarde et tricote des sourcils en essayant de se rappeler où elle m'a déjà vu. Bien sûr, tous les *gweilo* se ressemblent aux yeux des Asiatiques.

Les truands me font franchir la porte qui indique *Réservé au personnel*, et je me retrouve dans le couloir que j'ai inspecté en douce il n'y a pas si longtemps. Je ne suis pas étonné que l'on me fasse entrer dans la fameuse pièce recouverte de plastique l'autre soir, celle-là même où j'ai prélevé un échantillon de sang séché. À présent, l'endroit est bien rangé et dépourvu de bâche de protection. Jon Ming s'assoit à la petite table de conférence et m'invite d'un geste à m'installer sur l'une des chaises inoccupées. Ses deux gardes du corps restent debout derrière moi. L'un d'eux ferme la porte.

— Monsieur Sam Fisher, attaque Ming en anglais, vous êtes un Splinter Cell de ce service de la NSA connu sous le nom de Troisième Échelon.

D'une voix pleine d'ironie, je réplique :

— Je me demande bien comment vous avez pu le savoir.

Ming sourit :

— Vous avez le sens de l'humour à ce que je vois. C'est bien.

— Oh ! mais on a ri à gorge déployée en apprenant qu'un de vos hommes avait infiltré notre organisation, puis vendu des renseignements à l'Atelier. Oui, on a trouvé ça extrêmement drôle, monsieur Ming, mais ce n'est pas le but de ma visite. Au dire de tous, je devrais vous sauter à la gorge. Non seulement les Dragons chanceux étaient de mèche avec les trafiquants d'armes les plus dangereux au monde, mais vous avez aussi tenté de me tuer il n'y a pas si longtemps.

— Nous pensions que vous représentiez une menace pour nous, précise-t-il. Comme vous avez liquidé six de mes hommes ce soir-là, vous m'accorderez, je présume, que le compte est bon. Et vous venez de briser à l'instant les rotules d'un de mes employés... Sommes-nous quittes ?

— Peut-être. Ça va dépendre de la tournure de notre conversation.

Ming reste muet, le temps d'allumer une cigarette. Il m'en offre une, mais je refuse.

— Puis-je vous proposer une boisson ?

— Non, merci.

— Très bien. Alors, de quoi souhaitiez-vous me parler, monsieur Fisher ?

— Revenons au début de toute cette affaire. Il était une fois un physicien qui travaillait dans la conception d'armes nouvelles dans mon pays. Il s'appelait Gregory Jeinsen. Il est mort ici, dans cette pièce.

Ming ne trahit pas la moindre réaction à cette annonce, mais il ne la réfute pas pour autant.

Je continue :

— Par l'entremise de Mike Wu, votre taupe au Troisième Échelon, vous avez obtenu des informations de la part du professeur Jeinsen pendant une certaine période. Il s'agissait des descriptions détaillées, des plans et de tout autre document nécessaire à la conception d'un VSMA. Jusque-là, mes propos sont-ils exacts ?

— L'Opération Barracuda, confirme Ming. Oui, vous dites vrai.

— Bien sûr. Ensuite, vous... attendez... Pourquoi l'appelez-vous « Opération Barracuda » ?

— Parce qu'un VSMA est long et cylindrique, comme un barracuda.

— Je vois. Quoi qu'il en soit, vous avez donc vendu tout le dossier de Jeinsen à l'Atelier.

— Nous l'avons *échangé* contre des marchandises, mais là n'est pas la question.

— Peu importe. Il restait tout de même une part du gâteau que vous ne leur avez pas donnée : le système de guidage mis au point par votre entreprise illégale d'innovation technologique, basée à Los Angeles. Entre-temps, vous aviez mis un terme à vos relations commerciales avec l'Atelier et fermé GyroTechnics.

— Vous êtes exceptionnellement bien informé, monsieur Fisher. Mais je n'en attendais pas moins de la part de quelqu'un ayant vos aptitudes et facultés.

— Êtes-vous au courant qu'Eddie Wu s'est débrouillé pour vendre malgré tout le système à l'Atelier ? Et que l'Atelier et lui l'ont livré au général Lan Tun à Fuzhou ?

Pour la première fois depuis le début de l'entretien, Ming affiche une certaine inquiétude et bat plusieurs fois des paupières. Il se redresse dans son siège et reprend :

— Poursuivez...

— Les États-Unis ont de bonnes raisons de croire que le général Tun se prépare à attaquer Taïwan à l'aide d'un engin nucléaire. Je ne sais pas vraiment pourquoi il veut faire sauter Taïwan, mais tous les renseignements que nous avons collectés s'orientent vers ce scénario.

— Et pourquoi me racontez-vous tout cela, monsieur Fisher ? me demande Ming après quelques instants de réflexion.

— Parce que je sais que vous détestez le général Tun... et la Chine communiste. C'est l'un des principes essentiels des Dragons chanceux, comme de toutes les triades.

— C'est fort possible. Mais que me demandez-vous au juste ?

— Je vous demande votre aide.

Voilà. C'est dit. Lambert et moi en avons débattu pendant plus d'une heure, à savoir si l'on devait ou non s'allier avec une organisation criminelle qui, dans le passé, avait porté un préjudice aux États-Unis. Puis j'ai fini par le convaincre qu'il serait peut-être sage de se rapprocher de la triade.

Je développe mon argumentaire :

— Monsieur Ming, vous avez les moyens de mener des hommes à Fuzhou et d'empêcher le général Tun de passer à l'offensive. Vous disposez d'une petite armée. De gens qui croient en votre cause. Avez-vous conscience de ce qui se passera si le général Tun – si l'Armée rouge chinoise – attaque Taïwan ? Cela nous entraînerait dans la Troisième Guerre mondiale. Vous et votre petit empire ici à Hong-Kong ne seriez pas épargnés.

Ming tire une bouffée sur sa cigarette et me demande :

— Êtes-vous absolument certain que le système de guidage du VSMA se trouve entre les mains du général Tun ?

— Non, mais je sais qu'Eddie l'avait en sa possession et qu'il est le dernier à avoir été vu en compagnie des gens de l'Atelier. Nous avons la preuve qu'ils ont fui les États-Unis pour gagner l'Asie. Ils ont la possibilité d'entrer en Chine et de livrer le matériel en main propre au général. Vous le savez comme moi.

Ming écrase son mégot dans un cendrier.

— Y a-t-il autre chose, monsieur Fisher ?

Je réfléchis un bref instant, puis :

— Oui. Quand j'ai rencontré vos hommes dans cet entrepôt près du vieil aéroport, ils avaient un appareil particulier, une sorte d'émetteur.

— Oui.

— Comment saviez-vous que ce truc-là allait me déstabiliser ?

— Cette machine nous a été prêtée par les gens de l'Atelier. Ce sont eux qui l'ont créée, et elle leur appartient. Nous la leur avons rendue. Vous devriez poser la question à quelqu'un de leur organisation.

— Intéressant…

Donc, l'information concernant l'existence de mes implants et leur mode de fonctionnement provenait sans doute du contact que possède l'Atelier au sein même de notre gouvernement.

Probablement le mystérieux informateur auquel Mike Wu a fait allusion, ce « quelqu'un de haut placé », quelque part à Washington.

— Et comment saviez-vous que j'irais dans cet entrepôt ? dis-je. Seules deux personnes étaient au courant de mes faits et gestes cette nuit-là, et l'une d'elles est morte.

— Une fois de plus, monsieur Fisher : l'Atelier. Notre contact dans cette organisation savait où vous trouver à n'importe quel moment.

— Avez-vous connu un certain Mason Hendricks ?

— Oui. C'était l'un de nos meilleurs clients au club. J'ai été infiniment désolé d'apprendre son regrettable accident. Je crois qu'il a péri en compagnie d'une femme qui travaillait pour moi. Une fin des plus tragiques.

— Cet incendie dans sa maison était tout à fait programmé. Vous auriez une idée du responsable ?

Ming secoue la tête.

— Pas la moindre. Même si je soupçonne…

— Je sais : *l'Atelier*. Les boucs émissaires habituels, n'est-ce pas, monsieur Ming ?

Il me fustige du regard, avant de réitérer :

— Y a-t-il autre chose, monsieur Fisher ?

Je m'adosse à mon siège et réponds :

— Non. C'est tout.

— Très bien. Ce fut un plaisir de converser avec vous.

Ses deux sbires s'avancent et m'encadrent, prêts à m'escorter.

— C'est fini… Vous n'avez rien à dire ?

— L'entretien est terminé, monsieur Fisher. Disons que j'accorderai à vos propos la plus grande considération. Vous êtes toujours l'ennemi des Dragons chanceux. Je ne puis et ne souhaite pas vous divulguer mes pensées. Bonne journée et bonne chance, monsieur Fisher. Mes hommes vont vous raccompagner.

Parfait. J'aurai fait de mon mieux, ma foi. Je me lève et sors par là où je suis entré. Au passage, j'aperçois la petite hôtesse qui nettoie toujours les tables. Cette fois, elle me sourit…

Si je suis assez important pour obtenir une audience de Jon Ming, alors je dois être une espèce de VIP. Je l'ignore et gagne la porte. Avant de l'atteindre, l'un des gardes pose la main sur mon épaule, comme en guise d'avertissement.

À la vitesse d'un cobra, je lui attrape le poignet, et le lui tords. Le type tombe à genoux. L'autre vient à sa rescousse, mais je lève le bras en lui faisant comprendre qu'il vaut mieux ne pas s'approcher.

— C'était un plaisir de vous rencontrer, les gars, dis-je, toutes dents dehors.

Puis je lâche la main de l'homme. S'ils avaient un flingue à la place des yeux… Mais je ne leur prête aucune attention et tourne les talons pour sortir dans la rue.

33

Le voyage jusqu'à la région côtière du Fujian s'est déroulé sans problème. Je me suis rendu à Guangzhou par le train avec un visa de travail et un passeport falsifiés, stipulant que je faisais la tournée des lycées pour me documenter en vue de la création d'un programme scolaire sur les « politiques des gouvernements étrangers ». Le consul américain a reçu mon équipement par la valise diplomatique et m'a fourni une Cadillac d'importation pour me rendre à Fuzhou. On a changé mon passeport et mon visa, et le consul a fait suivre les documents indiquant que ma première identité avait quitté le pays. À présent, je suis un écologiste américain qui étudie les températures à l'échelle du globe.

J'espère seulement ne pas avoir à parler de mon « travail », car je risque de me vautrer en beauté.

La plupart des Taïwanais considèrent le Fujian comme leur terre ancestrale, ce qui ne manque pas d'ironie quand on sait que leur pays est sur le point d'être attaqué depuis cette province continentale. La langue parlée dans la région s'apparente pour l'essentiel au taïwanais, même si officiellement c'est censé être le mandarin, comme partout en Chine.

Avant le XVe siècle, c'était une province portuaire de premier ordre pour les voyageurs naviguant entre la Chine et Taïwan, Singapour, les Philippines, la Malaisie et l'Indonésie. À l'heure actuelle, le trafic maritime y demeure intense. Fuzhou, la capitale, fut fondée aux alentours du IIIe siècle et aurait apparemment compté parmi les haltes préférées de Marco Polo lorsqu'il sillonnait l'Asie à la fin du XIIIe siècle.

Toutefois, je n'y passerai pas beaucoup de temps. Je vais m'approcher de la côte, où le général Tun a installé son cantonnement. Je trouve la région magnifique, en ce sens qu'elle est verdoyante et fertile, et correspond à l'image que la Chine est censée représenter. Près du littoral, les montagnes cèdent la place aux plaines couvertes de rizières et de terres agricoles, si bien qu'il n'est pas rare de croiser un gars pieds nus, coiffé d'un de ces larges chapeaux de paille traditionnels et conduisant un attelage de bœufs dans son champ.

Les rapports entre la Chine et Taïwan sont semblables à ceux d'un parent strict avec l'enfant dont il serait séparé. Après avoir été sous domination japonaise pendant près de 60 ans, les Taïwanais se sont rebellés quand les partisans du KMT, ou Kuomintang[1], ont occupé l'île et imposé leur loi sur le peuple.

Ce qui a entraîné troubles et émeutes, et s'est soldé par le massacre de dizaines de milliers de civils par le KMT. L'événement est d'ailleurs toujours commémoré sur l'île. Le fils et successeur de Tchang Kaï-chek finit par exécuter le gouverneur militaire du KMT responsable du massacre.

Au moment où la guerre de Corée éclata en 1950, les USA firent front commun avec le KMT et Taïwan contre les forces communistes chinoises qui soutenaient alors

1. Parti nationaliste chinois.

la Corée du Nord. Et Taïwan devint une démocratie par défaut.

Le gouvernement de Pékin croit à tort que Taïwan lui appartient toujours, mais l'île s'autogouverne depuis que les forces nationalistes chinoises se sont réfugiées sur son sol en 1949.

Du reste, la plupart des insulaires considèrent Taïwan comme un État d'ores et déjà souverain, sans qu'il soit besoin de faire une déclaration officielle. La Chine a certes proposé l'autonomie à l'île si elle acceptait de passer sous l'autorité directe de Pékin. Taïwan reste donc la bête noire du gouvernement chinois, car l'île a fait la preuve de sa réussite économique sur le plan international. À présent que l'ex-colonie capitaliste de Hong-Kong a retrouvé le giron chinois, certains pensent que cela influencera le comportement de Pékin à l'avenir.

Cela reste encore à prouver...

Entre-temps, des purs et durs comme le général Tun tiennent coûte que coûte à la réunification de la Chine et lancent leurs filets sur Taïwan.

Le cantonnement de Tun est installé le long du littoral nord de Fuzhou. À la nuit tombée, je pars en reconnaissance afin d'avoir une idée précise de ce qui m'attend. Les photos satellite fournies par le Troisième Échelon me sont d'une grande utilité.

La technologie a tellement évolué que l'on parvient depuis l'espace à zoomer sur un échiquier et deviner la prochaine phase de jeu. D'après mes images, je peux déterminer combien d'hommes sont rassemblés à tel ou tel endroit, quels genres de véhicules sont présents et la puissance en place.

Parfois, on peut obtenir des clichés aux rayons X et voir l'intérieur de certains bâtiments, comme les tentes et les installations provisoires. La vision thermique nous permet de discerner à quel endroit les êtres vivants sont regroupés. Tous ces renseignements montrent donc que l'armée englobe six baraquements répartis sur le pourtour de la base. Un poste de commandement se situe près des trois espèces de hangars sur le rivage. Les analystes du Troisième Échelon peuvent à présent affirmer qu'il s'agit en effet d'abris à sous-marins. C'est logique puisque les eaux se révèlent assez profondes à cet endroit, par rapport au littoral situé juste à l'est de Fuzhou.

Avant mon arrivée dans la province du Fujian, plusieurs barges de débarquement ont été mobilisées sur la côte. Deux destroyers de classe Luda, un autre de classe Luhu et deux frégates Chengdu exécutent des manœuvres dans le détroit. Le soutien aérien chinois décollera d'une base de la ville voisine de Quantzhou.

S'ils ne se préparent pas à une invasion, c'est que quelqu'un mijote une blague de très mauvais goût ! Nos propres forces navales sont regroupées près de l'île et à l'extérieur du détroit, et elles montent la garde telles des sentinelles flottantes, guettant le moindre incident. La situation est extrêmement tendue.

— On vous capte sur l'image satellite, Sam, m'annonce Lambert dans l'oreillette. Faites attention aux gardes qui patrouillent. Mais, à part ça, vous pouvez y aller.

Des clôtures temporaires en fil barbelé entourent la base. Deux portails permettent d'y accéder : un dans la partie nord et le principal, plus grand, au sud. Il semble que seuls deux soldats soient de garde en permanence à la grille principale, alors qu'un seul surveille l'accès nord du cantonnement. Je choisis de les éviter l'un comme l'autre. Je préfère me faufiler à travers le peu de feuillage qui longe la partie nord, à une vingtaine de mètres à l'est du portail, et utiliser mes cisailles.

Le ciel est nuageux ce soir, et la lune, absente ; aussi l'obscurité ambiante me procure-t-elle une couverture naturelle. Mais je ne dois pas relâcher ma prudence : il n'y a pas d'arbres ou de buissons épais pour se camoufler en cas de besoin. La base proprement dite est éclairée par un certain nombre de projecteurs posés à des points stratégiques.

L'un des baraquements se dresse juste devant moi. Je m'approche en douceur et j'entends ronfler derrière les murs. Tout le monde dort, ou en tout cas devrait dormir. D'après ce que j'ai pu observer sur le site avant d'y pénétrer, il semble que quatre patrouilles d'un seul homme se répartissent chacune un quart de la superficie de la base et arpentent de long en large le secteur qui leur est dévolu. J'imagine que la relève s'effectue toutes les trois ou quatre heures.

Je poursuis mon chemin en contournant les baraquements, passant d'une ombre à l'autre. J'aimerais tirer dans ces foutus projecteurs, mais cela attirerait à coup sûr l'attention. Alors que je suis accroupi derrière ce qui semble être le mess, j'aperçois une longue bande de gazon éclairée qui mène aux abris à sous-marins.

Malheureusement, c'est là-bas que je dois me rendre, afin d'en savoir plus au sujet de l'Opération Barracuda. Mais comment y parvenir ?

— Sentinelle à l'approche par l'est, me prévient Lambert.

Le soldat marche vers moi. Perdu dans ses pensées, il ne fait pas vraiment attention à ce qui se passe alentour et s'imagine qu'il ne va éprouver aucun problème au beau milieu d'une base militaire. J'attends qu'il soit quasiment à ma hauteur pour bondir sur lui. Je plaque ma main sur sa bouche, le frappe à la nuque avec la crosse de mon 5-7. Il s'affale dans mes bras.

Je le traîne ensuite dans l'ombre, derrière le mess, retire sa veste et son casque, puis les essaye. Un peu étroits, mais ça ira. Je m'empare de son fusil d'assaut – un QBZ-95 –, me redresse et me mets dans la peau du personnage, avant d'avancer tranquillement dans la nuit. Je suis maintenant un soldat chinois effectuant sa ronde.

Avec une discrétion infinie, je m'approche lentement et sûrement du poste de commandement et des abris à sous-marins. Je sors du secteur dévolu au soldat que j'incarne, mais ne pense pas que quiconque s'en rendra compte. Sauf que je n'ai pas envie de tomber sur celui qui est censé patrouiller dans le coin… La confrontation risquerait de faire des étincelles.

L'entrée du premier abri est ouverte. Posté sur le côté, je jette un regard prudent à l'intérieur. Il s'agit bel et bien d'un sous-marin qui flotte dans l'eau. Des projecteurs éclairent l'endroit, et je découvre deux soldats sur le quai, à côté du sous-marin, en train de jouer aux cartes. Eux non plus ne s'attendent sans doute pas à ce qu'on les dérange en pleine nuit.

En examinant le submersible, je constate que je ne reconnais pas sa catégorie. Je me rappelle alors avoir lu un rapport distribué aux agents du Troisième Échelon, dans lequel on décrivait la nouvelle classe de sous-marins construits par la Chine et connus au Pentagone sous le nom de sous-marins de classe Yuan.

On suppose qu'il s'agit d'un nouveau type de vaisseau d'attaque au moteur diesel et conçu à partir d'équipements chinois autochtones et d'armes russes. Je prends rapidement quelques clichés avec mon OPSAT et passe à l'abri suivant.

Comme il y règne davantage d'activité, mes yeux ne peuvent trop s'y attarder. Je note cependant la présence d'un submersible nucléaire apparemment de classe Xia.

Le troisième abri est vide. Aucun sous-marin en vue. Pourtant, plusieurs soldats déplacent du matériel sur les quais de part et d'autre de la cale, comme s'ils nettoyaient l'endroit après un lancement ou le préparaient à l'arrivée d'un bateau.

Je reconnais alors un homme en civil debout devant un panneau de contrôle à une douzaine de mètres de là.

C'est Oskar Herzog. Sans les cheveux blancs et la barbe qui le vieillissaient. Il discute avec un homme à l'uniforme impeccable. Sous cet angle, il est difficile de distinguer son grade.

Je me glisse subrepticement à l'intérieur de l'abri, puis m'accroupis derrière trois barils de pétrole afin de mieux observer. Finalement, l'individu se détourne du panneau, et je peux le prendre en photo : c'est le général Tun en personne.

Herzog et lui s'éloignent du pupitre et marchent dans ma direction. Je m'aplatis à terre, tandis qu'ils passent devant les fûts et sortent de l'abri. Je m'assure que personne ne me suit ou regarde de mon côté et je me glisse à l'extérieur pour les suivre. Ils vont tout droit vers le poste de commandement, un petit bâtiment en préfabriqué à un jet de pierre de l'abri.

Une fois qu'ils sont à l'intérieur, je passe derrière la bâtisse, où je découvre une fenêtre à hauteur d'épaules. Je sors ensuite de mon sac à dos ce que j'appelle mon « périscope d'angle », qui n'est pas sans évoquer un instrument souvent utilisé par les dentistes : une fine tige métallique pourvue d'un petit miroir rond à l'extrémité. Le métal se plie facilement, de sorte que je peux adapter sa forme quasi à volonté.

Il convient mieux pour scruter dans les angles sans être vu, mais en l'occurrence je l'utilise pour regarder de l'autre côté de la fenêtre.

Il y a là une belle brochette de noctambules. Je les ai tous pour le même prix. Le général Tun, Oskar Herzog et Andreï Zdrok se tiennent au-dessus d'un établi en étudiant des cartes. Assis sur un tabouret dans un coin, Eddie Wu a l'air de piquer du nez. Quant à Yvan Putnik, il est, à peine éveillé, allongé sur un canapé.

Je suis très tenté de faire un carton et d'en finir là, maintenant. Je presse mon implant pour appeler Lambert :

— Je suis là, Sam. Qu'est-ce qui se passe ?

Je tape un texto : J'AI ZDROK, HERZOG, PUTNIK, TUN & E WU AU MÊME ENDROIT. CIBLE IDÉALE, J'AGIS ?

Au bout d'un moment, Lambert me répond :

— Vous savez ce qu'ils ont prévu de faire avec la bombe et le VSMA ?

Je réponds en SMS : PAS ENCORE.

Lambert me dit :

— Alors, vous feriez mieux d'attendre. Procédez selon la directive principale. Ensuite, partez. Nous laisserons le reste à l'armée des États-Unis. Ce n'est pas votre boulot, Sam.

Bon sang… J'aurais pourtant vraiment envie de buter Putnik. Mon désir le plus profond est de faire souffrir ce type pour venger Katia. Tout en maudissant les ordres de Lambert, je range mon périscope d'angle dans la poche de mon pantalon, puis j'active le KAT sur mon 5-7. Je le braque sur la fenêtre et j'écoute la conversation. Puisque le général ne parle pas russe et les gars de l'Atelier, aucun mot de mandarin, ils ont opté pour un anglais de cuisine.

TUN : … m'a dit que sous-marin *Mao* atteindre côte ouest américaine dans sept jours.

HERZOG : En êtes-vous sûr, général ? Seulement sept ?

TUN : *Mao* est rapide sous-marin. Classe Xia.

ZDROK : J'étais impressionné par son apparence aujourd'hui quand il a quitté l'abri.

TUN : C'est superbe bateau. Nouveau sous-marin diesel très joli aussi. Nations unies pas au courant.

Oh ! que si, me dis-je.

ZDROK : Alors, général, je crois que notre transaction est à présent terminée. Vous avez en votre possession l'ogive nucléaire que mon camarade le général Prokofiev vous a livrée, de même que les différentes pièces de l'Opération Barracuda, et toutes semblent fonctionner... Maintenant, monsieur Herzog et moi souhaiterions vous laisser mener à bien vos projets. En ce qui concerne le dernier versement... ?
TUN : C'est fait. Voici reçu pour virement sur compte en banque suisse.
ZDROK : Oskar, tu veux bien vérifier... Tout est en ordre ?
HERZOG : Cela m'en a tout l'air. Les chiffres sont exacts.
TUN : Vous pas voir Barracuda fonctionner, monsieur Zdrok ?
ZDROK : Euh... non, général, je suis arrivé après le lancement du submersible.
TUN : S'il vous plaît. Permettez-moi montrer. Venez voir avant vous partir.
ZDROK : (*gros soupir*) Entendu. Yvan, réveillez-vous. Le général veut nous montrer son nouveau joujou. Eddie, vous venez ?
WU : (*marmonnements inintelligibles*).

Je les entends s'agiter et, finalement, les cinq hommes sortent pour rejoindre l'abri à sous-marin numéro 2. J'attends qu'ils soient à l'intérieur, puis me faufile derrière le bâtiment. Je découvre alors des barreaux métalliques fixés sur le côté, à l'évidence destinés à permettre aux soldats de monter sur le toit.

Je grimpe là-haut et me retrouve nez à nez avec un fantassin très surpris de me voir.

— Salut ! dis-je en lui balançant la crosse du QBZ-95 en travers de la figure.

Le militaire dégringole sur le toit métallique de manière sans doute un peu trop sonore à mon goût. Je m'empresse de le faire rouler contre un conduit de ventilation afin de le camoufler un peu et me débarrasse du fusil chinois dans un coin sombre. Il ne m'est pas utile tant que mon SC-20K m'accompagne.

J'aperçois une trappe dans le toit, près du conduit. Je jette un regard au travers et découvre des poutrelles transversales sous le plafond. Parfait.

Je me faufile dans l'abri comme un serpent, j'en agrippe une, puis la chevauche en m'éloignant petit à petit de l'ouverture. Je me trouve à présent dans le noir, mais vois tout ce qui se passe au-dessus.

Le général Tun a entraîné son auditoire à l'avant du submersible de classe Xia et ordonne aux soldats d'apporter le matériel. Une longue caisse en forme de cercueil est posée sur le quai qui longe le vaisseau. Elle contient un VSMA, qui ressemble tout à fait à celui que le Pr Gregory Jeinsen a dessiné au Pentagone. Long et cylindrique, l'engin mesure environ 1,8 mètre de long sur 90 centimètres de diamètre : une sorte d'étui à cigare géant aux bouts aplatis. Je braque le 5-7, ajuste la fréquence du KAT et j'écoute.

ZDROK : Alors, le voilà, hein ? Toute cette histoire pour ça ?

HERZOG : C'est une invention merveilleuse, Andreï. C'est splendide.

ZDROK : Combien de ces engins vos sous-marins peuvent-ils transporter ?

TUN : Ça marche avec tube lance-torpilles… *Mao* a trois Barracudas. Comme celui-ci.

ZDROK : O.K., donc l'un des VSMA est équipé de l'ogive. Et les deux autres ?

TUN : Rien. Eux, ce sont leurres.

HERZOG : Quand prévoyez-vous de faire votre déclaration aux États-Unis, général ?
TUN : Quand *Mao* atteindre zone de cible. Sept jours.
HERZOG : Et vous prévoyez vraiment de vous en servir s'ils ne vous laissent pas attaquer Taïwan ?
TUN : (*hochements de tête enthousiastes*) Adieu Disneyland ! Boum !
ZDROK : Que ferez-vous si les USA vous tombent dessus avant ?
TUN : Tombent dessus... ?
ZDROK : S'ils vous attaquent en premier ?
TUN : (*rires*) Vous très drôle, monsieur Zdrok. Plaisanterie, pas vrai ?

J'ai compris... Le général n'envisage pas du tout de lancer une bombe nucléaire sur Taïwan. Il se sert du VSMA pour acheminer l'arme le plus près possible d'une grande ville américaine de la côte ouest. Los Angeles, manifestement.

Ce qui lui sert de garantie pour attaquer Taïwan. Il va nous faire croire que l'arme est en place et qu'elle explosera si on essaye de l'empêcher d'envahir l'île. Comme il utilise un sous-marin pour lancer le VSMA, on aura un mal fou à le pister.

D'après ce que je sais de la technologie du VSMA, on peut l'envoyer au moyen du lance-torpilles d'un sous-marin, puis le téléguider jusqu'à sa destination finale. Le submersible n'a même pas besoin de se trouver dans les eaux territoriales américaines, mais juste à la limite des eaux internationales pour agir. Ingénieux...

Il est temps de filer. Je commence à rebrousser chemin le long de la poutrelle, quand j'entends une cavalcade en contrebas. Tout un peloton d'hommes armés fait irruption. Le sergent court vers un autre officier, qui à son tour murmure quelque chose au général.

Puis tout le monde lève le nez vers le plafond, tandis qu'on escorte Tun hors de mon champ de vision.

Ils ont retrouvé le garde que j'ai mis K.O. tout à l'heure ? Ou celui sur le toit ? Nul doute qu'ils agissent comme s'ils savaient que quelque chose se trame au-dessus de leur tête.

Un soldat apporte un projecteur, le pose sur le quai à côté du VSMA, l'allume et éclaire le plafond. Il le déplace ensuite lentement le long de chaque poutrelle, tandis que chaque homme examine ce qui apparaît dans le faisceau lumineux.

Je reste parfaitement immobile et prie pour que mon corps ne dépasse pas trop du contour de la poutrelle sur laquelle je me tiens.

D'autres soldats apportent un appareil qui m'a l'air familier. En fait, c'est le ghetto-blaster façon émetteur que j'ai vu à Hong-Kong. Ils le branchent quelque part, dirigent la petite parabole vers le haut, puis le mettent en route.

Je reconnais certes le bourdonnement de l'autre soir, mais cette fois mes implants sont immunisés. Grâce au travail de Grimsdottir et à l'opération que Coen m'a fait subir à L. A., leur engin de torture à ultrasons n'a plus d'effet sur moi.

Les hommes échangent des regards interdits. L'un d'eux vérifie la machine pour voir si elle fonctionne correctement. Il hausse les épaules. Un type aboie des ordres. Les autres s'agitent et se bousculent. Ils ne savent pas trop si je suis là-haut ou pas. Zdrok, Herzog, Putnik et Wu se sont regroupés près de la porte, se contentant d'observer.

Jusqu'à maintenant, personne ne m'a vu. Je reste là toute la nuit s'il le faut ! Tant que je ne bouge pas, je suis a priori à l'abri. Mon gros souci, en revanche : comment savent-ils que je suis là ?

Un homme en civil entre dans l'abri. Avant que je puisse voir à quoi il ressemble, il se tourne vers Zdrok et son équipe, échange quelques mots avec eux, puis s'avance vers la passerelle près du sous-marin.

Lorsqu'il lève la tête vers le plafond, je manque m'étrangler. Je détiens à présent la réponse à pas mal de questions.

Je sais désormais comment l'ennemi a pu suivre à la trace mes allées et venues à Hong-Kong, à L. A. et ici même. Je sais maintenant comment l'Atelier était au courant de mes faits et gestes à la minute près.

Mason Hendricks, bel et bien vivant, se met à brailler :

— Fisher, vous feriez mieux de descendre et de ne pas les contrarier. Sinon, ils vont vous abattre sans sommation.

34

Un soldat apporte un nouveau projecteur et le braque sur la trappe au plafond… Je ne risque donc pas de m'échapper par là. Autrement dit, je suis pris au piège. Tôt ou tard, l'un de ces faisceaux lumineux va laisser entrevoir une partie de ma jambe ou de mon épaule, et ce sera la fin des haricots. La seule chose que je puisse faire, c'est de leur compliquer la tâche afin qu'ils ne me repèrent pas.

Mais je dois risquer un geste pour extraire de ma poche trois grenades fumigènes. Comme l'œil est attiré par le mouvement, j'avance ma main le plus lentement possible le long de ma hanche. J'atteins enfin la poche, soulève le rabat, mais j'oublie entre-temps que j'y ai glissé mon périscope d'angle… Le foutu instrument glisse, et la gravité se charge du reste. Je regarde, horrifié, l'objet tomber sur le quai en émettant un effroyable ding !

— Là ! s'écrie Hendricks en me montrant du doigt.

Les soldats me mettent en joue, alors que j'empoigne une grenade dans ma poche. Je la dégoupille et la lâche. Le boum ! fait plus de bruit que de dégâts, mais le nuage de fumée noire qu'il produit me satisfait pleinement. J'en attrape aussitôt une autre, la dégoupille et la lâche. C'est alors que la fusillade éclate. Les balles pulvérisent le plafond autour de moi, mais je peux à présent ramper hors du danger le long de la poutrelle. Je ne reviens pas vers la trappe, car tout le monde s'attend à cela. Je pars au contraire dans la direction opposée, sans savoir où cela va me mener. Les balles continuent de crépiter dans tous les sens… Les soldats ne laissent rien au hasard.

Je n'ai pas d'autre solution que de plonger la main dans mon sac à dos pour m'emparer de ma seule et unique mine murale. Je mets cinq secondes à l'activer et cinq autres à la fixer au plafond. Elle est programmée pour exploser 10 secondes plus tard… Je n'ai pas intérêt à traîner et m'éloigne au maximum sur la poutrelle.

Au-dessous, les hommes sont encore gênés par la fumée et continuent à mitrailler à l'aveuglette. L'explosif mural est un risque à courir. J'espère que la brèche créée par l'explosion sera suffisamment large pour que je puisse passer au travers et produira encore davantage de fumée pour masquer ma fuite.

Je me déplace à l'autre bout de la poutrelle et me couvre la tête, tandis que les balles crépitent de tous côtés sur le plafond.

BOUM !

Le bâtiment tremble avec une violence inouïe, tant et si bien que je me retrouve en équilibre précaire sur ma poutrelle qui remue et se détache ! Je m'y cramponne en la sentant vaciller sous mon poids. Je ne vois plus rien… La fumée a envahi l'endroit, et j'ignore si je vais tomber ou si je vais encore pouvoir rester en l'air… à la merci de deux ou trois boulons d'acier.

Au bout d'un petit moment, je recouvre quelque peu l'équilibre et constate que la poutrelle ne lâche pas encore… mais ne va pas tarder. J'abaisse mes lunettes et active le mode vision nocturne, qui m'aide parfois à voir clair au travers des écrans de fumée.

Je discerne les contours de certains objets et distingue clairement le grand trou au plafond, qui doit mesurer près de deux mètres de diamètre. Comme la fumée s'échappe rapidement, je dois fuir illico.

Derrière moi, une poignée de boulons retiennent encore la poutrelle à laquelle je m'accroche. L'autre extrémité, en revanche, est suspendue dans le vide au-dessus de la cale. Je dois reculer doucement en glissant sur les fesses jusqu'au plafond, puis attraper une autre poutrelle pour me hisser une main après l'autre avant d'atteindre la brèche. Si j'avance trop vite, la poutrelle sur laquelle je me trouve va lâcher. Et bien entendu les soldats au-dessus s'en donnent à cœur joie, quelle que soit la direction que j'emprunte.

Vivons dangereusement !

Quand je me trouve à environ un mètre et demi du plafond, j'entends les boulons qui commencent à céder : un horrible bruit de ferraille qui se déchire derrière moi, tandis que je sens la poutrelle branler et s'abaisser de quelques centimètres. Cela devient trop risqué de rester assis dessus plus longtemps… Je me concentre sur la poutrelle stable au-dessus de ma tête et tente de me propulser d'un mètre et demi alors que je suis en position assise.

C'est là que l'entraînement du *krav maga* entre en jeu. Grâce aux muscles de mes cuisses et un pénible étirement entre ma taille et mes bras, je parviens à me *grandir* – je ne vois pas d'autre terme –, tout en donnant une petite impulsion à mon mouvement.

Dès que je passe à l'action, la poutrelle se détache et dégringole. L'espace d'un quart de seconde, je me retrouve dans le vide… puis mes mains s'accrochent à la poutrelle du dessus. Je m'y cramponne fermement, reprends mon souffle, puis commence à grimper les six mètres qui me séparent du trou.

Je ne regarde pas en bas, mais j'entends les hommes s'interpeller. La poutrelle a dû tomber sur quelques-uns d'entre eux. J'ai l'impression que mon trajet dure une éternité avant d'atteindre enfin la brèche, d'autant qu'entre-temps la fumée s'est rapidement dissipée. Et, dès que j'arrive à l'ouverture, j'entends Hendricks vociférer :

— Le voilà ! Abattez-le !

Les balles volent de toutes parts, mais je me suis déjà glissé sur le toit. Je roule sur moi-même jusqu'au bord du bâtiment, alors que les balles perforent l'acier dans mon sillage.

Dès que je sens que la voie est libre, je me redresse et cours vers l'échelle qui longe la bâtisse. Trois soldats grimpent déjà sur les barreaux. Je sors le 5-7 et tire sur le premier. Il chute et renverse les deux autres. À terre, ça grouille de militaires entourant l'abri. Pour la deuxième fois en 10 minutes, je suis pris au piège… Je replonge donc la main dans mon sac à dos, afin de vérifier mon stock de grenades fumigènes. Il ne m'en reste plus que deux ! J'ai également deux ou trois fusées éclairantes et un autre truc qui pourrait s'avérer utile.

Je sors le SC-20K et place une caméra de diversion dans le chargeur. Le timing est capital. En pareilles situations, j'aimerais avoir quatre mains supplémentaires. Je file d'abord dans un coin du toit, où il y a moins de soldats en contrebas, dans la partie nord, entre les abris à sous-marins 1 et 2. Si je peux descendre à terre, au moins j'aurai une *chance* de tirer dans le tas pour m'enfuir de la base. Je pose deux fusées éclairantes et les grenades fumigènes devant moi, puis prépare deux caméras de diversion : celle que j'ai mise dans le SC-20K et l'autre que j'ai en main, prête à être chargée.

Ensuite, je prends une fusée, l'active et la pointe latéralement au toit avant de la lancer sur les soldats.

Elle éclate en beauté, répand flammes et étincelles de toutes parts. Elle ne risque pas de les blesser, mais sèmera la confusion. Je dégoupille alors la grenade fumigène et la fais tomber. En explosant, elle recouvre le sol d'une épaisse fumée noire. La seconde fusée va suivre et je la pointe dans la direction opposée à la première. Elle aussi éclate à merveille en désorientant les hommes. Je lâche ma dernière grenade fumigène en la faisant exploser entre les deux abris.

Enfin, je lance une caméra de diversion en braquant le SC-20K sur le côté de l'abri numéro 1, proche de la côte. Sitôt qu'elle adhère à la paroi, elle commence à émettre le bruit d'une fusillade. Je me dépêche de charger la deuxième caméra de diversion, que je projette au-dessus des soldats… et qui va se coller sur l'aile d'une jeep située à une trentaine de mètres de l'abri numéro 2. Histoire de rigoler, j'ai programmé – à tue-tête – la version fanfare de *Stars and Stripes Forever.*

Panique générale en contrebas. Les soldats chinois ne comprennent absolument pas ce qui se passe. Ils croient que quelqu'un leur tire dessus depuis la plage et qu'une fanfare a soudain fait irruption de l'autre côté ! Les fusées continuent de brûler et d'éclairer la fumée, comme sur la scène d'un concert psychédélique.

J'en profite pour bondir du toit. En raison de la fumée, il m'est difficile de déterminer à quelle distance se situe le sol. Pour avoir déjà accompli ce genre de sauts, je sais comment me réceptionner en roulé-boulé pour éviter de me faire mal, mais d'habitude je vois à quel endroit je vais atterrir. Le mode vision nocturne ne m'aide pas vraiment non plus dans le cas présent.

Je touche terre plus tôt que prévu et ressens une vive douleur dans la cheville droite. J'essaye de compenser en roulant sur moi-même, mais le mal est fait. Je m'effondre comme si je pesais une tonne. Juste au moment où je m'attends à voir rappliquer une dizaine de soldats, rien ne se produit. Ils courent toujours dans tous les sens en se demandant où j'ai bien pu passer. Je me relève tant bien que mal en grimaçant et m'éloigne en boitant. Je suis certain de ne pas avoir de cheville brisée, mais je sais qu'elle est foulée.

À mesure que j'avance, la douleur diminue. Cela ne doit donc pas être si terrible... Au sol, le mode vision nocturne fonctionne un peu mieux, et j'arrive à me diriger. Je passe devant le premier abri et me rends vers la partie nord du cantonnement.

Derrière moi, j'entends toujours les cris et la fusillade, mais à présent la fumée se dissipe.

Le vacarme réveille le reste des troupes. Je vois des soldats sortir la tête par les portes et les fenêtres des baraquements. Avec ma patte folle, je dois avoir l'air d'un cinglé qui traverse la base en sautillant. Un soldat m'aperçoit, mais il est trop somnolent pour deviner que je suis l'ennemi.

Par miracle, j'atteins la clôture. Je tombe à plat ventre, rampe jusqu'à la brèche que j'ai découpée tout à l'heure, puis me glisse au travers. Enfin, je suis presque libre ! Si seulement je parviens à m'éloigner suffisamment de la base pour me planquer quelque part dans le noir... et éviter de me faire prendre, je pourrai peut-être m'en sortir vivant. Je traverse la route et me retrouve hors de portée des projecteurs. La nationale qui mène à Fuzhou se situe droit devant. Pour l'heure, je vais sans doute devoir l'éviter et dénicher un fossé pour m'y terrer.

Mais j'entends vrombir les moteurs de leurs véhicules, tandis qu'ils élargissent les recherches. Tout en changeant de direction et en épargnant ma patte folle, je trottine le long de la grand-route, mais reste dans l'ombre. Les autres ne tardent pas à s'engager sur la voie et commencent à patrouiller en roulant lentement.

À l'évidence, ils se doutent que je ne suis pas très loin. Quand l'une des jeeps s'arrête soudain et dirige ses projecteurs dans ma direction, je m'aplatis à terre. Les faisceaux lumineux se croisent en passant au-dessus de mon corps allongé, puis se figent. J'entends claquer des portières.

— Sam ! s'écrie la voix de Lambert dans mes oreilles. Vous êtes cerné ! Barrez-vous !

On vient dans ma direction. Des soldats…

J'attrape mon SC-20K, je vérifie qu'il est bien en mode mitraillage et me prépare à canarder comme un malade pour me tirer de là. Je reste immobile, attendant le bon moment, puis lâche une première salve en direction du bruit.

J'atteins un groupe d'hommes au moment où un projecteur me repère et m'éclaire de la tête aux pieds. Les soldats me tirent dessus sans se soucier du reste, ce qui m'oblige à tomber de nouveau ventre à terre. Mais à quoi bon ? Dans l'intervalle, une dizaine de canons de fusil sont braqués sur ma tête.

Je n'ai pas d'autre choix que de lâcher mon arme et de lever les mains.

35

On m'embarque dans une jeep qui me ramène au cantonnement. Mon sac à dos, mon SC-20K, mon 5-7, mon casque, et mon OPSAT sont confisqués. Ils ont aussi vidé les poches de mon uniforme et retiré mes bottes. Une arme braquée de chaque côté de ma tête leur assure ma coopération. Durant le court trajet de retour à la base, la voix de Lambert dans mes oreilles s'affole :

— Sam ? Qu'est-ce qui s'est passé ? Tout va bien ? On n'a plus d'image satellite.

Pour lui répondre, je fais mine de tousser... tout en pressant l'implant de mon cou.

— J'ai mal à la gorge, dis-je à voix haute.

Les gardes chinois me poussent avec le canon de leurs fusils... *Baisse ta main.* Je hoche la tête, souris et obtempère. À Washington, Lambert aura compris qu'ils m'ont fait prisonnier. Lorsqu'on a intégré les implants dans l'équipement standard d'un Splinter Cell, on a aussi créé une série de messages codés pouvant signifier toutes sortes de choses. On a imaginé divers scénarios correspondant à ces fameux codes. Tant qu'on peut appuyer sur l'implant et parler, on peut communiquer avec le Troisième Échelon. En présence ennemie, le meilleur moyen d'agir consiste à accomplir un geste naturel, éternuement ou toussotement, par exemple, en prononçant la phrase secrète. En l'occurrence, j'ai dit à Lambert tout ce qu'il avait besoin de savoir.

Dès que nous sommes de retour aux abris à sous-marins, un soldat me ligote les mains dans le dos à l'aide d'une robuste corde en nylon. Heureusement, Lambert va commencer à prendre des mesures pour tenter de me faire sortir… sauf si Washington opte pour le Protocole Six. Il reste toujours cette éventualité. Les règles de ce jeu dangereux stipulent que si l'ennemi nous capture, eh bien, on n'existe pas. Je ne me suis jamais trouvé dans une telle situation auparavant, alors j'ignore si Lambert appliquera la procédure à la lettre. Je sais en revanche qu'un Splinter Cell a fait les frais du Protocole Six après son arrestation pour espionnage en Corée du Nord.

S'il existe d'autres cas, on ne m'a pas mis dans le secret. Je suppose donc qu'à partir de maintenant je suis livré à moi-même. Espérer un truc aussi risqué qu'un sauvetage serait pure folie.

On m'emmène tambour battant dans un bâtiment provisoire pas très éloigné du poste de commandement. Construit en acier, en aluminium, en béton et en bois, cela ressemble à une installation modulable avec des bureaux et des réserves.

On me conduit dans une cellule d'environ trois mètres sur trois, dotée d'une paillasse construite dans le mur, et on me jette à terre. Les soldats s'en vont, claquent la porte, la verrouillent et me laissent seul.

Je me redresse et tente de me mettre debout. Ma cheville m'élance encore, mais c'est supportable. Je m'assois ensuite sur la paillasse en essayant de me vider l'esprit de tout ce qui pourrait entraver ma résistance à la torture. Qui sait ce qu'ils me réservent ? Encore qu'ils risquent de m'exécuter sans autre forme de procès et basta… Peut-être utiliseront-ils certains moyens de « persuasion » d'une délicatesse typiquement chinoise pour m'arracher des confidences sur la NSA… Non pas qu'il y ait grand-chose à dire, remarquez. Je ne connais pas beaucoup de dossiers top-secret qui pourraient causer du tort à notre gouvernement.

Le Troisième Échelon fonctionne ainsi, par cloisonnements. Au mieux, je pourrais révéler des détails sur la manière dont notre organisation est structurée, mais je doute qu'ils parviennent même à me les soutirer. J'ai prévu de ne rien lâcher du tout, quelles que soient les tortures qu'ils m'ont préparées.

Une vingtaine de minutes s'écoulent. Mason Hendricks et Andreï Zdrok entrent dans la pièce et referment la porte derrière eux.

— Je vois que vous êtes confortablement installé, commence Hendricks. Désolé. Nous ne voulions pas vous faire attendre.

— Allez vous faire foutre, Mason, dis-je.

Il glousse et se tourne vers Zdrok :

— Fisher possède un vocabulaire très raffiné. (Zdrok sourit, mais me regarde froidement.) Oh ! vous connaissez Andreï, au fait ?... Andreï Zdrok, Sam Fisher.

Je réponds :

— On s'est croisés par hasard une fois, mais nous n'avons pas été présentés dans les formes. Pardonnez-moi de ne pas vous serrer la main.

— Je pense qu'on devrait le tuer maintenant, suggère Zdrok. Il est trop dangereux.

— Attendez, mon ami, attendez. Vous ne voulez pas le voir souffrir ? Après tout le tort qu'il a causé à notre organisation ? demande Hendricks.

Zdrok ne répond pas, mais je vois bien que ça le démange d'en découdre avec moi.

Hendricks s'adosse au mur et reprend :

— Fisher, je présume que vous souhaitez quelques réponses.

— Je n'en ai rien à foutre de vos réponses, Mason. Vous êtes un traître doublé d'une belle ordure. Les autres explications sont inutiles.

Hendricks fronce les sourcils et poursuit :

— Allons, Fisher. Vous savez aussi bien que moi que les États-Unis ont choisi des orientations inconcevables. La politique extérieure américaine est prise de folie furieuse. J'ai simplement déplacé ma loyauté vers d'autres horizons. Je ne vis pas aux USA, Fisher. J'ai vécu en Extrême-Orient la moitié de mon existence. Il est temps que je cesse de me voiler la face et de suivre ce que me dicte mon cœur.

— Au point de rejoindre une organisation qui fournit au marché noir des armes pour les terroristes ?

— Je soutiens l'Atelier depuis des années. Avant même que vous n'en ayez entendu parler. En fait, Andreï ici présent fait référence à moi sous le nom de « Bienfaiteur ». Parce qu'au fil des ans j'ai fourni à l'Atelier une foule d'informations dans le but de développer leur clientèle.

— Vous voulez dire que vous avez livré des secrets gouvernementaux. Vous avez compromis nos propres agences de renseignements.

— Peut-être…

— Pas étonnant que les Dragons chanceux et l'Atelier aient toujours eu un métro d'avance sur moi, quel que soit l'endroit où j'allais. Vous connaissiez les moindres faits et gestes du Troisième Échelon. C'est bien ce que me disait Lambert, mais il vous faisait confiance. Vous saviez donc chaque fois où je me trouvais. Même à Los Angeles. Putnik, votre tueur à gages, savait parfaitement où j'étais.

— Exact, Fisher. Bien sûr, nous ne communiquons plus avec les Dragons chanceux. Nous sommes pour ainsi dire brouillés.

— C'est ce que j'ai cru comprendre.

— À présent, Andreï et moi allons faire des affaires ensemble. Je vais quitter Hong-Kong. Puisqu'il a perdu deux de ses partenaires – grâce à vos bons soins –, je le rejoins à la direction de l'Atelier. Avec mes contacts dans le monde entier, ce sera un investissement des plus avisés. Si je pouvais vous faire confiance, je vous offrirais un poste au sein de l'organisation. Un homme tel que vous nous serait grandement utile.

— Allez au diable, Mason.

— J'avais prévu cette réponse, aussi n'ai-je pas pris la peine de vous poser la question fatidique.

— Qu'est-ce qui s'est passé dans votre maison de Hong-Kong, alors ? Qui avez-vous fait flamber à votre place ?

Hendricks secoue la tête :

— Tss... tss... tss... Quel dommage que Yoshiko ait dû mourir. Je l'appréciais, mais elle s'est trouvée par chance au bon endroit au bon moment. Elle travaillait au Purple Queen, vous savez. Quant au corps de la victime masculine, c'est quelqu'un que l'Atelier m'a fourni. Un Occidental quelconque qu'ils ont kidnappé dans la rue, nettoyé et vêtu de mon pyjama. Je devais faire croire aux Dragons chanceux et au Troisième Échelon que j'étais mort, vous comprenez.

— Évidemment. Très bien vu.

— Merci. Le problème, c'est que je vais devoir changer de nom, d'apparence et régler mes affaires par l'entremise d'un tiers. C'est tellement rasoir. Mais, bon, il le faut bien.

— Et vous êtes même libre d'aider un général chinois cinglé à attaquer un pays sans défense et à extorquer la non-ingérence des USA. Vous êtes un type entreprenant, Mason.

— Oh ! vous avez deviné notre plan, alors ? Savez-vous

par quel moyen nous allons la leur *extorquer*, comme vous le dites si délicatement ?

— Vous êtes en possession d'une ogive nucléaire et vous la placerez dans un des VSMA que transporte le sous-marin à destination de l'Amérique.

— Je suis impressionné, Fisher. Il y a deux heures, vous l'ignoriez.

— Et j'ai déjà transmis le plan au Troisième Échelon. Vous ne pourrez jamais vous en tirer.

Hendricks me mitraille du regard.

— Vous mentez, Fisher. Le Troisième Échelon ne sait absolument rien. La dernière communication que vous avez eue avec eux, c'était au moment où l'on vous a capturé… et vous n'en avez rien dit. J'imagine que vous venez à peine de comprendre et n'avez pas eu le temps de leur faire un rapport. Je surveille toutes les communications du Troisième Échelon, Fisher. Sinon comment j'aurais pu vous précéder chaque fois ?

Il a raison. Je le crois. Il disposait d'un accès total à nos transmissions par satellite et pouvait écouter à tout moment ce qui transitait par mes implants.

Hendricks sort un truc de la poche de sa veste. Il le tend discrètement à Zdrok, qui sourit à belles dents pour la première fois depuis son arrivée.

— Andreï a quelque chose pour vous. Il souhaite vous montrer combien il apprécie tout ce que vous avez fait pour lui et l'Atelier.

Zdrok brandit un coup-de-poing américain. Il prend tout son temps pour l'enfiler délicatement à sa main droite gantée de cuir noir. Hendricks me fait alors signe de me lever.

Je n'ai pas d'autres choix que d'obéir. Il passe ensuite derrière moi et plaque les bras autour de ma poitrine pour m'empêcher de bouger.

— Ne tentez pas un de vos mouvements de *krav maga*,

Fisher, me prévient-il. Je suis moi-même tout à fait doué en autodéfense.

Je sais qu'il dit vrai.

— Monsieur Fisher, déclare Zdrok en s'approchant de moi, vous avez gravement porté préjudice à mon entreprise l'an dernier. J'ai donc un plaisir extrême à vous rendre la pareille.

À ces mots, il lève doucement son poing et me frappe de toutes ses forces en plein estomac. Quand le coup-de-poing américain entre en contact avec mon plexus solaire, j'ai l'impression que mon abdomen explose. Je ressens la pire douleur que j'aie jamais connue, tandis que la nausée m'envahit et qu'un voile noir s'abat sur moi. Je me vois vaguement tomber comme une masse sur le sol métallique.

***

Les jours passent. Je garde la notion du temps, car mes geôliers m'apportent toutes les 12 heures environ une assiette de riz gluant et tiède. Chaque repas se révèle une expérience des plus agréables, étant donné que j'ai toujours les mains ligotées dans le dos.

J'en suis donc réduit à laper le riz à quatre pattes comme un chien. Deux fois par jour, on vient me chercher pour m'escorter jusqu'aux toilettes.

Si je n'ai pas besoin d'y aller à ce moment-là, pas de bol. Si je dois y aller quand ils ne sont pas dans le coin pour m'y emmener, pas de bol non plus. Mais je m'estime heureux de ne pas m'être fait dessus pour l'instant... Sinon, la plupart du temps, ils me gardent enfermé dans cette cellule.

Mon estomac me fait un mal fou. Des hématomes atroces recouvrent mon plexus solaire, et je redoute d'avoir des lésions internes.

Les premiers jours, j'avais du sang dans les urines et les selles, mais il semble que cela se soit désormais résorbé. Toutefois, la partie de mon corps entre la cage thoracique et le bassin me fait constamment souffrir et se révèle très sensible au toucher.

Mes côtes fêlées à Los Angeles n'arrangent rien. Le poing américain de Zdrok m'a sacrément bousillé, et j'espère ne pas avoir une rupture de la rate ou quelque chose dans le genre… mais j'imagine que je serais sans doute bien plus malade dans ce cas. Je ne suis pas médecin, mais si j'avais des organes internes en charpie, je suppose que je serais mourant, non ? Je peux sans doute me réjouir de ne pas être encore plus mal en point !

Mais pourquoi me garde-t-on en vie ? Chaque fois qu'un garde vient m'apporter de la nourriture ou m'emmène aux toilettes, je demande à voir Hendricks ou un chef quelconque. Les geôliers chinois m'ignorent, se contentant de faire leur boulot. Je ne comprends pas à quoi cela rime de me garder enfermé, en vie, pendant des jours. Ils ne me fournissent aucun soin médical pour mon ventre, me tiennent en isolement, et pourtant me nourrissent.

Aucune nouvelle du Troisième Échelon. Peut-être qu'ils appliquent réellement le Protocole Six. Je pensais que Lambert, Coen ou n'importe qui… m'aurait parlé à travers mes implants, juste pour me dire *quelque chose.* Mais le silence radio est total.

Par moments, j'entends de l'agitation à l'extérieur : des braillements de soldats, des véhicules qui se déplacent, même des avions qui passent au-dessus de nous.

Hier, j'ai eu l'impression que toute la compagnie évacuait la base. Depuis, plus rien… On se croirait dans un cimetière.

Voilà que tout à coup la porte s'ouvre, et Mason Hendricks fait irruption, accompagné d'Yvan Putnik, qui tient un sac de sport à la main. Assis sur ma paillasse, je ne fais pas l'effort de bouger.

Hendricks me salue sans se donner la peine de présenter son acolyte.

— Comment vous vous sentez, Fisher ? me demande-t-il.

Je me borne à lui décocher un regard assassin.

Il grogne, narquois :

— À ce point-là ? Vous avez une mine affreuse, remarquez. (Il me colle un direct dans le ventre et je grimace.) Pas très jolies, ces ecchymoses.

— Qu'est-ce que vous voulez ?

— Oh ! rien de spécial. Je pensais que vous souhaiteriez un peu de compagnie après tout ce temps. Peut-être aimeriez-vous des nouvelles du monde extérieur ?

J'attends la suite en essayant de ne pas avoir l'air impatient.

— Il n'y a plus qu'une équipe réduite à la base. Le général Tun et le reste de ses hommes sont à bord d'une frégate au large de Taïwan. L'attaque est imminente.

Un coup d'œil à sa montre, puis :

— Ça va commencer d'ici une heure, je dirais. D'abord par un bombardement aérien, suivi d'un assaut par la mer.

Je pousse un soupir qui ressemble à un gémissement.

— Oui, je sais, Fisher. Ça s'annonce plutôt mal. Et vous savez quoi ? Notre pays ne va rien faire pour les arrêter. Oh ! on a discuté ferme ces derniers jours, et je crois qu'à l'heure où je parle, notre président s'entretient à huis clos avec son homologue chinois. Voyez-vous, le général Tun a déclaré ce matin aux Nations unies que les USA seraient la cible d'une « arme secrète » si nous levons ne serait-ce que le petit doigt pour aider Taïwan. Pékin décline toute responsabilité, mais ne fera rien pour empêcher Tun.

Hendricks se met à marcher de long en large en parlant. Putnik reste planté là gravement, son regard sinistre fixé sur moi. Il ressemble effectivement à Raspoutine.

— Le sous-marin *Mao* a atteint les eaux territoriales de Los Angeles un peu plus tôt dans la journée. Trois VSMA ont été lancés. Deux leurres et un armé de l'ogive nucléaire. Avant que l'US Navy ne puisse localiser le submersible, le *Mao* a regagné les eaux internationales. La bombe peut être déclenchée manuellement depuis un panneau de contrôle à bord du sous-marin ou ici, depuis notre poste de commandement. Andreï Zdrok, Oskar Herzog et moi-même aurons le plaisir d'assister au drame qui va se dérouler. Nous allions partir la semaine dernière, mais le général Tun nous a invités au spectacle. Nous n'avions nulle part où aller, figurez-vous, alors ce brave général nous a offert l'hospitalité ici à la base, au moins le temps que la situation s'éclaircisse. Il nous aidera ensuite à trouver un nouveau QG pour l'Atelier et reprendra sans doute le poste occupé autrefois par Prokofiev à Moscou.

— Et moi ? dis-je.

— Oh... *vous* ? Vous vous demandez pourquoi on vous a gardé aussi longtemps en vie. Vous pouvez en savoir gré au général Tun. Dès qu'il a vu qu'un Splinter Cell de la NSA était arrêté et sous bonne garde, le général a donné des ordres très stricts stipulant de vous garder vivant... pendant un certain temps. Je pense qu'il souhaitait d'abord réfléchir à ce qu'il voulait faire de vous. Peut-être pourriez-vous devenir une sorte de monnaie d'échange dans les pourparlers avec les États-Unis. Je ne peux pas vraiment le confirmer. Je lui ai dit que c'était une décision idiote, mais il n'a rien voulu entendre. Quoi qu'il en soit, tout cela n'a plus d'importance à présent. On vient d'apprendre il y a peu que le général ne s'intéresse plus à vous. Les négociations s'étant détériorées entre Pékin et Washington, avec l'invasion imminente de Taïwan, et Los Angeles sur le point d'être détruite si les Américains défendent les Taïwanais…, Tun a fini par se dire que vous ne lui êtes tout bonnement d'aucune utilité. Yvan ici présent s'est donc porté volontaire pour vous faire disparaître… à jamais.

Putnik me gratifie d'un sourire jusqu'aux oreilles. C'est donc ça. Ils m'ont gardé ici emprisonné comme une bête, et l'heure est venue d'aller à l'abattoir. Parfait. Qu'on en finisse.

— Oh !… Yvan ne parle pas anglais. Mais il souhaitait que je vous dise qu'il allait prendre son temps. Il aimerait savoir à quel point un robuste Splinter Cell comme vous peut endurer la douleur. C'est pour sa documentation personnelle, voyez-vous. Je lui ai dit que vous seriez ravi de contribuer à ses recherches statistiques. Je n'ai donc plus qu'à vous laisser. Au revoir, Fisher.

Hendricks frappe à la porte, et on la lui déverrouille. Elle se referme en claquant derrière lui et me voilà seul avec mon bourreau. Si seulement j'avais l'usage de mes mains ! Je pourrais vaincre ce type, je le sais. Il faudrait juste qu'on se batte à la loyale.

Putnik retire lentement sa veste. Au-dessous, il porte un tee-shirt. Ouvrant son sac de sport, il en extrait un rouleau d'adhésif, le genre dont se servent les boxeurs pour entourer leurs poings avant d'enfiler les gants. Je l'observe tandis qu'il recouvre méthodiquement ses mains et de temps à autre cogne la paume de l'une avec le poing de l'autre. Il sort ensuite deux couteaux. L'un est long et fin comme un stylet. L'autre se révèle clairement un poignard à la Rambo de la taille d'un Bowie américain. Il les pose par terre, près du sac. Puis il me regarde, sourit et hoche la tête. Il est prêt.

Je ne perds pas de temps. Je bondis de la paillasse et lui colle un coup de boule dans le ventre en le projetant contre le mur avec fracas. Mais je ne vais pas m'arrêter là. Je lui flanque des coups de pied à répétition jusqu'à ce qu'il parvienne à saisir mon pied nu pour le tordre violemment. Comme par hasard, c'est la cheville que je me suis foulée une semaine plus tôt... et la douleur ressurgit. Je ne peux m'empêcher de hurler en tombant à terre.

Putnik se redresse et ne sourit plus. Il s'avance et m'assène un rapide coup de pied dans mon estomac affaibli et endolori. C'est insupportable et je reste paralysé quelques secondes.

Putnik me tourne autour et souhaite à l'évidence me faire subir le châtiment comme promis. Mais, juste au moment où il se tient debout derrière moi, je récupère suffisamment pour rouler sur le dos et lui coller un coup de pied dans l'entrejambe.

Il pousse un hurlement et s'écarte en tenant son bas-ventre comme s'il était en feu. Sourire satisfait aux lèvres, je me relève en lui faisant face, prêt à lui balancer un coup de pied dans la poitrine.

Mais il se tient prêt ; il me saute dessus en grognant comme un animal sauvage. Ses yeux flamboyant de folie le font encore davantage ressembler à de vieux clichés de Raspoutine.

L'assassin bondit sur moi avec la vélocité d'un tigre, et nous dégringolons à terre. Ses mains enserrent mon cou, j'essaye de le repousser. Mes propres mains étant ligotées, je ne peux que ruer en agitant le haut de mon corps comme un poisson hors de l'eau... en espérant que cette tactique puisse fonctionner.

Tout à coup, comme si l'orage décidait d'éclater avant de déverser une pluie torrentielle, le gémissement strident d'un missile envahit l'atmosphère... suivi par une explosion qui secoue tellement le bâtiment que Putnik lâche prise et tombe sur le côté.

L'espace d'un court instant, on se fige tous les deux. Puis la fusillade éclate à l'extérieur. Des cris fusent de toutes parts. D'autres coups de feu. Putnik se relève et frappe à la porte. Personne ne vient lui ouvrir…

Un autre hurlement, encore plus perçant que le premier, retentit au-dehors. Cette fois, notre bâtiment est frappé de plein fouet. C'est comme si nous nous retrouvions au centre d'un grand vide…

L'atmosphère implose, tandis que les murs et le reste se sont volatilisés. J'ai l'impression de chuter, mais je ne peux que dégringoler dans le néant.

Tout ce que je sais, c'est que le monde autour de moi n'existe plus : la fumée et les flammes l'ont remplacé.

36

Abasourdi, je retire les gravats qui me recouvrent et tente d'évaluer les dégâts. Je perçois tout d'abord des odeurs de poudre et métal calciné. Puis je vois le ciel bleu et les nuages blancs au-dessus de moi et me rends compte que le bâtiment où je me trouvais a été réduit en miettes. Je suis maculé de cendres, d'éclats de métal, d'aluminium et de béton, mais mon corps semble intact. Cependant, j'ai toujours les mains attachées !

D'autres coups de feu résonnent ici et là. Je vois des Chinois courir et tirer sur des soldats. Ces hommes ne portent pas d'uniforme, mais sont vêtus comme des guérilleros, le crâne enturbanné d'un foulard rouge.

Des civils ! Ils ont assailli la base !

Je roule sur moi-même et m'entaille le bras par mégarde sur un morceau de fer déchiqueté. Après avoir lâché une bordée de jurons, une idée me traverse l'esprit. Je me place devant le bord échancré du métal, de manière à y poser les poignets.

Je les frotte ensuite avec soin de haut en bas sur le bout de fer, afin qu'il pénètre dans la corde qui me lie les mains depuis une semaine. Même si je m'érafle la peau, je suis prêt à supporter ce léger inconvénient pour être libre. Et, une minute plus tard, la corde cède. Je gémis de douleur en ramenant les bras devant moi pour la première fois depuis des jours. Ça fait mal, mais c'est bon… et le soulagement l'emporte sur tout le reste.

Repoussant d'autres gravats, je me redresse en position assise. C'est alors que j'aperçois Yvan Putnik étendu sous un bloc de béton, l'air plutôt mal en point.

Les coups de feu se rapprochent, et je vois un groupe de soldats battre en retraite et tirer sur une bande de guerriers civils. Les militaires ne paraissent pas faire le poids face aux nouveaux arrivants.

Les civils ont l'air armés jusqu'aux dents et particulièrement acharnés. L'un d'eux brandit un fanion au bout d'un bâton, et je comprends alors de quoi il retourne en reconnaissant les idéogrammes sur l'étendard : le symbole des Dragons chanceux ! Jon Ming m'a écouté, en définitive. La triade est venue mettre un terme aux agissements du général Tun. J'espère seulement qu'ils n'arrivent pas trop tard.

Putnik gémit et remue. Le sinistre abruti pétri de compassion que je suis soulève le poteau qui le recouvre et lui donne quelques claques sur le visage.

— Hé ! dis-je en braillant. Ça va ?

Puis, me souvenant qu'il parle russe, j'enchaîne dans la langue de Tolstoï. Il ouvre les yeux et regarde dans le vague. Il a du mal à se concentrer. Finalement, recouvrant ses esprits, il trouve le moyen de me *montrer les dents* comme une bête fauve.

Dans un sursaut d'énergie inattendu, Putnik me lance un violent coup de genou dans les côtes. J'en ai le souffle coupé et tombe à la renverse sur du bois et du métal encore fumants. Je me brûle le dos et, paniqué, m'éloigne d'une roulade.

Putnik se remet debout, s'époussette un brin et vient vers moi. Le *krav maga* vous enseigne à vous battre comme si votre vie en dépendait. Si cela signifie que vous devez donner des coups en traître, eh bien, soit. Il n'y a pas de règles dans le *krav maga.*

Je m'empare donc d'un madrier embrasé et le jette dans la figure de Putnik. Le bois vole en éclats, tandis que mon adversaire recule en portant les mains à ses yeux. Ignorant la douleur dans mes côtes, je me débrouille pour me relever et lui asséner un féroce coup de pied dans l'abdomen.

Le Russe se plie en deux, encore aveuglé par les échardes en feu dans ses yeux. Sa posture me permet de l'attraper par-derrière pour lui faire une clé d'étranglement au cou. Putnik lutte comme il peut, alors que je le soulève de terre par la tête. Resserrant mon emprise, je lui murmure en russe :

— C'est pour Katia, mon salaud.

Le type s'agite et rue comme un cheval sauvage, mais pas question de desserrer mon étau. Après toute la douleur qui m'a anéanti dans la semaine passée, son ébauche d'autodéfense maladroite ne fait pas le poids.

Finalement, au bout de 30 ou 40 secondes, l'assassin s'affaiblit. Il lutte de plus en plus mollement jusqu'à ce qu'il s'avachisse dans mes bras. C'est alors que, pour faire bonne mesure, je lui tords violemment le cou. Le son de ses cervicales qui craquent est une douce mélodie à mes oreilles. Je le lâche, et son cadavre s'affale comme une poupée de chiffon.

La base militaire offre un spectacle de dévastation. Je ne sais trop avec quoi la triade a frappé, mais ces types disposent sans conteste d'une sacrée puissance de feu. L'ironie du sort veut que la plupart des armes proviennent de l'Atelier. Je me fraye un chemin parmi les gravats et réalise que je dois avoir une drôle de dégaine.

Pieds nus, en pyjama chinois, je pisse le sang et suis couvert d'hématomes.

Deux types de la triade armés surgissent devant moi et aboient des ordres. Je suis trop sonné pour comprendre. J'essaye de leur dire dans mon meilleur mandarin que je suis un prisonnier américain. Ils ne comprennent pas. Je prononce alors les mots : « Cho Kun, Jon Ming », et leur regard étincelle. Hochant la tête avec ferveur, ils me font signe de les suivre. J'arrive tout juste à marcher, alors l'un des deux me laisse s'appuyer un peu sur lui. Nous avançons vers la plage, où les abris à sous-marins sont en flammes. Un groupe de Dragons chanceux se tient à l'extérieur du poste de commandement intact et brandit des fusils automatiques en poussant ce qui ressemble à un cri de victoire. L'attroupement s'écarte et je vois Jon Ming debout au milieu, pointant un pistolet sur le crâne d'un autre homme à ses genoux : Andreï Zdrok.

Ming m'aperçoit et sourit à belles dents. Les autres se tournent et me regardent approcher. Zdrok me lorgne avec un mélange de frayeur et de haine. Son costume chic est couvert de suie et de crasse, avec l'une des manches à moitié déchirée à l'épaule. Il a l'arcade sourcilière entaillée, mais à part cela il tient le choc.

— Vous avez une mine effroyable, monsieur Fisher, observe Ming.

— Je me sens effroyablement mal, dis-je. Merci d'être venus.

— Tout le plaisir est pour nous. Regardez un peu ce que nous avons là. Qu'allons-nous faire de lui, monsieur Fisher ?

— Il était armé ?

— Uniquement avec ça, précise Ming en brandissant le poing américain que Zdrok a utilisé pour transformer mon ventre en chair à pâté. Je m'en empare et l'enfile à la main droite. Zdrok écarquille les yeux et remue la tête.

— Non ! Non ! panique-t-il.

Je le cogne de toutes mes forces, lui écrase le nez et lui

fracture en prime l'os au-dessus. En hurlant, il tombe à terre… sous les acclamations de la triade.

— Il est tout à vous, dis-je à Ming en lâchant le poing américain.

Exténué, je me traîne dans le poste de commandement pour voir ce qu'il en reste. L'endroit est jonché de cadavres, et le matériel, détruit. Mason Hendricks gît à terre dans une posture bizarre, le torse criblé de balles. Près de lui, Oskar Herzog, tout aussi transpercé en une dizaine d'endroits. Son corps s'est effondré sur le panneau de contrôle qui aurait pu désactiver le VSMA.

Je presse l'implant de ma gorge et déclare :

— Colonel, si vous êtes là… j'ai vraiment besoin de vous parler…

Silence…

— Colonel Lambert ? Coen ? Il y a quelqu'un ?

Je m'affale dans un fauteuil, anéanti par la nausée et le vertige. Je suis sur le point de m'évanouir quand Ming surgit dans la pièce et s'accroupit auprès de moi.

— Monsieur Fisher… Les Américains sont là. Ils vous cherchent.

37

Une fois de plus, je traverse plusieurs phases de sommeil, faisant des rêves agités et délirants. La plupart du temps, je me crois à Towson, Maryland, occupé à faire des exercices dans ma petite salle de gym ou à m'entraîner au *krav maga* avec Katia.

Puis j'apprends à nager à une très jeune Sarah dans la piscine de la base militaire en Allemagne. Des images d'Andreï Zdrok et d'Yvan Putnik interrompent la sérénité de la scène et, tout à coup, me voilà en train d'esquiver des balles. La dernière partie est terrifiante…

Je rêve que le Troisième Échelon a appliqué le Protocole Six en me laissant pourrir dans une prison chinoise. Je me vois devenir vieux et dépérir à vue d'œil jusqu'à n'avoir plus aucune raison de vivre.

Et puis je me réveille. La première chose que mes yeux découvrent, c'est le visage du colonel Irving Lambert. Il affiche un sourire mi-figue, mi-raisin et me dit :

— À la bonne heure. Bienvenue à bord, Sam !

J'ai la langue chargée et la bouche sèche.

— Salut, dis-je.

Qu'est-ce qu'il veut dire par *à bord* ? Puis j'éprouve une vague sensation de roulis.

— Où suis-je ?

— À bord du USNS[1] *Fisher*, répond-il.

Le *Fisher* ? Voilà qui ne pouvait pas mieux tomber ! Je me souviens que c'est l'un des grands rouliers rapides du MSC[2], que l'on utilise surtout pour transporter les troupes, le matériel et les véhicules.

— Je suis là depuis combien de temps ?

— Environ huit heures. On vous a rapatrié en avion à Hawaï hier après-midi et donné un sédatif. Puis on vous a déposé à bord du *Fisher* quelques heures plus tard, et voilà...

— Et on va où ?

— En Californie. Nous arrivons dans trois heures. Comment vous sentez-vous ?

Je fais le point en regardant mon corps. J'ai quasiment mal partout. Le pire, c'est à l'estomac, mais cela n'a pas l'air aussi terrible qu'avant.

— Ça peut aller, j'imagine.

J'essaye de me redresser et je vois la perfusion à mon bras ainsi qu'un bandage serré autour de mon ventre.

— Qu'est-ce qui se passe ?

— On vous remet d'aplomb, Sam. Vous étiez déshydraté et n'avez rien avalé de consistant depuis... quoi... une semaine ?

— Ça doit être ça...

— Vous serez ravi d'apprendre que vos entrailles vont bien. Pas de gros dégâts. Vous avez souffert d'une rupture du péritoine, mais, par miracle, elle n'a pas engendré de péritonite. D'après le toubib, vous auriez pu faire une sacrée infection et y laisser votre peau, mais quelqu'un là-haut doit veiller sur vous. La déchirure commence à cicatriser d'elle-même, et vous êtes sur le

1. *United States Naval Ship* : navire de la marine des États-Unis.
2. *Military Sealift Command* : Commandement du transport maritime militaire de l'US Navy.

chemin de la guérison. Toujours d'après le médecin, ce serait en grande partie dû à votre mode de vie équilibré, car, comme vous faites un millier de pompes par jour ou je ne sais trop quels autres mouvements, vos muscles abdominaux sont au top. Vous êtes la preuve vivante que l'exercice et une alimentation correcte peuvent sauver la vie ! Mais qu'est-ce qui vous est arrivé au juste ?

— Andreï Zdrok m'a cogné à l'estomac avec un poing américain !

Lambert étouffe un éclat de rire :

— J'ai cru comprendre que vous lui avez rendu la monnaie de sa pièce… et même un peu plus.

— Ah oui ? Qu'est-ce qu'il est devenu ?

— Les Chinois l'ont arrêté. Il est dans un hôpital de Fuzhou, et sans doute pas l'un des meilleurs. Vous l'avez sacrément amoché, Sam. Sa plaque osseuse faciale est fracturée, et l'orbite de son œil droit, affaissée. S'il ne meurt pas, il sera traduit en justice pour terrorisme et espionnage en Chine. Lui et Eddie, aussi. Wu a été surpris en train de fuir la base du général Tun.

— Attendez. Qu'est-ce qui s'est passé à la base ? La triade…

— Apparemment, votre petite conversation avec le chef des Dragons chanceux a porté ses fruits. La triade a levé une armée de 300 hommes à Hong-Kong et bombardé le cantonnement à l'aide de missiles Stinger et de mortiers, avant d'envahir les lieux et d'en prendre possession. Bien sûr, à ce moment-là, la plupart des soldats de Tun étaient partis. Les Dragons chanceux l'ignoraient, mais l'armée chinoise se tenait à environ 500 kilomètres de là, attendant les ordres éventuels de Pékin pour régler son sort au général Tun. Les ordres ne sont jamais arrivés. Quand nos satellites espion ont repéré ce qui se passait, la CIA a rassemblé une équipe se faisant passer pour une délégation de la Croix-Rouge. Ils ont obtenu de la Chine l'autorisation d'effectuer un vol de reconnaissance au-dessus de la base, dans le seul but de vous localiser. Nous avons donc su que vous étiez en vie. Et vos implants nous l'ont confirmé.

— Pourquoi ne pas m'avoir transmis de message ? Colonel, j'ai cru qu'on… que vous m'aviez abandonné.

— Sam, je ne vais pas vous mentir. On a failli déclencher le Protocole Six. Si Tun avait attaqué Taïwan, en nous forçant à nous mesurer à la Chine, cela aurait certainement été le cas. Nous n'aurions jamais pu vous tirer de là. On ne pouvait communiquer avec vous à cause de Mason Hendricks qui surveillait nos transmissions. Il était impératif d'observer le silence. Désolé, Sam.

J'acquiesce dans un haussement d'épaules.

— Et les types de la triade ?

— La plupart ont fui. Lorsqu'ils ont assailli le cantonnement, Pékin a donné l'ordre de prendre la base de force. Cela s'est produit peu après que la CIA vous a récupéré. Les hommes de la triade se sont dispersés, parce qu'en théorie ce sont des traîtres. La situation est très étrange. On pense que la Chine souhaite voir le général Tun échouer lamentablement avant d'envahir Taïwan, afin qu'elle ne perde pas la face en mettant un terme à ses agissements. Et si Tun ne se plante pas, les Chinois donneront l'impression d'avoir soutenu leur général. Les purs et durs de Pékin approuvent les motivations de Tun. Quoi qu'il en soit, certains membres de la triade se sont fait arrêter et vont probablement être jugés pour trahison.

— Et Jon Ming ?

— Aux dernières nouvelles, il s'est échappé.

— Et rien ne s'est passé à Taïwan ?

— Pas encore. On est au point mort depuis 24 heures. Tun nous a menacés avec sa bombe au large des côtes de Californie… Il ne veut pas dire où exactement. J'espère que vous avez des informations à ce sujet.

— C'est le cas.

Je lui raconte alors tout ce que j'ai appris. À savoir que le sous-marin de Tun a lancé trois VSMA au large de Los Angeles. L'un d'eux est armé de la bombe.

Comme le poste de contrôle de la base Fuzhou est détruit, les VSMA se téléguident uniquement depuis le submersible.

Lambert me confirme que les États-Unis ont repéré le sous-marin chinois à son approche des eaux territoriales américaines, mais qu'il a regagné les eaux internationales et demeure intouchable.

Toutefois, le Naval Sea Systems Command[1] a fourni à Anna Grimsdottir l'ensemble des données spécifiques concernant le VSMA du Pr Jeinsen. Elle cherche actuellement une possibilité de modifier le système de guidage, dans l'éventualité d'un repérage effectif du « Barracuda » armé. Les satellites devraient permettre de les localiser dans l'eau.

— Et qu'est-ce qu'on va faire de ces saloperies quand on les aura trouvées ? dis-je.

Lambert me glisse un clin d'œil :

— Laissez-moi d'abord demander au médecin si vous pouvez quitter le lit. J'ai quelque chose à vous montrer.

***

Le grand roulier rapide fait partie de la nouvelle classe de navires du MSC et permet le prépositionnement en mer d'un matériel de brigade lourde et d'un corps de soutien, de même que sa capacité accrue lui permet de transporter de l'artillerie lourde depuis les USA.

Chaque grand roulier peut embarquer un corps expéditionnaire au complet, dont 58 tanks, 48 autres véhicules

1. Direction technique de la marine américaine.

à chenilles, ainsi que plus de 900 camionnettes et autres quatre-roues. Ce type de navire peut remplir aussi bien des missions humanitaires que des missions de combat. Les plus récents disposent d'une capacité de chargement dépassant les 3,5 hectares, soit pratiquement l'équivalent de huit terrains de football.

En outre, ces navires sont pourvus d'une rampe arrière pivotante et d'une rampe latérale mobile, facilitant ainsi l'entrée et la sortie des véhicules au moment du chargement et du déchargement. Une fois la cargaison à bord, les rampes internes entre les ponts favorisent la fluidité de la circulation.

Deux grues jumelles sur piédestal unique permettent de charger et de décharger la cargaison en cas d'infrastructures côtières limitées ou absentes.

Un pont destiné aux hélicoptères utilitaires sert aux atterrissages d'urgence en journée ; c'est ainsi qu'on m'a acheminé à bord. Bref, le *Fisher* se révèle un grand roulier de première catégorie.

Une fois que le médecin m'a retiré ma perfusion et autorisé à quitter l'infirmerie, Lambert me fait traverser une dizaine de coursives et d'écoutilles pour me conduire à l'un des ponts où l'on stocke le matériel.

Outre les véhicules militaires divers et variés, je découvre trois engins bizarroïdes du genre scooter des mers futuriste. Lambert s'adresse à un homme d'équipage, qui met de la lumière afin que l'on puisse examiner de près l'un de ces jet-skis new-look.

— C'est ce que l'US Navy appelle un CHARC[1], m'explique le colonel, qui prononce l'acronyme comme « requin » en anglais. Vous en avez entendu parler ?

— J'ai dû lire quelque part que c'était en cours de développement. Vous pouvez m'en dire plus ?

1. CHARC (cf. : *shark*, « requin ») est l'acronyme de *Covert High-Speed Attack and Reconnaissance Craft* : embarcation furtive et rapide d'attaque et de reconnaissance.

— Lockheed-Martin a conçu et mis au point l'engin afin de protéger les navires militaires de surface des vaisseaux et sous-marins armés. Dans l'idéal, le CHARC doit permettre de réagir de manière foudroyante à certaines menaces côtières émergentes auxquelles l'US Navy doit désormais faire face, parmi lesquelles les attaques en masse de petites embarcations et les sous-marins de type diesel-électrique. Vous vous rappelez ce qui est arrivé à l'USS Cole[1] ? La création du CHARC est la réponse directe à ce genre d'incident.

— Ce matériel m'a l'air génial, dis-je.

C'est vrai. Le CHARC mesure dans les 12 mètres de long et se compose de 2 niveaux d'hydroglisseurs, surmontés de l'embarcation proprement dite, que 1 ou 2 hommes peuvent piloter.

— C'est facilement transportable, j'imagine ?

— En effet, me confirme Lambert. L'engin peut se replier pour tenir dans une caisse de 3,6 sur 3,6 sur 12 mètres et se transporter sur le pont ou en cale. Considérez-le comme un hélicoptère d'attaque, sauf qu'il navigue dans l'eau sur une plate-forme à grande vitesse qui utilise la technologie SWATH[2]. C'est petit, furtif et recouvert d'un blindage à l'épreuve des balles. Il peut passer à l'assaut en très peu de temps et utiliser tout un arsenal : missiles Hellfire, fusils 22 mm, lance-grenades 40 mm et torpilles. On a ajouté des mines sous-marines qui plongeront au fond de l'océan et bousilleront tout sur leur passage. L'US Navy emploiera le CHARC pour patrouiller et attaquer dans les eaux côtières peu profondes. Le mieux, c'est que l'engin peut rester de longues périodes dans l'eau, puis émerger soudain pour

1. Le 12 octobre 2000, le destroyer *Cole* de la flotte américaine fut victime d'une attaque à l'embarcation piégée à Aden, au Yémen.
2. Acronyme de *Small Waterplane Area Twin Hull* : navire catamaran à faible surface de flottaison.

se lancer rapidement à l'assaut de toute menace éventuelle. Il est très rapide.

Je passe la main sur le flanc de l'engin.

— Très chouette, dis-je.

— Maintenant vient la partie vraiment intéressante, poursuit le colonel. Les concepteurs ont installé plusieurs outils destinés à recueillir des informations qui nous seront bien utiles. Pour commencer, l'appareil est capable de renifler et de détruire les mines qu'il croise en eaux basses. De la même manière, il peut détecter des objets et repérer les radiations. Le compteur Geiger et le sonar indiqueront au pilote s'il navigue au-dessus de matériel ou de véhicules dangereux.

— Le CHARC trouvera les VSMA.

— Tout à fait. Encore un élément intéressant : la balise émettrice. Le pilote la porte à sa ceinture et, s'il quitte l'appareil pour plonger, par exemple, le CHARC le suivra à la surface en pilotage automatique.

— Aussi fidèle qu'un chien ! Super ! Laissez-moi l'essayer, dis-je. Vous avez un manuel sous la main ?

— Houla ! Du calme, Sam. Vous n'êtes pas suffisamment requinqué pour cela. Je vous montrais juste...

— Comment ça ? Vous délirez ou quoi ?

Il ne peut pas me mettre sur la touche. Pas maintenant. Après tout ce que j'ai traversé.

— Sam, on a des Navy SEALS[1] à bord. C'est eux qui vont piloter les CHARC.

— Mais j'en suis un aussi, colonel. Vous savez parfaitement que je dois accomplir cette mission. J'en ai *besoin.*

— Vous étiez Navy SEAL il y a plus de 20 ans, Sam. Et vous sortez à peine de votre lit d'hôpital. Soyez réaliste ! On doit lancer ces engins au lever du soleil. Cela ne nous laisse que quatre heures.

1. Groupes de combat « eau, air, terre » (*SEa, Air, Land*).

— Allez, quoi… colonel ! Vous savez que j'en suis capable. Je me sens bien. Très bien, même. Vous me connaissez.

Je ne suis pas dans une forme olympique, mais pas question pour autant de laisser quelqu'un d'autre faire ce boulot.

— Sam, si on trouve les VSMA, il faudra que quelqu'un plonge pour désarmer la bombe. Cela veut dire matériel de plongée et tout le bazar. Vous n'êtes pas en état, voilà tout. Vous n'êtes pas guéri. C'est une mission bien trop importante. Désolé, Sam.

Je ne sais pas quoi dire. Je suis tellement en colère que je pourrais lui coller un pain, mais bien sûr je n'en ferai rien. Tout au fond de moi, je sais qu'il a raison.

À sa place, je prendrais la même décision. Je me contente donc d'acquiescer dans un soupir et de tourner les talons.

— Sam…

— Pas de problème, colonel. Demandez juste à quelqu'un de me conduire à ma cabine, si toutefois j'en ai une.

***

Quelqu'un tambourine à ma porte, et le bruit m'arrache au sommeil. Au début, j'ai l'impression que la cloison va s'effondrer, mais le bon sens me ramène rapidement dans la réalité. J'allume la lampe au-dessus de ma couchette :

— Entrez.

La pendule numérique m'indique que j'ai dormi deux heures.

Le colonel Lambert fait un pas dans la petite cabine :

— Désolé de vous déranger, Sam. Je peux ?…

— Bien sûr, dis-je en me frottant les yeux. Qu'est-ce qui se passe ?

Lambert s'assoit au pied du lit.

— Je suis venu… vous présenter mes plus plates excuses, répond-il.

J'attends la suite…

— Un de nos Navy SEALS… euh… il a attrapé une foutue intoxication alimentaire ou un truc dans le genre. Il rend tripes et boyaux toutes les demi-heures et a de la fièvre. D'après le médecin, soit c'est une intox, soit c'est une gastro. Ce qui fait que… bref, il reste une place libre à bord de l'un des CHARC.

Je suis totalement réveillé, du coup.

— Vous voulez dire que… ?

— Le boulot est à vous, si vous le voulez toujours, Sam.

— Et comment !

— Habillez-vous et retrouvez-moi sur le même pont que tout à l'heure. Vous enfilerez ensuite une combinaison de plongée et on va vous briefer sur la manière de piloter le CHARC. Comme on se trouve à une heure de Los Angeles, on procédera au lancement dès que possible. (Il se lève et gagne la porte.) J'espère seulement que je ne vais pas le regretter.

— Ne vous inquiétez pas, colonel. Et merci !

***

Les deux Navy SEALS sont de jeunes soldats. Enfin… comparés à moi, bien sûr. Il s'agit de l'enseigne de vaisseau 1re classe Max Carlson et de l'enseigne de vaisseau 2e classe Ben Stanley.

Dès que j'arrive sur le pont, ils m'observent d'un air sceptique, comme pour dire : « D'où il sort, ce vieux ? » Je me présente et leur serre la main ; ils me répondent poliment, mais je vois bien que ça ne les enchante pas trop de m'intégrer à l'équipe.

Le colonel Lambert se tient à l'écart en essayant de nous gêner le moins possible, pendant que l'officier supérieur, le lieutenant Don Van Fleet, me souhaite la bienvenue, puis s'adresse à nous trois.

— Messieurs, nous n'avons pas beaucoup de temps. On m'a averti à l'instant que Taïwan venait d'être attaqué. Nos forces n'interviendront pas tant que nous n'aurons pas trouvé et neutralisé cette bombe. Donc, à chaque minute qui s'écoule, des Taïwanais meurent. J'ai cru comprendre que les troupes du général Tun ont bombardé Taipei en tirant une salve de semonce pour obtenir la reddition du gouvernement. Celui-ci a refusé, bien sûr. Un assaut maritime a suivi, et les soldats de Tun assiègent les plages de l'île. Bref, ce n'est pas joli à voir... surtout que notre marine stationnée là-bas ne peut pas intervenir. Enseigne Carlson, je vous accorde cinq minutes pour apprendre à monsieur Fisher tout ce qu'il a besoin de savoir sur le CHARC. Deux minutes après, nous procédons au lancement. Avant de laisser la place au colonel Lambert, avez-vous des questions ?

On secoue la tête de conserve. Lambert s'avance et prend la parole :

— Les capacités de reconnaissance du CHARC sont programmées pour repérer des objets métalliques de la taille approximative des VSMA, d'après nos estimations. En outre, nous avons réglé la profondeur de détection du compteur Geiger à 15 mètres sous la surface. Avec un peu de chance, ces foutus engins ne nageront pas plus bas, car on perd en fiabilité en dessous de 15 mètres. Votre meilleur outil sera le sonar, qui vous renverra un signal acoustique de tout objet de cette taille. Malheureusement, vous capterez aussi ceux de la faune sous-marine : des requins, peut-être quelques dauphins, mais, j'espère, aucune baleine. La NSA surveille trois zones côtières suspectes. D'après les relevés initiaux en provenance de certaines de nos balises flottantes collectrices d'informations, on a pu limiter les secteurs névralgiques à Santa Monica et Venice, Marina del Rey, et Playa del Rey. D'un point de vue stratégique, on pense que ces trois zones constitueraient les cibles les plus évidentes. Enseigne Carlson, vous patrouillerez dans Playa del Rey, enseigne Stanley vous couvrirez Marina del Rey. Quant à Fisher, vous vous chargerez de Santa Monica et Venice. Dès que vous aurez localisé un éventuel VSMA, vous devrez mettre le CHARC en mode « veille automatique » et plonger pour confirmer votre découverte. Sitôt que vous détenez la preuve qu'il s'agit bien d'un VSMA, vous venez faire votre rapport et je vous donnerai d'autres instructions. Des questions ?

Carlson prend la parole :

— Colonel, est-ce qu'il est possible que cette bombe explose pendant qu'on se trouve sur place ?

Lambert répond :

— Le général Tun a déclaré qu'il la déclencherait uniquement si ses troupes sont attaquées par une force extérieure à Taïwan. Mais on ne sait jamais. Le risque subsiste.

Au tour de Stanley :

— Est-ce qu'on devra désarmer la bombe ?

— Mon équipe à Washington y travaille. Ce que nous ferons quand on la trouvera dépendra d'un certain nombre de facteurs. Contentez-vous de me faire votre rapport quand vous l'aurez dénichée.

Comme plus personne n'a de questions, nous nous attelons à la tâche. Carlson me montre à contrecœur les commandes du CHARC, ce qui a l'air très simple. Quiconque ayant déjà piloté un jet-ski devrait pouvoir s'en tirer.

On me donne aussi un équipement de plongée classique de Navy SEAL. Ainsi qu'une tenue militaire d'homme-grenouille, un recycleur amélioré LAR-V (Mod 2) avec une bouteille d'oxygène de grande capacité, une console intégrant un profondimètre compact, une montre antichoc, un compas, un étui à bâton luminescent.

J'enfile le nouveau masque Aqua Sphere censé être totalement étanche et étonnamment confortable ; les bottes AMPHIB, sont tout-terrains et multifonctions, c'est-à-dire qu'elles peuvent être utilisées aussi bien dans l'eau que hors de l'eau ; les palmes Rocket

II sont prévues pour être portées par-dessus les bottes ; sans oublier les gants HellStorm NaviGunner. On dispose chacun d'un réservoir à oxygène et d'une ceinture contenant divers outils qui pourraient nous être utiles si l'on tombe sur un VSMA.

Une fois chacun de nous installé aux commandes de son propre véhicule, les CHARC sont mis à l'eau. À l'instar du VSMA, notre embarcation utilise la technologie SWATH pour avancer. Elle offre à un véhicule de taille réduite la stabilité et la tenue à la mer d'un grand vaisseau par mauvais temps, en conservant au maximum sa vitesse de croisière.

La ligne de flottaison désigne la ligne qui sépare la partie immergée de la coque de celle qui ne l'est pas. Or le CHARC possède deux coques inférieures totalement immergées, si bien qu'à la surface de l'eau il ressemble à un catamaran surmonté d'un jet-ski. Grâce à cette technique, l'appareil flotte ou « prend appui » sous les vagues et subit beaucoup moins les mouvements de la mer en surface.

Toutefois, la technologie SWATH ne vise pas à minimiser le roulis et le tangage aux dépens de la vitesse/puissance ou de la charge utile.

Pour ce faire, on joue sur les proportions de la traverse et des coques immergées afin de réduire les mouvements et les accélérations bien en deçà des critères tolérés pour le mal de mer ou la réduction des performances du pilote comme du matériel.

Tous les vaisseaux SWATH bénéficient par conséquent d'une ligne de flottaison inférieure de 50 % à celle d'un navire monocoque de même déplacement.

À l'extérieur, il fait un temps typique de la Californie du Sud : légère brise, soleil et nuages clairsemés. Le soleil vient à peine de se lever et c'est encore l'hiver ; heureusement que je suis protégé, sinon je risquerais de trouver la traversée pour le moins frisquette en naviguant à grande vitesse.

Le siège du pilote trône sous une verrière blindée, au point que l'on se sent comme dans le cockpit d'un jet.

L'ensemble est également insonorisé, si bien qu'on entend juste un doux bruissement qui pourrait facilement endormir toute personne un peu encline à la somnolence.

Les commandes sont bien éclairées et intuitives ; un singe pourrait piloter cet engin. Et, surtout, ça sent aussi bon que l'habitacle d'une voiture neuve. J'adore !

Le CHARC se manœuvre avec une telle douceur que j'ai peine à croire que je navigue à la surface du Pacifique. La mer est agitée, mais j'ai l'impression de glisser dessus.

Je ne tarde pas à me retrouver à 1 500 mètres de la jetée de Santa Monica, dont j'aperçois déjà la grande roue et d'autres manèges miroitant sous la lumière du petit matin.

Réduisant la vitesse, je me concentre sur ce que m'indiquent les instruments de bord : des bancs de poissons nagent au-dessous du CHARC ; il y a un grand objet immobile au fond de l'eau, sans doute un hors-bord qui a coulé.

— Je suis dans le secteur, dis-je dans l'interphone de bord, qui nous relie les deux SEALS et moi-même à un système ComLink en provenance du *Fisher*.

Lambert et l'équipe du Troisième Échelon à Washington surveillent aussi la mission par le biais de mes implants. J'ai intérêt à faire attention à ce que je dis.

— Compris, dit Carlson. Je serai dans le mien d'ici 20 secondes.

— Idem pour moi, renchérit Stanley.

Et c'est parti. La fouille se révèle fastidieuse, pénible. Au bout d'une trentaine de minutes, on tombe tous les trois d'accord : autant chercher une aiguille dans une botte de foin. Chacune des zones qui nous sont attribuées englobe entre 8 à 10 000 hectares d'océan.

— Colonel, pourrait-on éventuellement avoir du renfort pour nous aider dans nos recherches ? dis-je.

— C'est fait, Sam, me répond Lambert. D'autres sont en chemin, mais le temps qu'ils arrivent, il sera midi.

— J'ai peur que ce soit plus compliqué que ce que l'on imaginait.

— Continuez à chercher…

Anna Grimsdottir intervient :

— Nos balises flottantes ont détecté en tout 10 objets qui pourraient être des VSMA dans les 3 secteurs. Je vais transmettre à chacun de vous les coordonnées pour vos zones respectives. À ce stade, il nous est difficile d'affirmer si les engins sont mobiles ou non. À vous de le déterminer.

Elle nous communique donc une première série de coordonnées en vue d'une vérification. Trois minutes plus tard, je guide le CHARC à l'endroit de l'objet pour découvrir qu'il est immobile.

Encore un bateau immergé. Grimsdottir m'indique le deuxième emplacement, qui se trouve plus près de la côte. J'y parviens 40 secondes plus tard et, une fois de plus, suis déçu par la découverte.

On procède ainsi pendant une heure, jusqu'à ce que Stanley s'écrie enfin :

— Hé ! Je crois en avoir un !

Grimsdottir l'interroge sur les données fournies par ses instruments de bord, et les réponses de mon collègue s'avèrent prometteuses. L'objet avance à la vitesse d'un barracuda, de même que ses taille et forme correspondent.

— Je vais plonger, annonce-t-il.

Carlson et moi continuons à fouiller nos secteurs, dans l'attente impatiente d'une bonne nouvelle. Six minutes s'écoulent et la voix de Stanley finit par résonner dans nos oreilles.

— Affirmatif, dit-il. C'est un VSMA.

Grimsdottir lui demande de préciser les relevés du compteur Geiger, mais à présent ses réponses sont négatives. Rien n'indique qu'il s'agit de l'appareil transportant la bombe.

— Faites-le exploser en surface, ordonne le lieutenant Van Fleet.

Stanley confirme l'ordre et nous prévient qu'il active les mines.

Ce sont de puissants explosifs, mais pas dangereux au point de risquer sa vie en se tenant au-dessus.

— Les mines sont lâchées, déclare-t-il.

Nous attendons donc le début du feu d'artifice.

Le vacarme énorme qui envahit nos casques se révèle disproportionné et nous ébranle tous.

Au bout de quelques secondes, on n'entend plus que des parasites. Puis tout le monde se met à parler en même temps.

— Stanley ? Enseigne Stanley ?

— Dieu du ciel !

— Qu'est-ce qui s'est passé ?

— Vous avez vu ça ?

— Ce geyser atteignait dans les 20 mètres de haut !

Le lieutenant Van Fleet calme les esprits et nous dit :

— J'ai bien peur que le VSMA ait été piégé par des explosifs sacrément puissants. Quand les mines de Stanley l'ont heurté, le VSMA a réduit le CHARC en miettes.

Bon… J'imagine que nous allons devoir changer de tactique.

38

— La Maison-Blanche vient de m'appeler à l'instant, m'annonce Lambert dans mes implants. (L'autre SEAL ne peut pas l'entendre.) Le président va donner le feu vert d'ici 30 minutes, qu'on ait ou non trouvé la bombe. À Taïwan, les gens meurent et les troupes du général atteignent les faubourgs de Taipei. Le président va donc mettre Tun au pied du mur.

— La Chine ne va pas protéger son général ? dis-je.

— Ça, on n'en sait rien. Le vice-président s'entretient à huis clos avec le président chinois à Pékin. On n'est pas dans le secret de l'échange qui se déroule entre Pékin et Washington. Ce qui compte, c'est que nous avons une demi-heure devant nous.

— Dans ce cas, demandez à Anna de nous donner à Carlson et moi quelque chose à nous mettre sous la dent.

— J'y travaille, Sam, intervient Grimsdottir. Je piste deux engins potentiels dans votre secteur et un seul dans celui de l'enseigne Carlson. Laissez-moi cinq minutes pour réduire les possibilités au meilleur choix.

Elle a l'air calme et détendue dans une situation stressante qui ferait craquer n'importe qui. Le CHARC ronronne en s'approchant de la jetée de Santa Monica, tandis que je consulte l'écran du sonar, en quête de tout objet inhabituel. Toutes les deux secondes, des bancs de poissons apparaissent. De même que le bric-à-brac au fond de l'eau ne cesse d'agiter le détecteur de métaux. Je commence à me familiariser avec les différents niveaux de relevés et ce qu'ils peuvent indiquer, si bien que je ne m'attarde pas trop sur des choses qui, au final, n'ont rien à voir avec ce que je cherche.

— Sam, j'ai des coordonnées pour vous.

Grimsdottir me les lit et ajoute :

— Il y a un engin mobile à cet endroit, plus gros que ce que vous avez détecté jusqu'ici.

— J'y vais.

Je guide le CHARC à une centaine de mètres vers le sud et surveille les écrans, au cas où ils se mettraient à biper. C'est sûr, il y a quelque chose là-dessous... En métal, et qui se déplace lentement, d'environ 1,8 mètre de long sur 90 centimètres de large. C'est d'autant plus encourageant que le compteur Geiger s'affole. Je prends quelques images sonar et les transmets au Troisième Échelon, tout en restant au-dessus de l'engin. J'évalue sa vitesse à environ 15 nœuds[1]... À ce rythme-là, il devrait atteindre la côte dans moins d'une demi-heure.

— Plongez, Sam, me dit Lambert. Anna pense qu'on a mis le doigt dessus.

— Entendu.

Je mets le CHARC à l'arrêt, abaisse le masque, puis glisse l'embout du recycleur dans ma bouche. Lorsque je plonge en arrière, mes abdos en pâtissent et je ressens comme une décharge électrique dans les parties encore endolories, mais j'ignore la douleur et me laisse descendre au fond de l'eau. Il y a un petit moment que je ne n'ai pas plongé, mais c'est comme le vélo : on n'oublie jamais.

1. Environ 30 km/h.

À cet endroit, l'océan est trouble et pas d'une grande propreté. Los Angeles doit avoir les côtes les plus polluées du monde. Pourtant, les gens s'y baignent tout le temps. À cette distance, je m'attendais à une eau plus claire, mais je n'ai pas cette chance.

J'allume ma lampe et balaye le fond de l'océan avec le faisceau, jusqu'à ce que je trouve l'objet. Aucun doute, c'est un VSMA, comme celui que j'ai vu dans l'abri à sous-marin en Chine. Ça fait bizarre de le découvrir là. L'appareil est de couleur argent tout rutilant, avec plusieurs lumières clignotantes sur le côté. Sous l'eau, il ressemble encore davantage à un étui à cigare géant.

Je refais rapidement surface, grimpe à bord du CHARC, puis transmets mon message :

— Tu as raison, Anna. C'en est un. Et le compteur Geiger est à deux doigts d'exploser.

— Excellent, dit Lambert. Restez au-dessus, Sam. Ne bougez pas tant que nous n'avons pas décidé du sort de ce foutu engin.

— D'accord, mais ne traînez pas. Je n'apprécie pas trop les lavements atomiques !

Quelques minutes plus tard, Anna reprend la communication :

— Sam, tu pourras m'entendre une fois sous l'eau ?

— Oui.

— Alors, replonge.

Me voilà sous l'océan. J'active un bâton luminescent et le place dans l'étui afin d'éclairer mes gestes.

Elle poursuit :

— Je veux que tu nages le long du VSMA et cherches un truc. Réponds-moi par SMS sur l'OPSAT dès que tu y es.

Je garde le rythme, nage à un peu plus d'un mètre au-dessus de l'appareil, puis presse une touche de l'OPSAT.

— O.K., parfait. Maintenant, est-ce que tu vois le panneau rectangulaire sur le dessus ? Il devrait se trouver juste derrière l'antenne à l'avant.

En effet. Le couvercle mesure à peu près 60 centimètres sur 30.

Je pianote : AFFIRMATIF.

— O.K. À présent, chevauche l'engin, comme si tu roulais en moto. Tu vas dévisser ce panneau.

Que je monte dessus ? Elle rigole ? L'autre appareil a explosé sous le malheureux enseigne Stanley. Qu'est-ce qui me dit que je ne vais pas déclencher le détonateur dès que j'aurai touché ce truc ? Je pose la question par texto.

— Sam, ça ne sautera pas si tu le touches. C'est forcément protégé contre les bosses et les éraflures éventuelles qui peuvent se faire au fond de la mer. L'engin a dû se cogner à un rocher ou deux depuis son lancement du sous-marin. Sans parler des poissons ou de la flore sous-marine. Vas-y, tu ne risques rien.

Parfait. Je nage un peu plus vite afin de glisser à la même allure que l'appareil, puis j'attrape l'avant. J'essaye de ne pas tressaillir… et heureusement le Barracuda continue à ronronner tranquillement. Je le laisse me tracter quelques secondes, puis je me pose en douceur sur son dos. Je le chevauche à présent comme un dauphin.

— Bien. Maintenant, retire ce panneau. C'est la seule manière d'accéder au piège et, si je ne m'abuse, également au système de guidage et à la bombe.

Je sors un tournevis de ma ceinture à outils et me mets au travail. Le couvercle comporte 12 vis, et il me faut quelques minutes pour les enlever.

Je les glisse dans une poche, au cas où ils me seraient utiles plus tard.

Le panneau se détache et je le tiens d'une main. Pour travailler avec les deux, je dois agripper le VSMA avec mes cuisses.

— Tu peux lâcher le couvercle. Tu n'en auras plus besoin.

O.K., je le laisse donc s'éloigner en flottant. Je le signale à Anna par SMS.

— Bien. Maintenant, examine attentivement le boîtier. Je suppose que tu t'éclaires avec un bâton luminescent ? Tu devrais voir le pain de plastic fixé à l'intérieur, probablement dans un compartiment étanche. Sans doute sous la forme d'une brique, avec des câbles.

Je l'aurais déniché sans sa description. Reconnaître les explosifs, ça fait partie de mon travail.

En fait, je suis presque certain de pouvoir désarmer l'engin sans ses instructions. Le montage n'a rien d'extraordinaire.

— Tu dois avant tout déterminer le pôle positif et le pôle négatif. Les fils sont reliés à...

AFFIRMATIF.

— O.K., tu sais ce que tu fais. Désolée.

Il suffit de déconnecter l'explosif du système d'allumage. Il y a sans doute un palpeur placé quelque part dans le dispositif, qui déclenche le contact, mais je n'ai pas à m'en soucier. Armé d'une pince, je coupe les fils idoines, et ça devrait aller.

AFFIRMATIF.

— Bien. Maintenant tu devrais avoir accès à la commande du système de guidage. Tu aperçois quelque chose qui ressemble à un ordinateur portable fermé ?

AFFIRMATIF.

— Essaye de voir si tu peux l'ouvrir.

C'est fait. J'ai un ordinateur sous les yeux, avec clavier et moniteur. L'économiseur d'écran montre des idéogrammes chinois et le logo de GyroTechnics.

— Bien. À présent, tâche d'accéder au menu principal en appuyant sur n'importe quelle touche.

AFFIRMATIF.

On me demande un mot de passe. Anna me dit que c'est « Taïwan000 » ; j'entre les caractères. Je n'en reviens pas qu'elle ait pu le pirater. Décidément, Grimsdottir est de nouveau en selle.

— Navré de vous interrompre, les jeunes, mais j'ai du nouveau, intervient Lambert. Les 30 minutes imparties sont écoulées, et l'ordre d'attaque a été donné.

C'est fou ce que le temps passe vite !

— Nos troupes assaillent en ce moment même celles du général Tun. La Navy, l'Air Force, les marines... Ils se déchaînent tous sur la petite armée de Tun.

Cela signifie quoi, au juste ? Tun va déclencher la bombe ?

— Continue de travailler, Sam, me dit Grimsdottir avec calme. Tun devra d'abord transmettre l'ordre au sous-marin de faire sauter la bombe. Personne n'agira sans son autorisation.

J'espère qu'elle a raison. Elle m'explique comment entrer dans le menu principal du programmateur. Comme tout est en chinois, ma tâche s'avère un peu plus complexe. Dans cette langue, le niveau de Grimsdottir est « assez bon » et le mien « correct », si bien qu'à nous deux, on devrait s'en tirer haut la main, enfin on l'espère... La traduction exacte de ces commandes se révèle essentielle.

Une fois que je suis dans le logiciel, elle m'indique une série de commandes codées. Pas évident de pianoter sur le clavier, à califourchon sur le VSMA dans des eaux troubles.

Le bâton luminescent m'éclaire bien, mais, avec les gants et le reste, je risque facilement de commettre des erreurs. Je dois souvent utiliser la touche de correction pendant que je tape. Finalement, j'ai tout inscrit et j'appuie sur *Enter.* L'écran change, et plusieurs choix s'offrent à moi, tous en chinois.

— Tu dois choisir l'option qui indique *Cap* ou *Direction*, un truc dans le genre...

AFFIRMATIF. Je tombe sur l'idéogramme qui se traduit par *Route* et je sélectionne cette option. Ce qui me conduit à un écran qui décrit la trajectoire actuelle en terminologie sous-marine.

C'est à ce moment-là que quelque chose d'étrange se produit. Une lumière rouge apparaît dans le boîtier et se met à clignoter lentement. J'en informe Grimsdottir, qui réplique :

— Oh non !... Si c'est ce que je pense, ça veut dire qu'ils ont activé la bombe. Sam, tu vois un affichage numérique quelque part ? Un truc qui ressemble à l'horloge d'un compte à rebours ?

Je déteste les comptes à rebours ! Ça y est, je la vois. Ça a dû démarrer à 10.00, car elle affiche 9.52, et les secondes continuent de s'égrener.

— D'accord, Sam, tu as un peu de temps devant toi ; il faut faire vite. Le VSMA est équipé d'un logiciel de diagnostic automatique qui vérifie tout le système pour s'assurer que la bombe explose correctement. Ça prend une dizaine de minutes pour effectuer l'ensemble des tests... et, dès que c'est terminé, elle éclate. Tâche d'ignorer le compte à rebours et reviens à l'ordinateur. Je veux que tu tapes cette nouvelle trajectoire.

Elle me la dicte et j'essaye d'entrer les données, mais je n'arrête pas de presser les mauvaises touches. Je finis par enlever les gants afin que mes doigts soient moins gourds. L'eau est froide, mais c'est supportable. Toutefois, je suis sûr qu'en restant trop longtemps immergées, mes mains vont se raidir.

Je finis par entrer la nouvelle trajectoire, mais ça revient soudain à celle d'origine !

Je le signale à Grimsdottir, qui me répond :

— Mince alors... c'est le contrôle du sous-marin. Ils

voient ce que tu fabriques sur leur moniteur et réalisent qu'on trifouille leur système de guidage. Je dois trouver un moyen de les court-circuiter. Ne bouge pas.

Ne pas bouger ? Cette foutue bombe nucléaire fait tic tac, et l'horloge affiche 8.43 ! Le Barracuda file tout droit vers la jetée de Santa Monica et je suis assis dessus !

Je tape un texto sur l'OPSAT : Y A MOYEN DE DÉSAMORCER LA BOMBE ?

Grimsdottir me répond :

— Pas en si peu de temps, Sam. Chut… Laisse-moi réfléchir.

De mon côté, j'envisage tous les dégâts possibles et imaginables que produirait une bombe atomique dans la baie de Santa Monica.

Sans être très précis, je dirais que la moitié de Los Angeles disparaîtrait en un clin d'œil. Hollywood, Beverly Hills, Santa Monica, Venice… Des millions de morts. L'économie du pays serait bouleversée, ce qui déclencherait une réaction en chaîne et chamboulerait l'économie mondiale... La Troisième Guerre mondiale avec la Chine.

Il faut absolument que j'intervienne.

— Sam ! Tape exactement ce que je vais te dicter, reprend Grimsdottir. Vérifie que c'est correct avant de presser la touche *Enter.*

C'est long et compliqué, mais j'obtempère. J'ai l'impression que cela dure une éternité. Je dis à Anna que j'ai terminé, et elle me relit lentement la séquence pour que je vérifie si j'ai entré les données comme il faut. J'appuie ensuite sur *Enter*, et une série de codes s'affichent sur l'écran à la vitesse de la lumière. Au bout de 10 secondes… écran noir.

Que se passe-t-il ?

Je lui envoie un texto, mais elle m'annonce dans l'intervalle :

— Tu dois avoir un écran aveugle une fois le programme lancé.

Elle aurait tout de même pu me le dire plus tôt !

AFFIRMATIF.

— Bien. Maintenant, reviens au menu de la trajectoire et retape les nouvelles coordonnées.

Je suis ses instructions et réitère ce que j'ai fait tout à l'heure. Cette fois, les nouvelles données restent affichées. On est parvenus à interrompre la commande à distance des Chinois.

Le VSMA se met tout à coup à décrire un grand arc de cercle. Je suis le mouvement, tandis qu'il fait demi-tour et s'éloigne des côtes. Mais il avance beaucoup trop lentement et j'en fais part à Grimsdottir.

— Dans ce cas, on va devoir l'accélérer. Reviens au menu principal, tu peux ?

L'horloge affiche 4.35. Maintenant, je commence sérieusement à paniquer. Je rate le premier essai. Une seconde tentative m'entraîne au menu principal, et me voilà prêt. Cette fois, je suis largement en avance sur ma collègue. Je vois l'option *Vitesse* et fais défiler le menu déroulant.

— Tâche de trouver l'option *Vitesse.* Quand tu la verras… Oh ! mais tu y es déjà. Bravo, Sam !

Le VSMA accélère, et je commence à avoir du mal à me cramponner. Je lève le nez et j'aperçois la silhouette sombre des flotteurs de mon CHARC qui suivent à la surface. La balise émettrice fonctionne à merveille.

— Regarde si tu peux monter jusqu'à 60 nœuds[1] au moins. Ce sera nécessaire pour entraîner l'engin hors de portée de la ville. Tu peux aussi incliner son nez d'un angle de 20 degrés. Comme ça, il ira davantage en profondeur… C'est le but recherché.

1. Environ 110 km/h.

J'utilise le curseur et parviens à augmenter l'inclinaison du Barracuda, mais ce foutu engin avance trop lentement. Quelque chose retient l'ordinateur.

L'horloge indique 3.20.

— Tu navigues à 40 nœuds, Sam. Tu y es presque.

La vitesse me joue des tours à présent. Je commence à avoir des crampes dans les jambes et je dois aussi me cramponner d'une main, pendant que l'autre pianote sur l'ordinateur.

— Cinquante nœuds, Sam.

L'horloge affiche 2.48.

Je ne suis pas sûr de pouvoir tenir encore longtemps. Et qu'est-ce que je suis censé faire quand j'atteindrai les 60 nœuds ? Je saute ? Et j'atterris où ?

L'horloge indique 2.29.

— Soixante ! Dégage, Sam ! Remonte à la surface et grimpe à bord de ton CHARC ! Go ! Go ! Go !

Je lâche le VSMA, qui s'éloigne comme une fusée. Je me laisse flotter sur place quelques secondes en le regardant disparaître dans l'immensité trouble et verdâtre.

— Remonte, Sam ! Remonte !

Ses paroles m'arrachent à ma torpeur momentanée. Je me tourne aussitôt et commence à remonter aussi vite que possible. À quelle distance suis-je de la côte ? Je veux demander à Grimsdottir si elle me localise, mais je n'ai pas le temps de m'arrêter pour taper un texto. Si je dois me fier à mon entraînement de Navy SEAL pour sauver ma peau, c'est le moment ou jamais !

Je m'approche de la surface près des flotteurs du CHARC. Sitôt ma tête hors de l'eau, je scrute alentour… pour savoir si le rivage est au moins *visible*. Je l'aperçois à deux ou trois kilomètres de là. Mais je sais que les distances sont trompeuses quand on est dans l'eau. J'agrippe la traverse du CHARC, me hisse à bord, boucle ma ceinture, puis referme le cockpit. Je mets cinq secondes pour faire demi-tour et passer en haute vitesse. Lambert disait vrai : ce joujou est extrêmement rapide ! Je ne tarde pas à friser les 125 km/h.

Le rivage se rapproche... de plus en plus... Cramponné aux commandes, je n'ai plus qu'une seule idée en tête : mettre un maximum de distance entre moi et la bombe. Le CHARC atteint ses limites et vole quasiment au-dessus de l'océan à 135 km/h. La grande roue de Santa Monica grossit à vue d'œil. J'y suis presque...

C'est alors que le monde s'effondre autour de moi. Un BANG ! assourdissant propulse littéralement le CHARC à une allure invraisemblable. Me voilà en train de tournoyer dans le noir absolu... en apesanteur, totalement vulnérable.

Un douloureux sifflement me perce les oreilles et je ne sais trop où je suis... C'est la nuit... et je virevolte comme une toupie.

39

La « bataille de Taïwan » dura moins de quatre heures. Les deux premières furent à l'honneur du général Lan Tun et de ses modestes mais superbement équipées flottes et armées. S'il disposait d'une puissance de tir suffisante avec ses frégates et ses destroyers, le soutien aérien qu'il escomptait de la base chinoise de Quanzhou ne vint jamais.

Par ailleurs, les médias du monde entier exagérèrent considérablement les effets dévastateurs des bombardements de ses navires sur Taipei.

Au début, les journalistes signalèrent des dizaines de milliers de morts et la destruction de la ville. En réalité, les pertes en vies humaines se comptaient par centaines, et seuls 20 % de la métropole furent frappés.

Quand les barges de débarquement du général accostèrent au rivage, les propres forces insulaires s'étaient rassemblées en masse pour repousser l'invasion.

À bord d'un des destroyers de classe Luda stationné dans le détroit, Tun observait la scène avec horreur, tandis que ses projets de conquête et la perspective de devenir un héros national de la République populaire de Chine s'évanouissaient au fil des minutes.

Ensuite, malgré ses menaces lancées au gouvernement des États-Unis, stipulant qu'il disposait d'une arme puissante, l'armée américaine entra dans la mêlée. Les vaisseaux de l'US Navy mouillaient autour de l'île depuis le début, attendant le feu vert de Washington. Tun avait prévenu que toute tentative visant à interrompre son invasion aurait pour conséquence immédiate la destruction d'une grande ville américaine. Durant les deux premières heures de l'assaut, les Américains n'agirent pas.

Dès qu'il devint évident que l'armée de Tun n'était pas parvenue à établir une tête de pont, les destroyers américains entrèrent en piste et se mirent à tirer sur les navires de Tun. En pratique, les ordres consistaient à frapper avant que le VSMA armé ne soit découvert dans la baie de Santa Monica, ce qui coïncida par hasard avec les premiers soupçons de la défaite de Tun.

Pris de panique, le général avait donné l'ordre au sous-marin *Mao* d'activer la bombe nucléaire. L'engin était programmé pour exploser à la fin des 10 minutes de tests diagnostiques.

Camouflé en lieu sûr dans les eaux profondes du Pacifique, le *Mao* n'avait aucune raison de craindre des représailles. Son équipage devait se contenter de veiller au bon déclenchement de la bombe.

Ce fut par conséquent un véritable crève-cœur pour le général lorsqu'il apprit que l'engin avait certes explosé… mais à des kilomètres du littoral californien et dans des profondeurs abyssales. Il ne comprit pas pourquoi le VSMA ne se trouvait pas plus près des côtes. Qu'est-ce qui n'avait pas fonctionné ?

Le plan était pourtant imparable. Même s'il reçut de brefs rapports signalant que l'explosion avait entraîné un tremblement de terre à Los Angeles et causé d'énormes dégâts, aucun événement de l'ampleur qu'il envisageait ne s'était produit.

Dans un ultime appel désespéré, Tun prit contact avec Pékin et demanda le soutien du reste de l'Armée populaire de libération. Le Politburo refusa net. Tun se retrouvait livré à lui-même. La Chine n'allait pas lever le petit doigt pour l'aider ou le protéger.

Plusieurs personnalités militaires de poids contestèrent la décision du bureau politique, mais aucune action ne pouvait être entreprise, sauf dans l'éventualité où d'autres groupes indépendants de l'armée décidaient de rejoindre le camp de Tun.

Toutefois, une telle décision aurait signifié un désastre politique pour les généraux frondeurs. Et si la Chine croyait au début que son arrogant rejeton lançait un défi risqué, mais utile à Taïwan, elle réalisait à présent que l'enfant rebelle l'encombrait et devait être renié.

Tun ignorait aussi que le président chinois avait accordé aux USA la permission de contrer le général. Le Politburo dut agir ainsi pour sauver la face aux yeux du reste du monde. Les bombes nucléaires éclatant au large des côtes d'autres pays ne constituaient pas vraiment une forme acceptable de diplomatie.

Comme par hasard, Pékin condamna donc le général Tun pour le « regrettable incident » dont il était l'auteur et le sacrifia sur l'autel de la justice internationale. Au cours de la quatrième heure du conflit, l'US Navy coula le destroyer Luda de Tun à coups de torpilles. Le général et tout son équipage de soutien sombrèrent avec le navire.

Peu après, ses troupes débarquées sur la plage furent contraintes à la reddition. Les forces américaines se joignirent aux troupes taïwanaises pour rassembler les soldats survivants et les livrer ensuite aux autorités chinoises. La plupart seraient traduits en justice pour trahison.

Pendant tout ce temps, Andreï Zdrok gisait sur son lit d'hôpital à Fuzhou. Tombé dans le coma après avoir eu le crâne fracturé par Sam Fisher, il demeurait dans un état critique depuis lors. Les installations médicales de Fuzhou se révélaient loin d'être adaptées, même si les praticiens firent tout leur possible pour sauver la vie de Zdrok.

Le gouvernement chinois avait exprimé le vif désir de faire en sorte que l'individu puisse répondre de ses crimes contre l'empire du Milieu. Mais ce ne serait pas le cas.

L'ironie du sort voulut qu'Andreï Zdrok meure paisiblement dans son lit, au moment même où la bombe qu'il avait livrée au général Tun explosait au large du littoral de Californie. À ce titre, sa dernière grande vente d'armes se soldait donc par une sorte de succès.

Cependant, l'Atelier ne représenterait plus une menace pour la paix mondiale.

40

Une fois de plus, je me réveille dans un lit d'hôpital. Je n'ai aucune idée de la manière dont je suis arrivé là, ni du temps écoulé depuis que je me suis retrouvé littéralement soufflé par l'explosion.

En y repensant, j'ai peine à me croire en vie. Je remarque que mon bras est dans le plâtre, et mes mains sont couvertes de gaze. J'ai aussi une perfusion et tout le bazar habituel autour du lit.

Mais, bizarrement, je ne ressens ni douleur ni inconfort. En fait, cela fait des semaines que je ne me suis pas senti aussi reposé. Le seul hic, c'est que j'ai faim et la bouche sèche comme du coton.

Le joli minois d'une jeune infirmière apparaît et me sourit :

— Bonjour ! lance-t-elle. Vous êtes réveillé ! Comment vous sentez-vous ?

Ma voix évoque un grattement d'ongles sur du papier de verre.

— O.K.

— Je vais chercher le médecin. Je reviens tout de suite.

Quelques minutes s'écoulent et un praticien de l'US Air Force entre dans la chambre.

— Bonjour, monsieur Fisher. Je suis le docteur Jenkins. Comment vous sentez-vous ?

— O.K., dis-je en me répétant. Et j'ai soif.

— J'imagine ! Infirmière, veuillez donner de l'eau à monsieur Fisher.

Elle me glisse une paille dans la bouche et j'aspire l'agréable liquide bien frais dans ma gorge. Le paradis ! Quand j'ai terminé, je demande :

— Je me trouve où ?

— À la base aérienne Edwards, répond le toubib.

— De... depuis combien de temps ?

— Trois jours.

— Ça fait trois jours que je suis dans le coltard ?

— Pratiquement, oui. Vous vous êtes réveillé par à-coups pendant quelques minutes et vous aviez de la fièvre. Tout ce qu'il y a de normal pour quelqu'un qui a subi un traumatisme comme le vôtre.

— Qu'est-ce qui s'est passé ? Je me souviens de l'explosion...

— L'enveloppe protectrice du CHARC et votre équipement de plongée vous ont sauvé la vie. Vous avez surfé sur un tsunami comme un morceau de bois mort, avant d'atterrir sur la plage, près de la jetée de Santa Monica. C'est un miracle que vous ayez survécu, mais le CHARC est drôlement résistant. Bref, vous vous en tirez avec un bras cassé et pas mal de bleus et de coupures.

— Et... pour ce qui est des radiations ?

— Eh bien, on ne peut rien affirmer sur ce plan, mais on pense que ça devrait aller, déclare le médecin. La bombe a éclaté dans de grands fonds marins. La majeure partie des rayons est restée sous la surface. Beaucoup de poissons n'y ont pas survécu. Nos plages sont jonchées de milliers d'animaux marins morts... baleines, requins, dauphins... Une vraie tragédie. On pense que la vague qui vous portait devançait de beaucoup l'étendue du champ radioactif. L'atmosphère, en revanche, n'est pas pire qu'avant la déflagration.

— Incroyable, dis-je en secouant la tête.

— L'armée vous a récupéré et évacué avant l'arrivée des nouvelles équipes sur la plage. Personne ne vous a vu. À présent, reposez-vous, monsieur Fisher. Vous allez récupérer sans problème. Je vais demander à l'infirmière de vous préparer un petit repas, et nous verrons comment vous le supportez. On vous nourrit par perfusion depuis votre admission. Je vais prévenir le colonel Lambert de votre retour dans le monde réel.

Il me tapote l'épaule et ajoute :

— Inutile de vous dire que vous faites figure de héros par ici.

***

Après mon succulent repas composé de jelly et d'une bière légère, et la promesse d'un déjeuner protéiné plus consistant avec des œufs, Lambert entre dans la pièce. Il est tout sourire, et moi, vraiment content de le voir.

— Comment allez-vous, Sam ?

— Bien, colonel. Je suis presque prêt à m'en aller.

— Moui… vous devez sans doute rester alité encore un jour ou deux. On doit vous faire toutes sortes d'analyses. Vous étiez très, très près d'une explosion nucléaire, vous savez.

— Oui, même si je ne me rappelle pas grand-chose.

— Je parie que vous avez des tas de questions.

— Colonel, vous devez les connaître, alors pourquoi ne pas me briefer sur ce qui s'est passé pendant mon séjour au pays des rêves.

Lambert approche une chaise et s'assoit près du lit.

— En deux mots, Sam, vous avez sauvé Los Angeles… Et le Troisième Échelon.

— Comment ça ?

— On courait le risque de perdre notre financement. Le Comité de Washington nous l'avait plus ou moins fait comprendre, mais à présent tous ses membres se montrent conciliants. La sénatrice Coldwater et les autres directeurs des agences à acronymes nous ont transmis leurs félicitations pour avoir sauvé la mise. Je pense que le FBI et la CIA s'en veulent à mort de n'avoir pas saisi l'occasion de se lancer à la recherche de ces VSMA, comme ils auraient en principe dû le faire. Il se trouve que nous étions là les premiers et qu'on disposait des informations, voilà tout. Bref, vous avez ajouté une nouvelle corde à votre arc, Sam. Merci.

— Cela signifie qu'on peut se passer de mon entretien d'évaluation pour cette année ?

Il sourit et enchaîne :

— La bombe a malgré tout fait des dégâts. Los Angeles a connu un séisme de force 5,3 sur l'échelle de Richter. La plupart des préjudices concernent les localités du front de mer et les environs de LAX. Le gouvernement fédéral va mettre en place un fonds de secours pour toutes les victimes remplissant les conditions requises.

— Ça aurait pu être pire.

— Tout à fait. Plus au nord, un tsunami a frappé Topanga, Santa Monica, Venice et Marina del Rey, faisant aussi pas mal de dégâts. On pense que c'est ainsi que vous avez atterri sur la plage... Vous deviez surfer sur l'une des vagues plus petites qui précédaient le raz-de-marée.

— On m'a retrouvé où ? Et *qui* m'a découvert au juste ?

— Un garde-côte a déniché votre CHARC tout près de la jetée de Santa Monica, à même le sable. Drôlement cabossé, mais vous y étiez comme un coq en pâte, pour ainsi dire. Étrangement, le tsunami s'est retiré et n'a pas laissé trop de secteurs inondés, sauf au nord, dans le

Topanga State Park. La plupart des zones résidentielles entre le parc et Santa Monica pataugent à présent dans l'eau. L'un dans l'autre, on estime le nombre de décès à 550 personnes. Et une centaine de petites embarcations se trouvaient en mer au moment de l'explosion : j'imagine qu'on devra aussi passer ces malheureux par pertes et profits. On continue de procéder à des relevés de radiations, mais ça n'a pas l'air aussi terrible qu'on pourrait le croire. Je suppose que les plages seront interdites au public pendant un an ou deux. L'économie locale va en pâtir, certes... mais, comme vous le faisiez observer, cela aurait pu être pire. Rien de comparable avec les tsunamis qui ont frappé l'océan Indien en 2004. Si vous n'aviez pas modifié la trajectoire de ce VSMA, cela aurait été une autre paire de manches...

Ce genre de nouvelles a de quoi faire réfléchir, mais j'ai beaucoup de mal à comprendre qu'une telle responsabilité reposait entre mes mains.

— Comment ça se présente sur le plan international ?

Lambert me raconte alors la tournure prise par le conflit militaire à Taïwan et m'apprend aussi que la situation est presque revenue au statu quo entre l'île et la Chine.

Quant aux relations entre Pékin et Washington, il est trop tôt pour se prononcer.

— La Chine n'assume aucune responsabilité pour la bombe. Elle fait entièrement porter le chapeau au général Tun et à l'Atelier. Bien sûr, Tun est mort, et l'Atelier n'existe plus. Ce sont donc des boucs émissaires drôlement commodes. Je présume que notre gouvernement va publier un communiqué quelconque condamnant l'attaque de Tun sur Taïwan, tout en insinuant avec subtilité que la Chine aurait pu davantage se manifester pour l'en empêcher. Quoi qu'il en soit, ce n'est plus notre problème. Laissons les élus s'en charger.

— L'Atelier est donc vraiment décimé. Difficile à croire.

— Oui, mais ne pensez pas que votre boulot s'arrête là, Sam. Il existe des tas d'autres ennemis dans le monde.

— Eh bien… j'espère que vous n'y verrez aucun inconvénient, mais j'aimerais prendre au moins six mois de congé.

— Sam, je vous accorde une *année* entière. Vous l'avez bien mérité !

— Vous plaisantez ?

— Non, pas du tout. Mais à une condition…

— En cas d'urgence…

— Exact.

— Le contraire m'aurait étonné. Et il y a toujours une urgence.

Lambert s'esclaffe, tandis que j'esquisse un sourire narquois.

— Ça vous a plu de travailler avec Frances ? Et de nouveau avec Anna ? demande-t-il.

Je dois bien admettre la vérité.

— Elles sont géniales, colonel. Donnez-leur une augmentation.

— C'est déjà fait. Et vous recevrez aussi une jolie prime. Tiens… au fait. J'ai une surprise pour vous.

— Je déteste les surprises.

— Celle-ci va vous plaire. (Il se lève et s'approche de la porte.) Ne partez pas, je reviens tout de suite.

— Où voulez-vous que j'aille, colonel ?

Il sort et j'en profite pour regarder par la fenêtre. Le soleil brille et le ciel est d'un joli bleu azur. Le printemps ne va pas tarder, et je crois bien entendre des oiseaux gazouiller.

Impossible d'imaginer qu'une bombe atomique a explosé dans la région trois jours plus tôt.

Lambert passe alors la tête dans l'embrasure de la porte.

— Je vous laisse seul en compagnie de votre visite, dit-il. On se reparlera plus tard. Prenez soin de vous, Sam.

— O.K., colonel. Attendez… quelle visite ?

Il ouvre grand la porte, et mon cœur bondit de joie en découvrant qui est venu me voir.

— Salut, p'pa !

Sarah accourt vers moi et me plante un gros baiser sur la joue. Je l'enveloppe de mon bras valide en la serrant très fort, tandis que Lambert me glisse un clin d'œil et ferme doucement la porte.

Dans la série

SPLINTER CELL®

Déjà paru :

CELLULE DISSIDENTE

(Albin Michel, 2006)

A paraître :

ÉCHEC ET MAT